中国女排

一种精神的成长史

孔宁 著

北京日报出版社

图书在版编目（CIP）数据

中国女排：一种精神的成长史 / 孔宁著. -- 北京：北京日报出版社，2020.10
ISBN 978-7-5477-3621-0

Ⅰ.①中… Ⅱ.①孔… Ⅲ.①报告文学－中国－当代 Ⅳ.①I25

中国版本图书馆CIP数据核字(2020)第055949号

本书图片由新华社中国全球图片总汇、视觉中国、国际排联媒体提供，特别感谢《北京晚报》摄影记者刘平的大力支持！

中国女排：一种精神的成长史

出版发行：北京日报出版社
地　　址：北京市东城区东单三条8-16号东方广场东配楼四层
邮　　编：100005
电　　话：发行部：（010）65255876
　　　　　总编室：（010）65252135
印　　刷：北京博海升彩色印刷有限公司
经　　销：各地新华书店
版　　次：2020年10月第1版
　　　　　2020年10月第1次印刷
开　　本：787毫米×1092毫米　1/16
印　　张：24
字　　数：400千字
定　　价：128.00元

自序

比艰难更艰难，比顽强更顽强。有一支队伍，叫中国女排；有一种热血，叫中国女排；有一种精神，叫中国女排。永不言败，是中国女排的光荣传统。

从20世纪“五连冠”时代，到21世纪初雅典奥运会夺冠，再到里约奥运会和2019年世界杯，中国女排十次登上世界之巅，未来，这个纪录还将不断被刷新。一路走来，中国女排已经成为中国体育的一面旗帜，而女排精神也成为中国体育的一种象征。在中华人民共和国几十年的发展历程中，中国女排成为自强不息民族精神的写照，不管时代如何变化，女排精神从未离开过我们。

从1998年至今，我一直采访报道中国女排，幸运地亲历了中国女排的众多历史瞬间。采访中国女排对于我而言并不是一份工作，而是一种热爱。我不只是一个记者，更是中国女排的陪伴者和记录者。热爱着我的热爱，记载她们的历程，就是一种幸福，而能传递给社会正能量，更令我欣慰。郎平说：“女排精神不是赢得冠军，而是有时候知道不会赢，也竭尽全力。女排精神不会因输赢而改变。”陈忠和说：“女排精神就是祖国至上、团结协作、顽强拼搏、永不言败。”女排精神，也是我们每个人奋斗的动力。

中国女排的光辉历史难以用一本书完整表达，只能是挂一漏万，但我力求通过自己的眼睛，以不同视角，给大家呈现一幅中国女排努力奋斗的画卷。翻开书，这一刻，让我们记忆重燃！

孔　宁

2020年5月

“十冠王”之路

1981年11月16日

日本大阪，
第三届女排世界杯，
中国女排首夺世界冠军

1982年9月25日

秘鲁利马，
第九届世界女排锦标赛，
中国女排首夺世锦赛冠军

1984年8月8日

美国洛杉矶，
第 23 届奥运会，
中国女排首夺奥运会冠军，实现“三连冠”

1985年11月20日

日本东京，
第四届女排世界杯，
中国女排实现“四连冠”

1986年9月13日

捷克斯洛伐克布拉格，
第十届世界女排锦标赛，
中国女排实现“五连冠”

2003年11月15日

日本大阪，
第九届女排世界杯，
中国女排第六次夺得世界冠军

2004年8月29日

希腊雅典，
第28届奥运会，
中国女排第七次登上世界之巅

2015年9月6日

日本名古屋，
第12届女排世界杯，
中国女排第八次夺得世界冠军

2016年8月21日

巴西里约热内卢，
第31届奥运会，
中国女排第九次登上世界之巅

2019年9月29日

日本大阪，
第13届女排世界杯，
中国女排第十次登上世界之巅

（以上均为北京时间）

目录

04

重登巅峰

05

雅典大逆转

06

郎平出山

07

进军米兰

08

决战米兰

12 冲上巅峰

13 谁去里约

14 里约奇迹

15 剑指东京

16 不屈战斗

17 卷土重来

01 一次穿越

长征精神

十冠王！十一战全胜夺冠！2019年第13届女排世界杯冠军归属中国！郎平实现了赛前“升国旗、奏国歌”的诺言。

“38年过去了，我没想到自己还会站在这里！”郎平感慨地说。

38年前，中国女排首次夺得世界冠军，从此开创中国女排的第一个“黄金时代”，那也是中国“三大球”的第一个世界冠军。这一次，我的思绪穿越了……

1981年是一个值得铭记的年份，那是中国女排第一次夺取世界冠军的年份，那一代女排开创了中国女排的第一个“黄金时代”，那也是中国“三大球”第一个世界冠军，同时也是郎平自己职业生涯的第一个世界冠军，因此郎平才会如此难忘。

其实，1981年那一代中国女排并非第一代中国女排。那么中国女排到底如何而来，新中国第一代中国女排到底是什么样子？勿忘历史，才能知晓传承的意义。

新中国开国元勋贺龙元帅曾说：“‘三大球’不翻身，我死不瞑目。”1951年11月，新中国第一代女子排球队在北京成立，首任主教练是马启伟。

2001年的一个冬日，我见到了当时年已82岁的马老。马老看上去精神矍铄，而且很健谈。他说：“当时女排只是国家体训班的一部分，体训班就是为了应付国际大赛而准备的。因为当时还没有国家体育总局训练局，所以全队只能到北京大学住宿和训练。

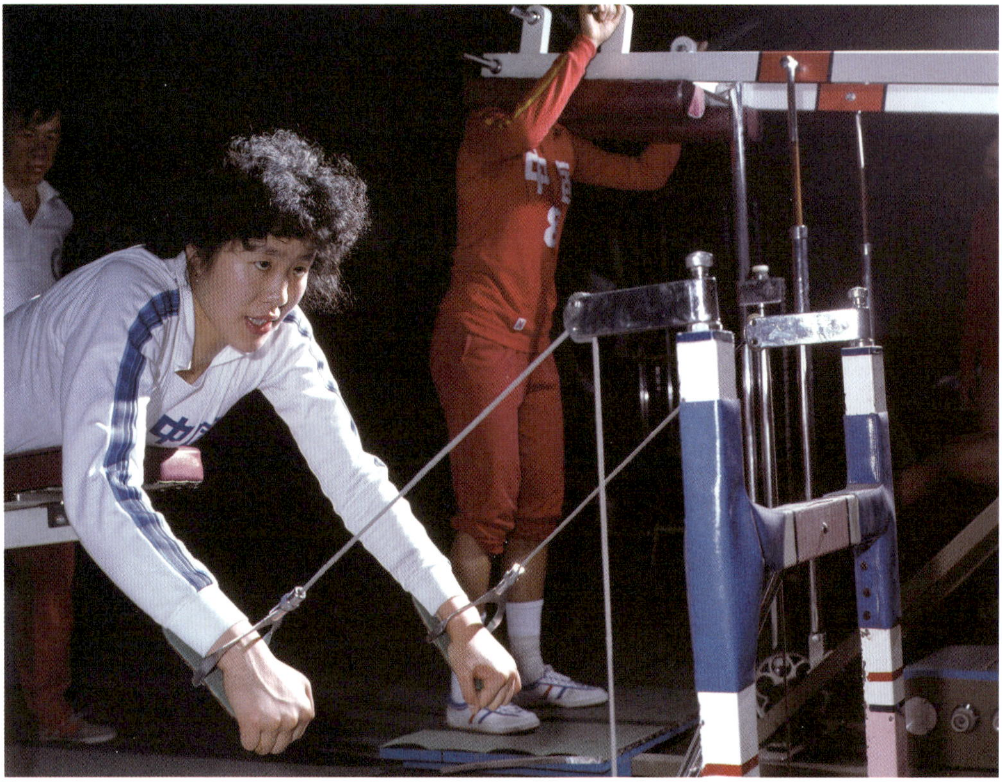

1982 年 7 月，中国女排主攻手郎平在进行力量训练

可后来由于人数太多，人家北大没办法接待了。我就带着全队进行全国拉练，相当于游击队，打一枪换一个地方，到了一个城市就给当地百姓表演排球，就好像是一个艺术团下乡演出。”

马启伟回忆道：“当时主抓体育的贺龙元帅经常和我们谈心，他以军人的经历鼓励我们坚持。当时全国不要说找一个排球馆，就是适合打排球的土场地都不好找。我们背着行囊‘行军’，训练条件非常艰苦，可以说是另一种‘长征’。记得当时贺老总对我说：‘中国女排要走一条有自己特色的道路。’这句话我永生难忘，也确立了中国女排今后的发展方向。”从此，马启伟、李安格、饶余榕、阙永伍、李宗镛等几代主帅，带领中国女排开始了艰难的跋涉。

20世纪60年代的女排球员董天姝回忆道：“老一代国家领导人很重视体育，也很关心女排，周恩来、陈毅、贺龙等开国元勋经常来看望我们。记得贺龙元帅总问我们，何时能够打败日本队。因为打败日本队，就意味着登上世界巅峰。”

那几代中国女排并未击败日本队，但那段“长征”岁月却无法磨灭，也正因为老一代人的努力和奋斗，以及国家领导人的高度重视，才让中国女排在很高的起点上开始征程。

大松精神

就在2019年女排世界杯期间，中国女排主帅郎平直言：“在历史上，中国女排也曾经向日本女排学习。除此之外，我们又结合了自身的特点发展自己。希望亚洲排球能够越来越好。”

郎平所言的向日本女排学习就是真实的历史，而这段历史无法忽略一个人，他就是日本女排“魔鬼教练”大松博文。

其实，就像女排精神鼓舞了一代中国人一样，日本女排崛起锻造出的“东洋魔女精神”也成为第二次世界大战之后日本人民的精神财富。而这个领航人就是日本女排主帅，“教父”大松博文。

日本女排从1960年崛起，打破了欧美国家垄断世界女排的格局。以严厉著称的主教练大松博文训练出了一支技战术先进、作风顽强的日本女排，她们在20世纪60年代，分别夺取世锦赛冠军、世界杯冠军和1964年东京奥运会冠军。大松博文在一传垫球和发飘球技术上进行创新，并创造出新颖的快攻战术，斗志顽强的日本姑娘横扫全世界，一局15比0、15比1取胜的场面层出不穷，并创造出后人无法超越的、连续一百多场国际比赛连胜的神话。这样的战绩，就是放到现在也难以超越。从此，世界女子排坛进入“东洋魔女时代”。

周恩来总理决定邀请日本女排访华，他认为日本人能行，我们中国人为什么不行。1964年11月23日，大松博文率日本女排访华，中日两队在北京体育馆进行了首场比赛，周恩来、贺龙、陈毅等国家领导人均到场观战，而中国队却输得很惨。

1964年11月25日下午，日理万机的周总理来到北京体育馆观看日本队的训练，并与大松博文交谈了四十多分钟，可见国家领导人对女排的重视程度。

1965年4月，周总理邀请大松博文来华，帮助训练中国队。就是在上海一个多月的残酷训练，确立了后来“三从一大”的训练原则，为中国女排日后的腾飞埋下了种子。“三从一大”原则是指从严、从难、从实战出发，大运动量。这个原则的核心是围绕“从实战出发”，为了达到实战效果，就要从严、从难；大运动量是指量变到质变。可以说，“三从一大”训练原则奠定了新中国所有竞技体育项目的训练思想。

大松博文有时在训练中还要抽打中国球员。倔强的中国球员训练非常刻苦，在已经站不起来的时候，面对凶狠的来球，姑娘们仍在喊：“再来！”

1965年5月1日，始终惦记着中国女排的周总理邀请正在中国帮助训练的大松博文和夫人，来北京参加庆祝“五一”劳动节宴会。当周总理询问训练情况时，大松毫不客气地说：“我给中国选手的训练量，连我们日本女排的一半都不到。”听到这个回答，周总理严肃地说：“那一定要把你的大松精神移植到训练中。”周总理不时地和大松博文沟通，就是担心大松博文未必将全部内容教给中国女排。后来大松博文对总理说：“我把自己所能教的东西，都教给了中国女排。”听到这句话，周恩来总理才放下心来。

时光如梭，大松博文在后来的回忆录里写道：“中国姑娘这样勤劳，国家最高级别领导人对女排这样关心，将来中国女排必定比日本队强，她们总有一天会夺取世界冠军。”虽然没有看到这个预言实现，但是周总理倡导的“大松精神”，为中国女排的发展和腾飞奠定了基础。

竹棚精神

2019年，我又来到福建漳州体育训练基地，重温了那些破旧的护膝、球衣背后的故事。1981年首夺世界冠军的那一代球员和教练员的大幅照片就在我的两边，真感到时光穿越，那一代女排英雄们的呼吸仿佛都在我耳边回荡。

1972年，漳州体育训练基地建成，那里的冠军楼和训练馆几乎都变成了历史遗迹。

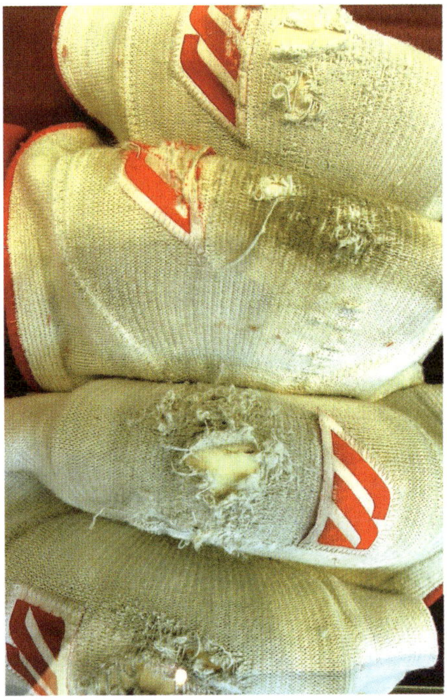

老女排队员们使用过的护膝。从护膝的破损程度，也可以想见当时的训练是多么艰苦

如今恐怕没有几个人会想起那破旧的场馆，而用竹子搭建的排球馆更是无从寻找，但这段岁月不能忘记。姑娘们都亲切地称漳州体育训练基地是排球界的“最高学府”，来漳州训练是每年不可缺少的“充电”。

1976年，袁伟民率领“文革”后第一支中国女排来到漳州基地集训，低矮破旧的竹棚，锻造了钢铁般的中国女排。

基地老一代工作人员回忆：“当时哪有训练馆呀，能在竹棚里训练就不错了。地面还是潮湿的泥土地，没什么地板，姑娘们每天进去是个人，出来却是一团泥。”当时有一句话，就是：滚上一身泥，磨掉几层皮。

袁伟民学习“大松精神”，训练极其严格。姑娘们在泥地上滚翻接球，每次训练完，身上满是汗水、血水和泥巴。当球员已没力气接球而趴在地上时，袁伟民仍不停地将球扣在她们身上，并喊着：“起来，再来！”女排姑娘们一天至少训练八个小时，衣服破了，球鞋开口了，粗糙的场地也被磨亮了。

竹棚馆的地面是用黄土、石灰、盐水混合的“三合土”，“三合土”的沙粒嵌进队员的皮肉中，要用小镊子才能夹出。姑娘们的大腿、肘部经常摔得血肉模糊，睡觉时伤口和床单粘在一起，等医护人员来用酒精把它们分开时，伤口早已化脓了。“那时候的女排姑娘，是拿命在训练，但没人喊累，没人退出，因为大家心里都憋着一股劲，要证明我们中国人行！”原漳州体育训练基地接待科科长顾化群这样说道。

后来，闷热的竹棚里有了地板，但因没刷漆到处是刺。这样的地板，让郎平、曹慧英、陈招娣、张蓉芳等人都有鲜血淋漓的经历，伤还没好再接着练。周晓兰回忆说：“一天的训练结束后，我们就开始相互拔刺，并乐着比谁身上的刺多。”

被队友们称为“拼命三郎”的中国女排队长曹慧英，因为长期加练，膝盖半月板断裂，十根手指里有六根受伤，两个大拇指和左手小指也骨折了。即使这样，她也没怎么休息，只是包扎固定了一下，就又投入训练。但训练时球难免砸到骨折的手指，所以，曹慧英的伤很久都没好。回想起那段岁月，曹慧英说着说着就流下了眼泪。还有后来手臂骨折依然作战到底的“独臂将军”陈招娣……这样的例子太多，太多。为什么会这样？因为当时女排人一门心思地想着：“豁了命，也要让中国崛起，不能让外国人瞧不起。”

袁伟民并未完全照搬大松的战术，而是重新发展了女排技术，在借鉴大松的基础上，走出了一条有中国特色的道路。但是，没有人可以随随便便地成功，有时候付出了不一定有回报。1977年，袁伟民组队后经过艰苦的训练，中国女排第一次参加世界杯。由于接连输给南朝鲜队（现韩国队）、日本队，位列第四，无法登上领奖台的她们只能挥舞黄手帕向胜利者祝贺。孙晋芳说：“当时的那个情景在我内心产生了极大的震撼，我感到是一种耻辱。我们每个人都暗暗地发狠，通过自己的努力，一定要站到最高峰上去。”

中国女排又来到郴州展开艰苦的训练。老队长曹慧英说：“漳州和郴州两个地方条件都很艰苦，我们在地板上做滚翻，刺往肉里扎。后来，工作人员和我们用破毛巾、破布底鞋、破衣服推地板，让刺扎到上面。”就是在这样艰苦的环境中，中国女排不断崛起。

1978年泰国曼谷亚运会，日本女排依然是冠军，中国女排位列亚军，南朝鲜队（现韩国队）位列季军。直到1979年亚锦赛，袁伟民终于率队夺得亚洲冠军。1980年，因中国抵制莫斯科奥运会，中国女排未能参赛，错过了一次登顶良机，不过这也为1981年夺取世界冠军积攒了巨大的能量。

中国女排于1981年第三届女排世界杯上首夺世界冠军，极大地振奋了民族精神，女排精神在特殊的年代诞生了。而随后的“五连冠”不仅开创了世界排坛的一个中国时代，同时也开启了中国人加速改革开放的步伐，树立了民族自信。

电影《夺冠》里有这样一个镜头。有外国人问：“为什么你们中国人那么在意一场排球比赛的输赢？”郎平这样答道：“等到我们（国家）真正强大的时候，我们才不会把赢作为比赛唯一的价值。”不可否认的是，在那样一个特定的历史环境下，中国女排的成功和胜利弥足珍贵，女排精神也成为中国人民宝贵的精神财富。

现在，中国女排腾飞纪念馆里依然摆放着球员们磨破的球衣。竹棚里锻造了姑娘们“一不怕苦、二不怕死”的竹棚精神。没有竹棚，也许中国女排有一天也会拿到世界冠军，但没有竹棚精神，中国女排就永远没有全面腾飞的那一天。可以说，竹棚精神就是女排精神的原型。

02 | 缔造辉煌

英雄的 1981 年

到底什么是女排精神？郎平说："如果简单地说，就四个字——永不言败。如果说得细一些，那就是对胜利充满无限的渴望，对对手拥有必胜的信念，逆境中拥有舍生忘死的大无畏精神。"女排精神代代相传，而女排精神诞生在那个英雄的1981年，那是无价的感动！那是璀璨的丰碑！

1981年，历史会永远记住这一年，中国体育的腾飞化作振兴中华的动力，中国人在改革开放的道路上开始卧薪尝胆，中国经济踏上东山再起的征途。还我自尊的呐喊，使英雄的1981年显得那样璀璨夺目。

此前的"文革"严重摧残了中国老百姓的精神，社会建设几乎全面停滞，人民生活一穷二白，当年马路上几乎就见不到什么轿车，整个大环境十分冷清。老百姓没钱逛商场，当然商场里的商品也比较匮乏，很多商品需要凭票购买。无论男女都穿着蓝黑色衣服，黑色、蓝色、白色就是那个时代的主色调，整个中国上演着一部宽银幕黑白电影，而且是无声电影。

人们在迷惘中过着紧张的日子，每个人都一脸严肃，什么事情都得上纲上线。一到冬天，很多北方人都要抓紧储存大白菜，否则就难以过冬，黄瓜、西红柿这样的蔬菜不可能在冬天出现，超市还未诞生。那时候，我还会与爷爷一起往空葡萄糖瓶子里装做好的西红柿酱，留到冬天吃，这也是很多北方人要做的一件过冬大事。孩子们经常到路边捡散落的白菜叶子，因为这些又可以吃好几顿。熬白菜、炒白菜、炖白菜、拌白菜、白菜汤，等等，都很好吃，也还真吃不烦。可以说，大白菜对百姓意味着什么，中国女排夺冠就意味着什么。

当时的中国娱乐方式很少，女排夺冠对于刚刚经历了“文革”的老百姓来说，不仅感觉到肉体的存在，而且感受到灵魂的重新回归，似乎有了奔头儿。这也正是为什么中国女排夺冠在当时会掀起排山倒海般的轰动，并使海外华侨掀起报效祖国的热潮。

1981年，这个英雄年首先从中国男排开始。1981年3月20日晚，香港伊丽莎白体育馆，中国男排与南朝鲜队（现韩国队）争夺男排世界杯亚洲区唯一参赛资格。这一届中国男排正是“亚洲飞人”汪嘉伟、“妙手”沈富麟、徐真、曹平、侯杰、陈刚、胡进等黄金一代名将驰骋疆场的时候，主教练是戴廷斌。中央电视台对比赛进行实况转播，无论是通过黑白电视机，还是收音机，有条件的老百姓都密切关注着比赛。

南朝鲜队（现韩国队）先胜两局，此时小伙子们喊出“死也要死在运动场上”的动人声音。随后，中国队顽强地将总比分扳成2比2平。汪嘉伟、侯杰攥着拳头呐喊着满场飞奔的镜头，让国人看得热血沸腾。决胜局开始，因电视台租用的卫星时间已到，信号突然断了，观众的心提到了嗓子眼。当人们从收音机里听到中国男排以3比2战胜南朝鲜队（现韩国队），冲进世界杯的消息时，喜悦之情如洪水暴发一样不可抑制。北京大学等多所高校的学生敲着脸盆涌上街头，喊出了“团结起来，振兴中华”的经典口号，《人民日报》第二天在报道北大等高校学生庆祝中国男排胜利的消息时，用的标题就是《团结起来，振兴中华》。这句口号一时间响彻大江南北，当时的中国人太需要这个口号了。

直到1981年11月16日，中国人的民族自豪感达到了顶峰，那是因为中国女排。那一届中国女排成员为领队张一沛，主教练袁伟民，教练邓若曾，队员：孙晋芳（队长）、张蓉芳、郎平、梁艳、周晓兰、陈招娣、周鹿敏、杨希、朱玲、陈亚琼、曹慧英和张洁云。

如今，人们都记得袁伟民在日本率领中国女排七战七捷，第一次夺取世界冠军的情景，但这个过程其实并不轻松。11月7日，中国队以3比0击败巴西队。11月8日，中

中国女排

中国女排第一次赢得世界杯冠军的消息传来，群众涌上天安门广场欢庆胜利

国队3比0战胜苏联队。在与苏联队比赛的第二局，中国队以0比9落后的时候，张蓉芳脚扭了。袁伟民问她能否继续比赛，张蓉芳说没问题。就这样，中国队以16比14逆转险胜第二局。11月10日，中国队3比0击败南朝鲜队（现韩国队）；11月11日，中国队3比0击败保加利亚队；11月13日，中国队3比0击败古巴队。11月15日，大阪，中国队3比2险胜美国队，赢得了最后一战登顶的机会。

11月16日晚6时，日本大阪府立体育会馆，第三届女排世界杯最后一场比赛，中国女排面对的又是老对手日本女排，这场比赛注定铸就历史丰碑。由于前面小分很高，因此这场比赛只要胜两局，中国队就将成为“新科状元”。那一夜，央视著名体育解说员宋世雄激昂的解说声也成为永恒。

周晓兰的拦网让对手无所适从，日本队的重扣一次次被顽强的曹慧英、陈亚琼等人救起，孙晋芳巧妙而耐心地组织进攻，中国队以15比8和15比7连胜两局，实际上已经夺取冠军了。老队长曹慧英回忆道：“我们当时的水平应该能够击败日本队，也就是说有胜利的把握。”

然而，兴奋、激动让后面的比赛出现了偏差。郎平说："从零开始的时候，会有压力，因为我们还没拿过世界冠军，要去争取。可世界冠军到手，对于我们来说是第一次，那种心情是以前没有体会过的。它变成了一种压力，也是一种忐忑。"

张洁云说："我们只要拿下两局就是冠军。因为从没拿过冠军，人过于兴奋以后，自然而然地就有一种说不上来的懈怠。"

曹慧英说："大家都是高度激动的状态，光想着拿冠军了，感觉比赛已经结束了，后面的比赛都忘了。这样一来，袁指导暂停也不管用了。"

这一刻，日本女排主教练小岛孝治鼓励队员们要战胜中国队。他直言，这是非常重要的比赛，中国队体能消耗很大，不要去管冠军归属，此战一定要赢，日本队决不能输给中国队。"日本队！必胜！"日本队展开反扑，以15比12和15比7连胜两局，将总比分扳成2平。

决胜的第五局，中国队居然落后3分。张洁云回忆："到第五局的时候，袁指导发火了，对着我们直吼。他说：'你们如果输掉了这场球，就太丢人了，因为你们不是完整的冠军。我们奋斗了这么多年，就是为了这一场球，如果输了，你们会后悔终生！'"

战况空前激烈，这是一场远胜争冠决赛的决战。中国队从2比0领先到被对手追平，决胜局一路落后，终于咬住了对手时，却让日本队以15比14率先拿到赛点。还有1分，日本队就将击败中国队。现场的紧张气氛令人窒息。日本队进攻扣杀，就在球即将落地的那一瞬间，陈亚琼海底捞月，把球救了回来，队友反击成功夺回发球权。"铁榔头"郎平奋力反击得手鼓舞了全队士气，中国队追成15平。

陈亚琼发球，日本队扣球，中国队拦网成功，16比15反超。陈亚琼继续发球，孙晋芳拦网得分，17比15！中国女排终于以3比2力挫日本队，以七战全胜战绩第一次夺取世界冠军！"我们赢了！我们是世界冠军了！"中国女排终于击败"东洋魔女"，夺取世界冠军。

姑娘们拥抱在一起，泪水汇成海洋。孙晋芳说："我们拿到冠军以后，大家拥抱在了一起，都哭了。我们的血汗没有白流，我们没有白付出，终于实现了冠军梦想。当时，我们根本不知道国内万人空巷看女排的情况。"张蓉芳回忆道："直到现在，听到国歌奏响，浑身都会起鸡皮疙瘩，瞬间就回到那个场景。"

那一刻，宋世雄的声音传遍神州大地！那一夜，神州大地的欢庆声震撼寰宇！当胜利来临，整个中国沸腾了！

正在经历改革开放初期的迷茫的国人，激情被中国女排彻底点燃！中国女排创造了新中国体育的历史，历史也选择了中国女排！“振兴中华”因男排而诞生，却因女排而发扬光大，成为中国那个时代的最强音。

《义勇军进行曲》在日本大阪府立体育会馆奏响，五星红旗冉冉升起，中国女排不懈的追求和竹棚里的艰辛，在那一刻得到了回报。曹慧英说：“升国旗、奏国歌时，大家在最高领奖台上流下的眼泪，包含了特别特别多的东西，不只是激动，更是见证了一路走来的那些苦、那些难，那种拼命坚持的精神。”

海外华人都举着“中国女排必胜”的横幅骄傲地说：“我为自己是一名中国人而自豪，中国女排让我们海外华人挺直了腰板。”11月17日，《人民日报》头版用全版面刊登了女排夺冠的报道，提出了学习女排精神的号召。邓颖超同志还在11月18日的《人民日报》上专门提到了“女排精神”这个词语，由此，“女排精神”诞生了。

利马传奇

初登巅峰，让袁伟民率领的中国女排受到国人的高度关注。“我们是中国女排，我们不能输。”当时，这句话几乎刻在了中国女排全体将士心中，也让全队扛负了巨大的心理压力。打江山易，守江山难，不断超越自我更难。

1982年9月，第九届世界女排锦标赛在秘鲁举行，共有包括中国队在内的23支国家队参加。

任何队伍都存在队员更替，中国女排主帅袁伟民也对阵容进行了微调，领队是张一沛，教练是邓若曾，12名运动员分别为：孙晋芳（队长）、郎平、张蓉芳、梁艳、曹慧英、杨希、周晓兰、杨锡兰、陈亚琼、姜英、陈招娣和郑美珠。

来自天津的杨锡兰效力于八一队，她是世界著名二传手，第一个“黄金时代”的主力之一。郑美珠出生在福建漳州，攻守全面，作风顽强，发球技术出众。只不过，郑美珠1.72米的身高让不少人怀疑她能否应对国际大赛。在老队员有伤病的情况下，袁伟民选择了当时年仅19岁、“三进三出”国家队的郑美珠。郑美珠说：“袁指导很有魄力，我非常感谢他对我的信任。”而后，郑美珠成为中国女排缔造辉煌的功勋球员。同样19岁的身高1.88米的姜英是来自辽宁的主攻手。

世锦赛第一阶段，中国队与美国队、波多黎各队和意大利队同在第六小组，比赛地点在秘鲁奇克拉约。每个小组有4支球队，前两名进入第二阶段。第二阶段的12支队伍编成两大组进行循环赛，第一阶段遭遇的球队不再相遇，但对战成绩要带入第二阶段。

中国队接连以3比0轻取波多黎各队和意大利队，关键就是和美国队的比赛。因为美国队势必要进入第二阶段，所以第一阶段与美国队的比赛成绩将带入第二阶段。这次中美对决，处于下风的中国队以6比15、9比15和11比15，总比分0比3负于海曼领衔的美国队，几乎一瞬间，全队感到了无比巨大的压力。一输球，姜英就哭了。袁伟民对姜英说：“不要哭，我们还有很多比赛呢。要哭，回去再哭！”

郎平等人回忆道，全队刚夺取1981年世界杯冠军，心气儿都很高，突然遭遇这么一个挫折，大家有些手足无措。袁伟民作为主帅压力也很大，因为第一阶段晋级十二强的球队的对战成绩会带入第二阶段，如果想夺冠，那么中国队后面的比赛不能再输，而且要确保不丢一局。当时，队员们总是失眠，教练组不断给球员做思想工作。

十二强复赛，中国队和美国队、苏联队、古巴队、匈牙利队和澳大利亚队分在B组。中国队要不失一局地战胜苏联队、古巴队以及后面的对手，才能确保晋级半决赛，稍有闪失就有可能无缘四强。诚然，输给美国队也有好处，那就是让中国队卸下了包袱，没有了冠军光环，剩下的都是背水一战。

随后，中国队以3比0击败古巴队。这是两大主帅袁伟民和欧亨尼奥的对垒，只是当时中国队整体实力占优。接着，中国队以3比0击败匈牙利队，随后，中国队迎来了劲敌苏联队。这是一场非常关键的硬仗。与苏联队比赛之前，孙晋芳、郎平和张蓉芳三名核心队员一起开会，明确战略战术，孙晋芳、曹慧英、陈招娣等老队员还分别找年轻队员谈心，最后全队又一起开会，明确思路。

苏联队先以0比3输给美国队，又以0比3输给古巴队，基本无缘四强。中国队原以为对方会士气低落，没想到苏联队发起猛攻，开局就让中国队以2比4落后。那个时代，比赛有换发球，回合相当多。郎平封杀对手高点快攻，4平！张蓉芳防守出色，郎平传给了二传手孙晋芳，孙晋芳巧打成功，中国队5比4反超。而后，打开局面的中国队以15比6先胜一局。第二局，完全掌握主动权的中国队仅用15分钟就以15比3横扫。

第三局，中国队10比6一路领先，胜利在望。没想到，顽强的苏联队将比分追成9比10。袁伟民换上老将曹慧英，她的高质量发球连续破坏对方一传，梁艳和孙晋芳双人拦网连续得分，中国队12比9领先。对手不断失误，中国队14比9拿到赛点。苏联队凭借阿伊斯代娃的进攻，竟然追至12比14。袁伟民请求暂停，他示意队员要沉下心来，不要想比分。暂停之后，苏联队发球，接完一传的张蓉芳从二号位跑到四号位，成功上演精彩的“双快一游动”战术。中国队夺回发球权。双方四次交换发球权，曹慧英发勾手飘球，克鲁科娃接飞了，中国队终于以15比12拿下本局，总比分3比0力挫苏联队。姑娘们紧紧地拥抱在一起，流下了眼泪。太不容易了！

第二阶段最后一场，中国队3比

1982年9月24日晚，中国队以3比0战胜日本队，取得了争夺冠军的资格。图为中国队员跳起拦网，封住了日本队的扣球

0轻取澳大利亚队，终于挺进四强。如果中国队输给苏联队一局，美国队再以0比3输给古巴队，那么中国队就将无缘四强。所以说，中苏之战是一次悬崖边上的决战，这场经典“战役”至今仍令人热血沸腾。最终，A组的日本队和秘鲁队、B组的美国队和中国队晋级四强。半决赛和决赛均在利马举行。

9月24日半决赛，中国队15比8、15比7和15比6，总比分3比0淘汰日本队而晋级决赛。意外的是，东道主秘鲁队在半决赛以15比12、15比12和15比10直落三局，总比分3比0居然爆冷淘汰夺冠热门美国队，昂首晋级决赛。中国队将和秘鲁队争夺冠军。

1982年9月25日，在秘鲁利马，中国队以15比1、15比5和15比11，总比分3比0击败秘鲁队，夺取第九届世界女排锦标赛冠军，并获得1984年第23届洛杉矶奥运会参赛资格。难能可贵的是，中国队自从第一阶段0比3输给美国队之后，果然未再输一局比赛，最后以六战连胜的成绩夺冠。这，就是利马传奇。

奥运首冠

1984年洛杉矶奥运会来临，每一位女排姑娘都有一个梦想，那就是力争首夺奥运会冠军。

第23届奥运会女排比赛共有美国队、中国队、日本队、南朝鲜队（现韩国队）、秘鲁队、巴西队、联邦德国队和加拿大队8支球队参赛，中国队与美国队、联邦德国队和巴西队分在A组。

1983年，中国女排进行了人员调整，核心二传孙晋芳以及一批老队员退役。征战奥运会的人员为：领队张一沛，主教练袁伟民，教练邓若曾，队员张蓉芳（队长）、郎平、周晓兰、杨锡兰、梁艳、杨晓君、郑美珠、姜英、侯玉珠、苏惠娟、李延军和朱玲。新二传杨锡兰技术能力还有所欠缺，致使中国队在1983年亚锦赛负于日本队而丢掉了亚洲冠军。因此，不少人判断1984年奥运女排冠军将是“日美之争”。

小组赛前两轮，中国队分别以3比0击败巴西队和联邦德国队。美国队也保持全胜。当地时间8月2日，中国女排与美国女排相遇，在主帅塞林格的指挥下，美国女排以3比

北京时间 1984 年 8 月 8 日，中国队 3 比 0 战胜美国队，首夺奥运会冠军

1（15比13、7比15、16比14、15比12）艰难击败袁伟民率领的中国队。

作为中国队的核心队员，郎平的压力很大，前几场比赛始终发挥得不理想。就在输给美国队的那天晚上，袁伟民狠狠地批评了郎平："你现在有什么放不下的呀？不就是个世界冠军吗？有什么了不起的……"几句话点到了郎平的痛处，她大哭了一场，压力得到了释放。这一夜过后，郎平彻底放下了包袱，中国女排也越打越好。

当时有种说法，美国队怕日本队，日本队怕中国队，中国队怕美国队。在半决赛避开日本队令塞林格非常高兴。半决赛中，中国队3比0淘汰日本队，美国队3比0淘汰秘鲁队。中美两队会师决赛。

北京时间8月8日，举世瞩目的中美决战来临。由于双方拥有郎平和海曼这样的世界级球星，因此这场比赛被世界排坛称为"世纪之战"。而"世纪之战"的第一局堪称"世纪之局"，双方在这一局激战到了极致。两队相互间太熟悉了，美国队副攻马杰士拦防郎平比较成功，而美国队头号球星海曼也被中国队盯得很死。"怪球手"张蓉芳发挥还算不错，中国队以14比9拿到局点。然而，美国队硬是追成了14平。

袁伟民使出“法宝”，她就是第一次代表国家队参加大赛的福建籍主攻手侯玉珠，她的厉害之处在于发球。中美决赛第一局最后时刻，侯玉珠控制好心态，第一个球发到美国队后场，美国队错判出界，中国队发球得分。侯玉珠第二个球发到前区，导致美国队一传冲网，郎平打探头球得分，中国队16比14险胜首局。袁伟民的神来之笔，成就了侯玉珠。

第二局，郎平、杨晓君、梁艳、杨锡兰、郑美珠等人拦网出色，中国队竟然以9比1大比分领先。美国队首局发挥不错的二传手格林一度没有上场，替补二传贝克尔组织混乱，主帅塞林格而后才又让格林出场，但大势已去。袁伟民再次换上侯玉珠，她的发球再次摧毁美国队一传，这就是中国队以15比3大比分横扫第二局的原因。

中国队战术多变，跑动进攻让人眼花缭乱。有一次，海曼高点强攻十分漂亮，却硬是被后来换上场的李延军救了回来。这一次扑救令球迷津津乐道。最后，张蓉芳扣杀，美国队球员拼命跑向场外救球未果，中国队以15比9拿下第三局，总比分3比0击败美国队，历史上第一次夺取奥运会金牌，也是中国“三大球”的第一枚奥运会金牌。姑娘们洒下狂喜的泪水，互相拥抱在一起。

当中国女排荣获奥运冠军的喜讯传遍神州大地，各族人民欢欣鼓舞，在街头巷尾、工厂、学校，人们情不自禁地喊出“中国万岁！”“向中国女排学习！”的口号。

中国女排的胜利在世界各地引起强烈反响。纽约几家中文报纸于8月9日均以大字标题突出报道了中国女排夺魁的消息，并详细描述了中美决战的情景。女排夺冠令全球华人欢欣鼓舞。就是在那一时刻，女排精神响彻云霄。

开启“中国时代”

辉煌在延续，1985年世界杯来临，女排姑娘们依然充满了期待。

第四届女排世界杯于1985年11月10日至20日在日本举行，有8支队伍参赛，分别是：巴西队、中国队、古巴队、南朝鲜队（现韩国队）、秘鲁队、突尼斯队、苏联队和日本队，为单循环赛制。

铁打的营盘流水的兵，相对于1981年首夺世界冠军的那一批球员，中国队的阵容变化很大。功勋名帅袁伟民出任领队，主教练变成了邓若曾，教练为胡进、江申生，队员为郎平、梁艳、杨锡兰、郑美珠、杨晓君、苏惠娟、巫丹、殷勤、侯玉珠、姜英、李延军和林国清。

"三连冠"之后，中国女排经历了"大换血"，主帅袁伟民卸任，多名老队员离队，原助理教练邓若曾挂帅。当然，袁伟民并未离开这支球队，而是以领队身份依然和姑娘们战斗在一线。

11月10日，中国队第一场比赛在东京举行。中国女排面对来自非洲的突尼斯队完全占据上风，耗时35分钟就以3比0解决战斗，三局比赛对手仅得到3分，可见实力差距。11月12日，中国队以3比0击败南朝鲜队（现韩国队）。11月13日，中国队3比0击败巴西队，完全掌握了赛事主动权。

随后，中国队转战日本福冈市。就在这里，中国队遭遇了挑战。11月16日，中国队迎战苏联队。1982年第九届女排世锦赛那场中苏大战姑娘们仍然记忆犹新。这一次，

1985年11月17日，中国队3比1战胜古巴队。图为获胜后，郎平庆祝胜利

中国队依然遭遇了苏联队强有力的冲击。首局鏖战不能说赢得幸运，应该说赢在了那一口气。多年来与苏联队交锋，姑娘们并不惧怕身材高大的对手，而且有办法制约对方，比如快速多变的战术、顽强的防守、全面的技术、恰当的拦网等，这些都浓缩成永不言败的精神力量。由此，中国队16比14拿下首局赢得合理。

没想到，丢掉首局竟让苏联队心理崩溃，中国队趁势以15比2和15比5连下两局，总比分3比0解决战斗，也跨越了一道难关。

11月17日，中国队迎来拥有著名球星路易斯的劲旅古巴队，本场比赛实则才是决定冠军归属的决战。名帅欧亨尼奥指挥的古巴女排已经全面崛起，路易斯是“黑色橡胶”战斗群的佼佼者。战况空前激烈，第一局中国队以16比14险胜，接着又以15比7拿下第二局。虽然总比分0比2落后，不为所动的古巴队施展出“四二配备”的杀伤力，随即以15比5回敬一局。

古巴队的锐利进攻，以及中国队的攻守均衡，让比赛体现出攻防的高水准。不过，情绪起伏是古巴队的弱点之一，中国队抓节奏的拦防体系起到重要作用。15比12！中国队拿下第四局，总比分3比1力挫古巴队，几乎打通了冠军之路。

随后，中国队转战东京，那座著名的代代木体育馆注定成为中国女排书写传奇的宝地。11月19日，中国队以3比0战胜秘鲁队，取得世界杯六连胜。

11月20日，最后一场比赛，中国女排迎战东道主日本女排。面对体育馆内一万多名观众为东道主加油的呐喊声，中国女排沉着应对，3比0击败日本队，以七战全胜的成绩再次荣获世界冠军，成为世界女子排坛历史上第一支连续四次夺得世界顶级大赛冠军的球队。郎平荣获“最佳运动员”，杨锡兰获得“最佳二传手”，郎平、杨锡兰和郑美珠入选“最佳阵容”，邓若曾成为“最佳教练员”。

四连冠！七战全胜夺冠！了不起的战绩，这是世界女子排坛的“中国时代”。

续写辉煌

1986年9月2日至13日，第十届世界女排锦标赛在捷克斯洛伐克举行。当时，世界上还没有一支女排球队获得过“五连冠”，如果中国女排能够夺冠，那么就将缔造世界排坛崭新的历史。

中国女排人员继续变化，推出了教练团队的方式。袁伟民出任中国代表团团长，张一沛归来出任领队，杨希出任副领队，教练由张蓉芳、郎平和江申生担任。根据规则，张蓉芳以主帅身份出现在赛场。队员为杨晓君、郑美珠、侯玉珠、梁艳、巫丹、姜英、杨锡兰、殷勤、李延军、苏惠娟、刘玮和胡小凤。

这一次世锦赛共有16支球队参赛，分成四个组进行预赛，中国队与苏联队、民主德国队、突尼斯队同分在B组。每个小组的前三名进入第二阶段。进入第二阶段的12支球队再分成两个大组进行比赛，第一阶段相遇的球队不再比赛。

9月2日，中国队3比1击败民主德国队，随后3比0轻取突尼斯队。9月4日，中国队遭遇了苏联队强有力的挑战，虽然对手紧追不放，但是这批女排成员对苏联队太熟悉了，因此还是以3比0并不轻松地击败对手，以B组第一的身份晋级第二阶段。

第二阶段比赛，和中国队同处于F组的对手还有民主德国队、苏联队、日本队、美

1986年9月13日，中国女排在第十届世界女排锦标赛颁奖仪式上向观众致意，这也是中国女排的“五连冠”

国队和意大利队，小组前两名将晋级四强。实力强劲的中国队先后以3比0击败美国队、意大利队和日本队。至此，中国队六战六胜仅丢一局晋级四强。

9月12日，中国队3比0击败秘鲁队，挺进决赛。古巴队以3比1淘汰民主德国队，与中国队争冠。

9月13日，中国队与古巴队展开决赛。路易斯、托雷斯等人已经崛起，“加勒比旋风”几乎无可匹敌，只是在细节和经验上有所欠缺。古巴球员天赋异禀的弹跳和出众的身体素质，让她们完全可以笑傲江湖。中国队则是以全面的技术和战术体系，抗衡凶悍的古巴女排。当时许多人都认为古巴队极有可能击败中国队而夺冠。然而，正是国际大赛锻造出的世界强队底蕴，让中国队依然把握了主动权。中国队以15比6和15比7连下两局，古巴队以15比10扳回一局，第四局中国队以15比9取胜，总比分3比1力挫古巴队而夺冠。这届世界杯，姑娘们又以八战全胜夺冠，中国女排成为世界女排历史上第一支“五连冠”球队。

张蓉芳当选“最佳教练”，杨锡兰荣膺“最佳运动员”和“最佳二传手”，杨晓君成为“最佳一传手”。副攻手梁艳是唯一一名经历中国女排“五连冠”的球员，张蓉芳和郎平以球员和教练两种身份经历了“五连冠”，袁伟民作为主帅实现“三连冠”。但作为中国女排第一个“黄金时代”的开拓者，袁伟民是以不同身份和众人一起缔造了中国女排“五连冠”时代。

随着女排“中国时代”的来临，“女排精神”也在不知不觉地鼓舞着人民群众。郎平的名字已不属于郎平自己，而成了一面奋发崛起的旗帜，“中国女排”就是民族精神的代名词，女排姑娘就是民族英雄。恰巧在这段时期，中国人的精神面貌正在改变，中国经济正在崛起，这个古老的东方大国再度焕发生机。

这也是国人心系女排的原因所在，女排队员们用不服输的拼劲、打不垮的韧劲、不放弃的倔劲，为刚刚走出困顿阴霾的中国人注入了坚定的奋斗勇气和赤诚的爱国热情。

时光流转，后来的中国女排有过一段暗淡岁月，她们咬牙克服伤病，默默承受挫折，用长期不懈的坚持锤炼着过硬的技术和坚韧的品格。艰难困苦、玉汝于成，中国女排迎来了新的奋斗征程，女排精神依然有着强大的生命力和感召力。

郎平说：“我在18岁的时候，给自己定了一个目标，只要我郎平站在球场上，就要为中国队获得每一场胜利，去夺取世界冠军。我非常努力，非常刻苦，每天完成了八个小时的训练以后，我还要单独进行防守训练，有时候一次防守训练要练一百多遍。我也会流泪，也会抱怨，但是只有这样努力，我才能在场上不被对方打倒。我想把我的感受分享给所有年轻朋友，要有这种恒心、决心、信心，尽最大努力成就自己！”

时至今日，女排精神仍然熠熠生辉，永不过时，永不褪色。

03 | 东山再起

又见陈忠和

没有陈忠和，就没有中国女排历史上第二个“黄金时代”。因为离第一个“黄金时代”有些久远，导致那个时候没有人看好中国女排。正是因为这一点，陈忠和时代中国女排的意义就非常重要，那是中国女排重塑信心的关键点。

2019年4月，我在漳州见到了久违的陈忠和。与忘年之交陈忠和重逢的那一刻，千言万语溢于言表，可谓“额头已把光阴记，万语千言不忍谈”。开创中国女排第二个“黄金时代”的主帅陈忠和已于2018年正式退休。他头上的几丝银发依然阻挡不了那久违的标志性微笑的魅力，回首沧桑已数番，感怀无尽又何言。1979年，陈忠和和中国女排结缘，如今历经风雨沧桑四十载的他依然壮心不已。

岁月似乎没有在陈忠和的脸庞留下什么痕迹，他看上去神采飞扬，身穿休闲夹克依然干练潇洒，只是在走近时能看到些许华发。陈忠和只要一出现，总会被许多不认识的人包围起来，索要签名，要求合影。我们见面时恰巧碰到福建省一家机关单位的参观团，于是，陈忠和又成了明星。

有的朋友说：“别看陈忠和早已不是中国女排主教练了，但是无论走到哪里，他都是家乡人民心中的英雄。”其实，不要说福建省，即便是当今整个中国，凡是喜爱中国女排的球迷，无人不知陈忠和，正可谓“莫愁前路无知己，天下谁人不识君”。

1976年，陈忠和成为福建男排球员。后来，有人瞧不起陈忠和，说他一直是中国女排的男陪练。其实，恐怕许多人都不知道，20世纪70年代的福建男排多次夺取全国冠军，无论主教练还是运动员，都是中国男排的“半壁江山”。现已故原福建男排主帅戴廷斌，就是后来率领中国男排征战1981年国际比赛，让国人喊出“团结起来，振兴中华”的名帅，他麾下福建队的球员名字如雷贯耳：汪嘉伟、张建新、郑宗源、徐真、徐正国、郭明、朱志明、洪祖平、徐毅、陈忠和……这就是福建男排的“黄金一代”。

作者与陈忠和在中国女排腾飞纪念馆前合影

1979年，陈忠和被国家队主帅袁伟民调至女排担任陪打教练，这是陈忠和在中国女排职业教练岗位生涯的开始，也是在那一年，陈忠和和郎平结识。难怪陈忠和说：“2019年，距我刚进中国女排已经整整过了40年，而且我和郎平那一代老女排球员也认识了40年。那一代老女排真是艰辛，我也跟袁伟民指导学到了很多有益的东西，并跟随她们一起走向成功。”后来，在1987年，陈忠和作为教练率福建女排夺取第六届广州全运会冠军。

再后来，陈忠和出任多届中国女排助理教练，也辅佐过现任国家队主帅郎平，因此陈忠和和郎平两人的战斗友谊很深。陈忠和说：“郎平的确是中国女排历史上的传奇人物，无论是作为运动员，还是如今作为教练员，她都达到了事业的巅峰。能够和郎平在这40年中多次合作，我感到十分荣幸。”

截至目前，国人公认中国女排历史上有三大黄金时代，一个就是袁伟民率队首夺世界冠军，自此开创了中国女排“五连冠”时代；另一个就是2001年至2004年，陈忠和率队连夺世界杯冠军和雅典奥运会冠军；再一个就是郎平率队连夺2015年世界杯冠军、

2016年里约奥运会冠军和2019年世界杯冠军。因此，在国人心中，陈忠和同样是中国女排历史上的英雄。

峥嵘岁月就在昨天

和陈忠和聊天的话题自然离不开他率领中国女排四处征战的那段峥嵘岁月。陈忠和感慨道："那是一段非常难忘的岁月，回想起来可以说是历历在目，有时候仿佛就像在过电影一样，许多画面时常在我脑海中回荡，一切就像发生在昨天。"

2003年女排世界杯，陈忠和率拥有冯坤、赵蕊蕊、杨昊、刘亚男、周苏红、王丽娜、张娜、宋妮娜等人的中国女排居然豪取十一连胜，让中国女排时隔17年重夺世界冠军。为了这个冠军，陈忠和麾下的中国女排付出了极大的艰辛。

陈忠和说："我在2001年2月出任中国女排主教练，那个时候球队刚起步，队员很不成熟，身体条件也不是很好。全队训练非常艰苦，那真是超负荷、超代价。"陈忠和说了一个数据，当初他带队一周要训练56个小时，平均每天训练达到8个小时，而且没有休息日。那也是过去老女排的训练时长。陈忠和说，周日有的人有半天休息时间，但大多数人都没有这种"待遇"，而且晚上全队还会加练。可见，陈忠和麾下的那支中国女排之所以成为铁军，不是没有道理。

当年没有人看好这样一支中国女排。陈忠和说："我带队的时候，没有多少人看好我们这支中国女排。当时那批球员身体条件并不是特别突出，我们只能咬牙艰苦训练，这样才能让她们每个人的技术更加全面。每年我都会重点培养不同的人，争取让她们到2004年雅典奥运会时完全成熟。这是我当初的设想。"

2001年，经过艰苦集训的中国女排很快迎来了多场国际比赛，没想到中国队两次输给日本女排。陈忠和说："当时经过那么艰苦的磨炼，全队心气儿很高，输给日本队让我受到了一定的打击。不过，我们一直在坚持，始终没有放弃信念，没过多久我们就逐渐扳了回来。"

2003年女排世界杯之际，依然没有多少人看好这支队伍，但陈忠和内心深处已经做好了夺冠的准备。陈忠和说："2003年世界杯的时候，我很有信心。之前我就告诉队员，我们这一次就是为了冠军而去。但是第一场球打巴西队的第一局，因为姑娘们第一次打世界顶级大赛，所以有些蒙，大比分输掉了。幸亏经过调整，我们赢了那场比赛，而巴西女排后来也是一场没输。当然，最终还是我们夺取冠军。"

2004年雅典奥运会那一年非常不容易，年初赵蕊蕊受伤是对中国女排最大的打击。陈忠和说："当年，赵蕊蕊在漳州集训时受伤对我是很大的打击，奥运会即将打响，我们面临很大的压力。然而，全体队员非常争气，我们一直冲着打。在那个过程中也输了几场球，外界并不看好我们。全队一路搏杀，最后我们在决赛中0比2落后的情况下，实现了对俄罗斯队3比2取胜的大逆转，时隔20年让中国女排重夺奥运会冠军。"

心灵震撼

凄风冷雨

那是2001年的初春，刚上任的主帅陈忠和将队伍集训地点定在湖南郴州。当时中国没有高铁，郴州也没有机场，于是我乘坐绿皮火车，经过了两天多才抵达郴州。列车继续向前，前面就要过南岭了，下一站应该是广东省韶关市。

背着行囊的我，有一种"插队"的感觉。当时的南方下着小雨，冷风一直在吹，郴州那个时候有些旧。就这样，我奔赴郴州体育训练基地。相比于最早修建的福建漳州体育训练基地，1978年开始修建的郴州体育训练基地条件也好不到哪里去，当初也是竹棚，即使后来有所改善，但总体训练条件依然比较艰苦。

在北京之外，中国女排有三大训练基地，一个是漳州基地，一个是郴州基地，再一个就是宁波北仑体育训练基地。就交通情况、生活条件和训练条件而言，宁波北仑基地绝对最棒。如今的中国女排也经常去漳州，不仅因为那里训练条件不断改观，也因为中国女排向来有"漳州情结"，因为那里是中国女排腾飞的起点，不忘初心之处。不过，如今的中国女排去得最多的还是宁波北仑基地。郴州基地过于闭塞，条件也一般，女排去的次数已经很少了。但是，正因为郴州基地在2001年的时候同样条件艰苦，交通也不是很便利，陈忠和反而选择了那里，就是为了能够踏实地进行封闭式集训。

当初，几乎没有到郴州采访中国女排训练的记者，我一个人多少显得有些孤独。伴随着凄风冷雨的梅雨，那种孤单诉说着无人看好中国女排的现实。

那时，没有进过国家队的陈忠和并不是很有名，打球也没有打出名堂，自己也并非“学院派”，就是一个女排的男陪打，多年媳妇熬成婆，才成为中国女排主教练。这样的出身，不要说是圈外，即便是圈内，也没有多少人看好。伴随着陈忠和的是质疑和嘲讽，何况当时的中国女排整体也不被看好。甚至很多人都觉得，随着欧美强队的纷纷崛起，亚洲人的身体素质根本无法和她们抗衡，中国女排没有希望了。

至于陈忠和，许多人和不少媒体都认为他只不过是一个过渡性的教练，仅此而已。因此，媒体对他的关注度很低。孤单，或者说孤独的不仅仅是我，更是陈忠和。只不过，经常下基层的我，对联赛中各个年轻队员的情况了如指掌，我发现陈忠和选择的球员都是技术还不全面，但比赛作风很顽强的球员，因此，陈忠和带的球队值得期待。但是，这种观点在当时根本不是主流。当然，那样一个舆论环境，也让我对陈忠和麾下的中国女排更加充满了好奇。

魔鬼与地狱

我没有亲眼见过袁伟民如何训练那个时代的中国女排，没有亲身经历过那个时候的艰苦。但陈忠和经历了全部过程。这一次陈忠和带队，我终于体会到了当初那种“魔鬼式”训练到底多么残酷。这个过程，也让我逐渐明白了女排精神来自哪里，中国女排为何能够成功。

我随队采访过许多项目，但还从来没有见过像中国女排这样训练的队伍，这样的经历对我而言也是一次精神洗礼，更是学习，至少知道了什么是“三从一大”。

地狱在哪里，无人知晓；魔鬼什么样子，谁也没见过。但新一批中国女排姑娘在郴州的第一次集训中都品尝到了魔鬼给予的地狱般的磨砺，而那个“魔鬼”，就是陈忠和。

当时中国女排早已远离人们的视线，大家都觉得中国女排短期内不会翻身了，对陈忠和也并不信任。凄风冷雨仍在继续，看来南方的梅雨季节的确有些长。

2001年4月14日清晨，一身戎装的中国女排姑娘列队站在湖南郴州集训基地，队长冯坤站在队伍最前面，带领全队宣誓：“我志愿成为中国女排的一员……为中国女排重塑辉煌而奋斗……奉献我们的全部……”

军训，后来成为中国女排每次集训时的一个“固定节目”。一周的军训，使队友之间有了一个相互认识的时间，更重要的是让全队树立了崭新的面貌，为技术训练打下基础，这是陈忠和从作风入手的第一步。

刚到国家队的年轻球员潜力很大，但技术普遍比较粗糙，可以说在各个方面都不足。既然陈忠和要重新种树，他就没打算轻松。炼狱般的磨炼开始了。陈忠和强力锻炼队员体能，每名球员身体反应都很大。此外，陈忠和开始对每个人的技术精心打磨。一天三练，也许很多人认为这样的训练未必科学，但在组队初期，吃苦是值得的，因为陈忠和要的是打下未来四年的基础。

在郴州，我还感受到了“木地板”。那个时候的郴州基地早已没有了竹棚，但也没有现在场馆里优质的塑胶场地，那种木地板多少让我感到了怀旧。一次次滚翻防守，一次次补位，我恍惚看到在场地中央带队训练的人不是陈忠和，而是袁伟民。

队长冯坤对我说：“我练得都要吐血了，但这个时候一定要咬牙挺住，力争让自己的能力再上一个层次。现在我两三天才给家里打一次电话，因为实在是太累了，都懒得说话了。每天到食堂时，我们都不愿意吃饭，因为觉得吃饭都是一个累活，就想在床上歇一会儿。每周日下午是休息时间，但不是任何人都能休息。一旦有时间，大家都不愿意出去，而是在宿舍里睡大觉。”周苏红、杨昊等人在一天练完后，几乎没有力气上楼，也不想吃饭，需要手脚并用，才能爬回宿舍。

大运动量的训练，使每名球员都感到了前所未有的压力。陈忠和说：“2001年郴州集训时的情景，我还真不敢想，因为太残酷了，训练量实在是太大了，我自己都已经达到极限。由于在起步阶段，她们的技术十分粗糙，因此所有技术训练，我都要与姑娘们一起摸爬滚打。如果现在重来一遍，我都怀疑自己能否坚持下来。”

由于技术粗糙，年轻球员总是达不到陈忠和的要求，压力巨大。而陈忠和还用话语刺激每个人。众所周知，陈忠和一直以微笑的形象示人，但其实，陈忠和初期并不是笑容满面，而是一脸冷酷无情。

周苏红哭了，杨昊哭了，赵蕊蕊哭了，冯坤哭了，刘亚男哭了，她们不是忍受不了训练之苦，而是因无法达到教练的要求而自责。“着急啊。她们当时进入了一个瓶颈期，熬过去，就会有一个明显的进步；熬不过去，她们将无法真正成为强者，也不会有冲击世界冠军的机会。”陈忠和感慨地说。

那次集训，队长冯坤遭遇了人生中最痛苦的阶段。冯坤身材较高，攻击犀利，防守稳固，就是主项二传组织能力不足，传球技术比较粗糙。陈忠和直白地对她说：“你的传球组织能力不行。”这等于否定了冯坤这个二传手的全部。一直在苦练的冯坤痛苦地哭了，声音很大。但当陈忠和劝她要有信心、别着急时，冯坤哭得更厉害了。

这边杨昊也是哭得死去活来，因为教练总觉得她只会傻扣，一点儿脑子都不动。杨昊当时只会四号位强攻，根本不知道什么是轻吊，更不会运用手掌来改变节奏。不但容

女排姑娘们在训练中

易被拦死，还无法完成任务——糟糕的一传和防守问题也暴露出来。“怎么什么都不行了？”杨昊又哭了。

所有人都被陈忠和处罚过。因为没完成一项技术，比如教练要求扣死5个球，只扣死了4个，少1个就再罚5个，这样训练时间无限后延，完不成任务就不能吃饭。很多姑娘在这种近乎残酷的训练中，始终有眼泪相随。受不了的赵蕊蕊甚至提出重回八一队的请求。

有一次，全队从清晨一直训练到下午3点，午饭还没有吃。食堂大师傅将饭菜打包，送到了训练馆。陈忠和当时就说：“还没训练完呢，拿回去！”就这样，午饭改成了晚饭，而到了食堂该吃饭的时候，没有人能够吃得下去，因为大家都太累了，有人甚至在饭桌上睡着了。

后来，陈忠和说：“这样的情况也不会经常有，但有时候又要有，因为这是不断给队员加压，她们要经历这样一个痛点，需要更大的刺激。”我想，那个时候的陈忠和几乎就是袁伟民的化身。

陈忠和每天晚上都睡得很晚，因为他要写第二天的训练计划，有时累得连写字的力气都没有了。但他丝毫不敢放松自己，因为他和全队的目标不仅是成为世界强队，而且要重夺世界冠军。

在这次国家队集训期间，陈忠和实施了魔鬼式训练，队中没有一个球员没哭过。他说：“她们都有强烈的上进心，而且非常团结，她们哭是对自己不满意，因着急而哭，这说明她们有个性，没有个性的球员拿不了世界冠军。我都是鼓励她们战胜自己。”

来到漳州

在小城太仓初次亮相后，这届中国女排转战哈尔滨、香港等地，参加邀请赛和瑞士女排精英赛。中国女排在精英赛上甚至未能晋级决赛，这也证明她们的确还很年轻。2001年7月初，从瑞士女排赛铩羽而归的中国女排开赴福建漳州，开始为期一个多月的封闭式集训。郴州集训是“苦”字当头，因为要储备体能，锻造顽强的战斗作风。在漳州集训中，教练团队主要着手解决年轻球员在前一段比赛中暴露出来的问题。时任国家队领队的李全强说，漳州集训与郴州集训不同的是，每一名球员都要开始对自己的不足“动手术”了。

姑娘们也是这么想的，可是真正练起来就没这么简单了。用姑娘们的话说，陈忠和的训练“练得比郴州时还苦”。没过几天，有的姑娘又开始在训练中哭起了鼻子。

一头短发的周苏红是全队比较抢眼的明星，她体能充沛，比赛中总是充满激情。作为一名接应二传手，周苏红在四国赛和瑞士女排精英赛中表现出色。周苏红来自浙江，白嫩的皮肤掩盖不住倔强的个性。她深知这次漳州集训后，中国女排必须要给国人更大的希望才行，所以训练得非常刻苦。可是，周苏红在有些技术环节上总是不能有所突破，于是急得直哭。她说：“我太喜欢打排球了，总是想做得更好。我也知道情绪急躁不行，可是有时没办法。”

来自北京的二传手冯坤，一直是全队的重点培养对象，但在集训中哭得也很凶。冯坤个性较强，平时很少哭泣，但在这次的训练中哭过好几次，主要原因是传球技术总是不能有所提高，有时教练的一句“冯坤，别着急”都能让她落泪。冯坤说：“我知道教练和队友都对我充满希望，但技术能力总是不能有所突破，队友甚至开始用怀疑的目光看我，这是我无法忍受的。”对于即将开始的世界女排大奖赛，冯坤说：“这是我的一次非常重要的机会，我会尽全力挺过这一关，我相信自己。”

活泼的自由人张娜因对自己防守技术不满意而哭，主攻手张静和杨昊因扣球变化不够而哭，赵蕊蕊因自己的膝盖老伤总好不了而哭……漳州训练基地一时间仿佛成了泪海，而姑娘们越哭，教练的球就越不停地往她们的身上砸。

运动队一天的集训一般分上午和下午，而中国女排则是一天三练或一天四练，也就是陈忠和说的全天让她们“享受”地板。上午训练一般从8点30分开始，主要训练的是专项技术和体能。有时，午睡也会取消。排球一次次砸向每一位姑娘，身体在地板上来回翻滚的声音在厅内回荡。接着，全队开始进行分组对抗。下午5点左右，田径助理教练张武纪来了，于是折返跑、50米跑、跳绳等练习接踵而来。有时候，姑娘们晚上也要与地板零距离接触。难怪姑娘们笑谈，地板与自己最亲，教练比谁都“狠”。

平时的疲惫与枯燥会让青春年少的女排姑娘们有些心烦，每次遇到这种情况，“狡猾”的陈忠和便开始当起裁判员，让姑娘们踢足球、打篮球、玩橄榄球、玩老鹰抓小鸡的游戏。他们还发明了一种“反弹球”，让姑娘们尽情“享乐”。

时任领队的李全强说：“这些姑娘的自尊心极强，但由于自己的技术总是不能突飞猛进，很多球员都急得直哭。而我们该训斥的时候绝不会留情，越是达不到要求，就越得练。当然，我们也会私下找队员谈话，希望她们不要过分着急，时间还有的是，关键是从细节和思路方面入手。说实话，我们教练都为能有这样优秀的球员感到非常自豪。”

主教练陈忠和说：“在这段时间里，我们着重练了体能，从而加强球员连续作战的能力和抗击打能力，收到了明显的效果。同时，我们在技战术配合上，又进行了一些改进，使变化更多。

“我们的二传手和其他世界一流强队的相比并不差多少，关键是我们主攻队员强攻能力不够，无法在网前形成以一打多的局面。那么全队只能以整体打法为主，这时二传手的水平就非常重要，我不得不对二传手提出更高的要求，‘加餐’训练必不可少。”

在当年的世界女排大奖赛香港站的比赛中，中国女排输给了日本女排，这让陈忠和非常恼火。体育馆走廊里，陈忠和静静地体验一个人的孤独。由于队员年轻，在比赛中发挥忽好忽坏，当着球员的面，陈忠和虽然一脸平静，内心却是翻江倒海。他说：“其实我就是一个演员，虽然有时恨不得上场去骂她们，但都忍住了，因为教练员的急躁情绪会使球员更加无所适从，况且当时急着告诉她们，不如让她们去自己感受。”

还有一次训练让我印象深刻，就是那次训练让我理解了陈忠和苦练姑娘们的良苦用心，也体会到了什么是女排精神。当时，姑娘们的抵触情绪很大，看到情形不对的陈忠和叫停了训练。全体队员围着他，那种气氛相当压抑。陈忠和对大家说：“我们每天这样训练，到底为什么？我知道大家都很累，我也很累，如果咱们多休息，大家都感觉很快乐，咱们也可以打快乐排球。我无所谓，但你们吃的是‘青春饭’，我唯一担心的就是等你们退役之后，回来骂我，骂我这个教练当初没有给你们带出成绩！我们的目标是世界冠军，是雅典奥运会冠军！”现场鸦雀无声，而陈忠和的话掷地有声。

然后，陈忠和拿过一把椅子坐下，队员们也坐在地板上。陈忠和轻声地说：“每个人都有情绪的临界点，每个人都有烦躁的时候。但是，我们现在所有的付出，都将在未来的赛场上得到体现。要想登上世界之巅，自己必须进行常人难以承受的训练。”

当然，陈忠和有时候还会给姑娘们讲一些自己过去的小故事，以及袁伟民和“老女排”们的故事。时代虽然改变了，但是有些东西不会变。通过这样朋友般的沟通，姑娘们渐渐消除了对高强度训练的不满和对陈忠和的怨气，中国女排更团结了。

在陈忠和的率领下，中国女排屡屡击败古巴、巴西这样的世界劲旅，球迷看到了重新崛起的全面、硬朗、快速、灵活的新一代中国女排。姑娘们都说陈指导是一名“儒帅”，但更是一名“铁帅”，因为他的训练手段真的特别狠。陈忠和说：“我选择的球员都是作风顽强的，无论比赛结果如何，我们必须打出振奋人心的精神面貌，这一点姑娘们做得很好。更让我高兴的是目前队内气氛很团结，没有什么乱七八糟的事情。”

苦中有乐

人生就是这样，当你觉得自己要交好运时，没准迎接的恰恰是一个低潮——2002年的中国女排就在被大部分业内人士看好的时候，遭遇了低谷。

中国女排在2001年崛起时，给人印象最深的不是赵蕊蕊，而是主攻手杨昊。杨昊的出现，极大地弥补了过去中国女排强攻不强的痼疾。她的跳发球攻击力强，男子化技术明显。杨昊腰腹肌力量好，身高虽然不是很高，但平冲力强劲，看杨昊的大力扣杀，过瘾!

就是这个“小老虎”，在2002年陷入了低谷。杨昊在2001年出名后，对自己的要求更高了，但由于自身身高有限，在技术没有突破时，她的特点也被对手所了解。进攻多次被封杀，杨昊不再自信，这使全队的进攻多次“哑火”，导致多场比赛失利，或者磕磕绊绊地取胜，出现大起大落的局面。

接着，队长冯坤也出现较大起伏，这使全队的攻防忽好忽坏。还有就是在2001年表现最出色的副攻手刘亚男肩伤开始变得严重，在2001—2002赛季的女排联赛中，刘亚男甚至有很多场比赛都没打。而此时的赵蕊蕊其实还没有显山露水，即便早已名声在外，球迷也很难看到她在国家队最出色的演出。张娜也因为自己的不稳定，暂时退出国家队，八一队自由人李颖和四川队副攻手熊姿进入国家队充当自由人。

陈忠和几乎不喝酒，就爱品茶，最爱喝的是一种产于闽南的叫白芽奇兰的乌龙茶，这种茶味道比较苦。无论走到哪里，陈忠和都会带上他那套上好的茶具。在2002年多人处于低谷时，陈忠和用自己的行动显示了对队伍的自信。

一次，我路过陈忠和在训练基地的房间，他叫我进去一起品茶。他拿起小茶壶，将茶水倒进茶杯，说："来，尝一尝吧。"我一品，还真苦，但回味一下，心里很舒服。"这个能去火。"陈忠和意味深长地说。

"人生会经历很多的挫折，品尝一下苦涩的工夫茶，会舒服一些，也会告诉你在困境中，如何看待一切。曾经经历的痛苦，就是人生的一笔财富，回过头时，你会发现你积累了不少的财富，这会帮助你走向成功。"陈忠和说。

陈忠和还有一个爱好，那就是制作盆景。他说自己制作盆景，会有一种用自己双手创造生活的快乐。后来，陈忠和制作的盆景《女排之歌》还在第六届海峡两岸（福建漳州）花卉博览会上荣获金奖。当然这是后话。

与陈忠和在一起，我发现这个"小个子"平时在激烈的赛场上驰骋，生活中却偏爱"静"。喝茶和制作盆景，都是修身养性的一部分。陈忠和说："人在静的时候，其实酝酿着无穷的动，也只有在静的时候，才会细细品味自己的言行，以及自己做的事情是否正确，才会发现自己哪里有不足。看破了，困难在你面前就会显得那样渺小。"

陈忠和很自信，即便主力球员在2002年处于严重低谷时，也丝毫没有改变对自己挑选的球员的看法。只要他认定的人，就用人不疑。当时，外界又开始质疑陈忠和选人的眼光，而陈忠和很拧，他坚信自己的选择，他说："我不会看错人，她们就是重夺世界冠军的希望，我始终对她们充满信心，虽然技术还不完善，但她们终归有一天会夺取世界冠军。"表面微笑的陈忠和，内心深处却是异常坚强。外柔内刚，一条硬汉。

那种情感终生难忘

在自己执教国家队生涯中最难忘的，还有姑娘们和他的那种情感。陈忠和表示，他最难受的时期，恰恰因为有队员们陪伴才顺利度过。

痛苦往往会让人印象最深刻，2002年德国世锦赛"让球风波"让陈忠和处于被攻击的态势。随后2002年亚运会就成为陈忠和一道关卡，只能夺冠，否则必定"下课"。陈忠和说："那段时光比较难忘，2002年亚运会是我执教国家队时期最危险的岁月。然而压力之下，队员们真正地团结成了一个人，训练非常刻苦，非常认真，非常投入，非常支持我的工作，一定要把亚运会冠军拿下来，才能让我不走。记得当时赵蕊蕊给我画了一幅画，每名球员在上面都写上了一句话或者一首小诗。她们说，陈指导，你是世界上最幸福的人，你有这么多人爱你、支持你，希望我们亚运会能打好。"

2008年北京奥运会，中国女排夺取一枚铜牌。而后，从国家队卸任的陈忠和出任福建省体育局副局长，主要负责竞技体育。在陈忠和出任福建省体育局副局长时期，福建体育代表团在全运会和青运会上都取得了福建省历史性佳绩。当然，更让陈忠和欣慰的则是他麾下的那些队员总能来看望他，她们不管是已经走上各自省市的领导岗位，还是教练岗位，始终都是陈忠和麾下的战将。

昔日女排队员们就像看望老父亲一样，时常来和陈忠和聚会。最让陈忠和感动的就是2017年中秋节，大家给他过60岁生日的那一次。陈忠和说："2018年组织才让我正式退休，但2017年我整60岁，那一年的生日聚会让我终生难忘。队员们提前和我爱人一起悄悄地策划了这次生日聚会，之前没有人透露一点儿信息给我。那天是中秋节，我们这里正好赶上刮台风，福州市暴风骤雨。我爱人说，有位老朋友说要请我去饭店吃饭，一定要我去。当我走进饭店餐厅，灯突然亮了，当时我就傻了，桌子上是生日蛋糕，她们的歌声响了起来。我站在原地纹丝没动，因为已经无法走动了。当时正值中秋佳节，她们没有和家人团聚，而是顶着台风从祖国各地悄悄一起跑到福州来给我庆祝60岁生日……"妻子李东红回忆，看着当年和他一起拼搏的"战友"，陈忠和潸然泪下。

陈忠和说："对此，我真是一点儿都不知道。当时，记得张越红正好在机场赶上了台风，没能及时来到现场，还特意给我打来电话，祝我60岁生日快乐，让我非常感动。当时我什么话都说不出来了，那真是让我难忘的时刻。"

退休之后，陈忠和过起了休闲的日子。平时，他喜欢打打网球、高尔夫球，现在还是福建省高尔夫球协会主席。他也是有名的"茶腻子"，依然爱喝茶，而且茶瘾很大。

回顾自己执教中国女排这八年岁月，陈忠和表示，有快乐，有痛苦，酸甜苦辣都有。"人无压力轻飘飘，当年生活的感觉非常好，每天都很刺激，每天都有奋斗的目标。现在我虽然过得很愉快，但内心还是有些空荡荡的。我喜欢那段岁月，当然，现在我的身体已经无法坚守教练岗位了，但是那种生活很充实。”

中国女排对于陈忠和而言，仿佛一种基因，早已流淌进了他的血液里。陈忠和说：“这种东西，语言难以表达。我认为中国女排能够成功，就是做好了每一天，每一天都不放弃。人就是这样，你让他去拼搏一时可以，但是长久拼搏下去，谁也受不了，几乎没有人能够做得到。所以说，没有从平时一点一滴做起，到最后生死关头再说去拼搏，那就是一句空话。因此，一定要积累，一定要沉淀，才会有收获。”

“三分天注定，七分靠打拼，爱拼才会赢”，说起那句最经典的闽南话，陈忠和的话语依然铿锵有力，他的眼光中依然充满坚定的信念，这与袁伟民和郎平一脉相承，这就是女排精神的写照。

04 重登巅峰

铁树开花

2003年，一场突如其来的“非典”疫情席卷中国，而这也给了陈忠和麾下的中国女排一次非常安静、踏实的集训时间和空间。

年初，球队又从郴州来到漳州体育训练基地。在这里的集训依然艰苦，不过调整味道已经逐渐浓烈起来。

陈忠和率队住进漳州基地冠军楼，他晚上睡得还是比较晚，依然在桌子旁写训练计划。要是有人在他旁边，他会突然蹦出一句话，有时是关于女排技战术的，有时是各处体育馆的情况，又或者是当地天气情况之类的，可见他的思路一刻都没停。

漳州基地通往食堂的路上有两棵大铁树，据当地人说，这两棵铁树已经十多年没开花了。就在中国女排即将离开漳州时，两棵铁树开花了。一名工作人员对陈忠和说：“我感觉你们今年能夺冠。”陈忠和问为什么，他说：“不知道。就是因为好久没看到基地里的铁树开花了，这是多年不见的景致，感觉意味着女排会有好运气了。”陈忠和笑了，因为在他的心里已经有了对世界冠军真实的渴望，而铁树开花，也是漳州基地里难得一见的风景，预示着好运气，是锦上添花的事。

陈忠和说：“其实，我对今年全队的‘战事’心里有底，因为队员们的训练全部达到了要求。在这个基础上，我对世界杯充满着渴望。我也不知道铁树开花到底怎么样，不过希望它能够给我们带来好运吧。”

冯坤日记

冯坤写了一篇日记，回顾了几年来的历程，字里行间流露出的都是对夺冠的渴望和自信。

她这样写道：“……我们已经到达日本鹿儿岛，全力备战与巴西队的首场世界杯比赛。这里的一切对于我们来说都是新的，一切从零开始，我们重塑女排辉煌也将从日本开始。”

冯坤娓娓道来，思绪飘飞：“这是我第一次参加世界杯赛，感到非常光荣。俗话说，万事开头难。作为一名二传手，我的技术并不是最好的，只是在身体条件上占据优势，属于攻击型二传。我将和同为二传手的宋妮娜一起捍卫中国女排的尊严。根据以往的经验，只要度过最难受的阶段，我们就会有一个飞跃。

“2001年4月14日，我们新一届中国女排在郴州开始了新的长征，但我对国家队的管理和训练明显不适应，状态低迷。更不幸的是，我在训练中伤了虎口，这使我彻底成为替补球员。在当年四国赛的首次亮相中，看着别人在场上比赛，我心里很难受。在最困难的时刻，教练和队友给了我莫大的鼓励，我始终没有放弃艰苦的训练。2001年四国赛哈尔滨站与日本队的比赛中，在我们落后的情况下，教练将我换上场，我与队友迅速扭转了被动局面，取得胜利。就是从这场比赛开始，我成为队中的主力球员。2002年在德国举行的世锦赛，我们虽然仅获得第四名，但全队经受了锻炼，球队正逐渐走向成熟。

“2003年瑞士女排精英赛和世界女排大奖赛的锻炼价值很高，也让我们成熟了很多。我感觉有时候太想得到什么东西，往往得不到；而在比较放松的情况下，往往会有意外收获。2003年女排大奖赛，我们先后负于巴西队和俄罗斯队，险些小组没出线。而后我们脚踏实地，没再想什么冠军，只是以平稳的心态去拼每一场球。当我们以3比0击败俄罗斯队夺冠时，我们并不是很兴奋，一是因为这只是大奖赛冠军，二是我们没想到最后还能夺冠。体育比赛的魅力就是充满悬念，关键看谁能做到心态平和。

“过去艰苦训练的一幕幕难以忘记，我们也不会忘记‘老女排’崛起的艰辛，我们要做的，就是打好每一场球，打出顽强拼搏的精神。好的结果不是想出来的，而是一步一步踏踏实实地走出来的。我想不应该给自己太多的心理包袱，我们还是一支年轻的球队，希望全国球迷永远支持我们，我们将用自己的努力，力争重塑女排辉煌。”

这一篇冯坤日记，客观上说明了中国女排的变化。

鹿儿岛的排球氛围

2003年，中国女排的世界杯之旅从位于日本九州的鹿儿岛市开始。

来到鹿儿岛，扑面而来的不仅是清新的晨风，更有日本人对排球的热情。在世界杯鹿儿岛站首场比赛开赛前，购票的观众一大早便排起了长龙，我周围到处洋溢着对排球的狂热气氛。

日本人虽然很喜爱棒球，但曾经给日本国民带来无上荣耀的排球仍是他们最喜欢的体育项目之一。前一天，我们几个人打算一起去看一下体育馆，由于日本人会说英语的并不多，导致我们与出租车司机无法沟通。在一阵比画之后，司机先生似乎明白了什么，说了句近乎英语发音的“排球”，并做出打排球的动作。我们大家一起点头，司机这才恍然大悟，随后就是一串日语。一路上他不停地自言自语，虽然我们听不懂他说的是什么，但有一点是肯定的，那就是有关排球的内容，也许是某一场比赛，也许是某一位排球明星，总之他说起来，两只眼睛都在放光。

不过，司机还是拉错了地方，把我们放在一所场馆之外就走了。要知道，那个时候还没有手机导航。但因祸得福，我们见到了日本体育雄厚的基石。这是一所普通的学校，但体育设施却如此完备。我们走了进去，人家正在进行体育训练。在一阵交涉之后，对方似乎明白了我们的想法。反正我们也不着急去比赛场馆，大家就聊了一会儿天。

日本非常重视国民教育，而体育是教育的一部分，所以各个学校体育设施都比较完备。每个孩子从小要选择三项体育运动，一个是道，比如柔道、空手道、剑道等，目的是让孩子明白体育礼仪和规矩；一个是集体项目，比如棒球、排球、足球、篮球、手球等，目的是让孩子们懂得团结协作；一个是个性化项目，比如田径、游泳、网球等，目的是让孩子充满个性。他们没有专业体校，每个孩子都从普通学校成长起来。对于那些有体育天赋的孩子，等到了快升学时，老师会和家长沟通，建议他们报考体育专业是强项的学校。大学毕业，孩子可以选择走上社会，或者迈入职业化。而职业化高水平队员退役之后，不少人都可以有回归学校的选择，这样孩子们从小就可以接受正规训练，有助于孩子成长。当然，还有一个前提，那就是日本发达的经济基础，以及出色的国民教育。

比赛的前一天早晨，我们来到阿瑞纳体育馆拿记者证，很远便看到了许多观众排起长队。由于是周末，这次来看排球赛的人很多，不过大多数是穿着校服的学生，尤其是女学生。虽然是秋冬季，鹿儿岛的天气还是很热，也因为日本人的习惯，这些女学生都穿着短裙，不同颜色的裙子成为一道亮丽的风景线。

看到这里，很多人都会问一个问题——为什么日本排球赛场的观众总是以女性为主呢？因为在上学的时候，男生大都选择棒球；而大部分女生会选择排球，因为排球没有过多的身体对抗，相对比较安全。

由于排队时间较长，许多学生围在一起做游戏。从一阵阵喊声和高兴的表情可以看出，她们很投入。同时，还有一些女学生在空地上打着排球。售票大厅开门后，人最多的地方不是售票处，而是购买本届世界杯纪念衫、徽章等纪念品的柜台，大家很想先得到首场比赛的开赛纪念品。许多人还购买了签字笔，目的是比赛后找球员签名。

在商店里，当工作人员得知我们是外国人时，都表现得非常热情，尽量帮助我们。特别是得知我们这次是为了女排世界杯而来时，他们变得更加热情，并要说上几句关于排球的日语，不管我们是否能听得懂，最后还预祝中国队能取得佳绩。

在这里，如果你听到许多女学生疯狂的叫喊声时，千万别认为是哪个歌星的演唱会，其实这是女排世界杯赛场。这就是鹿儿岛的排球氛围，这就是热情而又含蓄的鹿儿岛人民。

一场扭转乾坤的胜利

11月1日，相信所有观看了“中巴大战”的中国人都体验到了每一秒都在心跳加快的紧张感觉。在赛前，我感觉中国女排有可能先输一局，因为姑娘们以前很少打这样重要的国际大赛，欲望和渴望有时候会成为心理负担。只不过，我没想到中国女排第一局输得如此之惨。想赢怕输的心理几乎导致中国队崩溃，开局便陷入生死边缘。

巴西队有些紧张，但中国队更紧张。在首局2比3落后时，中国队主帅陈忠和便预感到球员不太正常，他站了起来。这说明陈忠和对形势有着清晰的判断。

巴西队多次封杀中国队快攻，使中国队更加急躁。2比6时，陈忠和第一次叫暂停。赵蕊蕊的背快被拦，周苏红的快攻被拦，说明巴西队准备得很充分。中国队进攻特点和发球的优势荡然无存，即便二传手冯坤被换下，全队仍然如此。不是巴西队立体进攻有多出色，而是中国队没打出自身特点。6比17落后，6比21落后，这样的大比分落后恐怕在强强对话中极为罕见。世界最佳二传手文图里尼组织能力突出，压过了冯坤。14比25，中国队首局脆败。

陈忠和说：“在困难时刻，我就对自己说我首先要平静，千万不能急。说实话，我预料到开局会被动，但没想到会如此被动，全队几乎崩溃了。在第一局结束交换场地时，我对姑娘们说：‘你们活动开了没有？’当时杨昊冲着我笑了，我预感到我的球员开始苏醒了。”

的确，陈忠和并未说什么具体的战术安排，只是说了这么一句话，姑娘们才意识到热身活动应该结束了。第二局开局，在中国留学生们的“中国队，加油”声中，中国女排苏醒了，进攻落地开花，赵蕊蕊的高点背快快如闪电，王丽娜和杨昊撕破对方防线，中国队以25比18将总比分扳平。

第三局是双方争夺的焦点，杨昊的大力扣杀得手鼓舞全队士气；赵蕊蕊体现出“网上长城”的威力，拦网、快攻和轻打，每个球都让对手感到十分别扭。巴西队著名球星迪亚斯发力时，正是赵蕊蕊的单人封杀挫伤对手锐气。中国队以25比19取胜。

巴西队在第四局展开猛烈的反扑，张娜的防守为全队反击奠定基础，赵蕊蕊的时间差令对手难以防范。正因为赵蕊蕊的存在，冯坤调配平拉开强攻得心应手，杨昊和王丽娜也是重炮开花。在赵蕊蕊最后一记快攻得手后，中国队以25比16取胜，从而以3比1击败强劲的巴西队。有些姑娘流下了泪水，这是战胜自己的喜悦泪水。

这是一场扭转乾坤的胜利，当时如果输给巴西队，中国女排就将有可能以10胜1负位居亚军，而巴西队则有望11场全胜夺冠。只要输一场比赛，中国女排就无法夺冠。

中国队队长冯坤说："这是世界杯首场比赛，全队开局太紧张，适应大赛的能力还是不强。而巴西队开局打得非常出色，我们的进攻多次被拦，说明她们对我们的战术研究得很透彻。之后，陈指导给了我们很多鼓励，队友间也相互信任，一分一分地拼，耐心地与对手周旋，技战术发挥得还可以。"

赢得首场非常关键的比赛之后，陈忠和像往常一样，独自沉思了一会儿。后来，他说："我始终坚信我们能够击败巴西队。"

陈忠和说："一方面，我们在赛前对首场比赛做了充分的准备，只要裁判的最终哨音不响，我们就肯定会有机会。另一方面，我一直在场上观察巴西队的情况，发现并不是对手发挥有多出色，而是我们没有拿出水平而已。这下我心里就很有底了，这场球我们是可以拿下的，因此我的心态很好。"

鹿儿岛首战巴西队，一场惊魂，但中国队正在应变中逐渐走向成熟。

糖真好吃

11月2日下午，中国女排迎来了又一劲敌——"黑色橡胶"古巴女排。

这是曾创造"九连冠古巴王朝"和曾开创"五连冠中国时代"的两位老对手的较量。赛前，古巴队助理教练表示："我们这次可以不夺世界杯冠军，但必须击败中国队。我们要证明自己。"而中国队主帅陈忠和则表示："打古巴队，必须从开局在气势上压过对手，用拦防抑制对手的疯狂，否则就不好打。"这是一场两队拼斗志、拼强攻、拼拦防的对决，而主攻手杨昊将是取胜的关键。因为打古巴队，杨昊总是信心十足，而且很对路子，若杨昊能发挥出自己的优势，中国队必将击败古巴队。

中国队开局仍然不顺。由于心情有些急躁，队员移动过早，出现站位错误，古巴队

与古巴队比赛中的赵蕊蕊

以3比1领先。此时，“中国制铁”杨昊挺身而出，大力斜线扣杀和重扣撕破对手防线，漂亮的后排扣杀更是鼓舞全队士气。中国队以8比5反超。此后，古巴队小路易斯直线扣杀得手，将比分追至11比14。不过在赵蕊蕊的掩护下，冯坤扯开空当，妙传平拉开进攻，杨昊一锤定音，再次将比分拉开。小路易斯频出杀招，而杨昊重炮风头更劲，在两名主攻手的较量中，杨昊无疑占据上风。在冯坤、赵蕊蕊和周苏红三人拦网封杀小路易斯重扣之后，古巴队的情绪受到影响。打开局面的中国队以25比20取胜。

面对古巴队展开的猛烈反扑，杨昊不断改变手法和线路，直线和斜线扣杀异常灵活，尤其是空中转体直线扣杀震慑古巴队。在古巴队再次将比分追近时，杨昊强攻突破对方拦网，中国队以18比14领先。接着，赵蕊蕊主宰了比赛，中国队以25比17取胜。

第三局在相持过程中，又是杨昊的大力扣杀打出中国队的进攻高潮，最终，中国队以25比19横扫古巴队。“中国制铁”杨昊风采盖过“重炮”小路易斯，斗志高昂的中国女排打出近乎完美的“进攻风暴”，以3比0席卷“黑色橡胶”古巴女排，扫除了进军雅典奥运会的第二个强劲对手。

中国队队长冯坤成为当场比赛的最有价值球员，因为冯坤调动出全队的攻击点，尤其是和杨昊配合的平拉开战术和后攻战术。心服口服的古巴队主帅卡尔德隆就说了一句话：“中国队是世界上最出色的球队，她们的球员是最优秀的，希望她们能够夺取世界杯冠军。”实力是第一保证。正因为拥有出色的拦防体系和强大的进攻实力，中国女排才得以笑傲群芳。本场比赛的胜利使中国队夺取世界冠军的信心大增。

三年前，古巴女排还是一座不可逾越的高山。记得当时看完古巴队训练，冯坤红着脸对我说：“她们真是太棒了，这种弹跳真是太厉害了。”当年，中国女排能以3比1击败古巴队，关键是拼出了“初生牛犊不怕虎”的气势，冲垮了古巴队。虽然此后中国队对古巴队的胜率较高，但始终没有在世界大赛中击败古巴队。这才使古巴队不死心，也让中国队不能看清自身实力。本次“中古大战”，陈忠和率领的这支中国女排终结了在世界大赛中“古巴王朝”对中国队的威慑。

能3比0击败古巴队，最令中国队主帅陈忠和高兴的不仅是取胜的结果，更是中国女排球员已经恢复正常心态。对阵巴西队和古巴队的两连胜使中国女排前途光明，难怪陈忠和赛后的微笑如此灿烂。他说：“一方面，与古巴队的比赛，我们基本上发挥出了水平，尤其在拦防环节上发挥比较成功，针对古巴队的三点进攻，我们的整个布防比较成功。另一方面，我们的进攻发挥出应有水平，一攻成功率发挥稳定，所以场上没有什么慌乱情况。在赛前准备会上我就提到，取胜的关键在一传，因为古巴队有五个人发球攻击性很强。而我们在比赛时的一传比较稳定。不足的地方就是自身失误较多，出现不该丢的球。”

赵蕊蕊说：“在与古巴队的比赛中，我们发挥出了自己的水平。我们对这场比赛做好了遇到困难的准备，因为古巴队毕竟是一个强劲的对手，又是上届世界杯冠军，这次也发挥出了比较高的水平。作为一名副攻手，我平时练的拦网比较多，心态比较好，在面对强大的对手时，不会有太多的想法，只想着如何做动作，把自己的水平发挥出来。我希望有一天能成为世界上最棒的副攻手，成为中国队的‘万里长城’。我会朝这方面努力。”

刘亚男说："我们打古巴队时发挥得比打巴西队要好，因为与巴西队是首战，无论从技战术上，还是从心理上，全队都表现不好。通过第一场比赛的锻炼，大家对比赛的节奏和心理感觉上比以前提高了，没有了过多的想法，用平常心对待比赛，所以场上打得比较从容。"

每次登车赶赴赛场前，队长冯坤都把我带来的喜糖分给大家品尝，来缓解心理压力。杨昊看到我，说："真应该感谢你给我的糖，吃了后还真有劲儿。"赛前给她们吃糖，没想到竟成了杨昊战胜对手的原因——其实是她发挥出了水平而已。对比过去，那个天不怕、地不怕的杨昊又回来了。

我问杨昊这次为何打得这么好，她说："2002年德国世锦赛是我第一次参加世界大赛，难免有些紧张，想法过多，太想打好往往打不好。经过一年的锻炼，我的心态放开了，所以这次在世界杯前两场比赛中发挥出了自己的水平。就是开始的时候，脚伤还让我有些顾虑，但我一到赛场就特别兴奋，忘记脚伤了，而且脚伤也激发了我的斗志。我认为中国队会越打越好。"

与巴西队的首场比赛开局，冯坤的表现不佳，而本场与古巴队的比赛却拿下最有价值球员奖项。冯坤说："如果我不是打巴西队非常差的话，打古巴队也不会转变得这样快，因为比赛千变万化，其实出现什么情况都是很正常的。正是这么想，我才能及时调整状态。我没有太看重自己发挥如何，只有全队取胜，我才会开心。哪怕我传出的球是一对三，攻手下球了，我也是很开心。在与巴西队第一局的最后阶段，大家放开了，干脆破釜沉舟，一分一分地拼，终能击败对手。"

冯坤表示，两场硬仗的胜利，教会了全队如何破釜沉舟。而后面的每场球都是决战，大家不会轻敌，因为还没有击败任何球队的绝对实力。"现在我还没跟家里通电话，只是在赛前与家里通了电话，怕他们说我。我觉得，冠军需要一步一步积累，希望和困难同在，这两场硬仗打下来之后，我们看到了世界杯是什么样子的。比赛结果鼓舞了全队的信心，也让我们摆正了心态。这就是世界杯大赛。"

后来，还是在鹿儿岛，在第九届女排世界杯第三轮比赛中，中国女排以3比0横扫新崛起的"加勒比旋风"多米尼加队，赢得三连胜。多年以后，回顾以往，想起冯坤在世界杯前跟我说，她做了一个三连胜的梦，成真了。

惊魂涉险

11月4日上午，已经抵达第二站仙台的中国女排开始训练，备战11月5日下午与土耳其队的比赛。中国队主帅陈忠和说："目前球队还存在着三点不足，不过关键是调整好心态。"就这样，仙台站比赛的大幕拉开了。

中国女排迎击土耳其"弯刀"重在拦防和反击，只要发挥正常，赢下这场比赛还是不成问题的。但惊魂时刻还是来临了，这也是陈忠和最生气的一次。巴西队一直在追赶，倘若中国队输给不应该输的球队，有可能就会与冠军擦肩而过。

中国队以25比10轻取第一局，这也是中国队自世界杯开赛以来，赢得最轻松的一局比赛。然而，中国女排在第二局18比12大比分领先时，似乎感到胜券在握，突然出现松懈。一直落后的土耳其队始终没有放弃，接应德梅尔·纳斯里汗开始展示"弯刀"的厉害。她的大力跳发球过网点极低，而且力量大、速度快，极像男排球员的攻击性发球，严重破坏了中国队一传。而土耳其队强大的拦网能力在封杀杨昊的强攻后，逐渐显山露水。22平！土耳其队追平了比分，中国队大好形势尽失。在相互绞杀的过程中，土耳其队26比24拿下本局，将总比分扳成1平。

第三局，土耳其队改变策略，在强攻无法打开局面时，突然的高点快攻令人难以防范。只不过周苏红的背飞和赵蕊蕊的高点快攻执行坚决，使全队始终压着对手一两分。就在中国队异常被动之际，王丽娜单人拦死德梅尔的强攻，鼓舞了全队的士气。杨昊巧打后场，赵蕊蕊轻打，中国队才以25比21取胜，总比分以2比1领先。

表面平静的主帅陈忠和再次强调，全队在困难中要坚持打自己的快攻，不要与对手拼强攻，同时稳定一传和拦防体系。土耳其"弯刀"强大攻击火力在第四局全面爆发，中国队快如闪电的交叉进攻和背快与之抗衡，场面非常精彩，只是中国队一直处于追赶状态。土耳其队强攻，再次以17比15领先。杨昊平拉开进攻得手，16比17！接着，中国队成功封杀对手强攻，17平！反击中，赵蕊蕊巧打后场得手，中国队顽强地将比分追成19平！赵蕊蕊的单人拦网成功掀起场内高潮，20比19！中国队第一次在第四局将比分反超。

在对手将比分追成20平后，李珊的前快得手，杨昊大力跳发球直接得分，土耳其队扣杀出界，王丽娜强攻落地开花。在对手还未反应过来时，中国队迅速以24比20确定胜局。随着赵蕊蕊最后一记快攻得手，中国队以25比21拿下本局，总比分3比1涉险过关。

因为土耳其队还不具备中国女排这样的强队底蕴，所以这次胜利堪称苦胜。

这是中国女排主帅陈忠和最恼火的一天，虽然他在场上的表情十分平静，但内心对全队无缘无故的放松，导致几乎自断世界杯前程的行为，感到非常懊恼。不过，这对中国女排打好后面更加艰苦的比赛绝对有好处。险些自断前程的事实，使并没有超强实力的中国女排再次彻底清醒。

仙台最后一战，“快字当头，以快制凶”，坚决贯彻快速多变特点的中国女排，压制住强攻势头猛烈的欧锦赛冠军波兰队，以3比0的战绩，取得第九届女排世界杯五连胜。

红色热浪

11月7日上午，中国女排乘坐飞机飞往位于日本本州西部的富山市，迎战韩国队、阿根廷队和埃及队。陈忠和说：“我们会在富山进行一些调整，加强身体训练。在富山的比赛中，我在人员上也会有一些调整。有的球员睡不好觉，想第二天的比赛想得太多，精力消耗较大。所以，我们要在后面做好球员的思想工作，让她们能够轻装上阵，力争富山三连胜。”

11月8日下午，中国女排迎战亚洲劲旅韩国队，“红色热浪”营造出了富山“中国主场”。中国女排连战连捷，在日本的中国留学生越来越多地涌进体育馆，中韩之战前，富山体育馆几乎成为红色海洋，他们为中国女排营造出一个热情的主场。

来自重庆的陈楠在当地一所大学读经济，他与大学二年级的苏晓蕾、研究生张毅和大学一年级新生胡阳一起来到富山综合体育馆，为中国女排加油。陈楠说：“每个周末都是中国留学生们忙着打工的时候，但知道中国女排要来这里比赛，我们都赶来为中国队加油。”这时，他们向我展开了一面鲜艳的五星红旗，同时打出“爱我中华，爱我女排”的感人横幅。

一会儿，馆内到处都是中国人，他们是来自富山大学、富山日本语学校等处的中国留学生，他们叫喊着每位球员的名字。同时，馆内还有许多在日本生活的中国人，他们都是全家来这里为自己祖国的球队加油助威。而比赛快开始时，馆内已经布满了中国国旗，尤其是其中一个看台，几乎全在五星红旗的包裹之下。人们喊道："这里是中国女排的主场，姑娘们，冲啊！"此时，有几名中国留学生拿着五星红旗，开始绕着体育馆看台接力跑，再一次掀起高潮。这种民族归属感，在中国女排进场时达到顶峰，就连当地主持人都用中文给中国队加油。令人感动的是，一片片好似跳动的红色火焰，使富山体育馆始终涌动着爱国热潮，所有现场的中国人均得到了情感宣泄。

女排姑娘们也不负众望，以3比0击败韩国队之后，又以两个3比0轻取阿根廷队和埃及队，赢得富山三连胜、世界杯八连胜。

决战大阪之前

日本富山当地时间11月11日清晨，中国女排从富山飞往本届世界杯赛的最后一个比赛地点——大阪，即将与美国队、意大利队和日本队展开最后的决战，此时，中国女排的世界杯之旅才真正开始。

大阪是所有中国球迷难以忘记的地方。1981年11月16日，在日本大阪府立体育会馆举行的第三届女排世界杯最后一战中，由袁伟民率领的中国女排以3比2击败"东洋魔女"日本队，以七场全胜的战绩历史上第一次夺取世界冠军。然而，自从1986年世锦赛连续第五次夺冠之后，中国女排已经与世界冠军阔别17年之久。

时光荏苒，再次来到大阪，我们将会亲眼见证一支崭新的中国女排向世界顶峰再次发起冲击的激动人心的全过程。前面的八连胜，证明这支卧薪尝胆三年的队伍的确在进步，也充分证明了她们的实力，而面对美国队、意大利队和日本队这最后三个强劲对手，中国女排将会遭遇前所未有的困难。11场比赛分别对应11个对手，而第12个对手就是自己，因此只要摆正心态，战胜自我，中国女排不但能实现冲进雅典奥运会的目标，而且重夺世界冠军将不再是一个梦想。

美国队技术非常全面，攻击犀利，拦网出色，防守顽强，心理素质稳定，日本籍主帅吉田敏明善于随机应变，28岁的二传手桑托斯经验丰富，26岁的自由人斯科拉是当今排坛最出色的自由人之一，世界著名副攻手斯科特实力强劲，是2002年德国世锦赛上的最佳拦网。

意大利队是2002年德国世锦赛冠军，该队队员身材高大，高快结合，技术全面，防守出色，二传手罗比安科、主攻手皮奇尼尼、副攻手勒杰里都是非常优秀的球员，尤其是身高1.62米的自由人卡尔都罗，她的严密防守可以用神奇来形容。该队主帅博尼塔充满激情，而且指挥出色。

日本队已经发生较大变化，两名年仅19岁的主攻手大山加奈和栗原惠身高超过1.86米，被称作日本女排新时代的“大炮”；自由人佐野优子防守出色；33岁的副攻手吉原知子经验丰富且快攻出色；身高1.59米的二传手竹下佳江拥有灵活组织的绝活儿。此外，主攻手佐佐木和接应二传手高桥实力强劲，而且铃木洋美、熊前知加子等经验丰富的球员等待出场。该队主帅已经更换，现任主教练是有着“老狐狸”之称的老帅柳本晶一。

面对最后三大战役，陈忠和说：“美国队和意大利队都是世界一流强队，她们的技术非常全面，我们今年三次与美国队的比赛都是险胜，关键看自己能否打出快变特点。我们已经做好了向世界冠军冲击的准备。”

冯坤说：“我们现在的心情非常平静，大阪站比赛将是我们的决战，我感觉世界杯真正残酷的比赛才刚刚开始。不过，这次我们的心态要明显好于过去任何一次国际比赛，大家都知道不管别人怎么打，我们就是一场场地拼杀。美国队、意大利队和日本队都是强队，但她们并不可怕，关键的是我们能够把握好自己的攻防节奏。大家都已经做好了决战的充分准备，我们会与对手血战到底。”

说实话，中美对决是关乎中国女排能否夺冠的关键一战，因为整体实力方面，意大利队和日本队无法阻挡中国队。

美国队虽然从未获得过世界冠军，但始终位于世界女子排坛前列。从当时的积分和小分上算，中国女排若战胜美国队，将提前打进世界杯前三名，从而在第一时间冲进雅典奥运会（世界杯前三名可以第一时间晋级奥运会）；若再胜意大利队，将有望提前夺冠；若最后击败日本队，中国队将创造世界杯11场全胜的奇迹。

从鹿儿岛、仙台、富山，最后到大阪，只剩这三场比赛了。面对即将开始的中美之战，陈忠和说："我还像往常一样，今晚找几名主力球员分别谈心，像朋友一样，与她们沟通，解决心理上存在的问题。可以说，一切都像准备往常的国际比赛一样，没什么特殊的地方。不过，我想可能会有球员今晚睡不好觉，终归中美决战压力不小，但因兴奋睡不好觉的可能性最大。

"美国队是一支非常优秀的队伍，她们技术非常全面，拦防体系出众，进攻比较强，由于是亚洲教练吉田敏明带，她们现在的小球串联技术也出类拔萃。2003年，我们与美国队交手三次，虽然都赢了，但赢得非常艰苦。瑞士女排精英赛，我们以3比2险胜美国队；在'俄罗斯总统杯'半决赛中，我们在决胜局以11比13落后时反败为胜，又是3比2险胜；世界女排大奖赛我们虽以3比0击败对手，但每局都仅赢2分。中美对决对于双方都是一场艰苦的比赛，我们已经做好了打满五局的准备。"

坤儿，给我！

11月13日下午，第九届女排世界杯第九轮在日本大阪浪速穹顶体育馆掀起高潮，一场荡气回肠的中美女排决战开启，而给我印象最深的就是那句"坤儿，给我！"

没有人怀疑中美大战的激烈程度，没有人怀疑陈忠和与吉田敏明的精彩斗智，没有人怀疑美国队必须破釜沉舟的态势，没有人怀疑中国女排将扛负世界杯开赛以来最大的心理压力。一场针锋相对的对决，两队均派出最强阵容出战。

心态平稳的中国队围绕赵蕊蕊快攻做文章，以25比20先下一局。绝对不会束手就擒的美国队打出进攻狂潮，中国队坚决打快，而美国队凭借进攻和拦网，以同样的25比20回敬一局。

第三局，中国队拦防效果不佳，美国队一攻成功率极高，以15比11领先。刘亚男的发球、赵蕊蕊和杨昊的拦网发威，中国队把比分追至15平。随后，中国队再次打出快速反击，以17比15反超。就在中国队扭转局面时，吉田敏明叫暂停。美国队利用强攻和发球，将比分扳成19平！赵蕊蕊的快攻与王丽娜的强攻让双方战成22平。相互绞杀之后，美国队以26比24险胜第三局，总比分2比1反超。

第四局尤为激烈，每个球都要经过几个回合的拼争才能得分，两队精彩的攻防大战令人心跳加快。12比16落后的美国队，在自由人斯科拉场外出色的滚翻救球鼓舞下，硬是追成15比16。陈忠和再次做出调整，两队力拼拦防。乱球情况下，“大鸟”王丽娜重扣穿透对方三人拦网，中国队以18比15领先。

“坤儿，给我！”就在这个时刻，我在现场清晰地听到在反击的时候，队友们都在大声地呼唤二传手冯坤，每个人的脸庞似乎都被火烧得通红，全队达到了忘我的境界，那是一种舍生忘死般的搏杀。每个人都在呼唤冯坤将球传给自己，由自己去解决问题，去完成最后一击。每一个人都敢于承担责任，没有人退后。“敢赢不怕输！”我此刻感受到了永不言败的女排精神。多年以后，那一声声“坤儿，给我！”依然会在耳边回响。随着攻击型二传手冯坤果断坚决的大力扣杀，中国队以19比15领先。在快攻的攻击下，中国队以25比20将总比分扳成2平。

决胜局开始前，陈忠和蹲在地上，与队员进行着沟通。决胜局刚开始，中国队0比2落后，破釜沉舟的中国女排韧性十足，杨昊的强攻将比分扳成3平，王丽娜的强攻又将比分扳成6平！两队进行着多个回合的争夺，气氛异常紧张，球的跳跃牵动着所有人的神经。

赵蕊蕊扣杀，美国队进攻出界，中国队以9比6领先。吉田敏明请求暂停，美国队用强攻和拦网，追成9比11时，陈忠和叫暂停。王丽娜的强攻打出气势，刘亚男背快落地开花，随着刘亚男最后一记背快得手，中国队以15比11击败美国队，结束两个多小时的鏖战。姑娘们拥抱在一起，陈忠和与每名球员击掌，庆祝这来之不易的胜利。

更重要的是，球员对自己的技术水平充满自信，因此没有想什么比赛结果，而是一分一分地拼杀。没救起球，刘亚男自言自语地自我解释；进攻被拦，周苏红懊悔地跺脚；扣杀得手，杨昊攥起拳头呐喊的声音比任何时候都大；就连沉默寡言的王丽娜也是异常兴奋。比分虽然落后，但球员们的这些真实表现，说明全队杀气十足，可以说拼红眼了！她们把自己的技术水平发挥到了极致！

陈忠和说：“‘中美之战’打得非常艰苦，也非常精彩，球员在困难时刻心态很好，大家显得非常自信，在1比2大比分落后的情况下没有手软。全队团结作战，达到了忘我的境界，最后才会有取胜的机会。应该说两队打得都很出色，美国队的反击和防守非常好，还好我们能够始终保持着自信。”美国队主帅吉田敏明说：“我认为我们发挥得比较出色，但中国队的拦防发挥得更好，比赛打得很艰难，决胜局我们犯了一些错误，导致比赛最终失利。总之中国队整体发挥都不错，她们的拦网、防守、进攻都很有威力。”

这场中美女排大战堪称世界杯经典战役，亲身经历这场鏖战的球员的话语最能说明问题，正是自信和杀气，使中国女排能够反败为胜，击败劲旅美国队，率先冲进雅典奥运会。队长冯坤说：“双方打得非常激烈，本场比赛有很多值得回忆的地方，两队都发挥出了很高的水平。我们在关键时刻达到了忘我的境界，打出了气势，抓住关键球的机会，从而取胜。”

在1比2落后时，冯坤丝毫没有胆怯，她说：“我没想过会输球，我坚信我们能够扳回来。就在决胜局开局0比2落后时，我也是这样认为，因为今年与美国队的比赛，只要打到决胜局，她们就没赢过我们。我们大家对胜利充满着自信。”杨昊也说：“困难时刻大家都非常团结，而且我根本没想过会输给美国队。”

中国女排队员冯坤、刘亚男在与日本队的比赛中做背传进攻

正是这种自信和杀气，才迫使美国队心理发生变化，导致自己先出现致命失误。其实，陈忠和这个时候已经感到全队攻克了最艰难的一关，嘴里没说什么，但他所表现出来的自信是前所未有的。

冲顶在即

11月14日，“中国制铁”杨昊点燃激情火焰，帮助中国女排以3比0击败2002年世锦赛冠军“亚平宁旋风”意大利队，取得十连胜。

然而，就在中国队3比0击败意大利队之际，巴西队以3比0令人惊讶地完胜美国队，这一结果让中国女排未能提前一轮夺冠，而是将冠军悬念保留到了最后一刻。

11月15日晚，是中国女排本届世界杯的最后一战，她们将迎战“东洋魔女”日本女排。只要击败东道主日本队，或者拿下两局胜利，中国女排就将夺冠。

考验中国队的还有座无虚席的主场观众的疯狂呐喊。我曾在前几场比赛中亲身经历过这种考验，即便不在场上比赛，就是在体育馆里面站一会儿，脑袋和耳朵好像都要爆炸。日本队无论是领先还是落后，观众疯狂的呐喊始终如一。这样的呐喊将使中国队的年轻球员经受严峻的考验。

赵蕊蕊是日本队最惧怕的“网上长城”，被日本记者采访得也最多。当着日本记者的面，赵蕊蕊坦然地说：“日本队是我们的老对手，她们是一支非常有特点的球队，况且是本土作战，优势明显。不过这场比赛我们从开始就要与对手拼作风、拼气势，用良好的精神面貌迎战日本队。”冯坤说：“无论出现什么困难，我们都会冷静地面对，必须从开始就压制住日本队。我们有击败对手的信心，我相信我们会赢，我们就是要以11场全胜的战绩，在日本客场击败日本队，17年后重夺世界冠军！”

面对崭新的日本女排，陈忠和说：“我会根据对手的情况进行人员调整，我会用最合适的球员、最出色的球员迎战日本队。东道主有主场的优势，但我们的高点进攻和快攻是日本队惧怕的。有高有快，就能击败日本队，同时拦网和防守也很关键。只要球员心情平静，我对击败日本队充满信心。”

历史时刻

不可否认的是，不少人认为似乎只有“袁家班”的人才能率领中国女排夺冠，这也许是女排精神内涵传承的一种途径，因为袁伟民率领的中国女排在漳州崛起，那个地方和那群人就是中国女排的“黄埔军校”。

时光回到2003年11月15日的那个夜晚，日本大阪浪速穹顶体育馆，第九届女排世界杯最后一战，陈忠和指挥中国女排以3比0完胜东道主日本女排，用11场全胜战绩时隔17年重夺世界冠军。鲜艳的五星红旗随着《义勇军进行曲》再次升起，中国女排姑娘们的泪水和欢笑倾注在这光荣时刻。

这是我们等待了17年的光荣时刻！这是一个令华夏儿女永远铭记的时刻！这是一个令所有中国人无比自豪的时刻！我们等待了17年，这一时刻，喜悦的泪水任意流淌。

人们已经淡忘了中国女排，女排精神已多年未曾提起，而这一战宣告中国女排东山再起的同时，也培养出了新一代中国排球迷。

17年的风雨，17 年的等待，17年的冲击，这是再度奋起的17年，这是披肝沥胆的17年，这是自强不息的17年，这是永不言败的17年……女排精神不死！

总有一种感情让人牵挂，总有一种爱让人刻骨铭心，总有一种感动让人泪流满面，哪怕似水流年，那尘封在每一个中国人内心深处的自尊将永远在历史长河中被铭记。

只有彻底抛开冠军光环，才能重生。

不客气地说，是冠军光环使我们所有人无法摆正位置，没有看到世界排坛“战国时代”的来临，同时我们没有正视自己实力的下滑和人才的短缺，更重要的是队内并未达到空前的团结，球员“骄”“娇”二气太浓。纯快速多变技术面临更新，因为古巴女排、巴西女排注重前后排的立体进攻男子化风格成为发展趋势。虽然几任主教练带领中国女排奋斗不止，但始终没能阻止中国女排进入低谷的趋势，而让我们一等就是17年……

2001年4月14日，陈忠和执教的新一届中国女排在湖南郴州正式组队，这一刻，中国女排真正吹响了东山再起的号角。在袁伟民执教时期，陈忠和就是队内陪练，此后除栗晓峰执教时期以外，基本上都是历届国家队的助理教练。他见证了中国女排五连冠和陷入低谷的全过程，他始终在世界排坛的前沿，对新变化了然于胸。他说：“世界女子

陈忠和率领中国女排时隔 17 年重夺奥运冠军。姑娘们兴奋得将陈忠和高高抛起

排坛发生了巨变，我们不能用老眼光看待对手。我们有充分的时间来培养有潜力的年轻人，2001年培养，2002年崛起，2003年重新进入世界第一集团，2004年雅典奥运会出成绩。”

当时这批年轻人身材出众，技术粗糙，但大家都有一颗奋斗的心。冯坤、周苏红、赵蕊蕊、刘亚男、杨昊、王丽娜、张娜、宋妮娜……都是属于那种玩儿命拼杀的球员。陈忠和说：“球队必须首先从作风入手，比赛可以输，斗志决不能输。我对她们充满信心。”

新时代的女排姑娘充满个性，她们爱美、爱生活，但也能经受住艰苦卓绝的训练。新任主帅陈忠和用魔鬼式集训锻造了一支崭新的铁军。记得他刚组队时说：“我第一个要求就是作风顽强，我要打造一支身材高大、作风硬朗、技术全面的新女排，我的梦想就是重夺世界冠军。”

时代改变，精神不屈。终于，在2003年11月15日晚，中国女排时隔17年重新登顶！姑娘们说：“我们儿时就梦想着有一天重夺世界冠军，能捧着冠军奖杯踏着红地毯凯旋。”17年的期盼终于变成现实，她们用血汗铸就了新的辉煌！

体育的魅力、人性的感动，就在于挫折中的再度奋起，这就是重生的可贵。就在11月15日晚，17年的光荣梦想重回中国！中国女排再度让我们热血沸腾！女排姑娘们用自己的双手实现冠军梦想，这是一种感动、一种追求、一种尊严！永不言败，重塑辉煌！17年梦回中国，就在这光荣时刻！

一个男人的眼泪

由于陈忠和是陪练出身，不管是学院派还是实战派，都瞧不起他。而且他大量起用新人，也受到了外界广泛质疑。我深入基层，和他们吃住在一起，才真切地感到这一代女排必将崛起。陈忠和训练强度之大令人为之惊叹，一天三练是常事，而“小灶”让球员知道了钢铁是怎样炼成的。魔鬼式的训练非常艰苦，没有一个姑娘不落泪。

记得当时每次和冯坤聊天都聊不下去，因为最后她肯定泪如雨下。我亲眼见证姑娘们训练完毕，用手扒着台阶回到宿舍，倒在床上便睡去。多年以后，宋妮娜还哽咽着对我说：“记得当时我们都没有力气吃饭，吃着吃着不少人就哭了起来。”陈忠和用魔鬼式集训“折磨”这些姑娘，并把她们锻造成一支新铁军。终于，在第九届女排世界杯的比赛中，中国女排重新登顶。

我在现场见证了中国女排17年后重夺世界冠军的时刻，当时，46岁的陈忠和流下了一个坚强男人的眼泪——他终于可以告慰父亲的在天之灵，他终于可以对瘫痪在家的老母亲有一个交代。

陈忠和总是在微笑，笑对人生苦难，这也成为他的人生积淀。很多人说陈忠和太温和，其实了解他的人知道，他是一个外柔内刚的人。

陈忠和于1957年10月2日出生于福建省龙海市，1979 年在原国家男排主教练戴廷斌的推荐下，被当时国家女排主帅袁伟民征调到中国女排当陪练，一练就是六年。就是在这六年中，陈忠和耳濡目染了老女排精神。陈忠和说：“现在想起来，当陪练的那六年对我整个人生影响很大。训练虽苦，但精神收获和业务收获都非常大，包括怎样做人、怎样带队，这是被‘袁头’他们教出来的。”

1995年，陈忠和再次成为助理教练，协助郎平夺取1996年亚特兰大奥运会亚军和1998年世锦赛亚军。直到2000年，陈忠和仍是国家队助理教练。

人生给予了陈忠和太多的磨难，也锻炼了他坚忍的性格。1980年，哥哥因车祸不幸身亡，陈忠和变成家里唯一的壮劳力，但他根本无法顾家，于是，家里的一切都被妻子王莉莉承担起来。不幸的是，1992年1月，妻子王莉莉在出差途中也遭遇车祸身亡。当时陈忠和泪湿衣襟，他说很对不起妻子，因为自己在家里的时间非常有限，妻子既要照顾老人，还要照顾当时只有3岁的女儿。而坚忍的陈忠和在处理完妻子的后事、安顿好老人后，再次踏上回国家队的征程。

1995年，陈忠和与原女排球员李东红结婚，1996年有了一个可爱的小儿子。同年，陈忠和的母亲瘫痪，姐姐担负起家庭的重担。2000年，陈忠和随中国女排征战悉尼奥运会时，父亲因脑出血去世了。李东红很理解他，当听说陈忠和当选国家队主帅后，毅然承担起家务，并鼓励丈夫率队重夺世界冠军。

当我问起家庭的苦难时，陈忠和沉默了许久。他说：“不说了，都是过去的事了。有时生活会教会一个人很多东西，要学会去面对，这样才会在事业上有所收获。”陈忠和就是从那时起，苦涩的工夫茶喝得更多了。

2003年11月15日晚，当刘亚男最后一击得手时，陈忠和再次难以抑制内心的激动，双拳有力挥出的时刻，他流下了眼泪！而他被姑娘们抛向空中庆祝的镜头更是成为不朽的历史画面。

当他和妻子通电话时，泪水再度流下；而回到酒店和母亲通电话时，泪水依然难以抑制。

颁奖仪式刚结束，陈忠和突然拍着我的肩膀，说：“谢谢你这么多年对我的支持！”然后，我没有想到的是，在那样一个兴奋的时刻，他却接着平静地说：“今后女排输球时，不要把我说得一无是处；女排取得胜利时，也别把我捧得太高。”听到这番话，我十分感慨，这是一个经历了无数荣辱、阅尽千帆之后的人才说得出的。

05 雅典大逆转

共克时艰

时间进入2004年，雅典奥运会的脚步越来越近。然而，就在3月，一个噩耗传来——赵蕊蕊在训练中受伤！这对中国女排来说，无疑是晴天霹雳！赵蕊蕊受伤，打乱了全队备战奥运会的计划。更严重的是，她的受伤使中国队进攻和拦网下降一个档次，同时对全队的心理打击更大，很多人都明白，即便有赵蕊蕊，在当今世界女子排坛群雄逐鹿的背景下，中国队也未必能夺取奥运会冠军，而没有赵蕊蕊的中国女排，可能连四强都很难打进。

6月，中国女排参加了瑞士女排精英赛，但以0比3惨败于美国队，未能进入决赛，最后以3比2险胜德国队，夺取第三名。世界女排大奖赛分站赛，中国队以两个0比3负于美国队和意大利队，又以1比3负于巴西队。在大奖赛总决赛中输得更彻底，中国队连小组都未出线，最终夺取第五名。中国女排带着这种心情来到波兰集训，此时离奥运会开赛也就十多天了。而这一系列糟糕的成绩，让很多人都对中国女排征战雅典奥运会的前景表示忧虑。

此时，不能不提到小将张萍。顶替赵蕊蕊出战，对她来说是莫大的鼓励，也是巨大的压力。但令人赞叹的是，张萍一直努力缩短与全队的磨合时间，尤其与二传手冯坤的配合逐渐默契。虽然在瑞士女排精英赛和世界女排大奖赛中起伏不定，但张萍正在渐渐找到最佳节奏，这为全队打好奥运会开局奠定了坚实的基础。

同时，陈忠和为了全队不过分去想赵蕊蕊的问题，采取以赛代练的形式，不断增加球员的心理压力，要球员能够在极端困难的状态下学会如何坚持，如何扭转局面。陈忠和说："我此前很担心采取了这样压迫式的手段，不能将队员的状态激发出来。赵蕊蕊的缺阵，的确是我们的重大损失，巴西、美国、古巴、意大利、俄罗斯等队的实力已经在我们之上，此时重要的是利用斗志和精神带动技战术发挥。"

令人欣慰的是，2004年雅典奥运会打响后，中国队打出了顽强的斗志。在赵蕊蕊再次受伤的突发情况下，全队并未慌乱，首战以3比1击败小组强劲对手美国队，极大地振奋了全队的精神，也使志在夺冠的美国队彻底崩溃。由于情绪受到极大影响，导致美国队对赛前准备，甚至对主教练都产生了怀疑，以致过早地退出了对冠军的争夺。

然而，在小组赛的另一场关键比赛中，中国队以2比3负于古巴队。这场比赛实际上客观地反映了球队当时的状态和实力，也就是说若中国队没发挥到极致，那就有可能被强队击败。因为终归我们没有了赵蕊蕊这个高点。输给古巴队，是一件好事，它使全队在获得多场胜利时，保持了适度的冷静。冯坤感叹："哎呀，就是在领先时有些松懈，这一点儿松懈使我们对比赛失去了控制。还好这是小组赛，输球正是时候，后面应该没什么问题了。"

果然，在与劲旅俄罗斯队进行的小组赛中，中国队竟然以3比0完胜。俄罗斯名帅卡尔波利这次发誓要击败中国队，但看来球员似乎在心理上还没有做好准备——她们太想赢了。而中国队正因为没有了赵蕊蕊，全队发挥出100%的实力。不过，能以3比0击败俄罗斯队，让队员自己都有点儿吃惊。实际上，这个比分也并不是两队实力的真实写照。

8月24日，中国女排以3比0轻取日本队，从而第一个挺进奥运会女排四强。中国女排主帅陈忠和此刻才表示："我们已经度过了最艰难的时期，姑娘们令人振奋的精神面貌和团结作战，使中国女排冲破了阻隔，来到奥运会四强。"

陈忠和总是微笑，但有时的微笑是为了稳定全队，掩盖内心深处的焦急。而挺进四强之后的微笑，是陈忠和来到雅典后最轻松、最真实的，因为全队离奖牌的目标越来越近，更重要的是全队已经跨越因赵蕊蕊受伤而起伏的心理障碍。难怪陈忠和说："我曾经以为很难，没想到这么顺利。"

对于未来的半决赛，陈忠和说："目前全队状态已经调整得不错。前一阶段参加大奖赛成绩不怎么理想，后来我们在波兰调整训练了一个星期，现在比起那时已经好多了。下一场不管对谁都是硬仗，我们必须做好充分的准备。在我们心目中，古巴队和意大利队两队差不多——古巴队进攻强于意大利队，网前进攻和发球是古巴队的优势；意大利队整体具有优势，各个环节的表现都非常稳定。”

对于张萍，陈忠和给了很高的评价。他说：“她这是第一次打上主力位置，第一次参加奥运会这样的大赛。能在大赛中把自己的水平都发挥出来，表现非常不错。赵蕊蕊的受伤对全队打击非常大，此前的一系列大赛中，中国队表现很不理想。这次在我们整体又没有绝对实力、对手都很强的情况下，球员们放低了自身位置，用一颗平常心，冲击每一个对手。

“这段时期非常艰苦，而我们的队员在极大的困难下，能够紧密地团结在一起。可以说，这是我和球迷期望的中国女排，经过困难的磨砺，球员在思想、技术等各方面，已经达到最佳状态。我很清楚国人的期望，说实话，奥运会真正的战斗才刚刚开始。我会和全队一起去拼杀，直到最后一刻！”

北京时间8月25日凌晨，古巴队在总比分1比2落后的情况下，以3比2击败2002年世锦赛冠军意大利队，挺进女排半决赛，将和中国队争夺决赛权。

陈忠和表示，现在的古巴队十分难打，她们的网口攻击力和发球攻击性都很强。中国队在小组赛输给她们，就是因为她们的发球严重破坏了我们的一传，导致我们快攻失效，而且这个队疯狂起来很难阻挡。她们总能在落后的情况下反败为胜，说明斗志非常高昂。与这样的球队在半决赛中相遇，将是中国队的一大考验。他说：“坚持自己的特点最重要，只要我们打出自身快速多变的战术特点，并通过拦网来抑制对手，使她们情绪发生起伏，就有取胜的机会。”

嗓子哑了

陈忠和很聪明，他很清楚何时要保留，何时要全力以赴，何时要做出超常规战术安排。

北京时间8月27日，位于爱琴海旁边的雅典和平和友谊体育馆涌进了数千名手拿五星红旗的中国人，因为他们期待着再次看到女排姑娘向奥运会金牌发起冲击。他们的呐喊一刻都未停止，无论中国女排领先还是落后，尤其在最困难的时刻，他们使体育馆变成中国队的红色主场。

本次奥运会小组赛，中国女排唯一输过的对手就是古巴队。因此，本场比赛，双方均派遣全部主力登场。中国女排首发阵容为二传手冯坤，主攻手杨昊和王丽娜，副攻手刘亚男和张萍，接应二传手周苏红和自由人张娜。古巴女排首发阵容为主攻手路易斯和奥尔蒂斯，副攻手巴罗斯和卡里罗，二传手梅萨和拉米雷斯以及自由人马丁内斯，她们仍采取最具攻击性的“四二配备”。

战幕刚一拉开，两队便展开激烈的拼杀，比分从1平一直战至7平。中国队坚持打快变战术，张萍和刘亚男的快攻撕开对手防线，中国队以11比9领先。凭借卡里罗的发球，古巴队将比分追成13平。中国女排在加强一传的基础上打出高潮，将比分追成19平。相持时刻，古巴队情绪出现波动，中国队趁机以25比22先声夺人。古巴队因第一局失手，导致心理又一次出现起伏，中国队以25比20再下一城。

先失两局反而使古巴女排放下思想包袱，两队在第三局的争夺空前激烈。中国队自身进攻受阻，古巴队拦网准确，虽然主帅陈忠和叫暂停调整，但比赛节奏完全被古巴队掌控，攻击锐利的古巴队以25比17扳回一局。

古巴女排变得异常疯狂，她们在第四局完全抑制中国队进攻，6比3领先。中国队及时调整心态，凭借杨昊的发球直接得分、王丽娜的重扣以及张萍和冯坤的双人拦网连得3分，将比分追成6平。两队均拼红了眼，古巴队主攻手路易斯的扣杀屡次突破中国队网口，中国队10比14落后。虽然自己有失误，但依靠路易斯的强攻，古巴队还是以25比23拿下第四局，将总比分扳成2平。

决胜局拼杀的是心态，而关键时刻平稳的心态让中国队以5比1领先。古巴队显然对此准备不足，在自己进攻组织失效的情况下，很难抑制中国队反攻。而此时的中国女排体现出顽强的斗志和极佳的心理素质，拦网也可谓超水平发挥，尤其是陈忠和针对性拦网部署奏效，周苏红和冯坤的拦网多次封杀路易斯的扣杀，中国队以8比3领先。杨昊和王丽娜的强攻干脆果断，最终中国女排一鼓作气，凭借杨昊的后排进攻，以15比10拿下决胜局。

经过五局两个多小时的鏖战，中国女排在雅典奥运会女子排球的第二场半决赛中，以3比2艰难淘汰世界劲旅古巴女排。

此次获胜是中国女排继1984年洛杉矶奥运会夺冠和1996年亚特兰大奥运会摘银之后，第三次进入奥运会决赛。在赵蕊蕊缺阵的情况下，中国女排能够跻身最后决赛实属不易。“第五局我们临场布置了一些战术，调动了一些轮次，正是这些调动对最后的结果产生了重大影响。”最后决胜局翻盘的秘诀，陈忠和毫不吝啬地做了回答。

陈忠和说：“前两局古巴队0比2落后，第三局，古巴教练卡尔德隆对轮次做了变动，而我们的轮次还是和前两局一样，导致我们对对方的1号小路易斯和17号球员的进攻难以招架，结果古巴队这两个点在第三局和第四局连连得分。这种情况和小组赛对古巴的情况非常类似。在这种情况下，最后一局我也调整了一下轮次，让冯坤拦他们的1号球员，效果还不错，冯坤拦了两个球。我把周苏红做了特殊安排，她果然拦了17号球员两个球。这四个拦网得分对最后的胜利起到了关键性的作用，要不是这四次拦网，很难想象最后的局面将会是什么状况！”

五局比赛下来，主帅陈忠和的嗓子都喊哑了。“我知道这场球会打得比较艰难，但是进程比我预想的还要艰难。”陈忠和说道。

在评价这场比赛时，陈忠和表示，在领先两局的情况下被对手追成2比2平，说明队员们的心理还不是很成熟。“2比0领先的时候，肯定是想法比较多。队员们想一口气将比赛拿下来，有些操之过急了，”陈忠和说道，“但是好在队员们及时调整了自己的情绪，在决胜局中把握住了战机。”

在谈到与俄罗斯队的决赛时，陈忠和表示自己不愿意过多地预测决赛的比分。“现在我们首先要让姑娘们休息好。然后我们会从自身出发，利用最后的机会解决一些存在的问题，还是要以我为主。”

不愿再碰

出色的战术体系、坚强的意志品质、稳定的心理状态、硬朗的战斗作风、敢于向一切困难挑战的勇气，中国女排这支英雄般的队伍，已经具备了向奥运会冠军发起最后冲击的实力。1984年，在美国洛杉矶奥运会上，郎平领衔的中国女排在决赛中以3比0击败海曼领军的美国女排，成为中国体育史上第一支大球奥运会冠军。20年后的2004年雅典奥运会，年轻一代的中国女排将再次向这个最高荣誉发起冲击，所有中华儿女都期待着这一心跳时刻的来临。

时间回溯到8月27日，在首场半决赛中，悉尼奥运会铜牌得主巴西女排对阵俄罗斯女排，最终俄罗斯女排在先失两局的情况下反败为胜，3比2击败巴西队，率先挺进决赛。

巴西女排立体进攻打法纯熟，拦网出色，技术细腻，防守严密，进攻高快结合，是一支技术十分全面的排坛劲旅。她们在2003年世界杯赛中以10胜1负夺取亚军；在2004年世界女排大奖赛总决赛中，也是以全胜战绩夺冠；只是在大奖赛分站赛中，以2比3负于古巴队一场球。本次奥运会上，巴西队还是小组赛中保持全胜的球队。相比于起伏不定的俄罗斯队，以及整体实力相对较弱的古巴队和缺少赵蕊蕊的中国队，很多人都认为巴西队极有可能实现奥运会金牌零的突破。

但陈忠和很愿意碰巴西队，因为他觉得决赛极有可能遇到巴西队。陈忠和准备非常充分，他已经有了对付巴西队的办法，冠军其实就装在陈忠和心里。别看中国队在小组赛中3比0击败俄罗斯队，但实际上是躲过一劫。陈忠和不想再碰俄罗斯队，因为他很清楚小组赛中俄罗斯队的实力根本没发挥出来。3比2逆转巴西队，已经使俄罗斯队爆

雅典奥运会另一场半决赛中，俄罗斯队3比2逆转巴西队，挺进决赛

发，陈忠和不愿意碰这个状态的俄罗斯队。况且他很清楚，如果再相遇，俄罗斯队绝对不会再以0比3失利。不知情的人认为中国队躲过了巴西队，决赛击败俄罗斯队的可能性很大，其实不然。

智慧与耐心

在决赛前，俄罗斯女排主帅卡尔波利表示："我们要耐心地寻找中国队的破绽，我要用冠军来为我几十年的执教生涯画上一个完美的句号。"中国队主帅陈忠和依然平静地表示："面对当今排坛攻击力最强的对手，我们仍然要打出快与变，要用智慧去赢得胜利。"

在小组赛中，中国女排以25比15、25比16和28比26，总比分3比0击败俄罗斯队，很显然，这样的结果，对于中国队来说利弊各半。陈忠和说："我们小组赛击败俄罗斯队，那是因为我们做的针对性的准备非常充分，打了对手一个措手不及。3比0的比分不是两队实力的真实对比。而正由于俄罗斯队以0比3输给我们，也增加了我们打决赛的难度。小组赛时，我们的位置摆得很正，以弱者的姿态去冲击对手；而俄罗斯队自命实力超群，因此一时间无法适应我们的进攻。小组赛失利反而使她们也放平了心态，从而在半决赛中以3比2淘汰巴西队。现在她们会很冷静地研究我们。就像我们小组赛以2比3负于古巴队，回去后我们研究比赛录像，发现她们在第三局悄然改变阵形，而我们没能及时调整。在半决赛中当她们再次改变阵形时，我们立刻做出针对性对抗，因此取得了胜利。同样道理，俄罗斯队肯定会研究对付我们的策略。再加上战胜巴西队，也增强了她们的信心。这一切对我们极为不利。"

果然，俄罗斯队老帅卡尔波利表示："这场与中国队的决战将是我最后的执教历程。俄罗斯女排是我一手带起来的，我非常喜欢这些可爱的姑娘，也许我平时严厉的批评引起了她们的不满，但我永远不后悔为她们付出的一切。

"我们会详细观看小组赛输给中国队的比赛录像，看看我们到底是怎么输的。我这个人很要强，平时不愿意说别人的好话，但我不得不承认，我个人与中国女排几代主教练对抗了近二十年，你们现在的陈忠和教练的确是这些年来最难对付的一位。此外，俄罗斯女排与中国女排对抗多年，双方互有胜负，这次决赛将是中俄两队最具代表性的一次对决。这也是我最后一次执教俄罗斯队，我希望能够取得金牌。”

陈忠和对这位66岁的世界名帅充满敬意。他说：“卡尔波利的人格魅力是独一无二的，虽然各方面对他的执教方式有很多争议，但没人能否认他在世界排坛的威望。不过，我们肯定会一拼到底，冲击对手，最后决赛我会尽全力去争取胜利，因为我和全队要为自己的祖国而战斗。”

至于如何备战决赛，陈忠和表示，俄罗斯队强攻出色的特点大家都很清楚，关键是我们要打出自己的速度和变化，要用多变的进攻对抗她们的强攻，同时要加强拦网节奏的控制。陈忠和十分强调了变化，这个“变化”二字内容十分丰富，也许不仅仅是战术变化那样简单。

历史渊源

1981年，第三届女排世界杯，中国女排曾以一局15比0大比分战胜苏联队，并最终击败对手；1988年汉城奥运会上，卡尔波利率领苏联队回敬了李耀先率领的中国女排一个15比0，并击败中国队，最终又击败秘鲁队而夺冠；1990年世界女子排球锦标赛，卡尔波利率苏联队在决赛中以3比1击败中国队，夺取世界冠军。

俄罗斯女排号称“空中巨无霸”，身高一直位居世界第一，这一纪录直到2015年才被郎平指挥的中国女排超越。她们一直以高点强攻为主。不过，14年来，卡尔波利再也没有夺取过世界冠军，因此被人们称作“无冕之王”。2002年女排世锦赛，俄罗斯队半决赛被美国队以3比2淘汰；2003年世界杯，俄罗斯队甚至未能取得参赛资格。这次雅典奥运会，将是以场上咆哮闻名的老帅卡尔波利的收山之作。俄罗斯队能够以3比2击败巴西队，挺进决赛，已经证明了强大的实力，再加上率队参加过六届奥运会的66岁铁帅卡尔波利钢铁般的决心——这位铁血名帅，要用一次经典胜利结束自己的执教生涯。

俄罗斯队是当时世界攻击力最强的队伍，中国女排是当时世界技术最全面的球队；俄罗斯队是当时世界身材最高的球队，中国女排则是当时世界最聪明的球队。两队都曾经是世界冠军，因此，中俄女排决战必将载入世界体育史册。

加莫娃和索科洛娃是俄罗斯女排的两根擎天柱，在擅长高举高打的俄罗斯队，身为主攻手，她们的出色发挥是俄罗斯队挺进雅典奥运会决赛的一大法宝。身高2.02米的加莫娃已在国际排坛小有名气，出道几年来，她已经逐渐成为俄罗斯队的场上核心。有着世界第一的身高，加之弹跳出众，扣球常常是超手进攻，加莫娃的攻击力令人惊叹。而在队长阿塔莫诺娃因伤无法上场的这一段时间，加莫娃承担起全队近一半的进攻和拦网的重任。她比以前更加成熟，在场上尽显大将之风。

从本届奥运会女排赛开战至今，加莫娃共为俄罗斯队得到171分，平均每场得分超过24分，是该队得分最多的选手，其中扣球得到132分，拦网得到27分，发球得到12分。在扣球、拦网、发球几项个人技术统计榜上，加莫娃均名列前茅。即使是在小组赛输给中国队的比赛中，她也得了18分，是全场得分最多的选手。加莫娃如此强大的得分能力无人能及。照这样的情况发展下去，她在奥运会上的总得分将接近200分，几乎是奥运会上得分最多的排球女将。

索科洛娃是在队长阿塔莫诺娃受伤后才顶上主力位置的。这位年已27岁的选手在比赛中显得十分成熟，进入角色很快，并且将自己的任务完成得很好。她在本届奥运会女排赛上的总得分已达到139分，在个人技术统计榜上仅次于加莫娃，排在第二位。与加莫娃比起来，索科洛娃的得分更多地集中在扣球上，前排二号位、四号位和后排进攻都是她的得分手段，平均每场都有10分以上的扣球得分。1.94米的身高，极强的攻击力，使她跻身一流攻击手的行列。

与巴西队的半决赛中，俄罗斯队正是在最后阶段，依靠她们的出色发挥才力挽狂澜。第三局最后阶段，巴西队以微弱优势领先时，先是巴西队队员自己紧张，连续失误让她们失去了优势，接着俄罗斯队的拦网和索科洛娃的扣球在最后时刻显出威力，终于帮助俄罗斯队起死回生。在决胜局中，俄罗斯队一直落后，这时又是加莫娃和索科洛娃的扣球，把俄罗斯队从死亡线上拉回来。最后俄罗斯队奇迹般地上演大逆转，挺进决赛。

陈忠和依然平静地表示："拦防体系抑制对手强攻，是击败俄罗斯队的关键。俄罗斯队在小组赛里0比3输给了我们，她们容易把心态摆正。我们要把思想工作做好，要靠快速多变的战术打乱对方阵脚。”对于对方的两名超级主攻手，陈忠和表示，调整好拦网时机、手型和步伐，就能遏制她们的进攻。

一场硝烟弥漫的恶战，即将拉开帷幕……

奇迹与传奇

人生何处无逆转，北京时间8月29日凌晨，中俄女排奥运会决战牵动亿万人心。大地在震动，空气在燃烧，观众们一同跺脚助威，震得整个雅典和平和友谊体育场都在颤抖。

俄罗斯姑娘和主帅卡尔波利脸色十分严肃，她们在一丝不苟地做着准备活动。中国球员则始终笑意盈盈。陈忠和是一如既往的冷静，带着他那标志性的微笑。此时，姑娘们肯定不会想到，接下来将要面对的是一场怎样的艰苦决斗。

中国队的首发队员为二传手冯坤，主攻手杨昊和王丽娜，副攻手刘亚男和张萍，接应二传手周苏红和自由人张娜。俄罗斯女排的首发为二传手申申尼娜，主攻手加莫娃和索科洛娃，副攻手蒂什琴科和特贝尼什娜，接应二传手普洛蒂尼科娃和自由人秋利娜。

一场战役打响了。陈忠和很快就从教练席上站了起来，因为俄罗斯队显然有备而来，接发球稳定，二传分球头脑清晰，最可怕的是，加莫娃和索科洛娃的状态都打出来了。双方一直僵持至28平，关键时刻俄罗斯一记高举高打和一记拦网，以30比28拿下首局，中国队渐渐陷入逆境……

陈忠和居然还在笑！在输掉第一局后，他只是安慰了队员几句，便让队员自己聊。第二局，在俄罗斯队以21比19领先时，陈忠和用张越红换下了无法打开局面的王丽娜，但中国队依然十分被动，又以25比27两分惜败，再丢一局。

陈忠和反复鼓励球员：“我们能赢、想赢，但不怕输。”陈忠和叫到每个队员的名字，一两句话就把任务和注意点交代完毕，然后大声说：“不要想什么金牌了，从她们身上抢一分算一分！就按输的打，输就输了。”冯坤后来说：“当时我们也觉得前两局输的分数很小，只是关键分没拿到而已。所以，我们就说，输也不能0比3输啊，怎么着也得拿一局，起码不能让对手这么轻松。”就是这个小想法，让中国姑娘们的脸上又恢复了自然的笑容，笑得连外国记者都看不懂：“已经输成这样了，为什么你们的队员还笑成这样？”

中国女排不仅重新稳定了心态，而且碰上机会球时比前两局更注意把握。双方来回球一多，中国女排均衡的攻防水平体现出来。这回轮到中国队开始拼发球了，俄罗斯队一传被中国队的发球冲得很凶。直至张萍最后一次跳发球直接得分，中国以25比20扳回一局。

俄罗斯队老帅卡尔波利一边吼叫一边换人，让队员在第四局全力稳定一传。俄罗斯人的高举高打加高点快攻又显出威力，在一记发球得分后，已经以23比21领先了。这个时候，中国队已经没有暂停权了。这是一个令人窒息的时刻，俄罗斯队只要再拿2分，她们就将以总比分3比1取胜，夺取奥运会冠军。可怕的2分！这是整场比赛最为关键的生死时刻！

几乎就在瞬间，耳边仿佛一切都静音了。周苏红和张萍连打两记快攻得手，中国队追成23平！暂停！这次是卡尔波利叫的暂停，但效果不好。张萍和冯坤拦死索科洛娃的强攻，杨昊强攻得手使得中国队以25比23将总比分扳成2平。

这才是整场比赛的转折点，也是整个决赛的逆转时刻。这一刻，加莫娃已经落泪，似乎心理崩溃了，到手的冠军难道就这样飞了？

此刻，陈忠和仍然在笑，虽然笑容显得有些紧张，但他还是在笑……

俄罗斯队似乎没弄明白到底为什么会这样。其实中国女排也不明白为何会这样，也许，就是那种忘我搏杀的态势，让姑娘们忘记了所有结果；也许，这就是永不言败的女排精神。

决胜局比赛争夺异常激烈，但心态上中国队完全占据上风。中国女排凭借刘亚男的快球以8比6领先交换场地。中国女排进入最佳竞技状态，杨昊连续两次强攻得手使中国女排以11比8领先。俄罗斯队追至11比12，张萍快攻使全队以13比11领先。陈忠和多次变换轮次，使卡尔波利出现偏差，而且特意安排冯坤拦索科洛娃的直线进攻。这一招十分奏效。又是三人拦网得手，中国女排以14比11率先拿到了赛点。加莫娃又一次超手扣球追回一分，12比14。

暂停！陈忠和又一次非常适时地叫停，这回不仅为了稳定一传打一攻，而且布置了战术，让张萍准备打快攻。比赛的激烈程度超过了预期，而这最后一分也成为广大球迷记忆中的永恒瞬间。俄罗斯队发球，中国一传到位，二传也到了，张萍果断出手！但俄罗斯的拦网这时拼得也凶，张萍这么快的出手硬是被对手拦回了！此后中国队打防反，已经打不出什么战术了，只能靠强攻，靠更顽强的意志。

冯坤坚定地传球给主攻手张越红，张越红一记斜线扣杀，对方拦到了；张越红再扣直线，对方又防起。接着是俄罗斯队无攻过网，但落点刁钻，是杨昊出现在最关键时刻将球救起。张萍开始跑动，对手估计中国队要打快攻，可冯坤恰恰还是将球高高地传给了张越红！

张越红已经打得汗如雨下了，仍然拼死甩臂，扣出一记斜线球的同时，一串汗珠甩到了对方拦网球员的脸上。球如重箭自满弓，一路呼啸而来，直钉地面。得分啦！15比12！哭泣的张越红趴在地板上，不断地用手拍打着地板，赢了！中国女排总比分3比2大逆转，力挫俄罗斯女排，自1984年洛杉矶奥运会之后，时隔20年重夺奥运会冠军！

这一刻，全部队员和教练员冲进球场，这也是陈忠和最兴奋的时刻。冯坤说："我们是最棒的。"这一句话，就是对大家这四年来付出的艰辛最大的肯定。赖亚文趴在刘亚男的肩头抽泣，此刻的她压根儿不像女排姑娘们心目中的"大姐"，而是战友。

决赛0比2落后，所有人都有了窒息的感觉。冯坤后来说："我们有一个信念，就是始终坚信胜利属于我们，这个信念从未动摇过。"一个信念，帮助中国女排去年夺取阔别17年之久的世界冠军；一个信念，帮助中国女排在落后两局的生死时刻，夺回阔别20年之久的奥运会金牌。只有俄罗斯队这样的对手，才配得上中国女排奇迹般的胜利；只有这样一场史诗般的战斗，才能让中国女排雅典战役达到激情肆意的高潮。

赖亚文的泪水一部分是给自己的，一部分是给队员的。杨昊走了过来，本来想好好安慰眼前的恩师，但当看到恩师眼中的泪花，安慰变成了一同哭泣。赖亚文反过来开始安慰队员了。

加莫娃也哭了，她流下的是伤心的眼泪。为了赢得奥运会金牌，加莫娃拼尽了全力。2比0领先的大好局势就这样眼睁睁地溜走。看着仅一网之隔尽情欢庆的中国姑娘，其他俄罗斯队员也哭了。同为泪水，俄罗斯姑娘的眼泪让人体验到竞技体育的残酷。

五局鏖战，惊天大逆转，中国女排做到了！

中国女排主教练陈忠和激动地表示："在最困难的时刻，我依然相信我们会赢。"

冯坤说："我们打得非常坚强，坚持到了最后一刻，胜利终于到来。我自己心中有个目标，就是奥运冠军。我们很团结，大家为了最终的胜利而努力。"本场比赛中，冯坤荣膺雅典奥运会女排"最有价值球员"。

陈忠和是外柔内刚的人，他的笑容就是最厉害的武器。陈忠和说："一个人经历的所有挫折都是人生财富，它可以锤炼你坚强的意志。"陈忠和，一位不可多得的主教练，有他坐镇，是中国女排的幸运。

这是一出浓墨重彩的大戏，外景选在欧洲文明的发源地，剧情充满着好莱坞的刺激风格，结局却完全秉承了东方文明古国的传统。

奥运冠军，久违了。20年前，中国女排在洛杉矶奥运会上夺冠；20年后，中国女排在雅典重登巅峰。英雄一别20年，中国女排搭建了一条时空运河，让几乎失落到被遗忘的荣誉缓缓流淌到眼前。结局已凝聚成宁静的喜悦，过程却如此波澜壮阔，惊涛拍岸。

0比2落后，连扳三局，变幻云谲波诡，中国女排书写了跌宕起伏的旷世奇作！

只有这样一场史诗般的战斗，才能让中国军团的雅典战役达到全民狂欢的顶峰。

这一刻如此精彩，这一夜如此美妙。作为一个普通的中国人，这一夜，我感受到了难言的快乐与无尽的喜悦，此情此景令我终生难忘！

中国女排！一种感动、一种追求、一种尊严！永不言败，女排精神！

再见，铁帅！

决赛之后的记者会上，俄罗斯队铁帅卡尔波利说："我们的队伍能打到这个份上还是相当高兴的。"接着就是长时间的沉默。有记者问："听说您要退休？"他说："说得很对，我执教俄罗斯队很多年了，五次进奥运决赛获得2金3银，现在该是我退休的时候了。"

北京时间8月29日凌晨，"无冕之王"俄罗斯女排再次与冠军无缘，满头银发的66岁世界名帅卡尔波利完成了最后一次执教。莫斯科不相信眼泪，在那张布满沧桑的脸上，写下了对排球的热爱。

人们记住他的是永不停息的咆哮，仿佛一头雄狮，在指挥着他的这支铁军。从1988年汉城奥运会时的李耀先到1990年世锦赛时的胡进，再到1992年巴塞罗那奥运会的栗晓峰，再到1996年亚特兰大奥运会的郎平，现在到2004年的陈忠和，以严厉著称的卡尔波利与中国女排对抗了近二十年，而他的执教生涯远远超过二十年。风雨的冲刷，历史的积淀，老帅卡尔波利的执着却始终未改。

2002年德国世锦赛，是俄罗斯女排最鼎盛的时刻，理应夺取最后的金牌。但是在半决赛中，俄罗斯女排以2比3被美国队淘汰出局，我看到卡尔波利的脸上写满失望。当俄罗斯女排姑娘们在场地边上痛哭流涕时，卡尔波利独自一人在休息走廊里踱着沉重的步伐，一会儿，又靠在墙上沉思。

此时，我们没必要，也没资格去评价这位令人尊敬的铁帅。十多年来，拥有世界最强攻击力的俄罗斯女排始终与世界冠军无缘，但老迈的卡尔波利依然没有放弃追求。可是，这一次他又失败了。不同的是，他没有在休息走廊里痛苦地反思，而是睁大了眼睛，看着这个即将离自己而去的排球场。

俄罗斯女排主帅卡尔波利

其实，生活中的卡尔波利充满柔情。他十分爱看书，去国外打比赛的时候，也经常带着小说或者诗集。跟大多数俄罗斯人一样，他喜欢喝的都是烈性白酒，比如伏特加。妻子和孩子一直是他的最爱，但与女排姑娘们待的时间更长。作为一位老人，卡尔波利对这些球员孩子们的爱是深沉的，因为他要为自己的祖国俄罗斯而战。排球可以算得上是他的生命了。球员们都说卡尔波利是一个非常好的人，对每名球员都很好，十分像父辈乃至祖父。

这次中俄之战，我们又听到了他的咆哮。多听听吧，今后在球场上再也听不到这个声音了。比赛结束后，卡尔波利没有立刻退场，而是看着眼前的一切。他虽然不甘心，但很痛快。他无怨，因为他把俄罗斯女排带到了如此的高度。与中国队拼杀了五局而惜败，他无悔，只是少了一枚金牌。其实，在很多人眼里，独具人格魅力的卡尔波利早已是金牌教练了。

卡尔波利最后那闪亮而又倔强的眼神令人永远难忘，因为这是体育精神。再见，铁血主帅卡尔波利！

"熊猫"冯坤

一根冰棍儿

那是2003年夏末的一天，我去天津看中国女排最后阶段的集训，冯坤请我吃了一根冰棍儿。

我们吃着冰棍儿，就在过去体育宾馆二楼的休息椅上聊起了天。我说，我感觉世界杯前三场可能是三连胜。她说："你干吗不说我们11场全胜啊！"我说："哈哈，我也想过，因为这不是不可能实现的事情。只不过我觉得以稳为主，别骄傲，先三连胜再说，一步步来吧。"

过了一会儿，冯坤说："你知道吗，昨天晚上我做了一个梦，梦见我们真的取得三连胜，陈忠和指导正在给我们开准备会，他还说要再接再厉，打好后面的比赛呢。"而事实是，中国女排不仅取得三连胜，而且以11场全胜的战绩夺取阔别17年之久的世界冠军。

2004年，由于赵蕊蕊因伤缺阵，二传手冯坤的压力增大，而且随后的瑞士女排精英赛和世界女排大奖赛也表现不佳。

又是夏天，又是一根冰棍儿。

去雅典前夕，我在北京与冯坤聊天时，她说她有一种感觉，这种感觉很像2003年世界杯赛前。冯坤就这样和同样充满自信的队伍来到雅典。在与古巴队的半决赛中，冯坤不仅自己进攻得分，并组织全队进攻，而且在决胜局最关键时刻，利用成功的拦网彻底击溃古巴队的心理防线。这就是符合时代潮流新型二传手的价值，也是郎平和陈忠和看好她的原因。

其实，2004年雅典奥运会前夕，冯坤已经出现腿伤加重的状况。不过，为了最高梦想，她决定拼一把。奥运会女排首场与美国队比赛刚开始，赵蕊蕊就又因伤退场，冯坤说幸好全队对她的缺阵有心理准备，幸好全队拥有崛起的张萍，否则自己当时就会晕倒在地。

最后，中国女排夺取阔别20年之久的奥运会冠军，冯坤当选奥运会最佳二传手、最有价值球员，她的职业生涯达到顶峰。

无敌"熊猫"

冯坤是中国女排进入21世纪的十年来最优秀的二传手，也是世界最佳二传手。"熊猫"既是冯坤的昵称，也是对她这种稀有的攻击型二传手的形容。冯坤说："做自己想做的事情，一旦选择了，就一定走到底，只要你想做，就能够做到。”

1978年12月28日，冯坤出生在北京的一个普通知识分子家庭。良好的家庭教育，使她很快成长为一个聪明、好学、上进的女孩。冯坤有一个比自己大7岁的姐姐，小时候家长没有太多的时间照顾她，胸前挂着家门钥匙的她就独自上、下学。小时候的冯坤很要强，说话不多，但很理性，在学校里许多男孩子都很尊重她，愿意跟她玩。能够让小男生看得起的小女生总有特殊之处。冯坤总是很仗义，她的性格里从小就有一种男孩子个性。

冯坤

冯坤很有自己的主意，她那极强的个性和良好的身体素质，使她在小学运动会上总能有出色的表现。冯坤当时很喜欢田径，也加入了学校田径队，因为觉得跑步得第一很风光。同时，冯坤的学习成绩总是班里前三名。这样的人，很容易得到大家的赞许。

8岁时，冯坤家搬到工人体育场附近。父母带着小冯坤到田径班报名，恰巧遇到排球教练王桂兰，王桂兰就是郎平的启蒙教练。也许是天意，小冯坤开始了排球生涯，而“引诱”她练排球的原因是能在那里吃到好吃的巧克力。

小学五年级时，在王桂兰的推荐下，什刹海体校选中了冯坤。当时教练与冯坤谈心，问她是不是要真的进入这个行业。因为家里没有搞体育的人，冯坤也不知道是怎么回事，只是听说特别苦，但她最终很有主见地自己开出转学证明，并像大人一样跟父母说：“我想去打排球，我觉得这很重要，而且我喜欢。就这样决定了，我一定要好好地把握它。妈妈，我会成功的。”冯坤的父母傻眼了，当时愣是没说出什么。因为冯坤平时很听话，是一个“乖乖女”，没想到这个“乖乖女”竟然自己做出了这么大的决定，而且说的话居然这么理性。

此刻，冯坤的父母知道谁也拦不住她了，那就由她去吧。之后，随着年龄的增长与技术的进步，北京什刹海体校教练王勤觉得冯坤身材虽然不是很高，但身体素质很好，而且心理素质稳定，于是将冯坤从接应位置改成二传。1994年1月，冯坤顺利进入北京女排一队，同年12月入选国家青年队，1995年曾入选郎平指挥的国家女排集训队，2001年入选陈忠和率领的中国女排。

由于脸比较圆，一头短发显得干脆利落，队友觉得冯坤像熊猫一样可爱，于是就叫她“熊猫”。冯坤曾经的北京队队友佘文娟说：“也许是巧合，熊猫是国宝，冯坤的位置也是最重要的，正好一语双关。”冯坤说：“我从小就开始学习排球，家长很注意对我独立性的培养，什么事情都让我自己去处理。独立思考的能力就是从小培养起来的。我这个人追求完美，争取做个好‘熊猫’。我喜欢黑色，就像我喜欢短发一样。”一身黑色显得人很酷，她也追求这种酷。后来，她也开始喜欢红色，因为红色是国家队的主色调。

无论是进攻，还是拦网和防守，冯坤技术都很全面。当初，她的二传组织略微差一些，但经过艰苦的训练和高水平比赛的锻炼，冯坤已经成为一名技术全面的世界级二传手，掌握着全队的攻防节奏。冯坤因为喜欢进攻，原先也打过接应二传手的位置，从而成为中国排坛少见的攻击型二传手，同时也是时任中国女排主帅陈忠和最看重的核心球员。

2001年6月3日，在江苏太仓，“四国赛”与澳大利亚队的首场比赛，是冯坤在国家队参加的第一项国际比赛。开赛前，全场肃立奏国歌后，我看到冯坤用右手擦拭着眼里激动的泪水。她从小就梦想着有一天能代表中国队打球，这个梦想今天终于实现了。赛后，冯坤对我说：“中国女排是一支英雄的球队，曾经在全国树立了‘女排精神’。我第一次代表中国女排参赛，穿着胸前有‘中国’两个字的队服，听到国歌奏响时，心情真的很激动。”

谈起第一场比赛的感受，冯坤说：“真是太紧张了！我几乎不知道自己是怎么打完的比赛。我当时就感觉比赛时间过得真慢，怎么总是打不完呢。当时队友的紧张情绪也影响了我。”

冯坤坦言：“我非常感谢陈指导给我首发出场的机会。我没想到会首发上场，听到这个消息我简直不敢相信自己的耳朵。上场前，陈指导对我说：‘要放开打。你可以失误，可以打不好，但要有一种精神。做到这一点就够了。’”

2001年世界女排大奖赛哈尔滨站的比赛中，中国队与德国队打得异常艰苦。陈忠和用冯坤换下宋妮娜，这一换人起到了作用，中国队击败了德国队。从那一刻起，冯坤通过自己的努力，终于成为主力二传手。由于队内的好人缘和全面的技术，冯坤还被推选为国家队队长。

2002年德国世锦赛前，冯坤为了给队友开易拉罐，把手指弄伤了，从而使全队在邀请赛中输给意大利队，为世锦赛埋下阴影。当时，我在现场见证了陈忠和率队打的第一项国际大赛。

半决赛对阵意大利队，冯坤最后并未传球给赵蕊蕊打快攻，而是传给刚上场的主攻手张静，可没想到张静的强攻被对手死死地拦在界内，中国女排1比3输给意大利队，无缘决赛。赛后，冯坤坐在地上痛哭流涕。这是冯坤第一次如此痛苦地公开哭泣，她没想到自己出战的第一次世界顶级大赛，竟然如此以失败告终。这届世锦赛，中国队位列第四。

第一次，对于冯坤来说，有兴奋，更有痛苦，但这宝贵的经历，很重要。

作为中国女排的灵魂，除了传球组织之外，冯坤擅打进攻，常常能够自己直接扣杀得分，由此她成为2003年世界杯最佳二传手，也帮助中国女排夺回阔别17年之久的世界冠军。2004年雅典奥运会，她领衔的中国女排夺回阔别20年之久的奥运会冠军，她本人也成为奥运会最佳二传手。而后，冯坤还成为全国人大代表。退役后的冯坤继续深造，取得了硕士研究生学历，成为国家体育总局排球运动管理中心体育官员。

最好的自己

2003年世界杯是冯坤的成名作，她不仅率队夺取世界冠军，而且成为世界最佳二传手。冯坤说：“说实话，与日本队的最后一场比赛前夜，我基本上就没睡着觉，很兴奋。我知道要好好休息，但就是睡不着。我估计其他人晚上也没睡好。当然人在身体比较兴奋时，睡眠不足也没有太大关系。这股兴奋感一直保持到夺冠时刻。太兴奋了，这终归是中国人的骄傲，要说不紧张是瞎话。”

比赛刚结束时，冯坤流着热泪说："这一刻我非常激动。我以前不知道这种感觉，今天终于感受到了。我们有信心夺取第二个、第三个、第四个世界冠军。世界冠军永远是我们的。"冯坤的声音，至今依然在我耳边回荡。

在颁奖仪式上，冯坤被国际排联授予本届世界杯最佳二传手称号。冯坤说："我觉得付出就可以有收获。夺取世界冠军、站在最高的领奖台上是我一直期盼的时刻，这种感觉只能亲身去感受，是无法表达出来的。几年来，我们遭受了很多挫折，但大家一直在向冠军这个目标努力。我很感谢所有关注我们的球迷，是他们给了我们最大的鼓励。"

夺冠后，我在休息走廊里问冯坤："回首这几年，你现在是什么感觉？"她停顿了一会儿，说："只要你想做，你就能够做到！"随后，背着包远去。看着她的背影，我感受到了一股战胜自己的力量。

坚定信念

冯坤跟随中国女排不仅夺取了2003年世界杯冠军和2004年雅典奥运会冠军，还夺取了2008年北京奥运会的铜牌。八年国手生涯让冯坤难忘，同时她也书写了中国女排的一段传奇。

多年以后，碰到冯坤，我又和她聊起了天——这次没有冰棍儿，她的身份也由球员变成了全国人大代表。冯坤说："在我的排球生涯中，我付出了很多。我有一个梦想，就是站在最高领奖台上。实现了梦想，让我知道人生通过拼搏，是可以有回报的。

"在经历挫折的时候，对自己要有信心，相信自己能实现目标。遇到挫折时不退缩，同时依靠团队的帮助，尤其是目标坚定很重要。"

我问："在发展不顺利的时候，你犹豫过吗？"

冯坤说："我真没犹豫过。这条路是自己选择的，希望证明给自己看，证明给别人看，当时信念很坚定。"

"如果没有成功，你会怎么办？"

冯坤说："其实是这样，哪怕最终我没有实现夺取世界冠军的梦想，也会肯定自己的付出，告诉自己是最棒的，尽了最大的努力，我不是失败者。在困难的时候，我每天都在努力，脚踏实地，这些让我坚信自己会走到最后。”

我问：“哪个时期是你最难受的？”

冯坤说：“是2001年，我刚进入国家队，当时外界对我们有一些非议，都用怀疑的眼光看待我们。的确，当初我的水平不是最高的，虽然训练很辛苦，但状态总是起伏不定。幸运的是，教练信任我，队友信任我。我自己也没考虑那么多，因为能够进入国家队，就是对我能力的肯定。只要抓住机会，能坚定地往下走就是成功。”

“那么，你怎么看待自己国家队这八年时光？”

冯坤说：“我对自己国家队的八年时光挺满意的，不管结果如何，每个人都尽了100%的努力，做好每一天。没有人掉队。我终归不是超人，更不是神仙，已经尽了自己最大的努力，能够站在这个舞台上就已经很欣慰了，没有遗憾。说实话，我挺怀念这八年的，大家一起拼搏了八年很难得，因为不是很多人能有这种经历。”

不屈的赵蕊蕊

一次毁灭性打击

时光重回北京时间2004年8月29日凌晨，雅典奥运会女排决赛的和平和友谊体育场里，中国女排以0比2落后，此刻人们不由得怀念起世界第一副攻赵蕊蕊，于是又回想起2004年3月26日下午在漳州集训时的那一个惊魂瞬间。赵蕊蕊骨折，沉重打击了整个中国女排。毫不夸张地讲，赵蕊蕊因伤缺阵贯穿了2004年全年，也由此让陈忠和感叹，没想到2004年竟是这四年中最困难的一年。陈忠和说：“当时的那一刻，我就哭了！赵蕊蕊的骨折对全队是一个毁灭性的打击。”

为了备战奥运会，陈忠和在2004年初率队在郴州和漳州进行了更大运动量的训练，同时与福建男排等队伍打了多场热身赛，没想到意外还是在2004年3月26日下午发生了。

赵蕊蕊在做一个背飞动作时，突然倒地不起，疼得哭出了声。接着，赵蕊蕊被送往当地军队医院，经过诊断为右小腿骨折。当向全队宣布这个不幸的结果时，陈忠和流下了眼泪，队员们也是泪水涟涟。大家很清楚全队战术主要是围绕赵蕊蕊进行的，没有赵蕊蕊的中国女排好似缺少了一把利剑，攻击力和拦网能力至少下降30%，对备战雅典奥运会是致命打击。赵蕊蕊说："当时，我和旁边很多人，都听到了'咔嚓'一声。"

事实上，在骨折前，赵蕊蕊就感到腿部状况不好，经常疼痛难忍，所以一直缠着绷带训练。赵蕊蕊请医生拍了片子，并传到北京请专家诊断。但还没等片子传到北京，赵蕊蕊就在训练中受伤。北京的专家是在赵蕊蕊骨折的第二天收到X光片的，他们发现，赵蕊蕊的胫骨和腓骨在此前就已出现了断裂。这是典型的疲劳性骨折，完全恢复至少需要八周，而且恢复之后腿部力量可能会下降。

一个倔丫头

赵蕊蕊从小就倔强。

1981年10月8日，赵蕊蕊出生于南京。身高2米的父亲赵怀富曾是江苏男排副攻手，身高1.80米的母亲王淑英则是原辽宁女排副攻手。由于家里有一个大自己5岁的姐姐，赵蕊蕊险些被扼杀在娘胎里。最终在父母的努力下，赵蕊蕊顽强地出生了。刚出生时，医生都惊叹地说："这个小女孩怎么这么大，没准还真是个'郎平'呢。"

天秤座的赵蕊蕊理应性格平和，但她从小便非常倔强，只有爸爸拿来一个小排球，她才乐开怀。赵怀富建议让女儿去打球，但赵蕊蕊的母亲却心疼女儿，不让她去。不过赵怀富认为这个孩子身上有股子倔劲，能行。后来，赵蕊蕊先参加了南京体育学院的儿童篮球班，但因身体单薄，无法经受冲撞，不得不改练排球。但江苏排球队觉得赵蕊蕊身体太弱，没有收她。恰好八一排球队到南京挑苗子，赵蕊蕊被相中。那年她才13岁，但身高已达1.88米。

赵蕊蕊有个小名，叫"二邪头"。"邪"是南京方言，形容固执不讲理的人。赵蕊蕊就是这样，小时候不管父亲怎样打她，她从来不肯屈服："你打吧，我疼一会儿就过去了！"不过除了父母和邻居，赵蕊蕊不允许别人这么叫她："我都大了，这么叫多不好意思。"正是因为固执的个性，才使她克服种种困难，走到了今天。

从被选进八一少年队时起，赵蕊蕊"恨"起了父亲，因为当她在电话里哭着说想家时，父亲总是冷冰冰地说："好好练，练不成就别回来。"有一次，得知父亲要来北京看她，赵蕊蕊在训练中非常卖力，自我感觉良好。可训练结束后，赵蕊蕊跑到父亲面前，想得到夸奖时，赵怀富却冷冷地说："你的技术动作不规范，太粗糙。跟我回家吧，别在这里现眼了。"

回到南京，父亲给她进行了"魔鬼式"训练。赵蕊蕊已经无力接球了，可父亲扔出的排球仍不停地砸在她瘦弱的身上。赵蕊蕊跪在地板上哭了，但此时父亲的球始终没有停，"再来"的声音回荡在仅有父女两人的训练馆里。但赵蕊蕊很倔强，硬是流着眼泪完成了任务。训练结束了，赵蕊蕊看都没看父亲一眼，就离开了球场，而父亲看到的是地板上的血水、汗水，当然还有更多的泪水。

赵蕊蕊再回到八一队时，令人刮目相看。但由于每次通电话，父亲都只讲关于排球的事，后来，赵蕊蕊就不再主动给父亲打电话了。那时的她还不理解父亲的苦心。

伴伤而行

伤病、泪水、不屈，这就是中国女排"亚洲第一高度"赵蕊蕊。

如果说赵蕊蕊的排球之路还算顺利的话，伤病却始终羁绊着她的运动生涯。1998年夏天，赵蕊蕊随八一队在秦皇岛集训，由于地板打滑，她不小心摔倒，右膝半月板严重受伤。这次受伤让赵蕊蕊无缘国家青年队。1999年10月，已经入选国家队的赵蕊蕊在一次训练中受伤，右膝半月板完全撕裂，必须动手术。就这样，赵蕊蕊错过了悉尼奥运会。

赵蕊蕊的父亲赵怀富说："怎么说呢，人们都说蕊蕊身体条件不错，但身体素质太差，像豆芽菜，训练强度一大就受伤。当时我最担心的就是怕她今后练不出来。"第一次看到父亲难受的样子，赵蕊蕊哭了，她终于知道了父亲有多疼爱她。父女俩的心走到了一起。

因为这次重伤，一直在医院治疗的赵蕊蕊放弃了当年的排球联赛；也因为这次受伤，赵蕊蕊的性格变得更加倔强。赵蕊蕊说："逆境总能教育人，它会改变一个人的人生观，困难会让人珍惜今后得之不易的机会。这次的伤病让我逐渐成熟起来，也正是这次受伤磨炼了我的意志。"复出后的赵蕊蕊在联赛中再次成为亮点，人们看到了不断成长的赵蕊蕊。

2003年世界杯赛场，赵蕊蕊带着慢性阑尾炎的病症，随队夺取世界冠军。回京做完阑尾炎手术后，赵蕊蕊又马不停蹄地参加了全国女排联赛总决赛。正因为赵蕊蕊的存在，中国女排才会高快结合。

永不低头

2003年女排世界杯，赵蕊蕊成为世界最佳副攻，也是当时中国女排的头号球星，无论走到哪里，她都会成为球迷追逐的对象，几乎就是中国女排群像的浓缩符号。可以这么说，没有赵蕊蕊的中国女排，不能称为世界顶级强队。

可是就在2002年底，赵蕊蕊才跟我说她不再脆弱。

2001年，陈忠和将赵蕊蕊招进国家队，对她呵护有加，但也很担心她单薄的身体。2002年初，赵蕊蕊陷入低谷。由于无法接受陈忠和的训练强度，她竟然提出要回到八一队。陈忠和强调了国家队的重要性，在严厉的话语中，赵蕊蕊哭了。

之后，赵蕊蕊自视身高出众，在训练中有时故意偷懒，被陈忠和看了出来。一开始，陈忠和也没流露出来什么。一段时间之后，就在瑞士女排精英赛出征前，陈忠和叫来了赵蕊蕊。他说：“你是在训练吗？你不要以为全队战术围绕你布置，就自己觉得不错了。你差得还太远，凭你现在的状态根本打不了国际比赛。这次瑞士比赛你就不要去了，缺了你，全队也能打。你要是还不行，就不要回国家队了。”

赵蕊蕊傻了，她实在没想到教练会在此刻“抛弃”她。看着国家队出征瑞士，赵蕊蕊黯然回到八一队。这段时间，赵蕊蕊彻底冷静下来。当赵蕊蕊再回到国家队时，整个人变得异常坚强。2002年底，我问陈忠和谁是今年进步最快的球员时，陈忠和说是赵蕊蕊。因为她的条件没问题，就是力量差。现在看见赵蕊蕊肌肉越来越强健，扣杀力量不再轻飘飘，而是干脆、快速、有力，陈忠和真是很高兴。赵蕊蕊的这点变化使国家队的攻击力产生了质变。

赵蕊蕊的进步不仅体现在力量上，更体现在心理上。2003年女排世界杯之后，赵蕊蕊说：“女排世界杯夺冠，很值得自豪，因为那是我和队友在赛场上一起努力夺下的冠军。未来，我希望能够夺取2004年雅典奥运会冠军。”

没有赵蕊蕊，中国女排只是世界强队，而拥有赵蕊蕊，中国女排可以向冠军挺进——赵蕊蕊为中国女排在2003年夺回阔别17年之久的世界冠军立下首功。这也是陈忠和希望她能够参加2004年雅典奥运会的原因。

2004年3月26日，赵蕊蕊再次受伤。知道自己确切的情况后，赵蕊蕊简直是万念俱灰。躺在病床上的赵蕊蕊以泪洗面，甚至对自己的前途产生了怀疑。无论谁劝，赵蕊蕊都很难平息自己低落的情绪。这个痛苦的情绪持续了一段时间，后来经过医生的照顾，赵蕊蕊慢慢平复了心情，每天都在积极恢复。

7月19日，赵蕊蕊归队，同全队一起合练，情况还不错，至少在三号位进攻上多少找回了一些感觉，就是拦网因腿伤跟不上节奏。陈忠和说：“赵蕊蕊的恢复速度还是不错的，基本和我们预想的一致。但是在拦网上，她还需要付出艰苦的努力。”

北京时间2004年8月4日晚，也就是距雅典奥运会开幕还有八天，赵蕊蕊在与波兰队的热身赛中登场。赵

2004年7月23日，伤愈归队的赵蕊蕊进行了首次强化扣球训练

蕊蕊的复出，极大地鼓舞了中国女排全队士气。我问她当时是不是很激动，赵蕊蕊说："我总在想，当我在赛场上腾空而起时，一定要用眼泪来纪念这一时刻。但真到了赛场，我早已来不及哭了，全身上下都觉得幸福！"

通过四个多月的磨砺，赵蕊蕊出征雅典奥运会。"蕊蕊能去雅典，除了要感谢帮助她恢复身体付出艰苦努力的医生、教练等人，最重要的还是蕊蕊自己。如果她没有永不放弃的信念，别人再怎么帮助她，她也不可能在如此短的时间内恢复健康。"父亲赵怀富感慨道。

但是，有一个现实情况不容忽视，奥运会比赛和热身赛完全是两个概念，奥运会比赛的强度和压力，是其他国际比赛无法比拟的。赵蕊蕊一旦登场，势必会非常投入，这无疑增加了再度受伤的风险。

雅典奥运会首场对美国队比赛，赵蕊蕊首发登场，第一局1比1时，冯坤背传赵蕊蕊。计划打背飞的赵蕊蕊用力蹬地时，自己听到"咔吧"一声，右小腿原先受伤的部位再度受伤。赵蕊蕊被担架抬下场，直奔医院，张萍登场比赛。直到在医院里听到中国队以3比1击败美国队后，赵蕊蕊才感到了一丝欣慰："还好没有因我退场而输掉关键比赛。"

最后与俄罗斯队的决赛，赵蕊蕊在领队李全强的陪伴下，坐在观众席上为队友加油助威。赵蕊蕊说："每次受伤都是上天对我的考验，它使我变得更加坚强。虽然奥运会我仅仅亮相三分钟，但我没有在北京倒下，没有在合肥倒下，没有在波兰倒下，倒在奥运会的赛场上，是一种光荣。每天我只能看看腿上那道长达15厘米的伤疤，摸摸伤疤下面那块八孔钢板。但这恰恰像军功章一样，值得我骄傲。"

奥运会金牌，是对赵蕊蕊职业生涯最好的回报。

我们同在

"奇兵"张萍

陈忠和很幸运，中国女排很幸运，在雅典最需要有人弥补赵蕊蕊空缺的时候，1982

年出生的身高1.87米的天津副攻手张萍挺身而出，而神奇的是她只用了三个多月，就成为中国队夺冠功臣之一，这与她“假小子”的泼辣作风密切相关。

张萍的父亲是排球教练，张萍耳濡目染，也走上了排球之路。张萍小时候并不喜欢排球，因为父亲太严厉，总是要求她应该这样，不应该那样。“太烦了，爸爸总是没完没了地给我提要求，有时达不到他的要求还打我。我恨死排球了。”张萍说。

谁也没想到张萍进步如此之快，在2003年第一次进入国家队时，张萍还是一个“跑龙套”的。张萍性格直爽，由于一直打不上主力 [illegible] 当时她也不可能成为主力——她还闹起了情绪，被陈忠和狠狠地批评了一番。

张萍防守和一传不是很好，拦网能力也不突出，但她除了在网前的快攻极为犀利之外，还有国内其他副攻手没有的绝招，那就是后排进攻速度快、力量大，后排扣杀颇有男子风范。此外，张萍的大力跳发球攻击性很强，经常成为破坏对手一传的利器。这些特点，恰恰是赵蕊蕊所不具备的。

雅典奥运会决赛，张萍进攻

但别人可不这么想。别看张萍也参加了2003年女排世界杯，但很少有人记住她。赵蕊蕊受伤后，谁能顶替赵蕊蕊成为焦点。当大家得知是小张萍时，很多人都不信任她。可以说从顶替赵蕊蕊开始，张萍就处于极为不利的位置，她的进步不被人关注，而她的不足，尤其是拦网能力的欠缺，让她遭到了很多媒体的抨击。

几乎每次比赛，人们都拿张萍和赵蕊蕊相比，总是说张萍这里不行，那里太差，跟赵蕊蕊比，实在差远了。每次接受采访，张萍的身边总是很冷清。好不容易有记者向她提问，也都是“你觉得你与赵蕊蕊相比，还有多大差距”“你认为现在的水平到赵蕊蕊的什么程度了”这样的问题。张萍私下难过地说：“我快疯了。我到底怎么了，我招谁了？怎么大家都这么瞧不起我呀？怎么这么不喜欢我呀？”

张萍回忆说：“2004年雅典奥运会前，记者们问我的所有问题都是围绕着赵蕊蕊的。我承认我不如赵蕊蕊，但教练让我顶上来。我真希望大家给我一个宽松的舆论空间，但这个空间始终就不存在。活在赵蕊蕊名下，好累！”

张萍就是张萍，她同样是不可替代的，陈忠和没有看走眼。在那“跑龙套”的日子里，在别人把她认作是男孩子，将她轰出女厕所的尴尬里，张萍迟早要爆发。赵蕊蕊受伤，反而给张萍提供了一次难得的成名良机。

2003年世界杯有这样一个细节，还轮不上打球的张萍上演了一次足球表演。与日本队最后一场球开赛前，体育馆的灯光全部关闭，只有一束明亮的白色追光在晃动，并响起动感十足的音乐。主持人一个个喊中日两队球员的名字，球员在全场观众的热情呐喊声中依次出场，并将自己手里拿的小排球扔向观众。现场气氛近乎疯狂。张萍是最后一个出场的中国球员。可能是被现场气氛带动得太兴奋了，奔跑而出的张萍左手拿球，右脚直接将小排球踢向了观众席。这就是张萍，从来不怯场。

雅典奥运会前，曾经根本不知道害怕的张萍，私下里就剩眼泪了。张萍说：“不是害怕自己不行，就是怕大家不满意，觉得我永远不如赵蕊蕊。大家对我的期望值在不断升高，我怕给队伍拉后腿。”按理说，大赛当前，教练往往会给球员减压，我们经常会听到什么“这就是一场普通比赛，不要去想结果，放开去打就行了”之类的话，而陈忠和则是主动给张萍加压。在张萍向主教练提出“害怕不行”时，陈忠和严厉地说：“现在你就是最好的球员，你必须要扛负起压力，挺身而出，没有别的办法。”

即便在雅典奥运会的赛前准备会上，张萍也是压力大到痛哭。此刻，陈忠和并未刻意给她减压，反而鼓励她：“你一定能行，你是最好的，上去就一直拼下去。”通过自己的努力，张萍竟然在如此短暂的几个月中，就与全队完成了磨合。到了赛场上的张萍更是忘记了紧张，表现得异常顽强，将发球攻击性强、快攻犀利的特点发挥得淋漓尽致。难怪国外教练感叹：“我们以为赵蕊蕊不在，中国队实力会明显下降，没想到中国队的18号年轻队员（张萍）也很出色，中国队理应夺取冠军。”

在赵蕊蕊因伤退场后，登场的张萍不断看替补席，满心期待着赵蕊蕊归来。后来，助理教练赖亚文直说：“别看了，就是你了，没人了。你再看，我就登场比赛了。”

在与俄罗斯队的决赛中，张萍一个人拼得25分，也就是一个人拿到一局，使赵蕊蕊留下的这个位置，并未成为对手重点突破的地方，反而是对手很难防范的位置。很多人也许早已忘记，2004年雅典奥运会女排最佳扣球手不是星光璀璨的俄罗斯球星加莫娃，而是中国的张萍。

在祖国最需要她的时候，在女排最困难的时候，在国人最需要夺冠的时刻，最需要重振女排精神时，是张萍在有限时间里的破茧而出，在某种程度上“挽救”了中国女排的命运。张萍在生死时刻反而更敢下手的狠劲，是其他球员所不具备的，张萍足以让中国球迷为她而骄傲。

“中国制铁”杨昊

1980年生于大连的杨昊，是陈忠和时代中国女排的绝对主力，号称“中国制铁”。

强攻不强多年来一直困扰着中国女排，因此杨昊一出现，便让人们眼前一亮。虽然1.82米的身高不是很高，但她弹跳很好，身体素质出众，作风顽强，腰腹肌力量大，扣杀平冲力大，速度迅雷不及掩耳，扣杀凶狠快捷酷似男排球员。2001年，杨昊刚在国家队亮相，就被人们称作“郎平第二”。毫无疑问，杨昊是那一年最出名的中国女排球员。

在2001年世界女排大奖赛、瑞士女排精英赛、亚锦赛和大冠军杯赛中，杨昊一步一个脚印的进步大家有目共睹，她在关键时刻的大力扣杀，总能成为击败对手的“撒手锏”。2001年底在日本举行的大冠军杯赛中，杨昊的大力扣杀和攻击性发球，令日本媒体惊呼为“中国制铁”“中国之铁锤”。当时，杨昊可谓风靡全日本，她的照片和文章频频出现在各大媒体上，他们评价道：“我们没想到沉寂多年的中国女排怎么突然会出现这样一位‘铁榔头’，她的扣杀就像当年郎平一样撼人心魄。不久她将会震动世界排坛。”

取自最后一个“昊”字的谐音，大家都管杨昊叫“耗子”。

刚出道就引起众人的关注，的确出乎杨昊本人的预料。杨昊表示：“我还很年轻，后面还有许多机会等着我。现在只是一个开始，我的目标可远大了，今后要成为世界最佳扣球手、最佳得分手、最有价值球员等，实在是太多了。我最喜欢的球员就是郎平，我要像她一样，成为世界上最具威力的主攻手。”

其实，杨昊刚入国家队时，没少流泪，不是因为训练过于艰苦，而是总达不到陈忠和的要求。陈忠和也把杨昊当作重点队员培养，给她开“小灶”。杨昊有时达不到训练要求，陈忠和就不断地处罚她，把她累得半死。比如教练让她连扣10个好球，只要有1个没扣好，就再加1个。杨昊想让教练高抬贵手，但陈忠和脸上始终那样严肃，完不成任务就别想吃饭。可当杨昊完成了任务，却已经累得没力气吃饭了。

当时的杨昊技术还很粗糙，但即便如此，她硬朗的作风和犀利的攻击力，让广大球迷为之一振，因为杨昊还年轻，陈忠和还有时间。杨昊当时很崇拜上海队的刘振家。杨昊说：“她原来是国青队球员，球打得很好，我把她当了很久的偶像呢。我一看到比我打球好的球员，就想上去找人家签名留念。真没想到自己有一天竟然能当上国手。”

因为是独生女，杨昊的家教很严。小时候，由于像男孩子一样贪玩，杨昊几乎每个月都要挨母亲的打。在母亲的严厉管教下，杨昊开始学习画画和弹钢琴。因为杨妈妈觉得，女孩子应该安静一些。

就是杨昊扣球的这双大手，竟然能弹出优美的钢琴曲《天鹅湖》，这就是内秀的“耗子”。小时候，因长着一双纤细修长的手，母亲强制杨昊去学钢琴。8岁时，好动的杨昊实在不愿意在椅子上一坐就是几个小时，于是提出不想学钢琴了。杨昊的母亲曾是广州部队女排的主攻手，因此将杨昊送到体校去练排球。此举本来只是为了教训一下杨昊，让她尝尝吃苦的滋味，但没想到杨昊还真爱上了排球。

千万别认为“耗子”是一个很男孩子化的女孩，其实杨昊是一个很讲究品位的姑

杨昊

娘，在穿衣打扮上，很懂得各种颜色的搭配。杨昊也很孝顺，除了自己的零用钱以外，她把剩余的钱都交给父母。她很懂事，对父母和教练很尊敬。当然，杨昊的个性很强，当遇到不公平的事情，她会直接发表自己的观点。

杨昊对新奇的东西特感兴趣。买了一个笔记本电脑，她就没完没了地摆弄。看到我有一个数码相机，她便买了一台，她说也不是要拍什么东西，只是觉得这很先进，很好玩。然后，她就问了我很多关于数码相机的问题，对此不是很懂的我总是被她问住。她就笑着说："看，不懂了吧。"

"嘎吱嘎吱"，杨昊的房间里经常会传出这种声音。我要是想吃什么零食，就会去"耗子"的房间，因为在那里总能找到好吃的。"耗子"经常是一边吃着零食，一边调皮地跟大家讲笑话。其实，"耗子"很有心计，她对全国几名实力不错的主攻手的特点都了如指掌，并对自己的弱点一清二楚。

要问中国女排谁胆子最小，恰恰是主攻手杨昊。陈忠和笑着说："杨昊胆子最小了。别看大家管她叫'耗子'，要是见到真耗子，她早就吓跑了。"

人们还以为2001年最红的"耗子"，在2002年德国世锦赛中将大放异彩呢，不承想，"耗子"却在2002年陷入低谷，找不到自己的位置了。

作为一名主攻手，杨昊打球悟性好，爱动脑子。相比在辽宁队，杨昊在国家队更加如鱼得水，在实力不俗的队员的协同作战下，杨昊成长得非常迅速，比赛应变能力有了一次次飞跃。队友这样评价杨昊："'耗子'扣球弧度低、速度快、角度刁、平冲力大，打球有一种韧劲儿。"

但在2002年，"耗子"哑火了。从年初开始，杨昊好像失去了往常的冲劲，打球犹犹豫豫，被对手拦死一次后，就更没谱了，导致全队陷入被动。本来张静状态就一般，杨昊再哑火，一个失去了火炮的中国女排在2002年磕磕绊绊。

好像真成了胆小的耗子，杨昊像是害怕对手拦网，总是故意躲避，进攻力量下降。在这种情况下，二传手冯坤的压力增大，她不敢再传杨昊，而是过于依赖副攻，但当时中国队的副攻也还不是万无一失。2002年世锦赛上，杨昊的表现极为糟糕，基本上什么都没打出来。因此，“耗子”扛负着巨大的心理压力，很想打好，但就是打不好。

陈忠和说：“有人说，要是不行，就把杨昊换掉吧，但我相信自己的眼睛，我的眼睛还算尖，我在2001年选择球员时，杨昊是其中之一。虽然她遇到了困难，但我会给她充分调整的时间，因为我们的目标是2004年雅典奥运会。”

经过一年的调整和锻炼，杨昊的状态在2003年开始回归。是什么使杨昊重新振作呢？是陈忠和帮助杨昊找到了症结所在。

陈忠和多次找到杨昊谈心，给她解决心理问题。他曾对杨昊说：“就是因为你太想打好了。什么事情都有一个度，一个‘太’字影响了心态，想过了头，你还会这样平静面对自己和对手吗？不要因为大家表扬你，你就找不到自己的位置了。你没有突出的身材，只能从技术上想办法，否则就没出路。你2001年很出名，就觉得自己应该是那个高水平选手了？自己就应该打得好，别人应该拦不住你了？你对自己要求过于高了，没摆正自己的位置，使自己陷入低谷。”陈忠和一席话，触动了杨昊的灵魂深处，也抓住了问题的要害。

“世界上哪个主攻手没被拦死过球，郎平、海曼和路易斯不也经常被对手封死进攻吗？关键是她们不为所动，依然稳定发挥自己的水平，这才是世界级主攻手。不要管别人怎么看你，要耐心找对手破绽，用脑子打球，要在技术上创新，摆平自己的心态。在不懈的努力下，你肯定会成功。相信我。”陈忠和的感人话语，让“耗子”哭了。从那以后，“耗子”如释重负，一个活泼可爱的“耗子”又回来了。

2003年所有国际比赛，“耗子”状态明显回升，尤其在世界杯赛中，身材不高的杨昊进攻手法和线路变化增多，一架空中移动的战斗机出现在人们面前。四号位不行，就打二号位，还不行就打后排进攻，要是还不行，就打三号半位置，只要有队友的默契配合，杨昊在任何位置都能下球。在难度极大的调整攻和乱球时，杨昊的自信心极强，成功率极高。而且杨昊学会了控制进攻的力量，弄得对手不知道她什么时候发力，也不知道打向哪里，也许是斜线，也许是直线。

“耗子”活了，也让中国女排活力再现。杨昊说：“通过低谷时的锻炼，我的心态更加平和。在对手拦死我的进攻后，我不再犹豫，而是重新再来。此外，根据自身条件，我在扣杀上有了变化。这次世界杯我非常兴奋。”

一般情况下，主攻手的防守和一传会相对较弱，杨昊也不例外。她在2001年刚进队时几乎没有防守，到了2004年奥运会女排决赛决胜局最后一球的反击时，“耗子”居然不可思议地救起球，奠定了全队取得胜利的基础。这就是技术全面的杨昊，中国女排当时的第一主攻。

“妙手剑客”刘亚男

圈内人都说刘亚男打球很“鬼”，扣球线路多变，拦网出色，发球有特点，防守到位，是一名不可多得的优秀副攻手，聪颖细腻的刘亚男也因此被队友称为“妙手剑客”。可不为人知的是，这个“剑客”是“混进”排球队的。

刘亚男的父母刚开始让刘亚男学习的是羽毛球，后来她自己提出想打排球，因为她喜欢打灵巧的战术。刘亚男走上排球道路其实并不是很顺利，刚入队时身高达不到省队挑选队员的要求，她就在量身高时偷偷翘了一下脚尖，就这样“混”进了辽宁队。刚进辽宁队时，刘亚男打二传手的位置，由于与教练要求的差距较远，后又改打接应二传手位置，最后，她还是觉得副攻手位置适合自己。在辽宁队处于低谷时，刘亚男与队友一起经受了考验。此后，刘亚男通过自己的努力，牢牢地占据了国家队主力副攻手的位置。她说：“挫折最能磨炼人的意志，逆境让人懂得如何去思考。既然打球就要打出个名堂，否则就别干这一行。”刘亚

刘亚男

男说话就是这样直，不过与别人不同的是，她很细腻。刘亚男打球并不是很猛，但“四两拨千斤”的特点发挥得淋漓尽致。看刘亚男打球会有一种享受的感觉，因为她很喜欢动脑子，线路多变，背飞和背快总是迅速灵巧，让人看得过瘾。

冯坤习惯叫刘亚男“美女”，因为刘亚男是中国女排身材结构最好的，很适合当模特。刘亚男也毫不掩饰地说：“我的确很喜欢自己设计服装。要不是打排球，我就当模特了，因为我很‘臭美’，最喜欢穿旗袍或晚礼服。朋友们都说我不当模特真是可惜了。我是大连人，大连是一个非常注重时装的城市，所以我总能买到适合我的服装。”

你别说，皮肤白嫩的刘亚男在场上还真显眼，漂亮的服装与她的肤色和高挑的身材很相配。刘亚男还学习服装设计，研究线条如何搭配，色彩如何调和……一聊起时装，刘亚男便滔滔不绝。

其实，刘亚男是女排姑娘中最爱哭的，因为她感情细腻，容易被感动，就连看电视剧的时候，她都会因剧中人物悲惨的命运而流下眼泪。国家队训练十分艰苦，刘亚男自然也是没少哭。说实话，2001年新女排刚组建时，刘亚男是表现最稳定、最出色的一位，人家都说发现了刘亚男是陈忠和2001年的一大收获。

不过，2002年，刘亚男就几乎要崩溃了。她的肩伤越发严重，联赛也处于困境。因为国家队竞争十分激烈，刘亚男很害怕失去主力位置，更别说当年还有世锦赛要打。严重的伤情使她心理压力增大，害怕陈忠和不要她了，也不敢跟别人过多地说起此事。

就在刘亚男犹豫是不是要退役时，得知此事的陈忠和给刘亚男打来电话。询问了她的最新情况后，陈忠和说：“伤病是一名运动员经常遇到的事情。我就说一句话，你只要不放弃你自己，我决不会放弃你。”听到这句话的刘亚男哭了：“谢谢陈指导……”

通过积极的治疗，刘亚男重返赛场，也重新回到国家队，出征2002年世锦赛。2003年世界杯与日本队最后一战，正是刘亚男接冯坤的传球，完成最后一击，让中国女排3比0击败日本队，以11连胜的战绩夺取世界冠军。

“辣手旋风”周苏红

1979年4月出生于浙江的周苏红，有着北方人的爽朗。只要登场比赛，无论多么困难，周苏红总是那样激情四射，就像在跳“活力健身操”。浙江队队长周苏红打接应二传手位置，是一名出色的多面手。周苏红说：“我1.82米的身高在国内并不突出，要想进入国家队并站稳脚跟，必须拥有自己的绝活儿，还要付出比别人更多的汗水。”

激情四射的周苏红球风洒脱泼辣，在场上有耗不尽的能量。小学时，因腿很长，周苏红被体校排球班选中。不过，真正锻炼她的是在国家沙滩排球队的时候。沙滩排球对球员的综合能力要求很高，周苏红适合打每个位置就是这时候练出来的。令人赞叹的是，沙滩上的阳光居然没把皮肤白皙的周苏红晒黑。

在胡进执教国家队时，周苏红就被征调入队，出任自由人。但她在训练中总是放不开，后来未能参加2000年悉尼奥运会。2001年初，周苏红再次被选进国家队，不断成熟的她终于把握住机会，成为国家队主力接应二传手。

这次入队，周苏红最大的变化就是将头发剪得更短，黑黑的短发更显得她英姿飒爽。在2001年一系列国际大赛中，无论是快攻、强攻、后排扣杀，还是拦网与防守，周苏红都很出色。此外，她的高飘发球很有一套。最让人津津乐道的是，周苏红在场上打球激情四溢，困难时刻总能鼓舞士气。

漂亮的周苏红在场上总能吸引众多观众的目光，浙江队联赛主场无论从杭州迁至黄岩，还是到哪个小城，每次比赛都会有很多为了观看周苏红打球，专程从浙江各地赶来的球迷。乐得主场组织者说，一个周苏红就能左右主场门票的销量。

2003年世界杯与土耳其队的比

周苏红

赛，多亏了以快攻出众的周苏红重新找回感觉，否则中国女排很难突破土耳其队这一关。在最关键的第四局最后阶段，在土队再次将比分差距拉大到19比17时，正是周苏红在极其混乱的多回合争夺中果敢下手，一记调整扣杀得分，挫伤了对手锐气，同时她的快攻也是中国队没被土队甩开的重要原因，因此国际排联赛后将当场“最有价值球员”奖项颁给了周苏红。

只要“辣手旋风”周苏红一出场，中国队就会变成马力强劲的高速快车，场上的每一个位置都能看到她的身影。周苏红也是球队中最想赶快打出状态的球员，但总是起跳有些过早，进攻不是被拦，就是发球出界。陈忠和表示，自己给了周苏红很多出场机会，目的就是要让她尽快进入状态，希望她能够有好的表现。因为对付欧洲强队，周苏红的快攻绝对有效。

周苏红的原始绰号是“大炮”。在地方队训练的时候，教练让她发球，只听“砰”的一声，球竟然弹到了对面的墙上。大家都愣了。教练说：“你用这么大劲干吗？”周苏红说：“我没用多大劲呀，劲还没使出来呢。”于是，队友给她起了个绰号叫“大炮”，这个绰号一直跟到国家队，因为周苏红在国家队也经常大力发球出界。

长得甜美可人的周苏红被叫作“大炮”，还有一个原因，就是她性子烈。周苏红的脾气很拧，不是那种特别听话的类型，在球场上也常会看到她大喊大叫。“我的性格是比较暴躁的，不过，过了也就过了，我这个人很想得开。”有时挨了教练陈忠和的批评，她心里也会有气。“有时自己心里也会觉得反感，有叛逆的情绪，但是事后冷静下来想想，也就能端正思想了。教练说我是为了我好，如果他有一天真的不说我了，就是他不再重视我了，那时候才真的糟糕呢！”当然，要真是生气了，周苏红就疯狂吃零食。她说：“我心情一不好就喜欢吃零食，好像吃着吃着，不高兴的事情就被吃光了！”

因为脸长得很圆，像吹出的泡泡，队友还给周苏红起了个外号叫“泡泡”。周苏红笑声爽朗，队友说“泡泡”是全队的润滑剂，有她在就到处是欢笑。周苏红还是一个很讲究情调的姑娘。杭州有很多古香古色的茶吧，去品茶、看书或观赏景色很令人惬意，这也是周苏红的一项主要休闲方式。

很多人觉得周苏红身高不够，使中国队的进攻总是不那么犀利，而且有时失误多了一些。身材不高是周苏红的明显缺陷，但周苏红的确是中国女排整体战术中极为重要的一枚棋子。

当今世界排坛都讲究攻击力极强的“大接应”，陈忠和选择周苏红不仅是为了进攻，更多的是防守和一传，这样的接应可以保证中国队整体快速多变战术的实施。进攻弱了一些，但使全队更具整体性，这是中国女排的特点。陈忠和说：“周苏红是那种到了场上打球不要命的人，我最喜欢的是她越到咬牙时刻越是两眼放光的搏杀精神。况且我们的战术是快速多变，对一传稳定要求很高，一传是我们的生命线，若周苏红在，她和刘亚男、张娜一共三个人能接一传，稳固了一传和后排防线。还有，周苏红主要是跑动进攻，她的多点跑动进攻对全队战术有利，所以我选择了周苏红。”

陈忠和很精明，小球串联不好的接应，虽然进攻能得分，但失误丢分更多，这样还是吃亏了。而周苏红一次进攻打不死对手，我们还有防守反击的机会，依然可以得分。周苏红，这个最具争议的人一直是陈忠和战术里最重要的一环。这就是当初中国女排的风格特点，从一个侧面也说明当时的世界排球发展潮流以及中国队的特点。

06 郎平出山

名将离世

主帅“难产”

2008年北京奥运会之后，中国女排陷入一段时间低谷，从2009年到2010年，蔡斌、王宝泉和俞觉敏，中国排协一年之内三换主帅，其动荡可见一斑。

2011年女排世界杯在日本举行，前三名将直接晋级伦敦奥运会。之前的世界女排大奖赛总决赛，俞觉敏率领的中国女排无一场胜利，全队遭受了猛烈抨击，二传手魏秋月更是被骂得体无完肤。当时的中国女排还有王一梅、马蕴雯、徐云丽、张娴等人，惠若琪已经打上了主力，杨珺菁全年进步很快。但全队对第一时间晋级奥运会没有信心，这次世界杯会用来练兵，主要精力放在来年奥运会落选赛。同样，中国女排并不被外界看好。

在征战2011年女排世界杯之前，俞觉敏招进来自上海的接应二传手张磊，张磊的跑动进攻堪称一绝。全年没有出现的张磊，在世界杯赛场打了所有对手一个措手不及。就在本届世界杯上，中国女排打出多场五局鏖战，即便是2比3惜败巴西队和美国队，也打得荡气回肠，3比2力挫日本女排更是千回百转，魏秋月脱胎换骨。就在谁也没有想到的情况下，没有强劲实力的中国女排打出忘我的女排精神，生生地夺下世界杯第三，直接晋级伦敦奥运会。

记得当时姑娘们泪如雨下，主帅俞觉敏双手颤抖，热泪盈眶。俞觉敏直言，在中国女排主帅的位置上真是生不如死。姑娘们就是依靠“丢不起中国女排这张脸”的最直白的想法，第一时间挺进伦敦奥运会，体现出的精神令人泪目。女排姑娘们的拼搏精神，让平时沉稳淡定的央视体育播音员洪钢发出“这样的胜利，堪比1981年中国女排首次夺冠！”的激情呐喊，也让同在现场的《人民日报》著名记者汪大昭老师泪如雨下。这就是中国女排的魅力。

然而，2012年伦敦奥运会女排1/4决赛，中国女排2比3惜败日本女排，无缘四强。伦敦奥运会之后，俞觉敏卸任。

2013年初，到底请谁出任中国女排主帅，各方声音不统一。

当然，有一个人的名字几次闪回，但最后都不在排管中心高层考虑之列，她就是郎平。

原因很简单，郎平早已功成名就，已经不需要再证明什么，何况当时中国女排处于青黄不接之际，她没必要再度涉险，从而毁掉一世英名。请她出山，难度太大，几乎不可能。

当时的郎平，还在广东恒大女排执教，参加中国女排联赛，也丝毫没有心思执教国家队。1995年郎平曾经从美国归来，执教过中国女排，仅一年就率领中国女排在不具备较高实力的情况下夺取1996年亚特兰大奥运会银牌。但因身体过于疲劳，郎平在奥运会之后就卸任了。

可是，大家又没有公认的合适人选。中国女排主帅“难产”了。

不朽的陈招娣

2013年4月1日下午3时8分，中国女排一代名将陈招娣因肝癌晚期离世，年仅58岁，中国体坛失去了一位少将。

风华逝去，秉烛夜啼。

1955年，陈招娣出生在浙江杭州。从小爱动的她后来成为八一女排球员，直到最后成为少将。

1981年11月16日那个夜晚成为永恒，陈招娣、郎平、孙晋芳、张蓉芳、周晓兰、杨希、陈亚琼、梁艳、曹慧英、周鹿敏、朱玲和张洁云这12员战将，一瞬间成为民族英雄。主力接应陈招娣曾经在与日本队的一次比赛中手臂骨折，两个月后的全运会赛场上，陈招娣用绷带吊住左臂比赛，“独臂将军”称号蜚声排坛。

2007年11月28日的《解放日报》回忆了陈招娣一件旧事，这也是著名的“三进三出”的故事。

“谁还想再加练一点儿？”主教练袁伟民冲着这群疲惫不堪的姑娘大声问道。训练一天，队员们早已精疲力竭，谁还有力气加练呢？见没有人响应，陈招娣就说：“那我加练一会儿吧！”加练的内容就是垫起15个好球，每个球要先摸到场边的铁丝网，然后跑到3米线滚翻救球之后再跑回去摸到铁丝网，跑回来重新开始。

接到第9个球时，陈招娣腿都软了，看球都重影了。陈招娣回忆道：“我的表现该算挺好的了，也该让我下来了吧。嘿！没想到不让我下。袁指导的球满场飞，我实在受不了了，就喘了口气，没去救球。袁指导一看我没去，就扣除我一个好球，本来完成9个，现在还剩8个。我的倔强劲儿也上来了，你扣就扣吧，我累着呢，就还是没去救球。这样8个扣成了7个，最后扣没了。”见球被扣完了，陈招娣气得说：“我是主动加练的，那我不练了行不行。”说完，陈招娣抱起衣裳，转身就走。训练馆里静得出奇，其他队员都在一边看着。袁伟民说：“你今天走了，明天第一个练你。”

走到门口的陈招娣停下了脚步。她回忆说：“这么走也太掉价了，感觉特别没面子。不行，还是得回去重练，我一定要垫起15个好球给他看看！练着，练着，我真的是受不了，又转身走了。最后第三次回来，心想，豁出去了，管他呢，死就死吧。”就这样，陈招娣以惊人的毅力，接了15个好球。不久，陈招娣的事迹还入选了初中语文课本，课文名字叫《苦练》。

昔日队友郎平就是陈招娣在国家队时的室友，记得郎平曾说：“陈招娣就是军人作风，永远向前冲，许多我们认为没希望的球，她都要救回来。我们问她为何这么拼命，她说，打球玩儿命已经成为她的一种习惯。”

原中国女排主教练、原国家体育总局局长袁伟民在陈招娣住院期间总去医院看她，也知道爱徒的生命将走向终点。但陈招娣逝世，他一时还是难以接受。

陈招娣逝世后，郎平回忆道：“亲爱的招娣，去探望你时，我们还在讨论排球……你对亲情友情都那么执着。还记得1981年我们夺取第一个世界冠军那次，咱俩是室友，决赛前你腰伤复发，但咬牙坚持拼完五局，是我们扶着你走上领奖台的。后来我背着你上楼，如今已成追忆！你是我一辈子的队友！你顽强的拼搏精神永远激励着我。非常想你！我们来世还做队友！”

陈招娣的队友们说，一听到这个噩耗，我们就震惊了！我们是特别好的姐妹，很好的朋友，我们一起拼搏的情景仿佛就在眼前。现在我们十分悲伤，希望招娣在天堂里快乐，来生还做好姐妹。

陈招娣，一代名将，多少人因为她和她的队友们，成为中国女排的忠实球迷；多少人因为她们，得到了莫大的鼓舞；多少人因为她们，在逆境中勇往直前。这就是打不死的陈招娣，打不死的女排精神！

郎平复出

一次告别

2013年4月5日上午10时，因癌症离世的中国女排一代名将、解放军总政治部宣传部副部长、中国排球协会顾问陈招娣遗体告别仪式在北京八宝山东礼堂举行。

人生很多时候是迎来送往，我记得当初在八宝山送走了中国男排一代名帅戴廷斌。如今，这样一个清明的清晨，送走的却是儿时的偶像之一陈招娣。

细雨冲刷过的京城，还透着一丝凉意。上午9点多，阳光穿破云层直射京城。一代名将陈招娣的遗体告别仪式，让如今很难再能聚齐的首夺世界冠军的女排名将们基本聚齐，大家都在以自己的方式送别陈招娣。

告别仪式开始之前，陆续有不少喜爱老女排的中老年球迷拿着陈招娣的巨大海报来到八宝山，为的就是再看陈招娣最后一眼。他们说：“我们就是想向陈招娣做最后的告别，感谢她为祖国争得的荣誉，以及给我们带来的巨大的民族自豪感。我们永远怀念陈招娣，她代表了一种精神。”

陈招娣的丈夫郭晓明说："这是她们姐妹的一次相遇。招娣给人留下了很多值得回忆的内容，作为家属，我们也很感谢大家的关心与支持。"女儿郭晨说："我深深知道，大家这样关心我的妈妈，是我们家的骄傲。现在，跟妈妈告别也不仅仅是我们的事情，更是所有喜爱中国女排的人的事情，这也是人们对老女排精神的追忆。"

在陈招娣的告别仪式开始之前，陈招娣的老女排姐妹们要求先和静静地躺在那里的陈招娣说说话，同时走到陈招娣身边的还有当初中国女排的男陪练陈忠和。袁伟民对大家说："不许哭，跟上队，向战友告别。"可是，一声"招娣"，郎平哭了，张蓉芳哭了，杨希哭了。东礼堂的大门暂时关闭，姐妹们在与昔日战友陈招娣做最后的告别……

有着"中国山口百惠"之称的老女排名将杨希唏嘘不已，她说："招娣的离开在这个社会引起这么大的震动，我觉得是大家对女排精神的一种怀念。"在她眼里，女排精神就是靠自己的努力，无私地奉献，脚踏实地地体现社会责任感。杨希接着说："这么多年过去了，大家一直在说和女排精神一起成长，我觉得社会需要这种信念。"

作为过去的战友，时任福建省体育局副局长的陈忠和特意赶来送陈招娣最后一程。陈忠和说："我一直想来看她，但一直忙，非常遗憾在她走之前这段时间没有见着。我和陈招娣从1979年就在一起共事，已经有几十年的交情。招娣跟大家关系都非常好，人一直非常低调。她的性格非常开朗、活泼，但训练起来要球不要命。有一次训练，她好像是没完成跑步任务，觉得有点儿委屈。后来时间跑到了，圈数也跑到了，她还是不肯下来，一直跑到要倒下去。她就是那种性格。"

最后心动

老战友的离世，让郎平非常悲伤。当她走出告别仪式礼堂，看到了众多普通球迷前来和陈招娣告别的场面，感慨道："都过去这么多年了，大家还没有忘记我们！"

刹那间，郎平心中升腾出了一种责任，一种担当，或者说一种紧迫感，这促使郎平做出出山的决定。郎平对中国女排有着深厚的感情，重振女排雄风，也深深地藏在郎平内心。

只不过，这个出山的想法并不坚定。郎平说，内心像有两个小人在打架，犹豫不定。

2013年，排管中心对外公开中国女排主教练竞聘的消息，透明选拔。4月15日，几名候选人将到国家体育总局排球运动管理中心陈述竞聘，如期不至者将被中心认为自动放弃竞聘。

直到4月15日凌晨两三点，郎平依然在犹豫，她不知道这一次是否值得复出。从母亲到姐姐，家人都支持郎平的选择。郎平的母亲还说，郎平这辈子离不开排球，自己如果喜欢，就干脆去做，其他的不用多想。

4月15日那天早晨，郎平决定参加竞聘会。郎平竞聘会陈述的题目是《传承女排精神，走出低谷，再创辉煌》。

多年以后，我们更能感受到郎平这一次决定的意义。

从之前的不愿接手到积极参与，郎平经历了一段想必自己都很纠结的思想斗争。郎平决定再度争取中国女排主帅职位，对女排难以割舍的感情是重要因素。

郎平挂帅

4月25日上午，清晨的北京微风徐徐，阳光灿烂，空气中透着一股清新。

在北京体育馆一层大厅明亮的灯光之下，众望所归的郎平身穿一身灰黑色职业套装再度归来，出任中国女排主帅，征战2016年巴西里约热内卢奥运会周期。照相机快门的声音此起彼伏。郎平出山，气势无与伦比。

郎平说："等待了很长时间，我认真地准备了这次讲话。我很高兴能与大家一起，迎来巴西里约奥运会周期，谢谢中心给予我的信任，感谢媒体和球迷给我的厚爱，是你们给了我正能量，让我有信心。这一刻，我感到非常光荣，中国女排是一个光荣的集体，战绩非常辉煌，国人对女排有着深厚的感情，我感到担子很重。"

郎平说出了自己的心声："目前，中国女排处于一个相对低谷期。排球是集体项目，需要各省市教练一起努力。只要大家能团结一心，心中有梦想，一点点接近目标，永不言败，认真做好每一天的工作，我们就有信心完成里约奥运会周期的任务。"

2013年4月25日，中国排协召开新闻发布会，正式宣布郎平担任中国女排主教练一职，这是她时隔14年后再度执教中国女排

谈到这次出山，郎平说："这是我执教生涯最纠结的一次，主要是担心自己的身体能否承受这样的工作量。多方协商之后，我相信团队和中心密切配合，能把工作做好。"

郎平也简单介绍了组队思路，她说："要做的事情非常多，我们会在比赛和训练中提高水平。每次比赛目标不同，不一定会把成绩放在第一位，但每年都有一个重要比赛，其他会围绕这些比赛进行。至于技战术的安排，我们都不能急，我会观察每个球员的潜力，根据每个人的能力设计战术、打法，不能纸上谈兵。"

郎平时隔14年后再度出山，聚集了充足的人气，提升了正处于低谷的中国女排的士气，再度点燃大众对中国女排崛起的希望。

重整旗鼓

郎平这一次出山，展现出的恰恰是思路的与众不同，尤其是对年轻人的青睐，以及中外组合成的复合型教练团队，都体现了她国际化的思路。

2013年郎平公布的大名单有不少人，但那还不是真正意义上的大国家队。其中的变化也不少，没有了当打之年的二传手魏秋月，也没有了曾经的主力副攻马蕴雯，反而有大量“90后”球员入选，说明郎平要给年轻人很大的发展空间。

郎平表示：“名单是经过教练组认真讨论产生的，我们今年以挖掘和考察队员为主，希望老队员带好新人，做好榜样，新队员努力进步，加油赶上。”

2013年5月17日至19日，国际女排精英赛在宁波北仑举行，这是郎平带队的首秀，郎平的选择性作战就此开始。因时间冲突，老教练徐建德率领国青女排出战瑞士女排精英赛。同时，郎平也决定放弃传统的俄罗斯总统杯国际比赛，专心参加在宁波举行的国际女排精英赛。郎平表示，全队需要抓紧时间磨合，因此我们必须与时间赛跑。

绝对不同

绝对不同，这是我第一次近距离感受郎平的最大感受。可能球队还存在着各种问题，但这绝对是郎平的队伍。球队水平不见得有多高，但郎平的气质渗透其中。郎平来了！

当时，年仅22岁的“90后”江苏籍主攻手惠若琪被任命为新一届中国女排队长。参加过2011年世界杯和2012年伦敦奥运会的惠若琪可以说是一名“非常年轻的老队员”。2013年5月16日，惠若琪以巴西里约奥运会周期中国女排队长的身份出现在广大媒体面前，难掩对新头衔的兴奋。

惠若琪这次的号码是12号，依然是主攻手。这一刻，实际上是惠若琪的“新生”。说起新队长头衔，惠若琪笑着说：“我非常荣幸能成为中国女排新队长，也非常感谢郎指导能给我这次机会。我非常珍惜这样的机会，也很喜欢这种挑战。我知道自己还有很多不足，技术能力还需要不断提高，‘队长’这个头衔会督促我不断进步，也希望大家支持我。”

虽然时间不长，但惠若琪还是跟随郎平训练了一周。谈到在郎平麾下的训练感受，惠若琪可谓感慨良多。她说：“我这段时间过得很充实，每天的训练，都能让我总结出自己的不足。郎指导要求非常细致，强调无球意识、防守时细小的动作，而且要求我们尽力学会给队友创造条件，利用团队进行弥补。之前我们忽略的细节，往往决定着成败。说实话，这些内容训练起来比较累，但未来肯定会很有效。”

5月17日晚，郎平率中国女排在宁波首秀的意义，远远超过3比0击败波多黎各女排比赛本身，因为这终归是郎平在14年后再度执教中国女排的第一场比赛，更是新一届中国女排在2013年的第一场比赛。

“郎平，我爱你！”众多球迷的呐喊声在运动员进场热身之前，就已经将赛场气氛营造得劲爆。劲爆的音乐背景之下，身穿国家队帅服的郎平和中国女排队员走进场地，整个体育馆顿时爆发出雷鸣般的掌声。虽然中国女排一身无袖红装和金黄色号码十分鲜艳，但素雅的郎平依然成为球迷和媒体追捧的对象。主教练的风头盖过了球员，这是国际赛场罕见的。

曾经的过往和当下的现实都让如今这个赛场当之无愧属于郎平。因为有人出现伤病，郎平派出的首发是二传手沈静思，主攻手惠若琪和殷娜，副攻手杨珺菁和徐云丽，接应二传手曾春蕾和自由人单丹娜。首局，中国队以25比12轻取；第二局，失误不断的中国队磕磕绊绊，但还是以25比20再胜；第三局，中国队以25比14横扫对手。就在本局，郎平让副攻手乔婷和主攻手李静上演了国家队首秀。

比赛过程中，郎平沉着地坐在那里，不时地与身边的助理教练赖亚文进行沟通，还会偶尔指点一下场上的球员，暂停时则仔细叮嘱。这虽然是新女排首秀，但郎平的表情非常平静，直到我问她多年以后再度来到这里的感受时，她才露出微笑。她说：“2005年，我作为美国队主教练来过这里，那已是八年前的事情了。现在，我非常高兴这么多球迷来看比赛，我们也很珍惜这次机会，力争呈现最高水平。”

我提到这场比赛也暴露出中国女排的不少问题，郎平诚恳地说：“我们进行了认真的准备，但备战时间太短，所以，我要求队员放松心态去比赛。比赛也是一种训练，传和扣会有误差，力争相互弥补，减少失误。我们要加强自身配合，现在拦防也不清楚。

我们打出了基本水平，不过对手主力没来，而且她们还要倒时差。”

谈到上任的感受，郎平说：“我挺平静的，既然决定出任主帅，就没有什么其他想法。我们在技术方面需要更加细致，现在看来还要走很长的路。未来目标很高，这一天仅是一个开始，我们要继续努力。不管中国女排未来多么艰难，希望大家给予我们鼓励。”

而后，中国队3比0完胜实力不俗的泰国队。能让技术精湛、快速多变、经验丰富的泰国女排毫无还手之力，关键就在于中国女排利用发球、拦网和防守打到了对手的“死穴”。3比1击败古巴队让中国队三战全胜拿到国际女排精英赛冠军。郎平仅带队一周就拿到一项国际比赛冠军，不俗。

能够以三战全胜夺取国际女排精英赛宁波站冠军，这对于郎平和全队合练仅六天的现实来说的确不错，但郎平依然平静地说：“我们还没有高兴的资本。”

郎平表示，自己每天都在思考着从哪里入手，未来风格如何，人员配备如何，以后怎么打。时间很短，应该看到球员的潜力和价值。美国女排不用长时间训练，中国队这次集训时间很短，但效果不错。郎平说：“美国球员个人素质出众。中国队战术需要配合，没有两三个月的集训不行，我们需要精益求精。仅为了比赛而组队，战术未必会制定得很好，所以，还需要因队而论。”

郎平也给了新队长惠若琪一点忠告。郎平说：“她身材高，技术相对全面，只是还没到精的地步。她年龄不大，潜力很大。希望她散发激情的同时，以后更淡定一些。她的路还长，希望我能培养出一流的主攻手。”对于阵容变化，郎平的意思是，这种变化还会继续下去。

郎平是一个幽默的人，她仅用很短的时间就展现出了这种魅力。

说到郎平带来的细节改变，惠若琪突然严肃地说：“比如郎指导提醒我们饭前要洗手，因为病从口入。”郎平随即笑着说：“对呀！”大家一下子都乐了。当惠若琪表示下一站比赛力争表现得更好时，郎平突然鼓起掌，因为她说这里应该有掌声。突然，一名郎平的追随者奉上鲜花，郎平赶紧站起来感叹道：“还有这个程序！”整个气氛随即轻松起来。

还有人送给郎平一个铁榔头状的充气棒，郎平赶紧接过来说：“好的，我接受这个礼物。以后我每天都把它带到球场，谁不听话就敲谁。”

国际级裁判王子凌是郎平当初的弟子，有人问起郎平对她的评价，郎平说：“我管她叫‘王国际’，因为她级别比我高。当然我也给她提出了意见，比如要更好地学习英语，在这个方面，我能当她的老师。”

每次接受采访，郎平都会被问到许多无聊的问题，但她都会认真地听完问题，然后用眼睛看着那些记者，给予完整的回答，最后再补充一句：“我说的，你满意吗？”

为什么郎平与全队见面仅有六天，便能拿到三连胜？郎式幽默是郎平的资本，更是郎平的实力。

艰难的胜利

2013年世界女排大奖赛总决赛于8月底到9月初在日本札幌举行，这一次中国女排必然要面对一年前伦敦奥运会1/4决赛3比2淘汰自己的日本女排。

8月31日晚，对于中日女排双方而言，都需要浴血拼杀。

2012年伦敦奥运会女排1/4决赛，日本女排木村纱织和江畑幸子各自得到33分，成为淘汰中国女排的最大功臣。这一次札幌对决，江畑幸子依然击垮了中国队防线。

总决赛一路全胜的中国女排被看好，但其实全队仅拥有一个日本队难以防住的人物，她就是当时只有18岁的小将朱婷。也正是依靠朱婷凌厉的攻势，中国女排才以25比16先下一城。也许人们认为中国女排将会轻松取胜，但不要忘记这是真锅政义麾下夺取伦敦奥运会铜牌的日本女排。

果然，日本队打出了顽强的斗志以及出众的快变战术，进攻快如闪电，这让身材高大的中国女排十分被动。日本队二传宫下遥继承了竹下佳江的衣钵，自由人佐藤亚里纱延续了曾经佐野优子的优点，防守异常出色。尤其是主攻手江畑幸子简直如入无人之境，郎平频繁换人拦防但基本无效。平均身高1.90米的中国队员，却拦防不住一个1.76米的江畑幸子。全场比赛她得到最高的36分，其中进攻得到32分，进攻成功率达到49.23%。另一名主攻手木村纱织得到26分。

相对于一年前的伦敦奥运会，现在的中国女排身材更高，但拦网和防守暴露出很多问题，完全跟不上对手的快节奏。很快，日本队以25比18扳回一局。

如果说正在改变的中国女排最大的优点，并不是什么技战术，而是顽强的女排精神。这场比赛，姑娘们也正是凭借着一口气才在最后幸运地击败日本队。第三局，若不是江畑幸子扣球出界，中国队不会以26比24险胜。第四局江畑幸子依然让中国队“无解”，日本队以25比21将大比分扳成2平。决胜局日本队以3比0领先，只是急于求成的她们自己出现失误，中国队才以14比11领先，拿到赛点。而后江畑幸子连救两个赛点，追成13比14。幸亏徐云丽封杀江畑幸子调攻，中国队才以15比13险胜。幸亏中国队有超手扣杀的朱婷，否则比赛仍旧难以取胜。

拿下比赛不仅是靠团队精神，也是靠拼一口气。惠若琪就说：“其实到后面，技术已经不重要了，拼的就是一口气。日本队发挥出高水平，而中国队拦防体系不到位，在场上显得比较乱。”拿下中国队最高分的小将朱婷也表示，日本队出色的防守和快变战术给中国队造成很大的压力，最后艰难拿下比赛靠的是团队合作。不过能够拿下日本队，朱婷感到很爽。

这是郎平执教中国女排以来国际比赛的19场连胜，但这场胜利是姑娘们拼搏的结果。郎平说：“这场比赛就跟做梦一样，日本的防守、快攻、前后立体进攻，包括拦网，给我们造成了很大的麻烦。前一段我们一直在跟欧洲球队比赛，没遇到过速度这么快的队伍，大家在场上需要适应。我们赛前专门练了两个小时拦防，拦不住还是自己的水平不够。大家能赢球是靠信念顶着，外加一点儿幸运。”

郎平给予日本女排很高的评价。郎平说：“日本女排确实很好，我们如果有这样的防守，打她们就毫不费力了。我们的拦网不好，但是对手拦我们的快攻非常好。我们阅读比赛的能力太差，场上应变能力也差，还好有这口气硬顶着。这场比赛对我们的价值特别大，我们更清楚自己的问题，争取打一场进一步。而且，亚锦赛马上要开打了，我们要学的东西挺多。”

中国女排进行了不少换人调整，张磊在第三局替换曾春蕾。第三局后半段，中国女排一攻不下分，一传也不好，郎平就用王一梅换下惠若琪。郎平说：“主攻在前排阶段性的停顿就会卡分，跟这样的强队打，按照我们现在的水平，落后四五分就很难追回来。要让轮次运转起来，不能一卡好几分。我一直在尝试，看谁能跟上这种节奏。用张磊换曾春蕾是要补朱婷的一传，换大梅是因为小惠腿有点儿抽筋。”决胜局朱婷体能消耗很大，郎平说：“第五局应该把她放在前面先拿分，但她已经扣不动了，我就尝试把她放在三点攻，尽量发挥作用。”

中国女排整场比赛几乎难以拦死“日本之快”的代表江畑幸子，而总得分仅以105比103险胜。就连经历过众多大场面的郎平都感叹：“本场打日本队像在做梦一样，赢得十分幸运。”

一天后，中国女排以0比3完败于当时世界排名第一的奥运会冠军巴西女排。巴西女排第九次夺取大奖赛总冠军的同时，中国女排也收获了一个宝贵的亚军。虽然19场国际比赛连胜纪录被终结，但这个亚军对处于相对低谷的中国女排而言则是一个莫大的鼓舞。如果不是郎平运筹帷幄，中国女排不会有令人振奋的精神面貌，更不会有国际比赛19场连胜的纪录，也不会有这次亚军的成绩。所以，跟着郎平走，没错！

郎平的思路十分清晰，那就是充分利用这段时间锻炼年轻人，让她们能够在信心和技战术能力上有所提升，同时尽量能够取得国际比赛的胜利，锻炼和取得成绩两不误。从整个大奖赛过程来看，中国女排完全达到了锻炼和观察年轻人的目的，而且在郎平麾下，年轻人敢于发挥。

正所谓一寸长一寸强，一寸短一寸险。中国女排身材高大，进攻凶猛，但都是“明枪”，全队在技术细腻全面的“一寸短”上欠缺明显，而且一传和拦防体系实力不足。

年轻球员心态平稳了，但比赛中起伏大还是因为实力不济，难怪郎平在技术上仅给中国队打了50分。

充分暴露问题也是这次比赛的目的之一，郎平对此十分满意。说实话，中国女排能够夺取总决赛亚军的确不错，但这并不代表中国女排实力已经提升到了一个什么程度。全队仍处于一个相对低谷期，否则中国女排主帅也不会如此“难产”。只是各队均在重组阶段，其他队伍对新女排也不了解，而中国女排在郎平指挥下忘我搏杀，各个奋勇争先，都想在未来成为郎平眼中的主力，于是全队战绩出众。

冷静下来分析，中国女排虽然以3比2先后击败意大利队和日本队，但根本没有必胜的把握和实力。比如中国队虽然击败日本队，但拦网几乎形同虚设，根本跟不上日本队的快节奏，小球串联和防守均不如日本队，这次胜利不意味着中国队实力就比日本队强。中国队主攻线的搭配还需仔细琢磨，二传手沈静思起伏还很大，技术运用远不够灵活。至于对巴西队，中国队无论在哪个方面均处于下风，巴西队全面的技术和掌控力是目前中国女排所不具备的。

如果没有郎平，中国女排可能完全是另一支队伍。对郎平的无比信任，让队员们胸中鼓起一口气而坚持下来。更重要的是，郎平就像诸葛亮一样用兵，在没有绝对实力的情况下，做到了兵无常势，水无常形。

在本次总决赛中，郎平派出了目前最强阵容。针对不同对手，中国女排均能派出不同的首发阵容，五场总决赛没有一场的首发是一样的。郎平做到了让全队每个人都能登场作战，可用之人比较多，而不是依靠一套阵容打到底。郎平表示，除针对性备战外，她也故意不想让对手过早地熟悉中国女排。

更有意思的是，最后打巴西队，郎平居然在阵容上进行了保留，前几场比赛表现抢眼的朱婷与惠若琪均被“雪藏”，可见她并没有把这次冠军看得那么重要。前国际排联主席魏纪中认为，郎平如此排兵布阵可能是出于长远战略考虑。他说：“巴西队经验丰富，技术也更成熟。既然获胜把握不大，就在阵容上留一手，这样我们输了，也没有心理阴影。如果真如此，乃高招。”

魏纪中认为，眼下这支中国女排组队时间短，还很不成熟，比赛中有起伏很正常。对于郎平这样一位好教练，大家都给予充分的信任。中国女排应该采取怎样的技战术打法，郎平最清楚，外界不必过多评论。他说："我们需要做的就是保持耐心，多给她一些时间。"

不管怎么说，在全队不具备绝对实力的情况下，郎平作为新主帅确立了威信，树立了全队的信心。

亚锦赛落败

2013年9月下旬在泰国呵叻举行的女排亚锦赛，不能说郎平不想夺冠，只能说中国女排整体实力还不够。为了增强球队实力，让球队更加稳定，并能够冲击冠军，郎平召回了几名老队员，她也想看看老队员中还有谁能够征战里约奥运会。我个人觉得郎平还是倾向于年轻人，只是这次亚锦赛并未按19连胜时的作战思路进行。

9月19日，亚锦赛1/4决赛争夺结束，泰国队3比0淘汰中国台北队，韩国队3比0淘汰哈萨克斯坦队，日本队3比0淘汰伊朗队，中国队3比0淘汰越南队。不出所料，半决赛果然是中国女排与泰国女排交锋，日本女排与韩国女排争夺另一个决赛权。

虽然中国队轻松击败越南队，但比赛过程还是令郎平不太满意，全队依然有起伏，进程有些磕磕绊绊。郎平先后派12名队员全部登场比赛，尽量让每个人都能热身。郎平说："半决赛将会十分艰苦，所以不能仅靠7个人打球。面对东道主泰国队，我们不能有过多的失误。扣球就是你死我活，你扣不死就是给对方机会。"

5月的国际女排精英赛北仑站和深圳站，中国女排相继以3比0完胜泰国女排，但那时泰国队刚组建，竞技状态极为一般。不要忘记，2009年女排亚锦赛决赛，中国女排以1比3负于泰国队，这个结果也导致当时的主帅蔡斌"下课"。2012年亚洲杯决赛，中国队又以1比3负于泰国队，未能夺冠。人们总说日本女排主场很震撼，但泰国女排的主场氛围也一样热烈，不仅座无虚席，而且呐喊声排山倒海。由于成绩不错，泰国球迷十分喜欢泰国女排，泰国媒体也给予这支球队高度关注。

泰国女排主攻手奥努玛、维拉万和接应二传手玛丽卡这三大进攻点速度快，且变化多端，两翼和前后排的拉开速度非常迅捷，副攻手普拉姆吉特不仅拦网有特点，而且快攻难以防范。相比之下，中国女排移动速度较慢，对付打吊结合、快速多变的球队比较吃力。所以，发球和拦网将在某种程度上决定中国女排能否掌握主动权，因为只有打乱对手一传体系，破坏泰国队快速多变的战术，中国女排才能击败对手。

对于与东道主泰国队的比赛，郎平说："半决赛必须比前面的比赛打得要好，否则就没有机会了。我们对泰国队比较熟悉，但是熟悉不一定能赢，她们打得很快，我们不能跟着她们的节奏跑。我最担心的是这里的观众，在疯狂的呐喊声中，队员能否控制住情绪很重要。一旦心态处理不好，球员技术动作就会变形。同时，我们要在比赛中耐心一点儿，在对方一传到位率高的情况下，想办法压制对手。"郎平的话里流露出的是极为冷静的思维。只不过，恐怕当时没有多少人会有足够的耐心听进去。

9月20日晚，中国女排2比3被泰国队淘汰出局，自1975年参加首届亚锦赛以来第二次无缘决赛，而且本场比赛的失利导致无缘年底于日本举行的大冠军杯赛，因此这是当年中国女排遭遇的最大挫折。赛后，中国女排姑娘们神情沮丧地走进休息室，而泰国女排姑娘们则兴奋地拥抱和呐喊着。失陷泰国队是中国女排的一次失败，这一点无须回避，但为何会这样则需要反思。

中国女排对泰国女排比较了解，何况主帅郎平能力出众。然而，泰国女排用凶狠的发球冲乱了中国队的一传体系，尤其是主攻手奥努玛和维拉万的发球，完全打乱了中国队接发球的那一点点信心。第一局中国队以25比19拿下，全队体现出了备战的充分程度。但是，从第二局开始，泰国队发球凶狠的特点就完全展现，以同样的25比19扳回一局。第三局，泰国队又以25比22拿下，本局中国队一传到位率只有35%。虽然凭借顽强的搏杀和强势进攻，中国队以25比21将总比分扳成2平，但第五局，中国队一传成功率更是只有可怜的29%，泰国队最终以16比14拿下决胜局。相比之下，中国女排在发球环节并没有给对手造成太大冲击。泰国队整场的一传到位率达到61%，而中国队只有48%。

泰国队平均身高1.71米，中国队平均身高1.90米，但身高并不是绝对拦网因素，整场比赛中国队就是拦不住对手的进攻，因为她们实在是太快了，快得难以防范。泰国女排主攻手奥努玛和维拉万的平拉开快如闪电，而她们的副攻手普拉姆吉特三号位快攻简直"无解"，加上接应二传手玛丽卡的多变后攻和交叉进攻，泰国队上演了最经典的以快制高的比赛，中国女排的拦网几乎成了不设防的城市。除此之外，人们不得不感叹泰国女排拥有一名非常出色的二传手13号努特萨拉，她精妙的战术组织超越了中国女排全队。我们的二传手沈静思和王娜均相形见绌，郎平也来回更换两名二传，但还出现失配。

本场比赛，出类拔萃的奥努玛一个人得到令人恐怖的34分，是全场得分王。主攻手维拉万25分，泰国队主攻线共得到59分。

不少人还在感叹朱婷的进攻没打死对方，但对于一个18岁的孩子而言，朱婷的表现已经相当出色了，现在还不是指望朱婷打关键球的时候，因为她还没成熟到那样的程度。幸亏有一个朱婷，只有她没有任何的“噩梦”心理暗示，激情四射地拼杀。若没有朱婷，恐怕中国女排会以更惨的比分输给泰国队。朱婷绝对是中国女排未来需要重点打造的新星，虽然输给了泰国队，但丝毫无法掩盖朱婷的闪光点。2比3输给了泰国队，是中国女排的一次挫折，也许多少有些意外，但比赛过程证明中国女排输得无话可说，证明泰国女排将快变战术发挥得淋漓尽致。一场失利引发反思，这才是最有价值之处。

9月21日，完全爆发的泰国女排以3比0击败志在夺冠的日本女排，时隔四年再度夺取亚洲冠军，日本队位居亚军。铜牌争夺战中，中国女排在大比分2比0领先之下，被对手连扳三局，2比3负于韩国队，仅获得亚锦赛第四。这不仅是中国女排亚锦赛创立以来的最差战绩，也是在亚洲赛场（包括亚运会等赛事）取得的历史最差战绩。而这，也恰恰成为激励郎平再度崛起的动力，“仇恨”有时就是一种无穷的力量。其实，这是永不言败最直白的袒露。中国女排在郎平麾下，必将踏上东山再起之路，即便再接连输球，也没有人会不信任郎平。换作别人早已被“下课”，而郎平这张“信用卡”可以透支很久。

2013年女排亚锦赛单项奖获得情况是：最有价值球员维拉万（泰国），最佳扣球朱婷（中国），最佳拦网徐云丽（中国），最佳得分金软景（韩国），最佳发球金软景（韩国），最佳二传努特萨拉（泰国），最佳自由人金海兰（韩国）。获奖的朱婷和徐云丽也跟随郎平走到了2016年里约奥运会。

全新开拔

米兰在召唤

2014年9月23日至10月12日，第17届世界女排锦标赛将在意大利举行，这是郎平挂帅中国女排以来第一个真正意义上的国际大赛。2013年中国女排起起伏伏，让人们并不看好这支队伍，挺进2014年女排世锦赛决赛对于目前的中国女排而言仍遥不可及。决赛地点米兰在召唤，中国女排会给我们一个什么答案呢?

米兰在召唤新人。

月有阴晴圆缺，这几年中国女排正处于相对低谷期，2013年亚锦赛第四的历史最差战绩，是中国女排滑坡的一个拐点。进军意大利米兰是中国女排的一大动力，对新人的渴求也从未如此强烈。如果新一代能够崛起，哪怕倒在冲击米兰的路上，也没有辜负这一次冲击。

从2016年里约奥运会角度出发，各路强队均在2013年开始新老交替，而我们稍微晚了一步。郎平挂帅中国女排后，国际比赛19连胜的确无人可及，这说明郎平的魅力和实力。然而女排亚锦赛第四也确实出人意料。不管因为什么，也不管从哪个角度考虑，郎平起用了众多老队员，却没有收获好成绩。亚锦赛冠军这一任务指标反而束缚了女排的手脚，没能让她们放手一搏。而且，这些老队员经过伦敦奥运会周期的拼争，各方面都开始下滑，最终名列亚洲第四，实则也是这支球队实力的客观反映。

2013年中国女排最大的亮点，是新人朱婷的显现。朱婷在世青赛中夺冠并未引起人们高度关注，但她一到国家队就展现出了巨大的潜力，是多年未见的优秀主攻手。如果加以培养，她完全可以成为世界级主攻手。只不过，要想马上见效恐怕还不行，所以要给朱婷一个宽松的成长环境，对她进行“保护性”训练。

其实，不要说朱婷，曾春蕾、乔婷、沈静思这批当打之年的球员在伦敦奥运会周期还均未成熟。因此，本届世锦赛才是中国女排真正的新一代球员崛起的舞台。

米兰在召唤精神。

为什么人们希望郎平在逆境中挂帅？就是因为郎平更能代表女排精神。2014年女排世锦赛是各队奔赴2016年奥运会前的一次重要国际比赛，世界强队都到齐了。在面对巴西队、俄罗斯队、美国队、意大利队、日本队、塞尔维亚队、古巴队等强队时，就看中国女排能否拼出令人期待的女排精神，只要精神不死，国人对中国女排依然充满希望。

米兰在召唤佳绩。

虽然大家都知道中国女排目前实力没到那个层面，但国人对中国女排是可以提出成绩要求的，因为她们是中国女排。何况这是世界锦标赛，如果打得太差，也不利于树立信心。

由于女排世锦赛和亚运会时间冲突，中国排协决定派国家队出战世锦赛，派国家青年女排出征亚运会。这是一个正确的选择。因为中国女排不同于其他大球队伍，她们的目标绝不仅是亚洲冠军，她们是要在国际赛场摘金夺银的。因此对于中国女排而言，世锦赛重于亚运会。

对于中国女排来说，不管遇到什么困难，无论从哪个角度出发，至少要打进十六强，即小组出线是底线。女排世锦赛第一阶段分四个小组进行比赛，每个小组共有六支球队。要想打进十六强，中国女排就要夺取小组前四。从目前排名来看，中国女排极有可能与宿敌日本女排同分在D组，而同组的其他球队应该不会对中国女排构成致命威胁。

十六强复赛，A、B组前两名和C、D组三、四名并入E组，而C、D组前两名和A、B组三、四名构成F组，再进行循环赛较量。E组和F组前三名晋级六强分组循环赛，两组的头名分别进入G组和H组，其他四支球队将依据抽签再度分配。通过单循环赛的G组和H组的前两名晋级半决赛，最终决赛将在米兰上演。

不管是什么赛制，中国女排必将遭遇巴西、美国、俄罗斯、意大利、塞尔维亚、德国、荷兰、土耳其等强队。除了奥运会冠军巴西女排暂时难以战胜外，中国女排完全能够与其他球队抗衡。因此，球迷对中国女排的基本要求是晋级八强，如果能够打进四强就是非常出色的战绩，如果打进决赛，那就是一个奇迹。

换血开始

重塑中国女排，实则从2014年开始。

亚锦赛惨败让郎平重新审视目前的中国女排，也通过当年的全运会观察球员。可以说，2013年是郎平观察队员的一年，中国女排也将各种问题彻底暴露。

2014年3月18日下午，以主帅郎平为主导的新一届中国女排大名单通过中国排协公布，背后透露出的是郎平这一次终于要剑指2016年里约奥运会，重塑中国女排。

不可否认，魏秋月回归“补血”成为必然。

当今国内最优秀的二传手魏秋月是否应该回归，一直是各方争论的焦点，主要是因为魏秋月的膝伤比较严重，不一定能坚持到2016年奥运会，而中国女排需要有新人涌现，重新构建技战术体系。于是2013—2014赛季，魏秋月远赴阿塞拜疆联赛打球，后来又被津门主帅王宝泉召回天津队。

魏秋月回归后，带领连联赛四强都危险的天津女排一下子打出了冠军的气势，一举挺进总决赛。可见没有魏秋月和拥有魏秋月，完全是两个概念。

郎平是闯荡江湖的名士，对现实也有着自己的判断。正是凭借联赛的出色表现，魏秋月被郎平选进国家队。魏秋月的再度回归是“补血”，是帮助中国女排年轻一代完成过渡。

面向里约奥运会周期，中国女排必须换血。于是，这一次没有了张娴、张磊、马蕴雯等人。北京队接应二传手曾春蕾和主攻手刘晓彤必然会入选国家队，无论是技战术水平还是年龄结构，她们两人正逐渐走向成熟，是中国女排当打球员，也是需要郎平重点培养的未来球星。郎平认真观察了联赛现状，选入浙江队的单丹娜、八一队的黄柳燕和江苏队的陈展为自由人，二传手选择了天津队的魏秋月和姚迪、八一队的沈静思和辽宁队的丁霞，八一队的杨珺菁、刘聪聪和袁心玥均是副攻，还有江苏队的张常宁和浙江队的杨舟，颇具实力的福建副攻徐云丽同时入选。此外，河南队主攻手朱婷是潜力球星，天津队主攻陈丽怡、江苏队主攻惠若琪、浙江队主攻李静也在阵中。换血不可阻挡，但重塑中国女排之路并不好走。

如果认为仅给球员换血，那就小看郎平了。既然已经正式剑指巴西，拥有国际指挥经验的郎平给教练团队也换了一次血，努力打造复合型教练团队，这很符合当今国际潮流，也奠定了未来中国女排以崭新的面貌奔赴巴西奥运会的基础。

在新一届国家女排教练组名单中，赖亚文是排球中心官员，她能起到连接和沟通的作用，而主教练郎平身后则发生了耐人寻味的变化。助理教练名单中出现了广大球迷熟知的原中国男排名将、曾是山东男排和山东女排少帅的安家杰。陪打教练居然多达五人，分别是包壮（辽宁）、吴晓雷（恒大）、袁灵犀和于飞（天津）、李童（江苏）。在医疗康复团队中，除了卫雍绩和王凯（体育医院）以外，还有Sherwin S.W.医生（美国），更有康复师Elizabeth Darling（美国）。科研团队负责人是葛春林（北京体育大学），数据分析师是袁灵犀（天津）。

不管2013年被外界怎样评价，总之郎平从2014年起，正式奔向2016年里约奥运会。郎平不在乎其间的国际比赛战绩，她的目标就是巴西，选择的人员必须符合巴西奥运会周期。郎平这一刻才正式“升帐”，只是全新的团队太年轻，中国女排的前途充满艰辛。

不一样的军训

2014年4月3日，伴随着嘹亮的军歌，新一届中国女排的所有成员都经历了一次灵魂洗涤。军训对于中国女排这个集体并不陌生，但对于这批女排姑娘而言，这样的集训开营还是第一次，这也是面向2016年里约奥运会一次不一样的开拔。

部队领导表示，中国女排是自强不息民族精神的符号，希望队员通过全封闭式军事化管理和高强度的训练，增强团队意识。时任排管中心副主任的李全强表示，队伍来到这里就是培养顽强拼搏的战斗精神和敢于胜利的精神。主帅郎平表示，这批姑娘几乎全都是独生女，希望她们更加坚忍顽强。

所以2014年的初次集结，全队就选择从军营开始。郎平说：“我们国家女排以前也参加过军训。军训有严格的纪律，有集体主义观念。到了军营以后，队员能感到这种特别的气氛，还有一种责任感的熏陶。我们肩负着国家的比赛任务和荣誉，官兵也担负着祖国安全防务任务，我想我们一起承担属于共性的东西，希望运动员能有更多的感受。军营训练是另外一种训练，和球场有所不同，但也是挑战自我，也需要耐力和坚韧的品质。”

部队是军事化管理，在这里生活，对姑娘们是一个锻炼。郎平说：“其实，我们国家队集训，每天几点起床、几点吃饭都有规定，包括内务管理，只是不像军营这么严格。很多队员都是独生女，生活中会随意一点儿，邋遢一点儿，到军营估计叠被子就得叠一段时间。我觉得从各方面讲，军训对她们肯定有好处。”

中国女排每个奥运会周期都有军训，但这几年好久没有军训了。郎平说：“作为集体项目来讲，球队的团结、凝聚力和这种在困难之中战胜自我、相互弥补的精神是非常重要的。咱们这批女排年轻人比较多，未来肯定会遇到各种困难，包括比赛中会发挥不稳定，因此我希望大家有更强的承受力，有勇于担当的精神，更希望大家在困难面前不退缩，打出永不放弃的精神。”

谈到精神，郎平说：“一支优秀的球队，要有一流的技术和能力，也要有拼搏精神和团队协作意识，二者是相辅相成的。先要有实力，再谈精神。”

郎平表示：“2014年最重要的是世锦赛，届时各队都会全力以赴。各球队打法不同，我希望能把握好机会，给球员提供更多提升临场作战能力和积累经验的舞台。另外，我还要尝试我们的新阵容和新战术，看看我们和世界强队还有哪些差距。”

中国女排成员展现飒爽英姿

郎平的眼光很远，她说："我们这次组队不仅着眼于2014年世锦赛和2016年里约奥运会，更要着眼于2020年东京奥运会周期，所以我们调来不少球员，中国女排集训是长期性的。我们的教练员队伍也比较年轻，我希望退休以后，会有更有能力的年轻教练员接任。"

重新召回老队员魏秋月，是郎平在2014年做出的很重要的一个决定。郎平说："除了魏秋月有经验以外，其他二传手都是年轻的，我希望给每名二传手同等的机会。虽然2013年我没有将魏秋月招进国家队，但我们一直和她保持联系，包括和天津队主教练王宝泉商谈，如何更好地控制她的伤病。她回归并不是因为其他二传手不行，她一直在我们的大名单里，只是在2013年集训时没有调入。当时就是希望给其他年轻人更多的机会，也让魏秋月得到充分的休息。这一次，她重新回到国家队，也不一定就是绝对主力，因为她的伤病还是比较重。我们三名二传手是新人，没有参加过特别重要的国际大赛，希望小魏能够带领她们，把经验多传授给她们。另外根据伤病情况，我会更合理地安排她的比赛。这次我们有专门的康复师过来帮她保护身体，发挥优势，稳定二传手位置。"

很多人都没想到山东女排主教练安家杰会被郎平相中，成为国家队助教。郎平说："小安我以前也不了解，但在联赛中我觉得他的训练方式很有可取之处。山东队作为一支曾经的弱队，有了长足的进步，能够看到教练对她们打造的成果。而且，中国女排现在也需要年轻教练，他们会有一些新的想法，发挥他们的优势，为中国女排未来的教练团队打基础。"

以前无论是带美国队，还是带中国队，郎平都有一些专门的战术设计。她说："首先要有整体战术设计，根据个人能力不同，进行一些战术变化，有的以快为主，有的以高快为主，不一定所有运动员都打一样的战术。在个人能力变化的基础上，要以全队的战术体系为主。很多人都希望中国女排打出快速多变战术，我们也希望，但这是有条件的。这倒不是说我们现在做不到这一点，而是在成长过程中，能做多少就做多少，要根据球员掌握技术的能力而定，不能盲目着急。"

经过2013年一年的摔打，中国女排在2014年4月3日才真正地步入正轨。大家原以为阅遍国际赛场的郎平，会以全面的技战术改造将新女排呈现出来，但郎平却以军训为起点迈向2016年里约奥运会，因为她很清楚这批"90后"缺乏摔打。

在最近三个奥运会周期里，中国女排均以军训为起点，踏上新周期征程。2001年军训是陈忠和带队东山再起的开始，目标是雅典奥运会；2005年军训是陈忠和面向2008年北京奥运会的开拔；2009年军训是蔡斌带队冲击2012年伦敦奥运会的起点。2014年，郎平给球队大换血，甚至调进年轻的安家杰出任助教，为未来培养人才。郎平希望每个人都知道中国女排最重要的是什么。

磨砺与尝试

夜练不辍

哪怕前途艰难，也会毅然前行。年轻也许意味着经验和能力不足，但年轻也意味着前途无限。此刻，勇气超过了一切。于是，消失许久的“夜练”再度出现于在漳州集训的中国女排身上。

此次漳州封闭训练，中国女排以体能和单项技术为主，有很长一段时间，队员都被分组教练带领在三片场地训练。既然我们实力不行，那就必须付出更多的努力。从军训开始，到漳州封闭式集训，郎平就是让所有“90后”明白这一点。对于技术功底不扎实的年轻人来说，白天的训练还不够，那么就夜练。夜练主要是对技术环节进行“小灶式”训练，对技术精雕细刻是必经之路。

记得2001年，陈忠和带队起步阶段就增加了夜练。冯坤如何成为世界最佳二传，其他球员如何百炼成钢，她们那一代女排最清楚。只有这样，当初的黄金一代才有阔别17年重夺世界冠军的壮举，才有阔别20年重夺奥运会冠军的辉煌，与俄罗斯女排那一场经典的“大逆转”影响了年轻一代球迷。

郎平来自老女排，她对女排精神有着极为深刻的理解。郎平又是经验丰富的国际级名帅，她很清楚中国女排年轻一代最缺少什么。那么就来吧，别说累，别说苦，因为我们没有任何资本。

晚上7点，夜练开始。首先是准备活动，然后，根据队员的技术掌握程度，队伍被

郎平率队训练

分成不同的组开始发球练习。比如当时身高1.95米的小将朱婷，她的进攻虽然厉害，但是体能不济，到了全年最后的国际比赛，朱婷已经脸色苍白，没有心力和体力去征战。还有，作为一名主攻手，朱婷发球没有任何冲击力，在扣球和拦网上均有不足，离真正的球星还有很大的差距。

有时，年长几岁的曾春蕾完成了自己的指标之后，看见朱婷迟迟没能找到感觉，就热心地帮助她。曾春蕾耐心地抛球和击球，告诉朱婷技术要领。一旦朱婷打出一个好球，曾春蕾就鼓励道："好球，就是这种感觉。"

负责另一组的助理教练赖亚文用手机给球员录像，然后让她们对照录像，找出自己的不足。赖亚文拍摄并记录队员们的动作，这样队员回看时就能够更直观地知道自己对在哪里，错在哪里，如何改进。

作为主帅，郎平会来回指导细节，并在每次夜练之后，对年轻人进行技术总结，让她们巩固所学。

进入角色

2014年8月8日，世界女排大奖

赛香港站比赛，中国队的对手是亚洲冠军泰国队。2013年中国女排亚锦赛第四的惨淡战绩，让名帅郎平比赛未打就感到了巨大的心理压力。

这一次泰国队的目标是取胜，而中国队则更渴望胜利。

与之前不同，郎平本场比赛的目的不是锻炼队伍，就是为了夺取胜利。于是，郎平派出的首发阵容是魏秋月出任二传手，主攻手是惠若琪和朱婷，副攻手杨珺菁和徐云丽，接应二传手曾春蕾，自由人单丹娜。泰国女排在二传手努特萨拉领衔之下，奥努玛、维拉万以及后来的玛丽卡显示出出色的技战术水准。第一局中国队以29比27艰难取胜，第二局，拦网压制对手的中国女排以25比18再胜一局。泰国队出色的防反体系让惠若琪难以得分，她们也以25比20扳回一局。

曾春蕾不愧是中国女排最稳定的进攻点，她的后攻摧枯拉朽，同时不管对手如何拦防，曾春蕾依然进攻锐利，心理素质过硬。加上队友构筑的网前屏障，中国队以25比15横扫第四局，从而拿下全场比赛。曾春蕾一人得到24分荣膺全场得分王，是中国女排击败泰国队的利器。可以说，曾春蕾正在成为新一代中国女排的球星。

经过努力，中国女排没再遭遇尴尬的“泰囧”。这套阵容基本上就是郎平征战2014年世界锦标赛的主打阵容，因此，这场胜利对队员树立信心十分重要。

中日女排是世界排坛的一对宿敌，双方备战从来不需要动员。只不过，以前始终占据上风的中国女排，在日本女排实力上升的情况下，想顺畅地赢一次已经越来越困难，以至于两年来双方的实力差距并不明显。

日本队是2014年世界女排大奖赛总决赛的东道主，因此，分站赛中，日本队只派遣年轻球员出战。即便如此，中国女排也非常重视与日本队的对决，因为还有一个原因，中国队很想与拥有MB1战术体系的日本女排较量一番。MB是副攻手的英文Middle Blocker的缩写，“1”是指全场就派一名正牌副攻手，这样从另一个角度加强进攻。其实这也是日本女排暂时缺乏真正优秀副攻手的无奈之选。

日本队的副攻手是山口舞和大野果奈，之前还打副攻的左撇子球员长冈望悠本场比赛打接应。若想战胜日本队，中国队必须利用身高优势凭借拦网压制日本队网口。中国队首发队员的平均身高达到1.90米，日本队首发阵容平均身高只有1.75米，中国队有绝对的网上优势。全场比赛，中日两队拦网比为14比4，中国队占据绝对优势，同时还逼迫对手出现近二十次进攻失误。

中国队必须打出强悍的进攻，彻底击溃日本队防线。日本队的特长是防守反击速度快，但她们的防守再顽强，我们网口的绝对优势也让朱婷的强攻和曾春蕾的进攻火力强劲。本场比赛朱婷得到22分，成为得分王，只进攻一项就得到16分。

针对日本队主要得分手长冈望悠，中国队进行了有针对性的拦防。她第一局虽拿下5分，却4次被拦死，不得不被换下。由此，日本队进攻更加疲软，中国队以25比16和25比14连续横扫两局。

第三局，日本队使用MB1新打法，打接应的长冈望悠站在副攻位置上，收到了一定的效果。不过，中国队靠强攻和拦网，又以25比22拿下了比赛。在14比16落后时，处于被动的中国队依靠朱婷的防反命中将比分追成18平。然后，朱婷高点超手强攻速度明显加快，这也是主帅郎平对朱婷尝试进攻加速度的新要求。为了保证朱婷无所顾忌地进攻，接应曾春蕾分担了一传任务。从第二次技术暂停到获胜，朱婷的个人得分瞬间达到5分，而且都是压制对手的关键得分。可以说，最后是朱婷一个人的强悍进攻击败了日本队。扣杀得分的朱婷仰天长啸，转身双手指天与队友庆祝胜利，如此激情释放对含蓄的朱婷来说极为罕见，这也从一个侧面说明姑娘们的兴奋之情。

当曾春蕾完成最后进攻得分，中国女排在香港以3比0横扫日本女排，拿下本站大奖赛两连胜。没想到，姑娘们激动得拥抱在一起跳跃着，似乎拿了冠军一样。因为自从2012年伦敦奥运会1/4决赛2比3惜败日本女排以来，凡中日女排比赛均是鏖战，输也在情理之中，赢也仅在决胜局赢几分。本场比赛是中日女排近几年交锋中，中国队一场酣畅淋漓的胜利。

当然，日本队雪藏了主力自由人佐野优子，此外，拦网出色的岩坂名奈和接应二传手迫田沙织都没有参加本站比赛。日本队先后派新秀内濑户真实、石井优希、筒井沙耶香等上场。新二传宫下遥上场后，日本队完全是另一支球队。在最后阶段，日本队主帅真锅政义曾派出新锅理沙，一传和防守明显好转。伦敦奥运会铜牌功臣木村纱织和江畑幸子也是偶尔上场，可见日本队隐藏了实力。如果总决赛再度面对日本队，中国女排并不好对付。

解读MB1战术

与以前排球队一般都有两名副攻手参与比赛不同，日本女排主帅真锅政义的MB1战术体系，让全场比赛仅保留一名副攻手。目前，这个MB1战术还未到最犀利的程度，而且强攻点增加的同时，拦网会出现隐患。

真锅政义用这种新战术体系，也是无奈之举。日本女排夺取2012年伦敦奥运会铜牌之后，队内三名副攻手荒木绘理香、大友爱和井上香织离开了国家队，尤其是世界级副攻手荒木绘理香的离开，影响了日本队副攻线的实力。2013年，真锅政义试用了岩坂名奈、大竹里步、平井香菜子等人。岩坂拦网好但进攻弱，大竹有进攻但拦网较弱，平井则缺乏特点，缺乏快攻能力。真锅政义认为日本女排在身高、力量上和世界强队差距较大，必须另辟蹊径才能取得突破。既然手中没有好副攻，那么不如就只上一名副攻，多上一名强攻手，加强强攻来弥补网口高度的不足。

于是，日本女排自2013年大冠军杯开始试验MB1战术。当时和副攻手岩坂名奈打对角的是接应二传手迫田沙织。迫田轮到前排时，在两点攻轮次，她在四号位或二号位进攻；在三点攻轮次，她则退到3米线后面，在中间打后攻，充分利用她后攻比较出色的优势，在前排形成三点强攻。这一打法的优点是强攻点增加，也可以减轻木村纱织和江畑幸子的强攻压力，何况日本队还有接应新锅理沙这名保障型攻手。

为了进行MB1试验，日本女排主帅真锅政义干脆让正牌副攻岩坂名奈留在国内，出战海外的阵容中只有山口舞和大野果奈打副攻。从比赛结果来看，这一战术的效果并不明显。

对中国队的第三局，日本队撤下大野果奈，让之前还打接应的长冈望悠改打副攻，加强拦网实力。由此，日本队站位变成了“二—副—主”，保证长冈望悠要打两轮两点攻，分担木村纱织的进攻压力。长冈望悠名义上是副攻，其实她在前排时是在四号位或二号位进攻，和木村两人在两端打强攻，类似于接应二传手，牵扯对方的拦网。

这一打法的困难之处在于，长冈望悠和木村纱织在两端进攻，二传就要在中间拦网，可二传中道瞳只有1.59米，显然无法担此重任。但如果两人有一人去中间拦网，接下来进攻要换位，会影响进攻的节奏。因此，日本队多用身高1.77米的高二传宫下遥换下中道瞳。但是，日本队的拦网还是不足。可以说真锅政义用进攻暂时牺牲了拦网。当然这仅是试验的开始，他还有时间。

1988年汉城奥运会力夺银牌的秘鲁队曾使用过MB1战术，秘鲁队当时唯一的副攻佩雷斯是和二传手站对角，另外四人在两端进攻，二传轮到前排时担任中间拦网手。秘鲁队充分利用了四名攻手的强攻，两边拉开进攻增加了对方的拦网难度，二传手也能用拦网减轻自身的防守压力。相比之下，日本队这一战术目前还不算成功，而过去反击速度快的优势也消失了。

真锅政义是否在今年的世锦赛上继续使用这一战术目前还不得而知，不过这种尝试很值得，同时，随着几名主力逐渐归来，MB1战术的杀伤力也会增强。

光明就在眼前

8月10日，中国女排3比1击败意大利队，以三连胜的成绩夺取大奖赛香港站冠军。

哪怕还不是世锦赛这样级别的比赛，哪怕有一点点瑕疵，即便是世界著名主帅郎平也遭到了人们的质疑，这就是中国女排的压力。世界女排大奖赛开局意大利站的颓势，让新女排起伏较大的弱点暴露无遗，也让部分球迷表达出不满之情。“东方之珠”香港站的冠军也许在别人看来不算什么，但至少让郎平看到了光明，更让中国女排新一期“学员”树立了征战世锦赛的信心。

首先，女神归来。

2014年9月在意大利举行的女排世锦赛对主帅郎平和这批球员而言十分重要，这不仅是中国女排重树信心的关键战役，更是冲击2016年里约奥运会的真正开端。然而，2014年困扰郎平的第一难题就是二传。魏秋月的归来，的确点亮了女排前进之路。

一支球队连一名主力二传手都没有，就意味着全队战术体系始终无法形成。2013年郎平主打二传手沈静思，也遭到了不少人的诟病。2014年上半年郎平起用了年轻人丁霞，但瑞士女排精英赛也不太令人满意。至于国青女排主力二传手姚迪，是一名连职业联赛都没打过的年轻二传手，基本上难以让郎平有信心派她出场。

不断更换集训球员，让人们感觉郎平心里似乎也没底。老将魏秋月归来其实并未引起人们足够的重视，因为有伤在身的她开始并未和全队进行合练，只是进行长时间的身体恢复。世界女排大奖赛终于让魏秋月重现光芒。面对泰国队的反扑和意大利队的压制，魏秋月出色的调配不仅稳住了阵脚，也让全队打出快变进攻，简直化身女神。

至于魏秋月的回归给队伍带来的变化，郎平说："排球是一项整体运动，二传是一支球队的灵魂。魏秋月的经验能够帮助队伍在比赛中更加合理地分配和组织进攻。魏秋月对我们非常重要，希望年轻二传在她的带领下认真学习。"

其次，曾春蕾正在成为球星。

19岁的朱婷以63分成为中国队在香港站比赛的得分王，惠若琪是最受香港球迷欢迎的球员，但是通过瑞士女排精英赛、世界女排大奖赛意大利站和香港站的表现来看，朱婷还没到稳定的层面，而惠若琪是一名保障型球员，进攻方面还有欠缺。不得不说，来自北京汽车女排的接应二传手曾春蕾正在成为新一代球星，她也是圈内人士公认的当时全队发挥最稳定的球员。

就在2013—2014赛季中国女排职业联赛中，以前起伏也很大的曾春蕾在北京队处于最困难的时刻，逐渐绽放出耀眼的风采，很多时候是曾春蕾一个人在顶着全队。她就是在这个赛季成为北汽女排的头号球星。正是经过这次联赛的打磨，曾春蕾的发球、一传、防守、小球串联上了一个档次，这其实是一场场高强度比赛锻炼出的结果，更是曾春蕾十分用心的回报。

尤其是在二传手魏秋月归来之前，在国家队还处于风雨飘摇之际，在朱婷还没摸到门儿的时候，曾春蕾是发挥最稳定的球员。哪怕被对手一次次压制，被对手一次次封杀，心理素质过硬的曾春蕾也越打越强。香港站3比1击败亚洲冠军泰国队那场球，泰国队不断利用快变冲击中国队，曾春蕾高效迅猛的进攻始终让全队信心不倒。3比0完胜日本队的那场比赛，曾春蕾得到的10分并不算高，但始终在场上牵制了日本队很大的精力，为队友得分提供了空间。最后3比1击败意大利队那场比赛，曾春蕾强悍的进攻让中国队稳住了阵脚，最后也是她的发球击溃对手一传，让全队拿下本站冠军。曾春蕾拿下全场最高的20分，发、拦、扣均有出色发挥。关键是不管对手如何盯防，曾春蕾依然强悍。稳定是其成为球星的关键，也是曾春蕾最大的变化。郎平如此评价曾春蕾："曾春蕾以新队员的身份参加了2012年伦敦奥运会。这个奥运会周期她在不断成熟，进攻方面体现出自己的威力，在其他技术环节也有提高，尤其是在压力之下敢于发挥，并且顶得住。”

最后，拦防体系在战火中进步。

虽然各路强队阵容还不全，但世锦赛的临近，也让各队逐渐发力。中国女排相对较弱的拦防体系在战火中一点点进步，这让郎平内心逐渐有了底气，至少对这套阵容出战世锦赛增添了些许信心。

当时的中国女排需要信心，需要在必须拿下的比赛中取胜，需要在与宿敌的对阵中占据上风。拦防体系水准如何，关乎中国女排能否逐渐回归真正的强队，也关系到球队的技战术素养有多高。而抗击打能力的提升，让中国女排整体战术充满了力度和还击能力。郎平表示，中国队要打得更灵活，希望队员越打越聪明。

敢于“舍弃”

选择性“舍弃”，这在郎平带队的历程中很常见，但对于过去的中国女排而言不可思议。曾经，只要是国际比赛，中国女排就要去争冠，导致球队主力相对固定，队员身体比较疲劳，对手也更能详细地知晓中国队。合理的“舍弃”，让每一名球员都会保持竞争力，也给予自己更多的周旋空间。“舍弃”不等于放弃，哪怕用全替补阵容出战，中国女排的目标都是争取每一场比赛的胜利，这样一来反而让球员对自己提出了更高的要求，促进了女排整体实力的提高，提升了全队的思想境界。

8月20日，2014年世界女排大奖赛总决赛在日本东京打响，郎平采取了“舍弃”战略，四大主力高挂“免战牌”，就是为了9月的女排世锦赛养兵蓄锐。同时，她也要看看其他球员的潜力。

主帅郎平换下的四大主力分别是主攻手朱婷和惠若琪、副攻手徐云丽、二传手魏秋月，增补了八一队二传手沈静思、浙江队主攻手李静和北京队副攻手乔婷。这种“舍弃”并非放弃比赛，而是因为主力队员比较疲惫。朱婷连战九场导致体力消耗过大，惠若琪在澳门站第二场对阵塞尔维亚的比赛中出现双腿抽筋的情况，最后一战对阵日本队明显体力不支。魏秋月在香港站发挥不错，但是澳门站首战韩国队崴脚下场。徐云丽作为年纪最大的队员，打满九场没有休息。

女排世锦赛是今年郎平的大考，只有在二十四支球队中杀进六强，才能挺进最后的决战地点——米兰，这也是广大球迷期望的结果，但对于目前这样一支起伏不定的球队而言难度不小。名帅郎平不需要再证明自己什么，但她和全队需要通过世锦赛树立征战2016年里约奥运会的信心。所以，郎平认为没必要为了一次大奖赛总决赛，让全队过于疲惫，而牺牲四年一度的世锦赛。同时，郎平也想通过大奖赛总决赛锻炼新人。至于总决赛比赛结果，郎平并不是很看重。

通过分站赛的拼杀，共有六支队伍获得总决赛资格，分别是分站赛第一档的前四名巴西队、中国队、土耳其队和俄罗斯队，第二档冠军比利时队以及东道主日本队。中国女排首战比利时队，接着将先后迎战巴西队、日本队、土耳其队和俄罗斯队。比赛采用单循环赛制，积分最高的球队获得本赛季大奖赛总冠军。

比赛结果不重要不意味着不去争取胜利，而是要更注重过程。过去我们一谈“练兵”，几乎就是在说比赛结果不重要了，比赛过程也就那么回事儿了，这样根本没达到真正的练兵目的。

8月20日，日本东京，2014年世界女排大奖赛总决赛首轮，缺乏四大主力的中国女排以3比1击败比利时女排，当时的首发阵容为二传手王娜，主攻手刘晓彤和李静，副攻手杨珺菁和杨舟，接应二传手曾春蕾和自由人陈展，连郎平自己都说这套阵容从来没配合过。此役，曾春蕾斩获19分，李静和刘晓彤分获15分和13分，比利时队接应卢肖克斯独得23分荣膺全场得分王。

土耳其队崛起已经非常明显，她们在首轮以3比2力挫上届冠军巴西队就是最好的证明，因此与土耳其队的比赛很有说服力。8月23日，大奖赛总决赛第四轮，同样两连败的中国队与土耳其队交锋。中国队先以25比22拿下首局，却以18比25和22比25连输两局，总比分1比2落后。袁心玥和刘晓彤立功，中国队以25比23险胜第四局。决胜局中国队以5比9落后，袁心玥发球得分，杨珺菁和曾春蕾拦网成功，中国队竟然连夺5分以10比9反超。一路拼杀的中国队以21比19险胜，3比2力挫土耳其女排。比赛赢得非常艰难。土耳其主攻手内里曼独得36分荣膺得分王，主攻手刘晓彤得到本队最高的26分，副攻手袁心玥拿下19分，接应二传手曾春蕾贡献16分。这一段时间，刘晓彤和

2014 年世界女排大奖赛总决赛，替补阵容出战的中国女排以 0 比 3 不敌巴西队

曾春蕾的进步比较突出。

最后一战，中国女排以2比3负于俄罗斯队，以第五名的战绩结束了大奖赛总决赛的征程。

幸亏这是名帅郎平，但凡是其他教练，现在就已经“下课”了；幸亏这是名帅郎平，但凡是其他教练，这么大规模轮换阵容，早就被别人骂惨了；幸亏这是名帅郎平，但凡是其他教练，输成这样早就辞职了。然而，即便是郎平，也遭受了不少球迷的批评和质疑，这与当初上任时将郎平捧为“女神”的舆论氛围相比，反差太大，这也许就是竞技体育的现实和残酷。

但不能否认，郎平这次“舍弃”之战也有其价值。首先，让主力球员得到了休整，全力备战世锦赛。其次，一旦主力出场，拼了半天却还是输球，会影响信心；而替补出战即便输了，只要输得不太难看，就能树立球员信心。最后，在出征世界锦标赛之前，尽量给自己营造一个宽松的舆论氛围。从这三方面来看，聪明的郎平达到了目的。

同时，替补球员的比赛也并没白打。比如3比2力挫土耳其女排的比赛，刘晓彤一人得到全队最高的26分；后面虽然输给俄罗斯队，但刘晓彤依然得到全队最高的19分。曾春蕾逐渐成为全队发挥相对最稳定的点，年轻的副攻手袁心玥表现也可圈可点。更值得肯定的是，全队无论遭遇多大的挑战，也未轻言放弃，表现出了顽强的女排精神。

然而，中国女排和郎平不能因为“舍弃”式作战，而轻视全队存在的问题，因为不管是替补还是主力，中国队都存在着一样的问题，只是替补球员更加突出而已。因此，替补球员成长要交学费，必须正视外界批评。年轻选手要学会理性对待，既不能因质疑丧失信心，也不应有抵触情绪。最好的回应，就是如何提升自身实力。就中国排球的发展现状，郎平也难以很快以一己之力拯救球队，这种看法相对比较客观，同时也是大多数人的看法。只是，我们都没有清楚地认识到郎平的真正厉害之处。

回顾大奖赛，郎平说：“为时四周的世界女排大奖赛结束了，我们按既定目标打进总决赛。为能让主力队员及时治疗康复，我们决定在总决赛中给一些年轻有潜力的替补队员上场机会，通过比赛检验自己的水平和能力，适应大赛气氛，提高临场应变能力，积累比赛经验。毕竟一支强队只有主力队员是不够的，替补队员也要成熟起来。

“通过大奖赛，我们看到了国际排坛的发展趋势，看到了自身的潜力。接下来我们要认真总结并做好实战训练，更坚定地按既定目标前行。排球是集体项目，需要汇集每个人的智慧和努力，所以大家一起加油，继续努力做好每一天。感谢所有的球迷对中国女排的关注，你们的鼓励、建议和批评，我们都收下了，会用来激励自己更加刻苦训练，不负众望！”

乘风破浪

青涩开局

2014年女排世锦赛是郎平挂帅之后的一次大考。赛前，不少圈内外人士都觉得即便有郎平作为主帅，当时的中国女排也未必能挺进六强，打进八强也是可以接受的。在不被看好的情况下，郎平率队征战世锦赛。作为一名长期报道排球的一线记者，我能够跟随郎平去战斗，也是一种幸运。

9月23日，第一战就是青涩之战。

朱婷有些哑火，曾春蕾完全失常，魏秋月也有起伏，中国女排虽然以3比0击败波多黎各女排，拿下世锦赛首场胜利，但险些“翻车”的现实，让人们惊出一身冷汗。首战打波多黎各女排就如此被动，难道中国女排真的糟糕吗？其实，这就是国际大赛第一战青涩的反应，大可不必过于慌乱，打乱自己的节奏。见多识广的主帅郎平更明白这一点。

3比0的结果完全在意料之中，但是过程的艰难程度还是超出了人们的预期。中国队进攻斩获37分，比对手少1分；拦网11分，比对手仅多2分；发球双方各得3分；在失误方面，中国队送了11分，而波多黎各队送出24分——不是中国队表现有多么出色，而是过多的失误让波多黎各队断送了自己的命运。若不是这24分的失误，比赛结果还不好说。此外，全场最耀眼的明星不是来自中国队，而是独得20分的波多黎各队的奥卡西奥，巧的是，她将在2014—2015赛季加盟福建阳光城女排。

中国女排首局以18比13领先，所有人都认为顺利取胜是毫无悬念的。而就在这时，对手竟然一下子连得6分，以19比18反超。国际大赛第一场不好打就在这里，中国队似乎压力更大一些。老二传手魏秋月也有起伏，并未完全进入比赛状态，困难时刻缺乏有效办法，传球不是开网，就是不到位，让攻手难以得分。主力二传手都出现这种情况，全队阵脚焉能稳定？其他年轻球员更是技术动作僵硬，困难时刻过于拘谨。总体而言，全队并未在魏秋月的调动之下打出足够的活力。

另外，全队仰仗的主力接应二传手曾春蕾和主攻手朱婷受阻，也是全队陷入被动的原因之一。曾春蕾进攻严重受挫，困难时刻哑火，把握节奏不佳，一传体系几乎崩溃。这也是小将朱婷世锦赛的首秀，在对方有效盯防下，朱婷在处理球上缺乏变化，暴露了年轻选手在经验和技术上的不足，困难时刻突破能力不够强悍。可以说，曾春蕾和朱婷这两门炮未打出足够火力与主攻和接应反轮不换位有关，但重要的是全队发挥一般。如果对手比波多黎各队强一些，中国队很有可能输球。随后，中国队一传不佳、拦网漏洞不少、防反能力不够强等问题陆续暴露出来。

中国女排世锦赛首战如此青涩，首先，是因为对手重点观察了曾春蕾和朱婷这两大攻击手的特点，她们知道如果能够压制住这两个人，中国女排进攻威力几乎丧失。对手逐渐了解中国队的打法，对两人形成了巨大的压力，二传手魏秋月之前也是边练边打，和队友缺乏默契，遇到困难后暂时找不到新战术体系的突破点。

其次，就是全队太想打好世锦赛这样的国际大赛了，正所谓过犹不及，思想负担过重反而束缚了自己的手脚。这是主帅郎平上任以来第一次真正的国际大赛，她需要证明自己的改革成果；朱婷好不容易迎来世锦赛，对自己要求过高，又不具备全面的技术和过硬的心理素质，遇到困难缺乏解决办法；曾春蕾太想在世锦赛大展身手了，遇到挫折一时难以扭转，导致发挥完全失常。当然，最终能够顶住压力，以3比0拿下对手，取得3分的积分，这个结果对中国女排而言非常重要。

郎平在执教中国女排以后，一直提出要全员打球，不能把希望寄托在一个人身上，要给所有队员展示自己的机会。

首战胜利对于如此不稳定的球队来说，实在是一场“及时雨”。随着比赛的深入，中国女排会逐渐调整出最佳状态，打出自己的信心。竞技体育就是这样奇怪，对手还是那个对手，但比赛过程和结果可能会完全不同。四年一度的世锦赛让对手变得前所未有地凶悍，也让自己变得缩手缩脚。放手一搏并不容易，而搏杀之前最重要的在于是否能够放手。

回想2003年女排世界杯首战，冯坤、周苏红、赵蕊蕊、刘亚男、杨昊、张娜等队员第一次参加世界杯，太想打好但过于拘谨的她们第一局竟然以6比21落后于巴西队。幸亏后来经陈忠和点拨，全队露出笑脸，才以3比1逆转拿下对手，后来打出了11场全胜的战绩，时隔17年再夺世界冠军。

拒绝冷门

9月24日，中国女排迎来了小组第二个对手阿塞拜疆队。

阿塞拜疆女排是一个可怕的对手，因为她们在世锦赛首轮便以3比2力挫劲旅日本女排。而中国女排虽拿下首胜，但两大主力魏秋月和曾春蕾似乎水土不服，不得不让人捏一把汗。主帅郎平给予魏秋月和曾春蕾足够的信任，让她们依然作为主力登场。

曾春蕾到达意大利之后突然感到身体不舒服，加上压力巨大，首场比赛第一局中间阶段就被换下，全场比赛一分未得。

同样，与中国队同组的日本女排这次是带着伟大梦想来到意大利的，真锅政义麾下阵容齐整的日本女排气势正盛，谁也没想到首战便被阿塞拜疆队击败。

开局，阿塞拜疆队的迅猛气势与中国队低迷的状态形成强烈的对比。但阿塞拜疆队如此凶猛，客观上刺激了中国女排姑娘们，也激发出全队的激情。中国队能够占据上风，与全队做了充分的准备密切相关，而更关键的在于魏秋月和曾春蕾拼出了状态。即便对手也知道这两人是中国队关键人物，但当她们发挥出应有的水平时，阿塞拜疆队还是难以盯防。

阿塞拜疆队之所以能够击败日本队，在于网口具有较强实力。在这样的对手面前，二传手魏秋月的调配决定着胜负。对手的压力反而激发出魏秋月的潜力，让攻手们的进攻打得顺风顺水。中国队在进攻上以41比26大胜阿塞拜疆，5名攻手有4人得分“上

中国队迅速扭转第一场比赛的颓势，完胜阿塞拜疆队。图为惠若琪扣球

双”，即使是得分最少的徐云丽也有9分进账，这才是组织核心魏秋月的杰作。正因为魏秋月调配得当，全队也解放了朱婷，全面开花严重挫伤了对手的信心。无论领先、相持或落后，中国队都坚决按照自己的节奏打。之前的比赛，膝伤导致魏秋月脚步移动慢，但在本场比赛中，魏秋月的补位防守非常出色，14次扑救防守，起球10次，位居本队之首。

与波多黎各的首战是曾春蕾多年以来发挥最差的一次。就在全队需要“大花蕾”绽放之时，攥着拳头呐喊的曾春蕾用精神带动技战术发挥。从第一场零得分到第二场全队最高的14分，“大花蕾”完全拼出了自我。更重要的是，曾春蕾12次拦网赢得4分，且有5次有效撑起，是队内拦网数据仅次于副攻手杨珺菁的球员。

多年征战导致激情逐渐减退的魏秋月再度归来，第一次征战世锦赛的曾春蕾用自己的激情带动起全队搏杀之势，两人全力以赴打出了顽强的女排精神，在较量中彻底打掉了对手的士气，这才有25比13、25比16和25比17，总比分3比0酣畅淋漓的胜利。

能够3比0完胜阿塞拜疆队，二传手魏秋月熬夜研究对手，主帅郎平坚决布置拦网封杀对手，都起到了重要作用。魏秋月说：“我们看了阿塞拜疆队打日本队的技术录像，对这场球做了充分的困难准备。于是，全队的反击和串联都比较清晰，大家心态也比较好。技术方面，我们的拦网占了优势。”

郎平表示，全队重点盯防对方的主攻手拉伊莫娃，让她31扣8中进攻成功率仅为26%。她们的强攻和拦网很有实力，因此我们的发球和拦网两个环节非常重要。根据对方的布阵，我们在轮次上有调整。世锦赛变数很多，我们要做好应变的准备。除了拦防，郎平还强调发球，要让对手接发球很不舒服，这为全队的拦防奠定基础。可见，中国女排3比0胜阿塞拜疆队是充分准备的结果。

临时食堂

因为大家普遍不看好中国女排世锦赛前景，去意大利的中国记者并不多，《体坛周报》著名记者马寅、原《京华时报》记者刘旭辉、北京体育广播记者杨晓轩、原搜狐网记者曾珍和我组成了一个临时团队，合租了一处房子。每天，大家分工买菜和做饭。

巴里在意大利南部，经济相对落后，似乎是一座“二战”后还没重建完毕的城市，生活非常不便。没有亚洲口味的餐厅也就罢了，许多餐厅打烊时间还非常早。因为城市安全指数不是很高，所以球队去赛场还需要警车引领，乘坐类似军车的绿色大巴车。但我们记者就没那么方便了，整个城市几乎见不到一辆出租车，于是有的记者干脆在这里租车，只有这样才能去赛场完成工作。

中国女排下榻的酒店在更加荒凉的市郊，大家只能在酒店里用餐。虽然酒店厨师努力做出适合亚洲人口味的餐食，但大多数姑娘还是不太习惯。特别是朱婷，她正在长身体，对于西餐不太适应，而且她来自河南，非常喜欢吃面食。得知女排饮食困难之后，我们这几个记者想方设法给她们做一些食物。我们把我们做的饭送过去时，郎平和姑娘们都非常高兴，不一会儿就把这些饭菜抢光了，她们也给我们“意大利小分队”起名叫“珍味轩”。

就这样，我们在类似战后的城市里穿梭。由于市政建设不到位，巴里的道路不太平整，一到下雨，有的地方就成了河流，我们好像在河流里航行，“浪花”拍打着车门。大家觉得在这里采访真不易，我就说：“我们要像中国女排一样，乘风破浪！”确实，中国女排后面遭遇了不少困难，但也开启了乘风破浪的征程。

打开局面

北京时间9月26日凌晨，在女排世锦赛D组第三轮较量中，中国队遭遇比利时队的顽强抵抗。经历了两场内涵不同的胜利，中国女排逐渐进入状态，全队在主帅郎平周围逐渐形成了强大的“气场”。其实，从前三场的对手来看，比利时队最有可能给中国队造成一定的威胁，本场比赛也被不少人认为应该不会是一场3比0的比赛。

战斗打响后的进程也是如此，中国队从2比5落后开始追赶对手。当比利时队以12比9领先时，凭借朱婷、惠若琪和曾春蕾接连进攻得手，中国女排硬是打出一个5比0的高潮，以14比12反超。朱婷和曾春蕾联袂反击得手，中国队又以20比17超出。随着惠若琪突破成功，中国队以25比21先胜一局。

第二局，比利时队发起了一波又一波的反扑浪潮。凭借曾春蕾二号位突破成功和惠若琪反击得手，中国队以16比15反超。比利时球星范海克以一已之力让比利时队20比17领先。中国队阵脚依然不乱，关键时刻还是依靠曾春蕾的连续进攻，中国队竟然奇迹般地连得6分，最终以25比22逆转取胜。第二局最后阶段的表现，充分证明曾春蕾正在迎来职业生涯的巅峰。

即便第三局范海克连续突破成功，但局面始终控制在中国队手里。随着曾春蕾的突破成功，中国队将比分锁定在25比19，3比0拿下对手。曾春蕾、朱婷和惠若琪这三叉戟合力进攻得到的47分，体现出了中国女排的硬实力，要知道中国女排总得分75分里，有53分是进攻得分。

中国女排以3比0完胜比利时队，成为得分王的曾春蕾功不可没，她说：“我进攻打得比较好，二传分配球的时机比较好，我下手也比较果断。一传方面，我有一段精力不够集中，对手在我这点寻找突破，造成一传连续不到位。”

比利时队给中国队制造了不小的麻烦，中国女排三局都是在落后的情况下完成反超，显示了自己的实力。曾春蕾说：“我们还是有实力的，只是中间一鼓作气的劲头不太够，在被动的局面下我们能坚持拼回来还是不错的。”对于广大球迷关心的身体情况，曾春蕾说：“我的身体已经恢复了，没什么问题了。”

中国女排主帅郎平说：“我们不足的是一传。第二局中段她们发球有特点，我们的应变不够，有防反机会也没能抓住。第二局大比分落后，是因为全队调整球效果比较差。我跟队员说接一传要心定，我们强攻还是有实力，希望大家做好细节。”

郎平特别表扬了曾春蕾，她说：“曾春蕾的状态算是出来了，前两场她一直在调整，主攻参加拦网特别是拦快攻，反击撤位肯定会受影响，所以她这一点一定要打开。我要求魏秋月多传后攻，一定要把后攻打出来，要不然前面的主攻就累死了。曾春蕾的后攻非常出色。”

郎平表示，后面的比赛会越来越艰苦，要做好充分的体能储备，我们落后的情况下固然顶得不错，但是全队在如何捕捉战机方面还是能力不足。

北京时间9月28日凌晨2时，中国女排在小组赛第四轮对垒老对手古巴女排。令人欣慰的是，全队扭转了世锦赛开局拘谨低迷的态势，几个攻击点逐渐找到感觉，尤其曾春蕾让比赛进入了“大花蕾”的轨道。

在对阵“没落贵族”古巴女排时，郎平全场只主动叫了一次暂停，准备充分的中国女排利用快变战术体系完全制约了对手，以3比0兵不血刃地完胜昔日劲旅古巴女排，赢得世锦赛四连胜。

郎平利用变阵让主力球员得到休整，尤其是主力二传手魏秋月完全休战，替补二传手沈静思打满全场，让全队赢得第四场胜利，这一点更有意义。此外，郎平用身高2米的年仅18岁的袁心玥替换副攻手徐云丽，自由人由单丹娜出战。郎平明白，对于漫长艰苦的世锦赛赛程，打球的人必须多，而且每个人登场最好能发挥各自的作用，这比赢得一场比赛的胜利更重要。

与古巴队相比，中国队发球以8比2超出，拦网更是以13比3的大比分胜出，而快变战术更是让古巴队跟不上中国队的节奏。身穿1号球衣的18岁小将袁心玥进攻得8分，拦网得到最高的5分，发球还有2分进账，是中国队本场取胜的关键人物。郎平说：“袁心玥还是经验欠缺，她能打得更好，拦网也可以拦死更多，她需要锻炼的机会。”

这场比赛让我感慨的是一个王朝的没落。“古巴女排”这四个字曾经代表的就是世界冠军，代表着世界排坛的一段光辉岁月。而本届世锦赛的4战仅积0分的残酷现实，彻底宣告古巴女排离开了世界强队的行列。

古巴女排崛起于20世纪80年代，拥有过世纪主攻手路易斯和世界级球星托雷斯，曾连续夺得1992年、1996年和2000年奥运会冠军，其间还三夺世界杯冠军，两夺世锦赛冠军，创造了“八连冠”的奇迹，是地道的王朝，号称“加勒比旋风”“黑色橡胶”。2008年北京奥运会，古巴女排还与中国女排展开过铜牌大战，最终获得第四。自从2008年以来，古巴女排的成绩一直在下滑，国家队主帅卡尔德隆也不幸去世，尤其是当初与袁伟民齐名的古巴世纪名帅欧亨尼奥的辞世似乎更带走了古巴女排的灵魂。2012年，古巴女排无缘伦敦奥运会，这是古巴女排20年来第一次无缘奥运会。

优秀球员流失到国外，古巴排协财政困难……这些问题让古巴排球失去了以往的实力。就在本次世界女排锦标赛的赛场，现场观众依然给予古巴女排热烈的掌声，这是对那个辉煌王朝的尊敬，也是对没落贵族的尊重，平添了几分沧桑悲凉，也平添了几分感动。

世锦赛中日大战中，郎平给队员们布置战术

一场鏖战

北京时间9月28日晚，中国女排在世锦赛D组最后一场比赛中迎战日本女排。这场大战势必将掀起D组竞争的最高潮，也是广大中国球迷期待已久的全面对抗。

日本女排是中国女排在D组的最强劲对手，中日两队也分列D组第一和第二。日本队积分为10分，中国队积分为12分。根据赛制规则，晋级十六强的球队第一阶段的积分带入第二阶段。作为老对手，中日女排之战往往会成为整个大赛的分水岭。无论从积分、形势还是信心方面，中日两队均会全力争胜。两年来，中日两队之间互有胜负，但还没有进行一场真正的国际大赛正面较量，之前的对决不是中国队故意阵容不整，就是日本队采取“练兵放弃”的态度比赛，这一次世锦赛终于给了中日两强正面交锋的机会。

中国队主帅郎平说：“我们一直在研究日本队，她们每次出场阵容都不太一样，而且进攻两边拉开非常快。对于她们的节奏，我们进行了有针对性的准备，但能否制约住对手，还需要比赛来检验。我认为，日本队的特点就是耐心，防守多回合中取胜，我们要提高自己的全面作战能力。”也许广大球迷认为中国女排实力绝对在日本队之上，其实并非如此，郎平绝对不是假谦虚。

为了精心备战与日本队的比赛，中国队上下团结一心，各自分别仔细研究对手特点。这一次准备会开得时间最长。会后，球员们陆续离开房间去吃饭，只有主帅郎平和二传手魏秋月走在最后。

在酒店绿荫公园里，郎平只和魏秋月进行着最后的沟通。魏秋月仔细地聆听，不停地点头。郎平很清楚，一名二传手在对日本队的比赛中有多么重要。其实，大家对日本队实在是太熟悉了，哪怕现在她们采用MB1战术体系，大家也都了然于胸。

同样，日本队对中国队也十分了解，不少日本记者之前多次主动采访朱婷，认为她是中国队最厉害的角色。在中国队与其他队伍比赛时，中国队身后均坐着六名日本队的技术分析员，这是十分罕见的，因为平时一两名就已经不少。日本队用六人对中国队场上队员进行分析研究，然后反复观看录像，找到对付中国队最有效的办法，最后把资料汇总到主帅真锅政义手里。他们把对付中国队当作一项工程来对待。

因为中日两强均准备细致，比赛果然是平分秋色，不管是51岁的日本队主帅真锅政义，还是54岁的中国队主帅郎平，双方可谓绞尽脑汁展开全方位对抗。

为了让中国队应变不佳，这一次真锅政义没采取MB1战术，而是执行的Hybrid6战术，也就是说首发没有一名正牌副攻手登场。站在副攻位置的两名攻手是长冈望悠和石井优希，均是接应或主攻。真正的主攻手是球星木村纱织和新锅理沙，新锅理沙实则也可打接应，而真正的接应二传手是迫田沙织。二传手没有用中道瞳，而是身材较高的宫下遥，筒井沙耶香出任自由人。真锅政义的思路就是让对手猜不到他们打算如何进攻，打中国队一个措手不及。

其实，郎平对真锅政义的各种战术体系非常了解，因此依然派出自己的最强阵容，以不变应万变。曾春蕾的发球依然能打破日本队的一传体系，魏秋月组织的快变进攻盘活全队，网口占据优势的中国队先声夺人。当中国队以13比6领先，真锅政义不等第二次技术暂停就马上请求暂停，布置战术。而当日本队追至10比15时，郎平同样立刻请求暂停。双方可谓针尖对麦芒。中国队以25比16拿下首局的原因主要是全队准备充分，每个人精力高度集中，拦网相当精准，防守和小球串联不落下风，逼迫日本队接连换人。看得出来，中国队是把本场比赛当作决赛来打，始终压制了日本队。

不会放弃的日本队第二局改打MB1战术，起用副攻手大野果奈，同时换上可打主攻和接应的江畑幸子。于是，江畑幸子和木村纱织又成为从中国队身上得分的利器，并将比分扩大到12比6。关键是日本队本局防守出类拔萃，郎平用袁心玥替换徐云丽，然而日本队依然依靠防守反击以25比18扳回一局。

中日两队都属于亚洲球队，一传对于亚洲球队而言更重要，若想打出快攻战术，必须要有稳定的一传。比赛随后就进入考验两队一传的阶段。中国队依靠出色的防守反击以及曾春蕾的拦网，在第三局以10比5领先。比赛结果似乎即将明朗，但之后的情节是任何人都无法预知的。

日本队拉出要和中国队大战三百回合的架势，将比分追至9比11。然而中国队网口的绝对优势让日本队进攻受阻，真锅政义又用迫田沙织换下江畑幸子，利用走马灯式换人寻求突破口。无奈中国队在多回合争斗中极为耐心，精彩的攻防大战令人赞叹，高快结合的中国队以23比19领先。

眼看胜利在望，没想到石井优希发球打乱了中国队一传，哪怕郎平叫暂停都没刹住中国队紧张的心态，直到日本队以24比23反超。凭借木村纱织的两次进攻，日本队以27比25险胜第三局。本来是中国队的赢局，竟然让日本队的石井优希用发球给逆转了。直接结果就是，本来形势大好的中国队竟然以1比2落后！

每个人都在议论第三局一传体系的崩溃，大家都在询问这是为什么。杨珺菁说："当时，大家太急于拿下比赛了，没想到被石井优希的发球打乱了节奏。我们一传十分糟糕，其实是我们当时心态波动了，太寄托于一攻，受到影响的情绪像传染病一样蔓延。直到对手把本局反超拿下，我们才发现，又陷入绝境了。不过，我们知道日本队本来就不好对付，这反而激发出了我们的斗志。因此后面的比赛，我们的心平静了下来。"

如果处理不当，中国女排有可能1比3输给日本队，幸亏我们有一个宝贝朱婷。朱婷是中国女子排坛几十年来不可多得的排球天才，19岁的她第一次打世锦赛多少有些生涩，是日本女排这样强劲的对手逼出了她的潜力。可以说，朱婷本场比赛的发挥简直神了，她告诉了大家天才是什么样子。

看到取胜希望的日本队全力以赴，中国队与日本队的攻防大战惊心动魄，多回合争夺让现场每个人都感到过瘾。朱婷的拦网让中国队以15比11扩大领先优势，而她的超手进攻更令日本队头疼，于是中国队以25比17将总比分扳成2平。

决胜局中国队发挥并不好，但是朱婷神奇甚至不讲理的拦网，封杀了日本队反扑的信心。日本队一次次靠近，朱婷一次次压下对手燃烧的火焰。队友趁势起势，中国队以13比8确立胜势。没想到顽强的日本队将比分追至10比13，郎平叫暂停。

在中国队一传体系再度崩溃时，还是朱婷的拦网和进攻让中国队以15比11拿下全场比赛。朱婷说："关键时刻，郎指导告诉我们不要打得太规矩，要敢于发挥自己的特长。我自己也没想到我的拦网这么好，也不知道为什么，我的表现确实挺好的。"

朱婷独得29分，成为本场比赛的得分王。全队拦网得分为19分，她一个人就得到9分，而且在决胜局她的拦网独得5分。在日本队的重点盯防之下，朱婷能有如此表现相当出色。就是朱婷的存在，让日本队难以通过中国队的网口，从而败下阵来。

在一场艰苦的战斗中取胜，中国女排姑娘们都很开心。二传手魏秋月说："每个人都拼出来了。日本队发球还是有效果，我们当时有些急，但还是扭转过来了，这就是收获。"副攻手杨珺菁说："我们的配合越来越默契，面对困难，大家都铆足了劲。前面的比赛比较紧张，现在状态拼出来了。我们要保证一传打快变，我们网口身材高，一旦跑动起来，日本队难以防范。"

这是郎平挂帅中国女排以来在国际大赛中赢得的关键胜利。郎平说："开局阶段队伍贯彻了准备会的精神，但是日本队前排和后排变化太快，战线很长，我们光靠拦网无法抑制对手的进攻。"日本女排第二局突然变阵让中国女排有些不适应。中国队第二局拦网得分为零，第三局更是在23比19大比分领先的情况下被对手反超取胜。针对这一情况，郎平说："日本队变化的确快，这个不行就换另一个，特别需要我们及时应变。第三局在形势比较好的时候，我们的一传心理起了变化，着急导致整个动作都变形了，的确有些可惜。可喜的是，输掉第三局之后，大家没有多想，马上投入后面的比赛。我们的心没有乱，这一点表现不错。以前可不行，遇到这样的困难，我们可能就彻底输了。今天全队的精神面貌也非常出色。和日本队的比赛向来难打，我当初作为球员和日本队比赛时也打得比较艰苦。"

本场比赛中国队总得分以108比96超出，发球却以2比5落后，说明一传被日本队冲击得比较难受。拦网中国队以19比2绝对超出，体现了网口实力；而进攻方面中国队比日本队少了10分；对手失误送出22分，中国队失误送出14分。中日两队各有千秋，两队打得都很顽强。

中日大战结果对于世锦赛第二阶段十六强比赛有多么重要，在后面就会显现出来。一场五局鏖战，艰辛取胜的中国队并不容易，但同样也迎来了一次机遇。当然，此刻，大多数人依然不看好中国女排能够挺进六强。

第一阶段比赛结束，中国女排依然保持不败。郎平说："整体来说还是不错的，我们的技术还没有全面成熟，大家相互弥补的精神很好。落后时，大家都能想到一块儿去，把下一个球打好，能乐观地面对困难。年轻人逐渐挑起大梁，陈展、朱婷、袁心玥，包括曾春蕾在内，其实都没打过这么重大的国际比赛，她们的表现很好。第二阶段的对手都是强队了，挑战会越来越大。"

07 进军米兰

如影随形

女排世锦赛十六强分组和积分全部出炉。E组中国队8分，意大利队7分，多米尼加队6分，日本队5分，克罗地亚队3分，比利时队3分，阿塞拜疆队和德国队均为2分；F组美国队9分，巴西队8分，俄罗斯队6分，塞尔维亚队5分，保加利亚队3分，荷兰队3分，土耳其队2分，哈萨克斯坦队0分。

中国队所在的E组的比赛在意大利北部城市的里雅斯特举行。的里雅斯特位于意大利和斯洛文尼亚边境，经济比较发达。

不知是巧合还是刻意安排，中日两队共同感受到了东道主意大利的“刁难”。巴里到的里雅斯特没有直飞航班，需要在罗马转机。中日女排刚打完五局鏖战，又乘坐同样的航班奔波于旅途之中。到达的里雅斯特后，疲惫写在每个人的脸上。

任何国际大赛东道主均会享受特别照顾，这是竞技体育的常理。女排世锦赛十六强阶段的比赛，赛程对东道主意大利队最为有利，她们第一阶段一直在首都罗马比赛，而后直飞巴里，最后冲击米兰。但其他球队就得不停地在多座城市之间奔波，而D组球队最为辛苦，相当于从北京先飞上海，从上海再飞广州。

因为赢得了一场关键性的比赛，中国队的情绪更高一点儿。朱婷还被大家的玩笑逗得直说不和大家玩了。这次比赛，郎平的女儿白浪一直陪伴着妈妈。在罗马机场，白浪悄悄地对我说："我妈让我找一个相对安静的地方，最好离日本队远一点儿。但是，地方就这么大，日本队是躲不开了。"其实，郎平只是希望在一个安静的地方写一些资料。

中日两队乘坐同一航班，多少有些尴尬，不过中国队气势上还是占据上风，只是比赛中脸部被球击中的徐云丽显得累一些。上了从罗马到的里雅斯特的飞机，中国队队员大部分坐在飞机中部，日本队队员坐在飞机后部。我恰巧和日本队坐在一起。石井优希在我前面打着哈欠，坐在我右边的长冈望悠眼睛似乎就没睁开，右前方的江畑幸子早就靠在了舷窗上，我左边的迫田沙织已经将头盖了起来，睡着了。不一会儿，我一扭头看到了朱婷，原来她独自坐在了最后一排。朱婷说自己也不知道为什么她的登机牌居然是最后一排的。在日本队一身黑色球衣的最后，有一抹红色，那就是朱婷。

最累的是，中日两队在的里雅斯特打完两场比赛后，还要再回到巴里打两场球。而意大利队在巴里坐等中日两队，以逸待劳。两队教练都感叹，干脆就在的里雅斯特打完第二阶段多好，或者说再到一座新城市也行。想必东道主意大利队很看重中国队和日本队的实力，故意让中日两队多消耗一些体能。

全新德国

意大利的里雅斯特当地时间10月1日，中国女排将遭遇并不好打的德国队。中国女排主帅郎平分析了中德对决的特点，她说如今的德国队就是欧洲的日本队，是一支非常难以对付的对手。

德国女排当红球星队长科祖赫是德国队最锐利的武器，而且其他选手都很有实力，全队已经到了成熟期，因此德国队赢得了2014年瑞士女排精英赛冠军。就是在那场比赛中，郎平率领的中国女排以1比3输给了德国队。

虽然第一阶段的表现不尽如人意，但德国队依然是一支逐渐变得强大的球队。而且正是因为第一阶段没打好，德国队势必会在第二阶段全力猛冲，给中国队造成巨大的压力。

如何对付这样一支德国队，是中国女排十六强首战的第一个课题。郎平说："德国队的攻防水准不低，网上有高度，且小球串联能力出众。德国队在网上很有攻击力，会给我们带来很大的压力。而且，德国队不是典型的欧洲高举高打的球队，她们属于技术全面的球队。对付这样一支强队，自己必须有足够的耐心和办法。从进攻开始，我们肯定就会遭受阻击。她们拦防高度高，朱婷想顺利超手扣杀就比较难。这要求我们后排保障环节必须加强，防守到位，这样可以保证我们打一些快攻。德国队攻防体系配合要比我们好。我们的队伍年轻，配合不够默契。"

北京时间10月2日凌晨，中国女排与德国队展开了攻坚战。

因为之前克罗地亚队以3比2击败日本队的比赛耗时过长，导致在同一场馆比赛的中德之战推迟，但这个等待，终究没有令中国球迷失望。

因为赛前进行了充分的准备，中国队开始便占据了主动。科祖赫、福斯特和布里克等球星被压制，多回合争夺异常精彩，网口争夺十分激烈。中国队不仅防线稳固，自己高快结合的进攻体系让对手十分被动，同时高拦网也相当给力，中国队基本上保持着6分的领先优势。打得非常漂亮的中国队以25比16横扫首局时，德国队激情型主帅古德蒂没有一点儿脾气。

第二局，朱婷和徐云丽的拦网封杀了对手的攻势，简直就是一座"网上长城"。坚决果断的快攻撕破对手防线，中国队以13比10领先。然而，当惠若琪始终不下分时，防守反击出色的德国队将比分追成14平。郎平果断地用来自北京的刘晓彤换下惠若琪。

比赛完全陷入白热化，中德两队展现出精彩的攻防大战，每个人的心跳都在加快。刘晓彤精确地封杀科祖赫直线进攻，中国队以23比22反超的那一刻，姑娘们群情激奋。德国队主帅古德蒂赶忙叫最后一次暂停，但中国队仍以25比23再拿一局。赛后，杨珺菁和魏秋月都说，刘晓彤替补出场发挥出色，特别是这次拦网太提气了，打压了对手的信心。

郎平说："和德国队打得纠缠在一起是非常正常的事情，好在我们顶住了。打德国队我们已经做好了艰苦的准备。德国队拦网不错，防守也非常好，我就是希望在一攻打不死的情况下，和她们在多回合的较量中取得胜利。"

德国队冲得越来越凶，中国队却阵脚不乱，又是刘晓彤关键的拦网，让中国队以21比19领先宝贵的2分。最终凭借朱婷的反击和拦网，中国队以25比23再度险胜第三局。虽然总比分是3比0，但比赛过程异常艰难。替补出场的主攻手刘晓彤关键时刻闪光，让中国女排赢得这场艰难的攻坚战，向着米兰继续挺进。

郎平说："世锦赛相当漫长，我们的替补队员必须做好充分的准备。惠若琪进攻疲软，对手挡起比较多，我换上刘晓彤，一是对方不了解她，二是她的体力非常充沛，希望她上去后能起到作用。她发挥非常好，关键是思路清晰，咬牙时刻敢于豁出去拼杀。"

很久没见到一度是边缘人物的刘晓彤打得如此出色，本场比赛可谓救场成功。她得到的8分并不多，但分分关键。因此，刘晓彤也兴奋地说："我打得挺'嗨'的。感谢郎指导信任我，这么关键的时刻让我来打，对我来说是一个锻炼。经过大奖赛的锻炼，我成长起来了。这场比赛是对我的最大认可。我一直在做着准备，让我上场我就要豁出去。可能大家认为我一传不好，其实现在让我接一传我也不怕。我当时没想怎么进攻，而是想如何稳定一传和防守，进攻一定要打出自己的自信。"大家不要忘记这个刘晓彤，日后，她将成为中国女排的"救火"队员。

中德女排大战激烈精彩的过程根本不像3比0这个结果这样简单，比赛完全可能陷入五局鏖战，甚至我们输给对手也在情理之中。在对手凶悍的反扑之下，中国女排能够力克瑞士女排精英赛冠军，显示了国际名帅郎平的功力。

关键战役的开局，中国队之所以完全占据上风，首先，是郎平对德国队研究得比较透彻，利用拦防体系和快攻压制对手。其次，当全队遭遇困难时，郎平换上了刘晓彤。这名替补球员发挥非常出色，也得益于郎平一贯的思路，并未显出与主力的巨大差距，反而是扭转乾坤。这是郎平本场比赛指挥的亮点。在对手一次次凶猛的反扑中，中国队虽然换人，但阵脚不乱。郎平的指导思路非常清晰，而且针对性极强，让德国队始终处于苦苦追赶之中。

更精彩的也是决定命运的最后亮点，就是第三局被对手以23比22反超，郎平换上了替补二传手沈静思，并再度起用曾春蕾，目的非常清晰，就是三点攻。郎平解释道："当时我们只有两点攻，换上曾春蕾，我们就变成三点攻，虽然她没扣杀，但牵制了对

北京时间 2014 年 10 月 2 日凌晨，意大利，2014 女排世锦赛复赛，中国队 3 比 0 战胜德国队

手防线。曾春蕾转到后排，我也没将她换下，因为前面有朱婷，况且曾春蕾发球还是不错的。这就是一瞬间的感觉。我不是每次换人都很准，也有失败的时候，这次是幸运地把握住了这最后2分。”说实话，郎平谦虚了。

挺进米兰

在世锦赛，许多细节让我感到了郎平的功力，与德国队和克罗地亚队的比赛便是极好的例证——有可能五局鏖战的比赛，中国队却能总比分完胜，而每局比分分差并不大，说明郎平完全控制了比赛。

克罗地亚队全队身材高大，强攻实力出色，作风十分硬朗，以两个3比2先后力挫德国队和日本队。面对这样凶悍的欧洲球队，郎平在比赛前夜一直研究至第二天凌晨3点，把克罗地亚队每个轮次的特点彻底摸透。而且有的克罗地亚球员曾是她在土耳其联赛执教时的学生，可谓知根知底。

的里雅斯特位于意大利东北部，离克罗地亚很近，因此这里简直就是克罗地亚队的主场，3200名观众营造了热烈的比赛氛围。

开局克罗地亚队以2比0领先时，徐云丽的快攻被主裁判判出界。郎平迅速起身挑战鹰眼成功，中国队追成1比2。就是这开局的心理较量，中国队完全不落下风。

之后的比赛完全进入中国队的比赛节奏，朱婷在这样高大的对手面前依然可以超手扣杀得分。中国队利用发球打乱对手一传体系，接着精确的拦网封杀对手的一切雄心壮志。中国队进攻拥有朱婷和曾春蕾这样的重炮，一传比较稳定，防守稳固，小球串联出色，拦防体系配合到位，而且有高精拦网，让对手完全没有办法寻找到任何突破口。中国队主帅郎平稳坐钓鱼台，而对方接连叫暂停也无计可施。中国队以一个干脆的25比12横扫首局。

中国队的封杀则更让对手绝望。中国队在第二局开局便打出一个7比0的高潮，朱婷、曾春蕾、惠若琪、杨珺菁和魏秋月接连拦网简直有如神助。中国队19比10大比分领先，说明对手不是不努力，而是攻不过来。第三局中国队依然以7比0开局，凶悍的克罗地亚队完全没有章法，面对中国队密不透风的拦网更是彻底绝望。于是，中国队又以两个25比15拿下比赛。

中国女排可谓彻底零封克罗地亚队，赢得太漂亮了。对方重点主攻手耶尔科夫本场比赛19扣0中，克罗地亚队得分最多的球员仅得9分，王牌副攻手波利亚克只有难以置信的3分进账。中克两队全场拦网得分是12比4，似乎中国队得分并非很高，但有效拦

在与克罗地亚队的比赛中，郎平对杨珺菁面授机宜

网太出色了。曾春蕾说："我们准备得非常充分，副攻手拦网能力提升很大。比赛非常漫长，就看谁能够坚持到底。"

比赛结束的那一刻，姑娘们兴奋地呐喊拥抱着。郎平走过来和我击掌庆祝，兴奋之情溢于言表，因为全队拿下了预想会鏖战一番的克罗地亚队，顺利进军米兰六强。

"格子军团"不是没实力，关键是被郎平掐住了"七寸"。郎平说："我们主要是节奏拦得好。第一，她们进攻不是很快。第二，她们扣球有特点，我们就取她们的过网点，让她们先跳，我们再去封她们。第三，我们用发球破坏对手一传，少让她们组织起有效的平网进攻。她们打败日本队就是依靠平网进攻，因此我们发球必须破她们的平网进攻，让她们打调整攻，进入我们的节奏。从比赛结果来看，我们是成功的。"

后面是带分进入六强战，因此依然非常重要。郎平说："我们还没完成任务呢，全队就是坚定地一步步走下去。从队员体能和伤病情况来看，我要进行更详细的准备。现在我们已经七连胜了，但急于求成或想太多根本没用，世锦赛非常漫长，唯有踏实地前进。"

身材高大且进攻凶猛的克罗地亚女排本想阻击中国女排前进的脚步，无奈郎平已经把克罗地亚队研究透了，用密不透风的拦网将"格子军团"封杀崩溃，完成了一场漂亮的歼灭战。

网上长城

与克罗地亚队一战，副攻手徐云丽力夺11分似乎并不多，但她的有效拦网实在是令克罗地亚女排彻底绝望的制空武器，就是这个身材高大且力量十足的来自福建的"网上长城"，让中国女排第一时间挺进米兰。

2011年日本女排世界杯，徐云丽每次替补出场都能力挽狂澜。当时徐云丽就笑谈："替补没关系，因为是超级的！"就是这位身高1.96米的"超级替补"，助中国女排夺取2011年世界杯季军，并第一时间杀进2012年伦敦奥运会。而后的伦敦奥运会，依然作为替补登场的徐云丽也是中国女排的亮点，号称"替补神兵"。

徐云丽是福建省福清市音西镇人，10岁时身高就达到1.62米。徐妈妈说："我们家里人身高都很普通，没想到我女儿会长这么高。云丽准备上幼儿园的时候，小班老师都不接收，连大班的老师都说她太高了。没办法，等到符合年龄后，我们直接把云丽送去读了小学。"

后来，福清少体校的陈丹教练选中徐云丽，带着她练习田径。徐云丽家没人从事过体育，但小云丽愿意去，家人也就同意了。陈丹教练带了徐云丽一段时间，觉得她不太适合继续练田径，就把她直接推荐给了福建省体校的排球教练方涵英。徐云丽成为"跳级生"。给方涵英留下深刻印象的是，这个小女孩不仅个性强，而且从来不丢东西，虽然她是年龄最小的一个，但队友把一些贵重东西和钥匙都交给她保管。

后来徐云丽的妈妈到日本做生意，五年没回家，母女俩只能通过电话联系。徐云丽发烧在家无人照顾，妈妈心疼地说："练什么体育呀，别练了。"徐云丽却说："我就喜欢打排球。"随后，徐云丽入选福建省排球队，又进入国家少年队，还打过沙滩排球。

2006年2月，陈忠和将她选进国家集训队，徐云丽的人生就此改变。同年，徐云丽作为一名新人出战世锦赛，在不被对手了解的情况下大放异彩。没想到，而后徐云丽陷入低谷，始终无法找到与全队适合的节奏，于是不少人说她太笨拙，在场上不聪明，甚至说她没前途。

经过几年的磨炼，徐云丽日趋成熟，不仅快攻犀利，拦网更是一绝。在网前的杀伤力让她成为中国女排不可或缺的战士。2014年意大利女排世锦赛对阵克罗地亚的比赛中，徐云丽彻底封杀了对手的信心，让中国女排提前杀进六强。

徐云丽说："我们仔细研究了对手，对手气势正盛，我们把她们当作强队去冲击。郎指导强调一上来就要做好困难的准备，争取自己主动得分，哪怕对手打得很开，我们也要坚决地打自己的节奏。无论遭遇什么困难，郎指导说一定要坚决执行我们的战略部署。因此大家心比较定，思路十分清晰，就按照郎指导的要求去做。拦网时手要硬，减少破坏性拦网，这就是成功的一步。对手的到位球，我们一定要先盯一下对手的副攻线，一旦两边拉开，我们取位判断要快和准，而且按照对手的特点取位。至于后面，郎指导让我们别瞎想，一步步向前进。"

降伏旋风

北京时间2014年10月5日凌晨，又回到巴里的中国女排在十六强复赛中对阵多米尼加女排。

多米尼加女排之前一直保持不败，还以3比2力挫东道主意大利女排。郎平根据多米尼加女排“黑色橡胶”的特质，进行了针对性的备战，因此中国队能以11比6开局，逼迫对手首先叫暂停。然而，进步神速的多米尼加队展示出排球天赋，她们弹跳出众，网口高度让中国队二传手魏秋月不太敢组织快攻，对手快速迅猛的平拉开进攻简直令中国队“无解”，也让中国队的拦网跟不上快节奏。

尤其令人赞叹的是她们堪比日本队的出类拔萃的防守。正是难以置信的防守，让多米尼加队一次次找到机会，将比分追成15平。相持时刻，郎平指挥全队用发球破坏了对手一传体系，让其难以施展快速平拉开进攻，接着就是朱婷那神一样的防守、串联、拦网和进攻，可以说发球和朱婷，让中国队渡过难关，以25比19毫不轻松地拿下首局。

多米尼加队闪电般的平拉开进攻的确厉害，而且还能够在反击中打出来。中国队基本上都是破坏性拦网，抓不到对手的节奏，于是13比17落后完全在情理之中。随后，中国队用发球猛冲对手一传，而且防反奏效，将比分追成17平。尤其是朱婷的发球和后攻出色，中国队又以25比19再下一城。

阅读比赛能力出色的郎平在第三局胶着之下挑战鹰眼成功，中国队以16比15反超。

从发球到串联，朱婷各方面的技术日趋成熟，逐渐展现出排球巨星的潜质

这一插曲让对手心乱，中国队顺势将比分扩大至19比15。凭借坚韧的防守，多米尼加队追成18比19。两队上演多回合竞争，场面精彩纷呈。朱婷和徐云丽的发挥让中国队以22比20领先。可惜对手追成22平后，惠若琪强攻无法下分，最终让防守反击出众的多米尼加队以25比22扳回一城。

由于两队防守都很出色，第四局，郎平看到主力球员体能消耗过大，而且分差已经拉开，便让主力退下来休息。这恐怕也是郎平的魄力。因此，多米尼加队以25比20再拿一局。

决胜局郎平当然不打算就这样交待，而且她很想看一看姑娘们能否拥有在世锦赛的舞台拿下决胜局的大心脏，因此她又将全部主力换上场。

得到休整的主力球员不断给予对手强大的压力，中国队终于打开局面，在绞杀之中，朱婷精彩的反击扣杀让中国队以12比8确立胜势。随着朱婷最后一扣，中国队以15比10拿下全场比赛。浑身被汗水湿透的朱婷说："对方韧性很强，很拼。赛前郎指导就要求我们做好艰苦作战的准备，我们就是认真打好每一个球，和她们一拼到底。"

郎平在胜利来临的那一刻，兴奋地振臂向天。赛后，郎平充满自信地说："我没想到打五局，但知道比赛可能会比较艰苦。第三局有机会拿下比赛，但我们强攻不下分，同时对手防守太好了。后来，我看主力体力下降，都跳不起来了，因此我故意将她们换下，和她们说先休息一下，准备打决胜局。我希望全队打一下五局鏖战，因为多米尼加队号称'五局王'，凡是五局她们全胜，所以我们想挑战一下她们。"

对于鹰眼技术，郎平说："引进鹰眼挺好的，因为这都是瞬间发生的事，挑战是积极信号。第四局比赛中断那么久，是因为技术台记分出现失误。这就是比赛，场上什么都有可能发生。"

郎平认为，艰难的胜利是对球队的历练。她说："打第五局就是打大心脏，看谁果断坚决。第四局我们打得吃力，是因为发球不好，给不了对手压力。对手平拉开进攻很凶，防守和拦网也不错。因此，我第五局强调了发球的攻击性。事实也是如此，我们的发球打乱了她们的节奏，然后借势封杀对手强攻。"

随后，意大利队以3比0脆胜日本队，与中国队同积16分，这样，中国队、意大利队和积12分的多米尼加队晋级米兰六强大战。

在对手防守出类拔萃和平拉开进攻犀利的情况下，在球星德拉克鲁兹一人独得全场最高37分的疯狂态势之下，郎平率领中国女排以3比2力克多米尼加女排，打破对手不败金身，赢得世锦赛八连胜。年仅19岁的主攻手朱婷功不可没，不仅因为她得到全队最高分，而且因为身高1.95米的她竟如灵猴般矫健，发球、一传、进攻、防守、串联，充分展现出未来世界女子排坛旷世奇才的水准。

遭遇刁难

任何奋斗的过程都不会平静，也许有人会觉得中国女排在世锦赛一路连胜，还挺进了六强，早已超出了人们的预料，后面更会一帆风顺。其实，从不被看好到有了奢望，中国女排的压力也会增大。

北京时间10月6日凌晨，女排世锦赛十六强最后一轮比赛，中国女排迎来东道主意大利女排，这也是两个强者的对决。对于胜利，两队都很渴望。

意大利女排是2002年世锦赛冠军、2007年和2011年两届世界杯冠军，也是世界劲旅。她们的名将虽然年华老去，但整体经验和实力还在，比如二传手罗比安科、皮奇尼尼等。中国女排虽处于相对的低谷，但也曾七次登上世界之巅。中意女排大战本该相当精彩，但是裁判的集体偏袒，让比赛失去了应有的色彩。

惠若琪因为脖子疼痛，首发位置被刘晓彤取代。东道主意大利队不愿意在主场输掉比赛，但压力过大导致她们开局很拘谨。很快，裁判让比赛进入了人们不愿意看到的情景。首局郎平挑战鹰眼成功，主裁判应该改判。但就在刚改判之后，裁判又决定维持原判，让意大利队以11比9领先。鹰眼竟然输给了人眼。中国队主帅郎平继续向裁判施压，争取自己的正当权益。主裁判则给了郎平一张黄牌，这在郎平指挥作战的经历中十分罕见。

即便如此，中国队发挥依然出色。刘晓彤的进攻和发球打乱对手节奏，而且她的一传和防守都相对稳定，在极为困难的情况下，中国女排顶住了对手和裁判的冲击，以25比21拿下首局。第二局中国队一传不佳，意大利队以25比18扳回一局。

第三局，朱婷和刘晓彤发挥出众，尤其是刘晓彤封杀皮奇尼尼的进攻，让中国队以

16比12领先进入第二次技术暂停。同样，曾春蕾高难度后排调整攻穿透对手三人拦网，中国队以23比21领先。比赛似乎按照中国队的节奏进行。

就在中国队以24比22拿到局点时，意大利队主帅博尼塔叫暂停。而后，意大利队扣杀出界，主裁判判打手出界，意大利队以23比24追近。郎平叫暂停。接着，中国队一传飞了，对手追成24平。较量之下，意大利队发球，主裁判判球打在中国队界内，意大利队以26比24拿下第三局。郎平立刻挑战鹰眼，助理裁判经过反复观看，表示维持原判，但现场大屏幕显示此球的确有明显的界外嫌疑。

“变故”依然在延续。第四局裁判判意大利队以7比6领先，但那次意大利队进攻明显是出界了。不久，在网上同等机会争斗时，主裁判判朱婷过网击球，郎平申诉无效，意大利队以11比8领先。而后在全场意大利球迷疯狂的呐喊声中，对手扣杀，中国队后排救起，比赛在继续，中国队得分，主裁判判刚才那一球已落在中国队界内，意大利队以19比15扩大优势。队员纷纷表达不满，主帅郎平更是直接询问裁判和技术台——这样的比赛的确已经没法打了。最后，25比17，意大利队获得了第四局的胜利，3比1战

与意大利队的比赛中，杨珺菁和魏秋月双人拦网

胜中国女排。这是中国队在本届世锦赛的第一场失利。

全场意大利球迷欢呼的同时，郎平独自走到正在放松身体的曾春蕾身后，给她压腿，似乎在利用这段时间平复一下情绪。随后，郎平对比赛进行了简单的评价。她说："我们拼得不错，第三局一直在顶，晓彤也经受了锻炼，首先还是自己在关键分的时候，一传出现很多问题，强攻下不去，让对手打出三点进攻，我们就很困难。"

停顿了一下，郎平说："我们的队员还是经受住了考验，特别是关键时刻裁判一起整我们。当然，如果我们本事够大，就不怕整，因为我们还能赢回来，但我们还是欠缺足够的实力。"

"本场比赛裁判的确判得有点儿过分了，每局起码要给她们2~3分，相当于我们必须要从负分开始打起，还得有实力把比赛拿下来，这对这批年轻人来说难度不小。"郎平透露，赛后她直接和裁判沟通，表达了自己的不满，他们则耸了耸肩，不好意思地笑了笑，迅速离开。

我问："是否我们还不够强大，从而给了裁判机会？"郎平只是说了一句："我觉得裁判是有意的。"然后默然离开。当然，本场比赛丝毫不影响中国队进军米兰，只是这个过程让人难以服气。

米兰等待着姑娘们去征战，这也许是成长过程中的另一种必经之路吧。

08 决战米兰

完败巴西

形势不利

2014年世界女排锦标赛六强大战在国际排联的主持下完成了抽签，东道主意大利女排“选择”了与美国队和俄罗斯队同处于G组。中国女排被抽到了H组第二，第一是至今保持全胜的夺冠热门巴西女排，第三是多米尼加女排。

北京时间10月8日，中国女排率先迎战实力强劲的巴西女排。北京时间10月9日，中国将迎战多米尼加女排。最不利的是最后一轮，轮空的中国女排只能坐等巴西队与多米尼加队的比赛结果，因此赛程对于最后一轮还有比赛的意大利女排和多米尼加女排最有利。

以罗比安科、皮奇尼尼、科斯塔格兰德等老队员压阵的意大利女排具备和任何球队抗衡的能力，尤其她们是东道主，享有“大家都懂”的优势。似乎有些出人意料的是，意大利女排选择了劲旅美国队和俄罗斯队，而没有选择中国队和多米尼加队。

六强大战分两个小组展开，每个小组各三支球队，前两名挺进半决赛。半决赛采取交叉淘汰方式，胜利者闯进决赛。意大利队在十六强最后一轮用尽手段击败中国队，最大的目的就是避开夺冠第一热门巴西队，同时自己成为G组第一。这样，她们就不会和

H组第一的巴西队在三队单循环比赛中相遇。

G组第一和H组第一均不参加抽签，挺进六强的其他四支球队混合抽签。表面上看是美国队和俄罗斯队抽到了G组，实则也是东道主意大利女排“选择”的结果。美国队和俄罗斯队均是世界强队，意大利队不具备击败对手的绝对实力，之所以得到这样的结果，可能是意大利队自己感觉未必能再度击败中国队，何况十六强大战中，她们还以2比3输给了多米尼加队。凭借主场优势，意大利队自认为能与美国队和俄罗斯队抗衡，所以，她们最好占据G组第一，这样她们有可能在半决赛避开有望占据另一组第一的巴西队。同时，再战挺进半决赛的中国队或多米尼加队，她们认为取胜机会很大。最后，再和巴西队争冠。

中国队和多米尼加队同组，应该说不是一个坏签，只是中国女排必须全力以赴，再胜多米尼加队，才有挺进四强的机会。多米尼加队已经取代了古巴女排的地位，成为新一代“加勒比旋风”。她们不仅拥有一流球星德拉克鲁兹，出众的弹跳传统和身体素质，尤其是快速平拉开进攻让人难以防范。此外，多米尼加队还拥有出类拔萃的防守能力。

十六强大战也让中国女排对多米尼加队有了崭新的认识，想必主帅郎平和全队都会对这个对手心里有数。再战多米尼加队不见得就不好，关键是中国队如何摆正自身位置。

巴西队是世界第一强队，但未必就无法战胜，或者说无法从她们身上抢夺积分。不过，客观地说，中国女排实力不如经验丰富的巴西队，输给对手完全在情理之中。

最后一轮恰恰会成为各队晋级四强最大的玄机。因为中国队最后一轮轮空，这就要求姑娘们必须在前两天的连续作战中解决问题，否则命运未必就在自己手里。

中国队分组看似还可以，但全队必须连续两天高强度作战，而有的球队就可以多休息一天，最后还有一场球的机会。由于连续高强度征战，姑娘们已经出现了不同程度的伤病。郎平说：“现在队员开始出现伤病，但目前我们也不好预防，因为队员一旦出场必然会全力以赴。这也没有办法，只能给队员进行身体恢复。”

如果巴西队击败中国队，中国队就必须和多米尼加队死拼。但多米尼加队还有一天休息时间，可以以逸待劳。中国队在和多米尼加队交锋时，巴西队休息。中国队必须连续两天高强度作战，而最后一轮只能作壁上观。有趣的是，多米尼加队主帅马科斯恰恰是巴西人。因此，看似六强抽签分组形势还可以，但暗藏玄机。

当然，关键还是中国女排自己。只要中国女排打出高水平，并以忘我的拼杀展示自我风采，还是有机会杀进四强的。难度虽大，希望在前。

对决之前

冲击四强是一条极为艰辛的道路，每向前一步都要付出巨大的努力。

所有人都知道巴西女排老了，但是她们依然世界排名第一，她们是2008年北京奥运会和2012年伦敦奥运会两届冠军，主帅吉马良斯的目标是力争在本土举行的2016年里约奥运会实现奥运三连冠。本届世锦赛，巴西女排也曾遭遇困境，但她们依然保持全胜，仰仗的就是天下第一的副攻线和出色的防反串联能力。

法比亚娜和塔伊萨这条副攻线在冯坤时代就与中国女排对抗，年龄偏大并非她们的弱点，反而是她们的优势。丰富的大赛经验无出其右，尤其是出众的身体素质成为她们驰骋沙场的有力保证。法比亚娜和塔伊萨可以说是一对“黑白双煞”，身材高大且灵活机动，技术已经达到炉火纯青的地步。副攻手的第一任务就是拦网，她们的封网能力毋庸置疑，是巴西女排网前的一道屏障。副攻手的第二任务是打出快变战术，而“黑白双煞”的高点快攻可以打在3米线以内。

就是围绕着这条副攻线，巴西队制定了各种战术。副攻手在中间牵制对手拦防精力，而后突然发动快如闪电的两翼平拉开进攻，或者在副攻线的掩护下，巴西队可以发动后攻等多种立体进攻战术，的确让任何一个对手都难以防范。和巴西队比赛有一种完全被压制的感觉，似乎所有情况完全被她们掌控，自己备受折磨，直到信心全无。比如十六强大战中，人们原本以为是战况激烈的对决，巴西队却以3比1击败俄罗斯队，又以3比0横扫美国队，比赛呈现一边倒局面。

巴西队还有绝招，那就是出类拔萃的防守反击和小球串联能力。可以说，巴西队是当今世界技术最全面的一流强队。

当然，巴西队也不是铁板一块。中国队若想有所作为，必须从发球开始攻击对手，力争打乱对手一传体系。对手一传不稳，快攻就会失效或大打折扣，两翼平拉开进攻也难以施展，只能打强攻或调整攻，这样中国队就可以为自己的拦防体系提前进行针对性准备。

巴西队一旦副攻打不出来，接应谢拉、主攻线杰奎琳、娜塔莉亚和费·加雷的攻击也同样会打折扣。本届世锦赛巴西队险些输给土耳其队，就是因为土耳其队发球很猛，巴西队主攻费·加雷一传不佳，加上她身材不高，导致强攻或调整攻杀伤力下降。其他队员虽然经验丰富且技术娴熟，但除了副攻线“黑白双煞”以外，巴西队身高并不是很突出。一旦中国队逼迫对手明着打，就成功了一大步。

可见，用发球带动拦防是中国队抗衡巴西队的第一步。中国队一旦发球跟不上，就无法阻挡打顺的巴西队。客观说，巴西队调整能力和经验的确高于当时年轻的中国队，仅有发球带动拦防是无法击败巴西队的，必须还要打出自己的进攻特点。中国队同样是高快结合，在拦防体系奏效的情况下，有一个人就十分关键，那就是二传手魏秋月。在乱球和反击过程中，魏秋月一旦做到“皓月当空”，则是中国女排的福气。

说心里话，当时我觉得即便发球和二传都很出色，中国队也未必能击败巴西队，只是会出现机会。巴西队是本届世锦赛唯一保持不败的球队，攻防转换速度快，每个位置都没有明显漏洞，大赛经验丰富。无论从哪个环节看，尚未成熟的中国队都处于下风。从2008年以来，中国女排在正式国际比赛中已经六年未战胜过巴西队，连负16场的尴尬战绩让人感到压抑。最近几次交锋，中国女排也是在对抗过程中于关键时刻功亏一篑。除了技战术层面之外，中国队还缺乏对巴西队必胜的信念，缺乏敢于争胜的勇气。

要说冲着打，恐怕队员心里都明白，但能否从内心深处做到冲着打，就不一定了。无论遭遇多大的困境，一支球队都能做到自始至终冲击对手，这也是一种本事。如果四平八稳地打，中国队不如巴西队。巴西女排主帅吉马良斯说：“我希望最后能晋级决赛，必须努力到最后，而且我们坚信自己有这个能力。”这句话，体现出巴西队夺冠的绝对信心。

中国女排主帅郎平表示：“我们很高兴能够进入最后一周在米兰的比赛，队伍非常努力。我们只有三名队员参加过世锦赛，队中有很多年轻队员。在这种情况下，我很满意这样的成绩。最后一周的对手水平非常高，我们希望打出自身水平的同时，能向别的队伍学习。”

郎帅的言语已经表明了中国队清晰的作战态度，就是摆正位置，抛开杂念，把每一场比赛当作最后一场比赛来打，把每一场比赛当作最后的决赛来打。

米兰记忆

“米兰”这个词让人想起璀璨恢宏的米兰大教堂，闻名世界的时尚之都，经济发达的意大利名城，当然还有那响彻世界足坛的“米兰双雄”——AC米兰和国际米兰，以及他们的梅阿查球场。这一次，2014年世界女排锦标赛六强大战，也会成为米兰的一段城市记忆。

进军六强大战，让每一名中国球迷都对中国女排的米兰之旅充满期望。其实，处于相对低谷的中国女排这次能够有如此出色的表现，已经超出了人们的预期，进军米兰也让郎平完成了自己心里的初步目标。年轻的中国女排还在奋斗的路上，远未达到成熟的程度，目前中国女排还不具备杀进四强的绝对实力，更不具备挺进最后决赛的实力。姑娘们跟随主帅郎平一起战斗，能取得如此战绩已属不易。

诚然，姑娘们的努力和国人的女排情结，让米兰之旅充满了期望。曾春蕾这样说：“比赛进入了冲刺阶段，和姐妹们在一起的日子也进入倒计时，祈祷通过努力，米兰可以成为我们记忆当中美好的一笔！”在面对如此强敌的时刻，这句话听起来让人感动。这注定是她们的青春岁月，也注定是一段不平凡的米兰记忆。

0比3脆败

中国女排提前进军六强吊起了国人的胃口。中国女排的确有进步，但整体实力尚未达到能够与夺冠热门巴西队全面抗衡的程度。中国女排主帅郎平赛前就直言，与巴西队的比赛，我们的主要目的是学习，能打成什么样子要看临场发挥。

中国队之前打得风生水起，引起了巴西女排的高度重视，除了开局略微有些拘谨外，巴西队开启了冠军火力。曾春蕾的后攻反击曾将比分追至13比14，但此后，巴西队没有再给中国队任何机会。冠绝天下的副攻线“黑白双煞”法比亚娜和塔伊萨不仅高点快攻犀利，拦网更是封杀朱婷和曾春蕾这两门最具威胁的火炮。25比19的比分应该说巴西队拿得比较轻松。

现场众多的意大利观众不时给予中国女排鼓励的掌声，但无奈巴西队全面压制中国队。杨珺菁和徐云丽的长线背飞基本上都被巴西队的拦防体系撑起，而强攻早已失效，惠若琪根本无法下分，朱婷和曾春蕾的强攻点又被对手压制，小球串联和防守能力都是巴西队占据明显优势。中国队实则已无胜机。后来，就连现场的巴西球迷都会给中国队掌声。

拼发球是对付技术全面的巴西队的开始，但后来中国队发球威力全无，反倒是巴西队用发球完全击溃了中国队一传体系这一命门。即便二传手魏秋月成为神仙，也根本无法组织起有效进攻。即便组织起有效进攻或反击，中国队的每个进攻点都被巴西队压制。因此，巴西队毫不客气地以25比16和25比15横扫取胜。

中国女排姑娘们不是不想拼，而是拼不出来，更谈不上搏杀的力度。对手多点进攻和多变的手法，让中国队之前发挥出色的拦网彻底崩溃。全场只有朱婷和曾春蕾接连艰难突破，让中国队在第二局追成9比10，从而逼迫巴西队主帅吉马良斯叫了全场唯一一次主动暂停。由于惠若琪在巴西队面前攻击力完全丧失，主帅郎平用刘晓彤将其换下，但也根本无法扭转局面。主攻手费·加雷和杰奎琳，接应二传手谢拉，二传手达尼·琳斯，自由人卡米拉，尤其是副攻手法比亚娜和塔伊萨，几乎将排球技战术魅力发挥到了极致，打出了当年巴西男排“艺术排球”的味道。

全场比赛中国女排唯一得分上双的是斩获10分的主攻手朱婷，接应二传手曾春蕾得7分，副攻杨珺菁和主攻手惠若琪均收获6分，副攻手徐云丽只有4分进账。巴西女排4名攻手得分上双，可谓四面开花。

巴西队全队拦网得分为11分，塔伊萨一人仅拦网就得到7分，中国队全队拦网仅得到可怜的2分。中国队发球仅得2分，由曾春蕾一人获得，而巴西队发球得到5分，这等于巴西队用发球破了中国队一传。一旦连发球都没有威胁，打巴西队这样的冠军球队，可谓一点儿机会都没有。

惨败之后，许多国手都不太愿意多说话，只有刘晓彤被我叫住，谈了一下感受。她说：“巴西队把我们的进攻特点、拦防体系和配合都研究透了之后，我们真是感觉没有突破口，一点儿机会都没有。也太难为魏秋月了，传哪里都有可能被封杀。”

中国女排完全被实力强大的巴西队如泰山压顶般压制，以0比3完败完全在情理之中。输给巴西队并不丢人，只是过程的确有点儿惨。当然，被认真投入的巴西队打出了自身存在的很多问题，能够让自己更能深刻冷静地反思，也是我们未来一点点进步的根基。

我和郎平指导探讨过“女排精神”，她说：“不能说只有赢球时有女排精神，输球时就没有女排精神。实力是基础。女排精神的前提，是要有足够强大的实力。没有实力，就不要空谈女排精神。”

磕死没戏

0比3惨败这个结果，我完全能够接受，因为中国女排实力当时和巴西女排不在一个档次上，而且足足六年没赢过巴西队，惧怕心理不可能马上就能克服。同样地，郎平赛后也很平和，她直言：“不能过于苛求队员，这样的实力差距，让她们磕死也没戏。”

我说：“队员看上去有些疲惫，这是队员如此沉寂的原因吗？”

郎平说：“我们疲惫，人家也疲惫，大家都一样，都打了这么长时间的比赛。”

我问：“那到底是什么原因导致中国队输得这么惨？”

郎平说：“我们一传到位率不比对方低，但我们打不下去。一个是个人进攻手法、技术和实力不够，另外对方拦网非常好。进攻方面，巴西队比我们多了16分，拦网又比我们多了9分。这场球给我们的压力太大了。我觉得队员发挥出了自己的水平，其实我们就是这样的水平，大家之前把我们看得太高了。”

我说：“在巴西队面前，感觉中国队发不上力。”

郎平说：“我们进攻力量比人家差，而且速度比人家慢。我们一发力就被人家拦死；打快攻也被人家防起来了；拦人家短平快，人家传四号位空门；一对一拦网，人家随便下球。我们想破人家的一传，没那么容易，即便破了，人家打强攻也能过来。不能说队员不努力，但这就是她们的水平。并不是说打其他球队赢了，就能打巴西队。还是一物降一物，我们在各个方面都不流畅。”

我问：“三局没有一局过20分，是否伤了我们的士气？”

郎平说：“这不是我们能够控制得了的，我们还希望赢一局或两局呢，但是能力不行。”

我说："对多米尼加队就很关键了，不是吗？"

郎平说："对大家都关键，双方都在研究对手的细节。我觉得不要因为一场球就把中国队贬得过低，中国队还是有自身实力的。"

我问："再战多米尼加队，我们的心理会受到影响吗？"

郎平说："队员没受到什么影响，不管落后多少，每个球都当第一个球打，心理上别有那么大的压力，就当练习，否则队员就不会打球了。"

我又问："巴西队真的目前强大到不可战胜的地步了吗？"

郎平说："巴西队不是一路横扫过来的吗？人家全胜呀。所以，我们要锻炼自己，让心沉静下来，看我们面对全力以赴的巴西队到底能够发挥多少。"

我问："巴西队年龄不小了，为何状态依然如此之好？"

郎平说："这个问题应该问巴西队教练，她们也是一点点调整状态，到六强完全提升一个高度。我们也在调，队员也进步了。一场球就把队员看得一无是处是不对的，否则我们也进军不了米兰。"

惊天逆转

北京时间10月10日凌晨，中国女排在米兰迎战多米尼加女排，这是中国女排能否杀进女排世锦赛四强的关键一战。

在之前的比赛中，中国女排费尽心力，才以3比2挫败多米尼加队。由于多米尼加队多休息一天，而中国女排刚完成与巴西女排的一场恶战，体能是对姑娘们极大的考验。这不仅是一场拼技战术的比赛，更是一场体现姑娘们顽强毅力的比赛。因为，这也许是中国女排在本届世锦赛的最后一场比赛。就此结束，还是继续前行，令人关注。

然而，似乎上一场0比3惨败给巴西队的情绪还没能及时扭转，也许是休息三天的多米尼加女排比一直征战的中国队体能充沛，总之，中国女排自我束缚了手脚，让自己陷入困境。

姑娘们也很想在一场惨败之后有一个反弹，豁出去拼杀的心有，但就是身体僵硬，脚步移动缓慢，脑子似乎总是慢半拍。其实，姑娘们的想法还是太多了。我们因为0比3完败给巴西队，积分为0，所以很想3比0击败多米尼加队，让积分变成3分，从而一举奠定杀进四强的基础。

但是，多米尼加队在十六强比赛中仅以2比3输给了中国队，何况中国队刚刚惨败，多米尼加队同样自认为机会来了，于是给中国队制造了很大的麻烦。惠若琪进攻难以下分，同时中国队拦网失效，就剩了朱婷一个进攻点，快变根本打不出来。打得极为生涩的中国队处于下风。对方自由人卡斯蒂略简直神了，什么球都能救起。多米尼加队以25比22和25比23连下两局，一上来，中国队就处于即将被淘汰的生死边缘。

郎平频繁利用两点换三点战术，而第三局中国队依然以9比13落后，似乎拿多米尼加队平拉开进攻没有任何办法。这几乎让人嗅到了死亡的味道，而且这种死亡味道越来越浓。中国队好不容易有了拦网得分，将比分追成14平。但惠若琪就是无法下分，中国队又以17比20落后。只要本场比赛告负，中国队就将无缘四强。

拦网，拦网，拦网告急，必须有拦网！否则这样打下去，中国队必败无疑。杨珺菁精彩的拦网奇迹般地将比分追成20平。曾春蕾再度登场得分，中国队以21比20反超。而后中国队总能压制对手1分。最后，徐云丽拦网得分，中国队终于以25比23艰难拿下本局，拯救了自己。

不幸的是，过于兴奋的徐云丽下落时左脚踩在对方球员脚上，崴了脚。而后，疼痛难忍的徐云丽被担架抬出场。

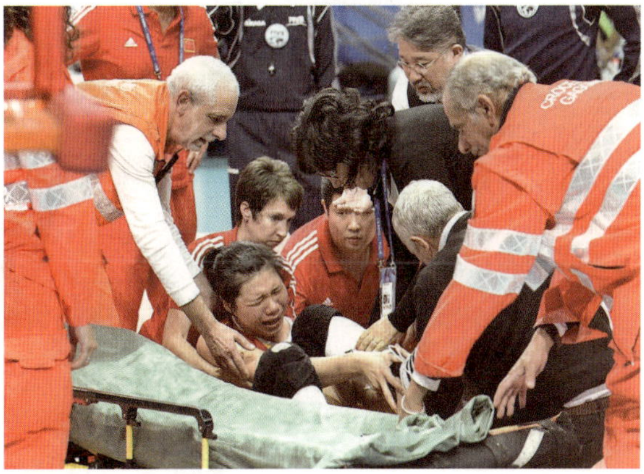

徐云丽脚踝受伤，被抬下场

杨珺菁说：“大家很揪心，我当时就哭了。不过，这反而让我们抛开了杂念，抱团冲击对手，真正地投入比赛。”

主帅郎平不得已用小将袁心玥顶替徐云丽，和杨珺菁搭档副攻线，用刘晓彤换下难以得分的惠若琪。袁心玥登场时问郎平自己应该怎么打，郎平清晰地说："上去就豁出去抡，你有身高，体能又充沛。"而后，虽然还是处于追分状态，但全队杀红了眼，大家都想替徐云丽把比赛扳回来。随着曾春蕾和朱婷的攻击，中国队以25比23再度险胜第四局，2比2逼平了对手。

决胜局中国队本来形势大好，但没抓住反击良机，气得郎平直跺脚，随即不停地换人调整比赛节奏。曾春蕾两次进攻得分，让中国队追成12平。接着，曾春蕾发球破攻，袁心玥和魏秋月探头接连成功，中国队14比12领先。

令人窒息的等待之后，曾春蕾发球直接得分，中国女排终于以15比12获胜。中国队尽管在进攻和发球环节处于劣势，但在拦网方面占据主动，以16比10超出。

姑娘们高兴得流着热泪拥抱在一起，主帅郎平更是情绪激动，跟每一名走过来的姑娘兴奋地击掌，不过能够感受到她指挥到了心力交瘁的地步。泪水最多的当属曾春蕾，

朱婷进攻

她一直大口喘着气，说："太不容易了。""小苹果"袁心玥嗓子都喊哑了，说："我们没有放弃，一直在顶，终于熬出头了。丽姐突然受伤，郎指导给了我一个使命。丽姐是在比赛中倒下的，我必须担起责任。而且，丽姐的受伤激发了我们的全部潜力。"

杨珺菁拦网得到本队最高的7分，而且都是关键拦网，是逆转的一大功臣。她嗓音沙哑地说："我们开局确实比较紧张，对方发挥也比较出色。我们拦防不能制约对手，防守反击抓不到，压力全在主攻线上。我们知道德拉克鲁兹很强，但一直拦不到，大家心里比较乱。后面脑子清晰了不少，队友之间相互沟通，网口能撑起很多球，让对手没有那么疯狂。"

魏秋月也说："我们开始没有在网口给予她们足够的压力，特别是对手三点强攻打得很开，我们做了0比2落后情况下的战术部署，但最关键的还是靠大家的拼劲儿，把自己的技战术带了出来，这场比赛赢在12名球员都在作战。"至于转折点，魏秋月说："徐云丽是拦死对手因伤下场的，是对我们精神上的鼓舞。我觉得逆转成功主要依靠顽强的作风和精神，一点点带动自己坚持到底。"

中国女排和多米尼加女排展开了一场惊心动魄的惨烈鏖战，拼到体能透支的中国女排在落后两局的困境中永不放弃，神奇地完成大逆转。如果巴西队后面不放水，以3比0或3比1击败多米尼加队，中国女排将挺进世锦赛四强，至少现在，姑娘们把自己留在了米兰。

杀进决赛

努力到位

北京时间10月11日凌晨，夺冠热门巴西女排丝毫没有放水，全部主力出战的她们以3比0干净利落地完胜多米尼加女排，以11连胜的卓越战绩昂首挺进2014年女排世锦赛四强。同时，积分比多米尼加队多1分的中国女排艰难地杀进四强，这也是对姑娘们近一个月来艰辛努力的回报。

巴西女排体现出王者霸气的第一步就是态度，她们根本没考虑什么中国女排和多米尼加女排谁能晋级四强，因为在她们眼里，不管是中国队，还是多米尼加队，谁晋级四强都无所谓，照样横扫。同时，她们也没有必要以输掉一场球的代价，影响自己的情绪和前行的节奏。

在巴西队以3比0完胜多米尼加队之后，东道主意大利女排以3比1击败世锦赛上届冠军俄罗斯队，以全胜战绩积6分拿下G组第一。北京时间10月12日凌晨，中国女排半决赛将再战意大利女排。

在十六强大战最后一轮，因为东道主的特殊优势和裁判的因素，中国女排以1比3负于意大利队，因此，姑娘们也憋了一口气，力争在半决赛中击败意大利队。

半决赛与之前的十六强大战不同，除了近乎疯狂的东道主球迷之外，其他人不太可能再故意“难为”中国女排，就看姑娘们自己抗压能力如何，水平发挥如何。以老将压阵的意大利队比年轻的中国队成熟稳健，即便没有东道主优势，中国女排也没有战胜对手的绝对实力。因此，踏实下来与对手一点点地磨，一点点地拼争，中国队才有机会，因为东道主的压力肯定大于中国队。重要的是，不管最终结果如何，中国女排一定要拼出顽强的女排精神。

惊叹不已

北京时间10月12日凌晨，中意女排半决赛如期上演。

米兰主场火爆到近乎疯狂，意大利球迷雷鸣般的掌声和振聋发聩的呐喊声，喷射的白烟和五彩缤纷的灯光仿佛让人置身于盛大的演唱会现场。

米兰的确诞生了奇迹，之前夺冠第一热门巴西女排居然以0比3被美国女排在半决赛中横扫出局。也就是说，巴西女排将中国女排“送进”了四强，自己却选择了离开。而自从3比2逆转多米尼加女排挺进四强之后，中国女排最难受的时刻已经过去，即便拿到世锦赛第四也是了不起的战绩，因此，姑娘们一身轻松。

反观意大利女排可谓压力重重，她们百般设计赛程，更改时间，最后半决赛“选择”了中国女排。本来意大利队设计的轨迹是和巴西女排争冠，当她们惧怕的巴西女排被美国队淘汰之后，意大利女排仿佛看到了夺冠的希望，因为她们在前面的比赛中曾以

3比0横扫美国队，3比1击败过中国队。意大利球迷和意大利女排都认为自己应该击败中国队，何况她们还是主场作战，作为东道主不能输，或者说输不起。

即使现场意大利球迷疯狂呐喊，但没有任何想法的中国女排姑娘也置若罔闻，心如止水。意大利女排在巨大的主场压力之下，遇到中国队很正常的冲击，内心反而飘忽不定。不是中国队打得多好，而是过于紧张的意大利队失去了定力。中国队主帅郎平一直坐在那里，稳如泰山。意大利队越打越别扭，被中国女排以25比21和25比20连下两局。

这一刻谁有想法，谁“死”得越快，这就是竞技体育。比赛打到一定境界，左右比赛胜负的往往不是技战术，而是意志力和心态。比赛刚开始，没有想法的中国队拼得很彻底。总比分2比0之后，中国队多少有些想法，比赛细节有些操之过急。落后两局的意大利队反而没了心理包袱，于是她们以25比20扳回一局。

中国队多余的想法又被意大利队给打干净了，第四局，两队展开了精彩的对决。中国队防守、发球、拦网和进攻越发出色，以20比17领先，逼迫意大利队主帅博尼塔叫暂停。可惜，在机会出现时，意大利队利用发球打乱中国队一传，将比分追成了23平。在两队绞杀之中，袁心玥高点快攻和惠若琪打手得分，让中国女排以30比28险胜，总比分3比1拿下了全场比赛，淘汰东道主意大利女排，挺进了世锦赛决赛。

曾春蕾喊着说：“我们什么都没想，完全没有心理包袱，特别享受比赛过程。因为我们是一支年轻的队伍，而且之前我们输给了对方，所以这次我们放低位置，冲击对方。”

杨珺菁接着说：“意大利队是东道主，她们更想进决赛，压力肯定比我们大。我们已经进了四强，没有任何想法了，放开手脚和对手干，能拿一分就赚了。大家心态非常平稳，无论遭遇什么困难，每个人心很定。”

袁心玥说：“云丽姐拄着双拐来到现场，她和我们在一起。我已经没有退路了，只能顶上来，因为无人可换我。”

作为国手，魏秋月也是第一次打进国际大赛的决赛。她兴奋地说：“我们力争去冲击对手，第三局一度遇到了困难，但大家顶了过来。这是我最兴奋的一次征战，我珍惜世锦赛的每一场比赛，珍惜和队友在一起的时光，调整自己的状态，在比赛中享受比赛，打得开心一些。”

1998年，中国女排杀进世界女排锦标赛决赛，最终获得亚军，从此以后，中国女排

北京时间 2014 年 10 月 12 日凌晨，第 17 届女排世锦赛半决赛，
意大利队主场对阵中国队，体育场内座无虚席

VOLLEYBALL

一直未能进入世锦赛决赛。决赛一度成了中国女排想都不敢想的目标。就在这个凌晨，东道主巨大的心理压力让意大利女排心态失衡，没有任何想法的中国女排在本该势均力敌的对决中，以3比1淘汰劲敌，时隔16年后再度杀进世界女排锦标赛决赛。这一时刻简直无法用任何语言来形容，一支没有绝对实力的中国女排在郎平的带领下实现了历史性突破。自从2004年雅典奥运会夺冠之后，中国女排再也没有登上过世界之巅。郎平和她的“孩子们”，书写着自己崭新的历史。

没想到能赢

走下赛场的中国女排主帅郎平做了一个鬼脸，说：“说真的，我们都没敢想，还真赢了。”郎平表示自己十分高兴，这是连自己都没想到的高兴，身为中国女排人，心中就应该有远大的目标。

郎平说：“我们连夜准备对意大利女排的比赛，她们经常换人，我们需要研究在战术上如何限制她们。就在赛前最后一次准备会上，我说我们进了四强，不能算完成任务，心中应该有更大的目标。如果2015年世界杯和2016年奥运会想夺得奖牌的话，那目前遇到的队伍都是我们的主要对手。我们有这样的机会，在这么重要的场合和她们比赛，要敢于争胜，不应该背上任何包袱。另外，意大利队的主场我们也领教过了，心中应该有定力，就是坚定不移地相信自己。在场上只要有1%的希望，也要尽100%的努力。哪怕0比3输给她们，哪怕这一局还有一分，对手即将取胜，我们也要拼。如果说技术上出现问题，失误没关系，都算教练的。大家要开心比赛，遇到困难不能拉着脸，落后时要有微笑，相互给予支持，每个人心里都要装着集体。”

除了技战术以外，郎平还刻意跟队员们讲了女排精神。郎平说：“我和她们说心态决定状态，精神有时能帮我们渡过难关。比如和意大利队比，我们的实力只有她们的70%，那么就发挥出这70%。她们有压力，但我们必须打到一定程度，才能让她们心理起波动。不管如何，大家坚持到底，球可以输，但中国女排的士气不能丢。果然，队员轻装上阵。”

后来，意大利队变阵了，我们输了一局。郎平表示是全队应变不够，后来我们进行了针对性应变，又赢了回来。郎平说：“到了这个级别的惨烈比赛，关键要看临场发挥。队员赛前都在议论巴西队为何输得这么惨，我说：‘你们别议论了，专心打我们的比赛。自己打好，任何事情都可以发生。’”

至于上次输给意大利队对这次比赛有什么影响，郎平说：“她们的主场气氛反而让我们有了心理准备，我和队员们说：‘球迷至少不会拉着你的手，不让你打吧？她们扣一个球，总不能算两分吧？’我们自身一定要有定力，把事情想明白。”谈到两场比赛中国姑娘的变化，郎平说：“队员的临场应变以及自身能力都有所提高。”

“能打进决赛，我感到很痛快。这种场面我见得多了，但孩子们第一次见到这样的场景，对她们的锻炼价值非常大。”郎平说。

当胜利来临的那一刻，许多人脑子里一片空白。郎平打趣地说：“她们一身臭汗，衣服全湿透了，抱着我，还在我耳朵边上叫，我耳鸣了半天。我说：‘孩子们，你们悠着点儿，老太太受不了。’”

从北京汽车男排转会至意大利蒙扎男排的接应二传手王琛在俱乐部官员的陪同下，也来到比赛现场给中国女排加油。王琛说：“作为一名中国人，看到中国队和国旗，感到十分亲切。祝贺中国女排和郎平指导。”

勇夺亚军

高光时刻

北京时间10月13日凌晨，中国女排在决赛中与美国女排相遇。

郎平到底行不行？这是2013年郎平挂帅之时，所有人都在问的一个问题。如今在意大利世锦赛，她已经用实际行动宣告，又一个崭新时代正在崛起，而曾经的黄金一代就是未来女排奋斗的标杆。

2013年郎平刚挂帅，2014年上半年中国女排也是起伏不定，输球很多，有的输得还很惨。和曾经的黄金一代相比，如今的中国女排最大的问题就是技术不全面。尽管如此，郎平还是和姑娘们团结成一个战斗集体，一路艰辛地闯进了本届世锦赛的决赛。

中国队与美国队的最后决战吸引了众人的目光。开局不错的中国女排以6比2领先，又被打吊结合的美国队反超比分。曾春蕾拦网得分，中国队以18比16领先，逼迫美国队叫暂停。经过激烈的战斗，美国队以27比25险胜第一局。第二局，中国队以17比15领先，但进攻不下分和一传被破，让美国队以25比20再胜一局。

出乎意料的是，朱婷第三局干脆没有登场，因为她身体已经透支了。在场下有两个人帮助朱婷按摩——不排除她无法登场的可能。刘晓彤顶替朱婷出场，同时沈静思顶替魏秋月出场。曾春蕾和刘晓彤在世锦赛决赛的大舞台爆发了，打出气势的中国女排以17比10大比分领先。没有了朱婷这一依靠，场上每个人都在绞尽脑汁，各自寻找突破口。刘晓彤不仅进攻得分率高，而且跳发球无一失误。中国女排以25比16横扫第三局，扳回一城。

美国队不仅防守反击和拦防体系有一套，而且进攻点可谓四面开花。相比之下，中国队得分点过于单一。就在美国队以9比6领先时，朱婷再度披挂上阵。可没想到中国队丢了几个球后心态有些乱，美国队顺势以14比10领先。郎平叫完暂停，中国队追成15比17。美国队叫暂停调整，然后再度以19比15领先。

在这一时刻，中国女排打出了永不放弃的精神，硬是将比分追成19平，逼迫美国队再度叫暂停。曾春蕾、惠若琪和袁心玥接连发威，中国队以23比20领先，离拿下本局仅差2分。一旦中国队拿下本局，决胜局将占据心理优势。可惜，美国队凭借发球破攻和有效反击，将比分追成了23平。绞杀之下，美国队以26比24取胜。中国女排1比3负于美国女排，荣获2014年世界女排锦标赛亚军，美国女排历史上第一次夺取世界冠军。对于中国女排而言，的确有点儿遗憾，但世锦赛亚军已经是一次突破。

没能夺取冠军，姑娘们多少有些失望。但当站到亚军领奖台上时，她们和主帅郎平都十分高兴，因为她们脖子上的银牌同样很有价值。中国女排现役所有球员都是第一次登上领奖台，第一次亲身见证国旗升起。她们的眼神是那么充满期待，虽然拼尽了体力，但每个人都非常高兴。这是十年来中国女排在第一次杀进世界三大赛决赛的情况下创造的历史。

体育馆里绚烂夺目，每名球员均享受着这一人生难忘时刻。郎平的女儿白浪高兴

经过努力，年轻的中国女排勇夺亚军。颁奖仪式结束后，姑娘们纷纷自拍留念

地给大家拍照。她用不标准的中文说道：“中国队表现得很好，我为她们和我妈妈骄傲。她们很不容易。从比赛第一天我就相信我妈妈会打到决赛，中国女排很有希望。”

曾春蕾说：“这次世锦赛让我认识到了‘担当’这两个字的意义。在球队最困难的时刻，自己要敢于发挥，敢于突破自我，敢于承担起全队的进攻重任。再有就是我体会到了竞技体育不是1+1=2那么简单，应该说收获大于成绩。很多时候是良好的心态决定了我们好的状态。怎么说呢，米兰之旅是我们一段美好的回忆。”

魏秋月说：“这个亚军价值连城，这次的过程令人难忘，对于我们每个人的提高都有帮助。通过比赛，大家在场上打出了信心，相互之间的默契程度也增加了。银牌会给中国队带来希望和自信。大家都没有想到自己能够取得亚军，这也是我在国家队的职业生涯中的最好成绩。”

2014年女排世锦赛最佳阵容：二传手格拉斯（美国），主攻手朱婷（中国）、希尔

（美国），副攻手塔伊萨（巴西）、杨珺菁（中国），接应二传手谢拉（巴西），自由人德吉纳罗（意大利）。最有价值球员为美国队的希尔，公平竞赛奖颁给了巴西女排主帅吉马良斯。

不能苛求

完成最后一场比赛之后，郎平的脸上是那么淡然。这一次她再度无缘世界冠军，但不要忘记每次郎平执教中国女排均是在球队处于低谷之际，成绩均是在不具备绝对实力的情况下取得的。从这一点来看，郎平已经很了不起了。

1982年作为主力队员夺得世锦赛桂冠，1986年作为助理教练协助球队获得世锦赛冠军，1990年再次复出作为队员获得世锦赛亚军，1998年作为主教练带领中国女排获世锦赛亚军，2014年作为主教练率队夺得世锦赛亚军——32年来与中国女排结缘的世锦赛全部挺进决赛，这就是郎平。

颁奖典礼结束之后，我趁机和郎平交谈起来。其实，我也不知道从哪里聊起，因为没有夺冠终归是一个遗憾。所以，我决定先从朱婷说起。

我问："朱婷是真的体力透支了吗？"

郎平说："孩子们都拼尽了全力。征战快一个月了，朱婷打了那么多场高强度比赛，而且我们有时把进攻压力都集中在她一个人的身上。朱婷很不容易，我让她下来休息，是不想让孩子身体这么累。朱婷打完半决赛身体就不好了，腿酸得灌了铅似的，根本动不了。决赛时我看她一直在出虚汗。能打到最后，孩子还是挺不容易的。作为一个团队，赢球不能靠一个人，其他攻击点必须要提高。"

"对，"我接着说，"幸亏有一个刘晓彤。"

郎平说："是，刘晓彤今天的表现是不错的，但还不够稳定，其他方面还是欠缺一些。其他攻手未来要顶上来才行。"

关于夺冠，郎平说："我觉得我们有机会取胜，主要是有一些细节可以做得更好，但还是因为自身失误错过了。其实本场比赛我们和美国队的总得分都是94分，我觉得第四局我们自身失误多了，失误只要少一点，我们就能赢球。很多人会说，我们23比

20领先的时候，如果能把对手拖进决胜局就如何如何。但比赛没有如果。我们还是起伏大，体能一下降，我们的技术和身体控制能力就差。当然，我们的比赛经验也差。”

我说：“美国队半决赛3比0击败巴西队之后，似乎也累了。”

郎平说：“其实美国队决赛时的体能也不是很好，但她们的进攻点比我们多，拦网比我们好，我们两边的拦网会差一点儿。拦网得分我们是9比14落后。”

当然，郎平还是为队员们感到骄傲：“这个结果、成绩和过程，都比我预料的要好。这个比赛时间太长了，我都快顶不住了，但队员们打得还是挺扎实的，大家一场一场地拼。这么一支年轻的队伍，技术尚不成熟，但大家还是拼出了自己的最高水平，我为她们骄傲。这样的比赛会给我们更多的动力，让我们有信心在今后的训练中提高自己。我们也看到了更多的强队。现在没有特别明显的一流和二流球队之分，每支队伍都进步很快，没有哪支队伍随便打一打就行了。站在领奖台上的这三支球队都很不容易，巴西队拿个第三名都要经历五局鏖战。所以，世锦赛真是恶战、混战、乱战，但我们还是顶住了。”

有一句话，我犹豫了一下，但还是说了出来：“多年以来，您多次带队获得亚军，距冠军咫尺之遥。这次又是亚军，您心里会有遗憾吗？”

郎平说：“谁都想当冠军，但这个冠军需要很多方面促成，以前老女排也是这样。经过多年的磨炼，相信这批年轻球员几年后会更成熟、更棒。何况这次比赛我们根本没想到能拿亚军，这个成绩对于这样一支年轻的团队已经很好了，大家不要太苛求。”

对于2015年世界杯，郎平说：“我们不可能就14人，肯定还是要有18~20人的大名单，给更多的选手机会，最后补充到精英阵容，来参加后面的比赛。现代排球对体能、力量和速度的要求更高，而且赛程这么长，就六七个人打球，最后肯定累死了。所以，我们必须把替补选手实力加强。美国队打球的人很多，点很分散，给我们的拦网造成很大的困难。我们也要这样学习，更具备攻击力。”

我打趣道：“您现在感觉是累呢，还是欣慰呢？”

郎平说：“累是肯定的，但我还是挺开心的，孩子们很可爱，希望她们继续努力。最好的是，我终于可以放假了。”

夜色之中，中国女排的大巴车开走了，姑娘们和主帅郎平一直在向所有到现场的中国球迷挥手告别。

年轻的中国女排一路走来，克服了伤痛与挫折，在不被看好的情况下居然打进了决赛。姑娘们拼杀到了最后一刻，这个亚军是当时中国女排的最佳奖章，因此没有遗憾。米兰见证了正在崛起的中国女排，光荣属于未来的中国女排。

敢于冒险的郎平

在基本上全是男人的主帅舞台，郎平显得那样独特和抢眼。而就是这个女中豪杰，正在改变着中国女排。

首先，她是敢于输球的女人。

敢于输球，对于带领中国女排的主帅来说，就是突破。不管是什么国际赛事，只要中国女排输球，就会遭到球迷批评。郎平知道什么比赛要锻炼队伍，什么比赛必须争取胜利。正是在不断的输球中，郎平明确了前进的方向，为改造中国女排赢得了宝贵的时间。

郎平用大奖赛总决赛锻炼了替补球员，这才有世锦赛替补球员的出色发挥。郎平说："作为一名主教练，大家都在看着我，但是一支年轻球队的成长，不可能不付出代价。孩子们要补的课程太多，我也不是神仙，不可能一瞬间就带领中国女排东山再起。我需要时间，孩子们需要比赛来锻炼和积累。"

郎平的目标很清晰，那就是2016年里约奥运会。围绕着这个目标，郎平敢于在不太重要的比赛中输球，而且敢于输得比较惨。更重要的是，郎平会输。会输也是一大学问。在输球过程中，郎平能看得更加清晰，找到问题，然后再和队员一起努力提高水平，解决问题。有时输球也是在迷惑对手，让对手搞不清楚中国女排到底是什么水平，这样就能始终处于主动之中。

其次，她是敢于用人的女人。

拥有国际化视野的郎平打破了过去教练用人的固有思维，中国女排不再是那么十几个人的队伍，而是一个"大国家队"概念。

如今在中国女排的大名单里至少有22人，郎平表示以前带美国队时，国家队大名单里得有40人左右，这样才能根据不同国际比赛征调队员。即便在如今征战世锦赛的国家队阵容中，也没有绝对的主力和替补。郎平说："面对国际大赛，如果就那么几名主力一直在打，是十分不利的，这样也会被对手研究透彻。何况我们的主力队员根本没到那个游刃有余的层面。"

在这样的思路的指导下，刘晓彤等替补球员取得的进步有目共睹。从2013年到2014年，刘晓彤还是一名可有可无的球员。刘晓彤的攻击性发球和强攻有一套，但一传和防守是软肋。论身高和力量，她不如朱婷；论一传，她不如惠若琪；论发球刁钻，她不如汪慧敏。但是，刘晓彤有一点特别令主帅郎平欣赏，那就是关键时刻敢于发挥，豁得出去，作风硬朗。随着比赛锻炼机会的增多，尤其是郎平在平时训练中的指导，刘晓彤正在脱胎换骨，进攻手法越来越多变，自信心迅速提升。

年轻球员值得期待，尤其是当时身高1.95米的主攻手朱婷和身高2米的副攻手袁心玥。这两名身材出众的"90后"，在郎平大胆的使用中一点点进步。郎平的目标是在未来让这两个年轻人平稳地成长起来，她们势必会成为世界排坛耀眼的未来之星。

当然，让老将魏秋月再度点燃激情，让曾春蕾提升一个档次，也都是郎平的优秀之处。

最后，她更是敢于尝试的女人。

郎平绝对不拘泥于形式和传统，只要符合当时的要求，她总会结合自身特点，引进国外先进的经验和手段，为中国女排所用，努力打造一支复合型团队。在这一点上，郎平的确是一位"国际郎"。

排管中心领导给了郎平最大的宽松度，从不干涉球队事务，只是作为公仆为球队服务。这样做，就是希望郎平能够打造世界一流的团队。因为郎平是世界一流，如果团队能做到世界一流，队员世界一流，那么中国女排才能东山再起。因此，郎平在国内的工作非常顺利，心情非常轻松愉快，不被其他事情所累，专注于球队工作。

当今世界只有美国和德国的体能科研是最棒的，而美国防止运动员伤病的手段和身体恢复的手段更是顶尖级别。于是，郎平请来了美国著名的体能训练师贝斯。贝斯安排的体能训练非常有趣，看似动作没什么特别之处，但很注重节奏感，能把球员各个肌肉

2014 年女排世锦赛颁奖仪式上的郎平

群全部训练到位，这才有了比赛场上我们看到的生龙活虎的女排姑娘。贝斯又是一个善解人意的女人，她在与女球员的生活细节和训练细节沟通方面，享有先天的优势。

多国联赛执教的经历打造出郎平国际性的眼光，再加上她的好人缘，让各类专业人士都信任，也能给她提供各种信息和服务，这更是郎平团队得天独厚的条件。当然，这种敢于突破传统训练方式的做法，背后是先进技术分析系统给予的科学数据支持。科技是第一生产力在郎平这里得到了很好的验证。

郎平平时训练非常严格，但她的严格并非大喊大叫或者语气严厉，而是在和蔼的态度之下，只需一个近乎严厉的眼神，就足够让球员专注和努力。恰恰因为她是郎平，所有球员对她的指导言听计从。比赛中，球员会坚决贯彻郎平的意图，不打折扣。至于技术暂时达不到要求，那还需要以后继续努力训练提高。郎平抓细节很精准，但从来不死练，尽量减少队员没必要的身体损伤。

在本届世锦赛上，没有绝对实力的中国女排恰恰将郎平阅读比赛的超人能力和临场指挥能力体现得淋漓尽致。几次关键时刻的两点换三点、不断地换人、拦防细节的叮嘱、针对性的部署都非常出色，这让全队凝聚力无限增强，球员对郎平的信任度成倍地增长。郎平让全队每个人都能打上球，每个人都参与到比赛之中，每个人都有用。敢于用兵和合理用兵是郎平的能力。全队遭遇困境时，郎平在场上指挥若定，而且敢于豁得出去。一名主帅的性格决定了这支球队的性格。

郎平在国外打拼多年，熟悉国际潮流，对很多国外球员也很熟悉，因为她们曾经都是郎平的学生，老师对每名学生的特点自然了如指掌。执教还不到两年，中国女排的精神面貌焕然一新，而且全队凝聚力迅速增强，先进的技战术体系融进了顽强拼搏的女排精神，毫不夸张地说，是郎平给予这支年轻球队无限的活力与激情，更让人们看到了中国女排东山再起的希望。

09 | 夺回荣誉

志在津门

2015年对于郎平和中国女排而言是难忘的一年，而这一年的开篇从亚锦赛开始，壮志雄心的郎平誓要重夺亚洲冠军。

国际排联上报2015年亚洲女排锦标赛将在北京和天津举办，但被国际奥委会驳回了，因为在2022年冬奥会举办地进行最终投票前，候选城市北京和阿拉木图必须采取回避原则，均不能举办任何国际比赛。这一决定打乱了国际排联的工作部署，经过和亚排联、中国排协商议，国际排联最终决定，2015年亚洲女排锦标赛全部由天津承办。

第18届女排亚锦赛于2015年5月20日至28日在天津举行，这也是争夺2016年里约奥运会入场券的资格赛，亚锦赛前三名将获得里约奥运会亚洲区资格赛参赛资格。亚锦赛共有十六支队伍参赛，分四个小组，中国队与伊朗队、斐济队和印度队分在A组。小组前两名晋级八强，八强分成两个小组打单循环比赛。两组前两名进行1/4交叉淘汰赛，随后是半决赛和决赛。

女排亚锦赛创办于1975年，之后每四年举办一次，1987年开始调整为每两年举办一次。中国女排共夺取过12届亚锦赛冠军，日本队获得过3届冠军，泰国队获得过2届冠军。

2013年，郎平接手中国女排，当年的亚锦赛中国仅获得第四，创造了中国女排38年来最差亚洲战绩。而在2014年女排世锦赛上，郎平率领年轻的中国女排在不被看好的情况下勇夺亚军，吹响了东山再起的号角。所以，这次亚锦赛郎平誓要重夺亚洲冠军，不仅要以亚洲冠军身份获得2016年奥运会亚洲区资格赛资格，更要以亚洲冠军的身份挺进世界杯。根据国际排联最新规定，世界杯前两名将第一时间挺进里约奥运会，这样，中国女排就能获得挺进奥运会的双保险。

一路开挂

亮相

2015年5月20日，第18届亚洲女排锦标赛在天津开幕，但斐济和土库曼斯坦两队因故退赛，这样，中国女排与斐济队的首场比赛判中国队以3比0获胜，而女排姑娘们在2015年的首秀也被迫推迟。

本届亚锦赛是中国女排2015年的第一次正式国际比赛，不少球迷都非常兴奋。中国女排去年意外夺取世界亚军，这也吊足了球迷和媒体的胃口。对于已经失去四年亚洲冠军的中国女排而言，这次势必要夺冠。不过，中国女排主帅郎平则非常低调，她说：“这的确是我们的开年大赛，队员也挺兴奋的。我提醒她们不要太兴奋，一定要按照自己的训练节奏走。我们要把平时训练强化的技术反映到比赛中，在比赛过程中再提高个人技术运用能力和整体配合能力。在和亚洲强队比赛时，我们应该从中积累经验。”

中国女排态势的确有所好转，但仍缺乏稳定的高水准。郎平说：“我不是假谦虚，因为我们参加这次亚锦赛的中国女排还是相当年轻的，比2014年世锦赛时还要年轻，两位老队员都未参赛，这对我们是一个锻炼。韩国队和泰国队都是经验非常丰富的球队，而且她们配合默契，是成熟的球队。我们的发挥有时很不稳定，或者说我们还没成熟到那样的程度。”

这次亚锦赛中国女排是主场作战，但主场有时也未必是好事。郎平也很认可这一点，她说：“大家给予我们很多的希望，希望中国女排能夺冠，这是非常正常且可以理解的。但是对于我们来讲，比赛还要一场一场去打，做到知己知彼，要专注于比赛过程。所以，我们也要处理好压力。”

本届亚锦赛还是2016年里约奥运会亚洲区预选赛的资格赛。虽然2015年还有世界杯，但中国女排目前没有拿下世界杯前两名直接挺进里约的绝对实力，所以，全队必须先努力获得亚锦赛前三名，确保拥有奥运会亚洲区预选赛的参赛资格。若看不清这样的局面，主场作战的中国女排肯定会遭遇困境。对于一支还不稳定的年轻球队，2015年的首场国际比赛也会影响心情和信心。

这就是本届亚锦赛的关键之处，虽然不可能像对待世界杯、世锦赛或奥运会那样重视，但也不能大意，因为一大意就会阴沟翻船，影响中国女排征战里约奥运会的脚步。郎平说：“我们会遇到困难和挑战。比赛困难时刻，我希望队员们能更忘我地发挥水平，我强调集体力量和相互弥补的能力。我们这支球队需要不断提高和磨炼。上届亚锦赛我们成绩很不理想，所以我最希望的就是这次全队能发挥出自己的水平，结果是什么就是什么。总坐在那里空想冠军是远远不行的。”

郎平的出色之处就在于她很清楚每次比赛的任务和目的，有一整套战略部署。郎平说：“亚锦赛仅是我们整个战略的一个阶段。后面的比赛还有很多，我们应该看得更远，把比赛当作很好的训练。”

上届冠军泰国女排主帅加提蓬是“北京女婿”，他笑着说，本届亚锦赛泰国女排的目标是前三名，而妻子冯坤则全力支持中国女排。两年前的女排亚锦赛，加提蓬率领泰国女排在半决赛和决赛中先后战胜中国女排和日本女排，历史上第二次夺得女排亚锦赛冠军。回首泰国女排崛起之路，主帅加提蓬堪称“教父”。

5月21日，身穿紧身酞青蓝新式球衣的中国女排走上自己本年度第一场国际比赛的舞台。3比0拿下印度队这样一个完全情理之中的结果并未引起现场球迷的兴趣，观众的疯狂呐喊完全是因为对中国女排的喜爱。当然，最耀眼的明星不是哪一位球员，而是中国女排主帅郎平。

“朱袁张”组合

没有人会知道郎平下一步如何出牌。当中国女排在天津轻松地以3比0拿下印度队之后，内行人兴奋的不仅是一场胜利，而是感叹郎平2015年整体战略的深度。不能说一切尽在掌握，但郎平的确又开始了新的谋划。总给人新鲜感，那是一种对未来深不可测的敬畏。

来自福建的23岁自由人林莉第一次代表国家队打国际比赛，来自辽宁的二传手丁霞和副攻手颜妮也在不经意间被郎平换上场。没有当今中国第一二传魏秋月的中国女排，由沈静思扛起大旗。当然，最抢眼的则是可以打主攻和接应的来自江苏的19岁小将张常宁，这是她在中国女排的首秀，她也许会成为2015年中国女排最具杀伤力的一把尖刀。

身高1.93米的张常宁在2014年亚运会上代表国家二队打主攻手位置，而在女排联赛中曾代表江苏队打接应二传手位置。因为表现出色，张常宁被郎平选进国家队。张常宁身材高挑，相貌美丽乖巧，被熟悉的人称为“宝宝”。

第二局中国队以13比4领先时，“宝宝”被郎平派出场，她替下曾春蕾，打接应二传手位置。第三局，张常宁又和惠若琪组成主攻线。无论是前排进攻、后排进攻，还是拦网，张常宁都显出了巨大的潜力。

在同一场比赛中，郎平试验了拥有张常宁的不同进攻组合，尤其是在第二局，表面上看，郎平是用张常宁和两名主攻手朱婷、惠若琪组成了三叉戟攻击组合，实则郎平尝试了一下由主攻手朱婷、副攻手袁心玥和接应二传手张常宁组成的更具杀伤力的“朱袁张”组合，让“朱袁张”组合首现江湖。这不是一次不经意的组合，绝对是精心策划的尝试。

朱婷身高1.95米，袁心玥身高2米，加上身高1.93米的张常宁，她们三人在网前完全就是一道天然屏障，而负责一传等保障环节且也有不俗攻击力的主攻手惠若琪身高也达到了1.92米，这样的网上高度怎能不令对手胆寒。2013年冒出朱婷，2014年涌现“小苹果”袁心玥，2015年的最佳新人会是张常宁吗？这又是郎平保留的一个悬念。

林莉

2015年是中国女排新人涌现的一年，郎平麾下的中国女排变得越来越有味道。

5月23日，中国队以3比0零封阵容不整的U23日本国奥女排。

八强复赛，中国女排以3比0横扫越南队，以全胜战绩挺进1/4决赛。比赛中，郎平一直在进行人员轮换。她说：“单丹娜有些伤，我还是给了林莉机会。对于张常宁的使用，我打算让她打主攻和接应两个位置，但惠若琪有些小伤，现在她主要在主攻手位置上锻炼。我要求每个位置都要有人轮换，而不是简单的替补和主力之分。以前中国队只要有一名主力受伤，场上实力就折了一大块，因此我必须有所准备。每个人都有不同的特点，我希望年轻人能够不断进步，通过比赛积累经验。”

竞技体育就是这样残酷，如果没有自由人单丹娜的因伤休整，可能就没有15号林莉的首发登场——不起眼的林莉就这样走上台前。而23岁的林莉也没有辜负主帅郎平的期望，她的表现可圈可点。

林莉一开口就显露出闽南的乡音，她说这几场比赛只给自己打一个及格分，防守卡位好一些，但一传还有阶段性起伏。国家集训队有六名自由人，此刻林莉却杀了出来。她说：“我最大的优势是一传好一些，脚步移动比较快。之前在福建队胡进教练的指导下，我的手技术细腻了。到郎指导这边之后，我的小技术进步明显。”

林莉说第一次代表中国女排打国际比赛很兴奋，但自己离优秀球员的差距还很大，希望能够在郎指导麾下进步更快。郎平这样评价林莉：“林莉拥有一传的天赋，防守卡位不错，脚下移动也比较快，是一名很有潜力的自由人，但需要时间和比赛的磨炼。”

跨越泰国

5月26日，哈萨克斯坦女排稍微做了一点儿抵抗便缴械，以总比分0比3完败于中国女排。中国女排以五战全胜不失一局的战绩挺进四强，将和泰国女排争夺决赛权。这场比赛中国队最大的变化是，大器晚成的28岁副攻手颜妮与杨珺菁搭档副攻线。

泰国队是挡在中国队面前的一座高山，近六年来中国队丝毫不占据优势。

当时，中国女排对泰国队有“三怕”。

一怕一传不稳，这很致命。以前与快变的泰国队对决时，中国队一旦一传体系没有保障，就会乱成一锅粥，导致全局落败。泰国队会用发球猛烈冲击中国队一传，尤其是奥努玛的跳发球很有威胁。

二怕对手快变，这也很致命。如果中国队拦网不佳，摸不到对手的进攻点，泰国队快速多变战术体系一旦打疯，中国队便会遭遇极大的困难，导致最终落败。

三怕心态崩溃，这更致命。对手首先破坏中国队一传体系，其次打出自身快变战术，如果中国队没有足够的耐心与之抗衡，那么心态便会崩溃。以前输给泰国队就因为经常出现崩盘的局面。

比赛就是抑制与反抑制的较量，如果中国女排能够克服这“三怕”，发挥自己拦网和进攻的优势，就完全可以击败泰国队，而与技战术相比，心态更为重要。

5月27日下午，中国女排迎来一场胆战心惊的抗衡，中国女排的“三怕”在与泰国女排“黄金一代”的较量中暴露无遗，全场比赛依然对泰式极致快变无所适从。

泰国队队员的平均年龄比中国队大，场上主力几乎是执行教练，临场应变能力极强。中国队高点强攻几乎在第一次进攻时都难以得分，五次连续进攻最后靠朱婷超手扣杀才能得1分的场面比比皆是。郎平和加提蓬的主帅斗智更是颇有味道。比赛打得非常胶着，而中国队一传乱飞和进攻明显的缺点被完全暴露出来，尤其是面对泰国队的漂亮快变，中国队的拦网简直毫无办法。经验丰富的泰国队以25比22拿下首局无可争议。

在逆境中是朱婷追平比分，关键时刻还是朱婷又高又快的进攻拉开分差，夺回主动权，这才让中国女排以25比22险胜第二局。

主打快变战术的泰国队每次得分都需要多名球员积极跑动掩护才能完成，因此，拼得过凶的泰国队在第三局突然遭遇体能危机。奥努玛失去了打出战术攻的足够体能，注意力开始下降，干脆被加提蓬换下。而朱婷超手进攻犹如重炮，她带领中国队以25比10横扫泰国队。

第四局，奥努玛和朱婷各自施展技能。最终，朱婷爆发出“核武器”威力，让中国队以25比23涉险过关。

应该说，泰国女排是中国女排公认的“苦主”，也是近十年来亚洲崛起的新生力量。多年的奋斗和配合，让这支泰国女排在主帅加提蓬的率领下突飞猛进。但由于球员长期在一起，泰国队的主力阵容相对固定，年龄偏大，和郎平率领的年轻的中国女排相比，明显处于下风。正所谓拳怕少壮，中国女排的体能拖垮了泰国队。

2015 年女排亚锦赛半决赛，中国队对泰国队

虽然泰国队最终输掉了本场比赛，但她们和中国女排一起奉献了一场十分精彩的对决。

整场比赛中国队几乎一直在追赶对手，被对手牵着鼻子走。身高占绝对优势的中国队难以抓到对手的快变，只因对手体能下降，而且自己逐渐适应了快节奏，再加上发球破攻效果不错，中国队拦网优势才显露出来。泰国队进攻得58分，比中国队还多3分，可见其战术进攻的威力，同时说明泰式防守令人赞叹。中国队在防守、串联、一传和二传方面漏洞明显，心态起伏也很明显。和泰国队相比，中国队技术粗糙，只是泰国队后来在中国队强悍高度压制之下失误增加，才交出主动权。

中国女排之所以能够艰难击败泰国队，有一个人是关键，她就是本场最有价值球员朱婷。她让泰国队全场“无解”，而且多次拿下关键分。如果没有这样的“核武器”，中国队必输无疑。

泰国队球星奥努玛同样出类拔萃。可打主攻和接应的奥努玛不仅防守串联出色，发球和进攻同样出色，多次利用跳发球破坏了中国队一传体系，逼迫郎平不得不叫暂停。身高仅1.75米的奥努玛的前排战术进攻、快速平拉开进攻，以及后排迅猛后攻，都让中国队十分被动。奥努玛进攻、拦网和发球得分均为泰国队最高，总得分也是泰国队之冠。之所以后来没能坚持到底，是因为29岁的她体能消耗过大。即便如此，并未打满全场的奥努玛仅比打满全场的朱婷少得了4分而已。

郎平说："比赛如我想的一样艰苦，我们做好了落后的准备，也做好了五局鏖战的准备。幸运的是，队员在短时间内应变成功，跟上了对手的节奏，坚定地打出了自身优点。我们应该学习泰国队的控制力、意识、漂亮的防守和串联、快速多变等，同时，我们也看到了自身的潜力。我们会继续努力，成为一支攻守平衡的球队。"

另一场半决赛，世界级球星金软璟压阵的韩国队以3比1淘汰中国台北队。中韩将展开津门争冠。

亚洲之巅

2015年5月28日晚，中韩女排决赛在天津体育馆上演。

两年前，亚锦赛获得第四之后，郎平曾说："我们会继续努力，两年后夺回亚洲冠军，因为对于中国女排而言不要说第四，亚军和季军都没有意思。"通过整个团队的艰辛努力，郎平带领弟子们在津门要实现两年前的诺言。

体育馆就连台阶上都坐满了人，现场气氛在狂掀人浪之中达到高潮，这的确是万人体育馆令人赞叹之处。韩国队派出了最强阵容，二传手李孝熙，主攻手李在英和金软璟，副攻手金熙珍和梁孝珍，接应二传手朴贞雅，自由人南杰勇，全队围绕球星金软璟布置战术。中国队决赛的首发阵容也值得铭记，二传手沈静思，主攻手朱婷和惠若琪，副攻手颜妮和杨珺菁，接应二传手曾春蕾和自由人林莉。

主场压力过大的中国队开局拘谨，以0比4落后。郎平赶忙暂停，平复队员的心态。韩国球星金软璟无论是发球还是进攻，均打出了雷霆万钧的气势。可惜韩国队只有这样一个强点，而“核武器”朱婷则有队友坚实的支撑，这一点让朱婷风头压过了金软璟。此外，中国队拦网压制了对手。连续三个25比21，中国女排3比0拿下冠军。

全场得分最高的金软璟说：“虽然这次未能夺冠，但未来我们不仅要在亚洲取得佳绩，更要到奥运会赛场去夺取奖牌。”她还评价了自己的“粉丝”朱婷：“朱婷比过去成熟了，成为中国队不可或缺的主力，没有朱婷的中国队就不是真正的中国队。”

时隔4年重夺亚洲冠军，郎平感谢了整个团队。她说：“恭喜整个团队辛苦的付出获得了回报，恭喜球员们出色的发挥。这次比赛中，新老球员均得到了锻炼。这是新的起点，我们会继续挖掘每位队员的潜力，在以后艰苦的比赛中进步。朱婷的确在进步，但她的潜力还需要许多恶仗去激发。

“这么多国人拥有女排情结，是我们的骄傲。传承女排精神是我们光荣的事业和使命，也是我们追求的目标。新时代新变化，年轻人更加活泼，更有激情。但我们目前还没有绝对实力，我们需要更加全面，才会有更大的优势。世界杯在等待着我们，我们会全力以赴，回报国人的厚爱。”

“我们是冠军”的喊声响彻天津体育馆，现场球迷自发地高唱《红旗飘飘》，并点亮了手机的闪光灯，体育馆星光熠熠。郎平率领的中国女排以3比0击败劲旅韩国女排，以八战全胜仅失一局的佳绩，第13次夺取亚锦赛冠军，这也是中国女排时隔4年重登亚洲之巅。朱婷当选最有价值球员，沈静思当选最佳二传，曾春蕾则为最佳接应。

仍在路上

郎平率领的中国女排时隔4年重登亚洲之巅，但站在2015年世界杯和2016年奥运会的高度之上解读，中国女排远未成为真正的世界强队，仍在奋斗的路上。

首先，远未达到攻守平衡。

这就是当中国队遭遇霸主巴西队时无力回天的原因。

平均身高1.90米，最高身高达2米，这的确是中国女排历史上身材最高的一届国家队。这样的身高不要说在亚洲，即便放在世界女子排坛也令人惊叹。

重返亚洲之巅

可以看得出，郎平对这支球队的改造已经取得了成效，小球串联技术以及对球的手感明显强于过去，这对于身材高大的球员来说很不容易。郎平说：“我们仍需要不断努力，强劲的对手有很多地方值得我们学习，我们的目标就是要成为攻守平衡的强队。”

央视解说嘉宾、前中国女排主力自由人李颖说：“其实不是郎平不愿意挑选身材稍矮且技术全面的攻手，而是目前我们国内选拔球员的标准都是高大化，导致目前在地方队没有像当初杨昊那样的攻手。这也难为郎指导了，只能努力培养高大球员。”

其次，“朱袁张”组合未到爆发时。

2014年世锦赛亚军把国人的胃口吊了起来，如今在拥有朱婷和袁心玥的基础上，2015年又涌现出了身高1.93米的张常宁，人们把这三人称为“朱袁张”组合。

身高1.95米的主攻手朱婷是公认的未来有望成为世界级球星的“潜力股”，身高2米的副攻手袁心玥未来潜力有望超过赵蕊蕊，而来自江苏的张常宁第一次入选国家队，可以打主攻手和接应二传手两个位置的她更具潜力。这样一套青春高妹组合，焉能不叫人羡慕，焉能不叫人期待？

这个组合潜力巨大，但目前并未具备太大的杀伤力。如果对手无法给予足够的压力，“朱袁张”组合可以说如入无人之境；但对手一旦给予一些压力，这套组合实际上就只剩下朱婷一个人在战斗。

在没打泰国队之前，郎平就“雪藏”了袁心玥，而是派身高1.92米的28岁副攻手颜妮出场。因为袁心玥拦网和经验不如颜妮，如果遭遇泰国队，恐怕袁心玥的拦网会成为中国队的漏洞。郎平在第一局最后时刻派出张常宁，没想到太过年轻的她尚缺磨炼，自身失误直接导致中国队丢掉首局。其实，就是朱婷也未成熟到世界级球星的高度，更别说袁心玥和张常宁了。她们还有很长的路要走。

最后，二传位置仍需魏秋月。

我们要清楚的一点是，2014年世锦赛亚军的确超出大家的预料，在肯定郎平带队出色的同时，实则也有各路强队并未重视中国女排的原因。在大家一致不看好的情况下，中国女排掀起青春风暴，但不是中国女排真的达到了世界亚军的水准。

而且，还有一点不能忽视，那就是魏秋月的经验和技战术意识，能将年轻的中国女排有效地组织在一起。她是这支球队的核心。老二传带青年军战斗是最合适的组合，既有战斗力和激情，又有经验。如果去年没有魏秋月，中国女排不可能拿到世界亚军。

如今，为了2015年世界杯和2016年奥运会，魏秋月去美国做了膝部手术。在没有魏秋月的组织之下，年轻队员在国际赛场，尤其是关键场次时缺乏主心骨。不可否认的是，经过2014年的磨炼和上赛季随八一女排夺下联赛冠军的经验积累，沈静思的确进步了。本届亚锦赛，沈静思组织稳定，传球到位。但是，一旦遇到强队，在乱球和由守转攻时，沈静思随机应变能力和技术运用经验就不如泰国队的努特萨拉。世界女子排坛拥有不少出色的二传手和攻手，沈静思还差那么一点儿，这一点儿就需要魏秋月来弥补。

可以说，2014年世锦赛亚军挽救了中国女排多年来的颓势，2015年的亚洲冠军树立了新一届中国女排再度崛起的信心。但是，我们还要清醒地意识到，潜力巨大的中国女排仍在奋斗的路上。

10 蓄势待发

名帅升帐

2015年7月3日，中国女排开始了世界女排大奖赛的征程。中国女排主帅郎平表示，全队都在为女排世界杯做准备，大奖赛仅是备战的一个环节。全队势必要通过大奖赛不断调试阵容，提高队员的水平。

由此可见，大奖赛又会成为郎平锻炼队伍的舞台，但这回郎平又将如何锻炼队伍才是本次大奖赛的看点。

找出一套令人满意的组合，是主帅郎平最关心的事情，也就是说，通过此次大奖赛，郎平要找出能够征战世界杯的阵容。如何进行人员有效调配是一门学问，不排除郎平进行“乾坤大挪移”。

中国女排的副攻线并不令人放心。杨珺菁优缺点都很明显。袁心玥在无人关注之下脱颖而出，但如今被对手一重视，她攻强拦弱的问题就暴露无遗，而且遭遇强队时，她的进攻也未必能得分。

在世界女排大奖赛宁波站的比赛中，主帅郎平不拘一格派出全部14名球员锻炼。中国队先是3比0横扫多米尼加青年队，而后，又以3比0拿下德国队。全队打得很稳，这是世锦赛亚军带来的自信，而且自由人林莉和二传手沈静思坚决贯彻了郎平的作战思路，一传稳定和二传调配得当，让全队游刃有余。

世界女排大奖赛对于郎平来说，是一个难得的锻炼队员的舞台

志存高远的俄罗斯女排给了中国女排强有力的冲击，赛后，俄罗斯女排主帅尤里直言："如果我们一传再稳定一些，完全有机会赢下比赛。"

本场比赛中，面对有着"高空轰炸机"美誉的俄罗斯女排，朱婷遭到了出道以来最严密的一次封堵，这也给中国队造成了巨大的心理压力。而且，俄罗斯队也拥有身高1.94米的26岁大接应冈察洛娃这个进攻强点。中国队一度变成了曾经的俄罗斯队，高举高打，打法单一，没有了自身特点。这也是中国队输掉一局的原因。

压力之下，年轻人的激情被激发出来。首先是中国队延续了拦网以高对高的思路，张常宁和朱婷的主攻线、袁心玥和颜妮的副攻线平均身高1.95米，在网口丝毫不吃亏。朱婷面对身材高大的俄罗斯队都能打出超手进攻，袁心玥的高点快攻也是超手，令对手难以防范。全队拦网开始封杀进攻简单的俄罗斯队，这让对手感到压力。全场比赛，中国队拦网居然以15比10胜出。郎平说："我们网上给她们施加压力，后排防守就轻松多了。"

在高度完全不吃亏的基础上，袁心玥的高点背飞和前快等快攻打出了高水平，朱婷和张常宁的进攻也是既有高度又有速度。全队在二传手沈静思的调配下“活”了，于是中国队以25比13和25比23连下两局而拿下对手，“朱袁张”组合总得分占全队得分的56%，朱婷得到全场最高的29分。赛后，郎平感叹：“这场球的锻炼价值最大。”

与战争打的是钱粮一样，比赛取胜的关键也要倚靠全队的保障环节。第一次成为国手的自由人林莉以及逐渐成长起来的二传手沈静思就是胜利的保障。面对状态出色的“高空轰炸机”，林莉一传相对稳定，让二传手沈静思能够从容组织进攻。而且，林莉防守出色，为全队创造了多次难得的反击机会，这样中国队就具备了较强的抗击打能力和连续反击能力。全队整场比赛有10次精彩扑救，林莉就贡献了4次。

全队传球共111次，有5次精彩传递，其中二传手沈静思传球94次，有3次精彩传递。更重要的是，在连续相持过程中，沈静思多次组织出袁心玥的高点快攻成为撒手锏，帮助中国队彻底夺回主动权。同时，沈静思拦网多次压制对手，并未让二传这个位置在网前吃亏。

魏秋月，我们一直在等你！

沈静思的进步对于全队有利，但不意味着不再需要魏秋月。

魏秋月是主帅郎平手里的一张王牌，2014年就是魏秋月在意大利皓月当空，领衔中国女排勇夺世界亚军。随后，魏秋月在芝加哥接受了双膝的清理手术，又进行了两个月的康复治疗。2015年2月中旬，魏秋月随中国女排在京集结，不过当时她只能在康复师的陪护下做一些康复练习。

几个月过去了，魏秋月的名字依然没有出现在世界女排大奖赛宁波站中国女排的14人大名单中。在谈到魏秋月的恢复情况时，郎平显得很谨慎，她说：“魏秋月一直在跟队训练，但是起跳还是有些问题，目前还达不到上场比赛的要求，何时能上场比赛还不太好说，我们要看她的恢复情况，一步一步来。”

如果想在世界杯大放异彩，那么大奖赛就应该让魏秋月热身。不过郎平很看重一名运动员的运动生涯，也十分理解运动员的心情。2014年如果没有二传手魏秋月，中国女排也不会夺取世界亚军，何况2016年就是里约奥运会，全队更需要魏秋月。

宁波站的比赛结束之后，中国女排飞往日本，参加世界女排大奖赛埼玉站的比赛，而魏秋月则和队友陈展一起返回北京训练。魏秋月说："我的确已经和全队进行合练了，但还没有进行技战术对抗训练，因为高强度会让我的膝盖反应过大。郎指导本着谨慎的态度，给了我足够的恢复时间，并没要求我非要马上达到一个什么状态。"

"我每天都盼着早上起来腿的感觉突然好了，可常常是今天好，明天不好，挺折磨人的，"魏秋月说，"我每天都给自己一些正能量的东西，推动着自己往前走。我绝对不会放弃，只有付出努力才有资格等待运气……"说到这儿，魏秋月情绪有些激动。她转过身稳定了一下情绪，接着说："放心吧，我会继续努力。"

拥有魏秋月，中国女排的技战术水平会提升一个档次。2015年女排世界杯是重要的国际大赛，"中国最佳二传"魏秋月能赶上世界杯吗？众多球迷都在询问这件事，但是现在没人能够回答，包括魏秋月本人。

"魏秋月！我们一直在等你！"这句话喊出了大家的心声。魏秋月挥了挥手，笑容依然自然淡定。

伤病出现

2014年女排世锦赛亚军让人们对郎平麾下的中国女排充满了期待，2015年世界杯之前形势也一度不错，但最终却以残阵出征，主要就是因为球员的伤病接踵而来。这是郎平最不愿意看到的，也打乱了中国女排近三年来打造的战术体系的完整性，削弱了中国女排的整体实力。

2015年世界杯是2016年里约奥运会的第一个资格赛，中国女排的目标是力争直通巴西，但必须取得世界杯的前两名才行。

可目前，二传手魏秋月在京恢复训练，不一定能够赶上世界杯"末班车"；徐云丽更是因2014年世锦赛受伤而提前退出2015年世界杯。中国女排想在第一时间挺进奥运会的难度陡然增大。

然而，队员的伤病依然没有停止……

提升战力

7月11日，阵容不整的中国女排在对手强劲的冲击下打得富有耐心，以3比1击败阵容齐整的劲旅意大利女排，拿到世界女排大奖赛五连胜。随后，中国队将迎战正在积极备战世界杯的日本女排。

中日女排对决并不新鲜，但每一次的意义都不同。这次比赛是两队世界杯前的一次试探，双方尽遣主力。日本队终于推出很有实力的“左撇子”接应长冈望悠，静看郎平怎么办。

中国女排主帅郎平大胆尝试，干脆让主攻手张常宁改打接应二传首发出场，而让曾春蕾休战，目的就是让张常宁迅速适应新位置，看她能否在世界杯出任主力接应曾春蕾的替补。

整场比赛，张常宁虽然经验不足，但潜力巨大，并体现出“双面”价值。第一位的保障环节，张常宁十分稳定，不给对手突破的机会。而且，张常宁共得15分，列中国队得分第三，而长冈望悠全场仅得6分。张常宁的硬朗，反而更让日本队绝望。

日本女排有自己的优点，同时也有自己的痛点，关键是我们能否抓到并给予猛击。如果说中国女排依靠一传，那么以快变战术为主的日本女排更依赖一传。中国女排用攻击性发球击破了对手这条生命线，从而掌握了主动权。

中国女排首局打出迅猛态势，发球冲击力很强，这是全队以25比11横扫的原因之一。第二局中国队发球威力减弱，日本队拼命用发球反冲中国队一传体系，并以25比21扳回一局。

郎平及时点醒了队员，全队马上恢复了发球的威力。袁心玥、杨珺菁和张常宁的发球不仅接连直接得分，还多次起到了破攻的作用，导致日本女排无法组织出有效快变战术，从而掌握了比赛主动权。

CHN
中华V3
8
CHN
中华V3
5
5
ZAMST
ZAMST

CHN
中华V3
2
HUI R.Q.
12

ZENG C.L.
8
ZHANG C.N.
9

CHN
中华V3
16

中华V3
19

整场比赛，中国队发球以9比3胜出已经足以说明问题，其中袁心玥、杨珺菁和张常宁三人发球得分占全队的78%。

当家手段快变战术体系被中国队极富攻击性的发球击到痛点，日本女排实在难以对中国女排构成威胁，这正是中国队以25比15和25比17顺利拿下最后两局的重要原因。

日本队的主帅真锅政义经验丰富，改变了仅依靠木村纱织的做法，也放弃了MB1打法，迅速进行新老交替，二传手古藤千鹤、自由人佐藤澪、副攻手岛村春世和山口舞、接应二传手长冈望悠都是亮点，尤其是新主攻手古贺纱理那冲击力很强。

中国女排最大的优势就是身高，网口绝对高度正是压制日本队最有效的武器，而且郎平指挥的是快速移动的“以高制快”，这让日本队在网口处于崩溃。整场比赛，中国队拦网得到15分，而对手在第二局升至的7分就是最后的拦网总得分。此役，中国队五名攻手得分上双——袁心玥斩获最高的19分，朱婷赢得18分，杨珺菁和张常宁均贡献15分，队长惠若琪收获13分。而日本得分最多的是有13分进账的主攻手古贺纱理那。

中国女排3比1击败日本女排的过程是近五年来赢日本队最清晰的一次，全队打出了自信，更打出了存在的问题，这是本场比赛最大的收获。同时，中国队以两站冠军的身份挺进总决赛。

在7月16日大奖赛香港站比赛中，中国女排依靠高点“加速度”，3比0击溃阵容齐整的泰国女排。回想上半年在天津举行的亚锦赛中，“以快制高”的泰国队险些将中国女排淘汰，而这一次，充沛的体能和网口绝对高度让中国女排最终拖垮了对手。对阵速度见长的日本队和泰国队，中国队都能控制住局面，这就是进步。

与美国女排交锋，相当于对阵升级版的“快速列车”。7月18日，中美女排继2014年世锦赛决赛之后，又在香港上演了一场精彩激烈的对决。

美国女排世界排名第一，中国女排世界排名第三。此次交锋，美国女排派出全部主力，目的就是要和中国女排在世界杯前正面对决。两队攻防大战十分精彩，有时需要多回合争夺才能得分。中国女排以13比8领先后，美国队发球打乱中国女排一传体系，迅速抹平了分差。曾效力于北汽女排的美国外援主攻手罗宾逊发球起到了关键作用，从而逼迫中国队进攻组织单一，美国队网口掌握主动，并以25比22拿下首局。本局比赛美国队拦网得分以6比2占优。

网口的争夺非常关键，谁失去了网口，就等于丢失了主动权。主帅郎平思路很清晰，她迅速用拦网出色的副攻手颜妮换下杨珺菁，这就是一个信号，要重夺网口主动权，绝对不能让美国女排打得如此流畅。

果然，颜妮连续两次封杀对方接应洛维的进攻，曾春蕾趁势连续反击，中国女排逐渐掌握主动。拦网的成功起到了关键作用，当中国队以15比5领先时，美国队不得不将洛维换下。而后，美国队很费劲地寻求突破口，但中国队的拦网给对手施加了巨大的压力，最终以25比13扳回一局。本局，中国女排以6比1的拦网得分回敬对手。

中美女排针锋相对，比赛越发精彩激烈，中国女排准确的拦网继续压制了对手，让技术全面的美国队出现混乱，这也是第三局中国队以19比12领先的原因。当对手用发球破坏中国队一传体系后，郎平准确稳定的指挥，帮助全队以25比22拿下第三局。

技术全面的美国女排兵多将广，拉尔森、罗宾逊、洛维、墨菲、阿金拉德沃、希尔等，谁上场都不会降低攻防水准，这种车轮大战几乎拖垮了中国女排队员的体能。和美国女排交锋，暴露出中国女排板凳深度依然有些不够的问题。美国队加强了作战强度，人员频繁登场。而中国队体能下降，以19比25输掉第四局，被美国队拖进决胜局。

郎平在决胜局再度点燃全队必胜的信心，首先是用发球冲击对手，并恢复拦网的强度，随后让曾春蕾、朱婷在网口爆发出强劲的攻击力，以11比6确立优势。美国队拼命反扑，将比分追成8比11。郎平暂停调整。全队咬紧牙关，坚决贯彻郎平的作战方针，继续给予对手足够的压力，这才以15比12拿下决胜局。

全场比赛，中国队在进攻、发球等方面没有任何优势，但拦网得分以18比14胜出，这还不算让自己拥有反击机会的有效拦网。世界女排大奖赛九连胜固然可喜，但最重要的是发现了队伍中存在的问题，给姑娘们树立了征战世界杯的信心。

11 追梦东瀛

残阵雄兵

日本，世界杯。每一次去日本采访中国女排，我都有不一样的感觉。

2015年女排世界杯即将开赛，这一次，我们又可以追梦东瀛。

然而，噩耗再一次袭来——队长惠若琪因心脏不适不得不无缘世界杯！

一年来，多名队员接连受伤已经让郎平心情不快，但至少还有张常宁。她和曾春蕾两个人承担起接应二传手的位置，才能让人放心。然而，就在国家队出征世界杯之际，队长惠若琪彻底无缘世界杯，让全队技战术体系遭受重创。

惠若琪是全队负责六轮一传重担的关键球员。一传不稳一直是中国女排的“死穴”，主帅郎平上任后致力于改变一传体系，惠若琪成为关键战术棋子。2014年世锦赛亚军，就有小惠一传的功劳。

郎平有些疲惫，嘴唇上起了大泡。8月17日，全队完成最后一次训练课之后，郎平要求大家敢于面对现实。然后，郎平走进一间小屋，流下了泪水。

没有惠若琪，中国女排本来就不稳的一传体系出现明显松动。一传基石不稳，技战术体系势必会出现混乱，这让郎平打造两年的战术体系打了折扣。

在只能面对现实的情况下，二传手的组织就十分重要了。一名出色的二传手可以弥补保障环节不佳的窘境。通过多场国际比赛来看，沈静思和丁霞进步很快，完全可以承担比赛任务。但是，年轻队员稳定性较差。

一旦保障环节不佳，球队就容易出现不小的波动，因此郎平再度带上了魏秋月，即便她并未恢复到最佳状态，但有一个老二传可以弥补战术体系不足，她的经验是任何人都不可以比拟的。

球员的伤病接踵而来，仿佛一副重担，压在了郎平肩头

没有了惠若琪，让接应二传手压力骤增。张常宁多出任主攻手，而且她本身就很年轻，一传能力不足，发挥起伏较大。在这种困难情况下，作为主力接应二传手，曾春蕾担负着得分重任，她必须比过去更具冲击力，在对手严密拦防之下，必须找到突破口，同时，也要力争成为遏止对手进攻的有效武器。

惠若琪还有一个重要角色，那就是国家队队长。队长的责任不仅仅在技战术体系上，有时还是心理和情绪的辅助器。这个时候，来自北京的曾春蕾被郎平任命为新队长。

对于这次突然的临危授命，曾春蕾表达出勇于承担的决心。她说："这次小惠没办法去世界杯了，的确很遗憾，而且对我们的战术体系影响很大。但是也没办法，我们只能正确面对，希望她早日康复。同时，我知道队长不仅在技战术上发挥出色，更要在精神层面支撑起大家的神经，尤其是遭遇逆境更要如此。"曾春蕾被广大球迷称为"大花蕾"，也因为不管遇到什么困难，她总是在微笑，而且她打球激情四溢，进攻迅猛，阳光积极。

于是，二传手沈静思、丁霞、魏秋月，主攻手朱婷、刘晓彤、刘晏含，副攻手袁心玥、杨珺菁、颜妮、张晓雅，接应二传手曾春蕾、张常宁，自由人林莉、王梦洁14人出征，奔赴日本。

强队众多，困难重重，不愿意说话的郎平带队离开北京，熟悉她的人知道她此刻的痛苦和纠结。

不知道这一次能否印证那句话：哀兵必胜。

首尾关键

东道主日本排协与国际排联商议后确定了世界杯赛程和比赛时间，不过由于美国等队对比赛时间提出异议，组委会进行了更改。当然，赛程总体而言对东道主最为有利。由于世界杯前两名直接获得2016年里约奥运会的参赛资格，日本女排主帅真锅政义已经对外宣布，全队将力争直接打进奥运会。中国女排是日本女排的主要竞争对手，所以，日本队把自己与中国队的比赛安排在整个世界杯的最后一场。纵观赛程，东道主的对手是由弱到强，而中国队则在比赛一开始就接连遭遇强敌。虽说每支球队都要碰面，但是先后顺序会对球员心理造成影响。

中国女排分别在松本、冈山和名古屋参加比赛，根据赛程看，松本和名古屋两站比赛最为难打，尤其是松本站。因为在松本，中国女排要遭遇塞尔维亚、美国、韩国这三支强队。中国女排在世界杯第一场的对手是欧洲劲旅塞尔维亚队，本场比赛决定着中国女排能否取得开门红，为全队打好世界杯树立信心。

世界杯第三场便是2014年世锦赛冠亚军美国女排与中国女排的碰撞，美国女排的目标绝不仅仅是直接获得奥运会入场券，而是力争历史上首次夺取世界杯冠军。两年来在与中国女排的交锋中，美国女排占据上风。

现在，主攻手惠若琪无缘世界杯，影响了中国女排的整体战术体系。美国女排阵容齐整，板凳深度极深，与这样的一支夺冠大热门对决，中国女排绝对处于下风。同样，与美国女排的比赛结果决定着整个世界杯的走势，也决定着中国女排能否直接获得奥运会资格。

冈山站的对手古巴、肯尼亚和阿根廷无法阻挡中国女排前进的脚步。名古屋站是中国女排的重要阶段。多米尼加女排实力强悍是事实；俄罗斯女排是公认的世界劲旅；最后一个对手日本女排不容忽视，她们一直是亚洲劲旅，这次还是东道主，她们往往在重要国际大赛有上佳表现。可见，世界杯一头一尾是中国女排的关键阶段，这也是郎平执教中国女排遭遇的重大挑战。

一路奔波

我来日本采访女排世界杯已经很多次了，但这次拿到采访证件的那一刻，心里还是很激动的，感觉所有的奔波之苦都值了，因为我终于可以现场看到中国女排的世界杯之旅了，终于可以看到我的偶像郎平带领中国女排征战世界杯了！

近乎静谧的小城市松本以松本城古迹闻名天下，属于举办过1998年冬奥会的长野地区，是一座没有地铁的美丽小城。

为了抵达松本，我开始精心设计我的路线，因为位于山区的松本不是日本主流的大城市，所以我计划8月20日乘坐阿联酋航空的班机飞赴日本名古屋，再从名古屋坐火车去松本。之所以选择这个航班，是因为国航抵达名古屋的时间是晚上，那个时间去松本的火车很少。

临行的前一天晚上，我定了早上5点的闹钟，但依然担心闹钟不响，无法顺利出发，于是，我把家里所有的闹钟都用上了。说实话，那晚我根本就没睡踏实。

8月20日清晨，闹钟还没响我就醒了。洗漱完毕，我拿起早已整理好的箱子打车到首都机场。快到机场遇上堵车，我们愣是在最后的收费站那里堵了20分钟——幸亏我走得早。

顺利办完手续，出了海关，没想到航班晚点一个多小时。飞机抵达名古屋中部国际机场后，通过打听，我又乘坐机场快线，到了名古屋火车站。名古屋火车站四通八达，为了找到去松本的站台，不会日语的我费了半天劲，终于有一个日本男士带着我找到了10站台，他说这个站台有去松本的车。

我终于找到了去松本方向的列车，但一位上了年纪的女列车员规劝我千万不要上车。她不会英语，但我从她口中听到了类似英语“取消”的词语。难道火车停运了？这个时候已经是当地时间16时50分了。后来，列车司机下来告诉我，要等待17时40分经过这里的终点是长野的特急列车，因为其他去松本方向的列车在松本站不停车。

几经周折，我终于坐上了开往松本的火车。天逐渐黑了下来，松本地处山区，我感觉列车一直往上开，在不断爬山。抵达松本火车站已经是当地时间20时10分了，幸亏我的酒店在火车站附近，不太难找。经过一天的舟车劳顿，我终于在松本安顿下来。想到中国女排也在这里，郎平也在这里，我的心里一下子就踏实了。

第二天，又是一番波折，我终于拿到了采访证。当我看到中国女排来到体育馆做赛前训练，看到郎平第一个走进来，心里就更踏实了。

扭转乾坤

8月22日下午，中国女排迎来世界杯第一个对手塞尔维亚队，没想到开局便陷入绝境。

塞尔维亚女排不愧是欧洲烈马，但对中国队的冲击也几乎超过了所有人的预期。没有惠若琪的中国队一传体系被冲乱，面对凶悍的对手似乎手足无措，打法简单，进攻受阻，拦防体系失控，以19比25输掉了首局。这就是没有惠若琪带来的弊端。

郎平阅读比赛的能力很强，她在第一局中段便换上颜妮，与袁心玥组成双高副攻线，提升网口实力。第二局，郎平干脆用丁霞换下沈静思，更换二传组织体系。然而，中国队依然找不到拦防节奏，对方9号米哈伊洛维奇的进攻如入无人之境。塞尔维亚队以15比10领先时，郎平干脆用原来打主攻的刘晏含换下队长曾春蕾，改打接应二传手。这是几乎绝望之下的变阵，用郎平的话说就是“死马当活马医”。

郎平说：“当时什么也没想，我们进攻和拦防节奏找不到，沈静思传球组织欠缺灵活，这样大动作的换人和换位置也是无奈之举。我们必须尝试，必须寻找突破口。我换了一名二传手，等于更换了攻防战术体系。”

副攻手颜妮提升了网口实力，对手并不了解的刘晏含的灵活多变彻底打乱了对手节奏，关键是二传手丁霞打出了舍我其谁的气势，加快了进攻节奏。这一切促使“朱袁张”组合爆发。凭借幸运的挑战鹰眼成功，中国女排终于以25比23险胜第二局，抹平了差距。超级替补们起到了关键作用。

而后，中国女排如火山爆发，发球攻破对手一传体系，拦网十分出色，多次封杀米哈伊洛维奇。朱婷展示出“核武器”威力，张常宁和袁心玥杀红了眼。第三局中国女排以25比15横扫。

更令人叫绝的是，郎平在第四局胶着之际，居然用一直打主攻的刘晓彤换下对手逐渐熟悉的刘晏含。这是刘晓彤第一次在国际赛场打接应二传手，并在一传和防守方面起到保障作用。刘晓彤打出了泼辣的作风和多变的进攻，加上朱婷“核武器”威力持续，中国队以25比19漂亮地逆转成功。

全场比赛，朱婷以24分荣膺得分王，张常宁以18分列中国队第二，袁心玥以10分列全队第三，“朱袁张”组合得分占全队总得分的55%，而且各项技术统计中的前三名基本都出自“朱袁张”组合。这完全是郎平主动变阵的结果。

刘晏含爽朗地说：“我们不能总在主力球员身后，每个人都是主力，每个人都要释放能量，每场球都很重要。我们必须要有必胜的信念，一定不能有任何退路。我刚练了两周接应，自己都不了解自己，郎指导说豁出去拼，我就100%地拼了。”扭转乾坤的二传手丁霞说：“郎指导让我上，就是为了改变被动局面，带动大家转起来。我真拼了，不拼就没机会了，不拼就得死。”

人们都惊出一身冷汗，郎平却依然镇定，她打趣地吐了一下舌头，瞪了一下眼睛，这是何等风度。郎平说：“我预料到比赛会艰苦。我们的队员还是不踏实，对新阵容有些陌生。我之前告诉她们，首局如果输掉，希望大家后面学会迅速阅读对手和比赛，找到感觉。终于，大家在第二局中段找到了节奏。说实话，我对比赛过程不太满意，这场球打得太难受了。我一直告诉人家，你们每个人都是主力，随时上场比赛，不用过多地考虑结果。这一点队员们倒是做到了。”

比赛中，塞尔维亚队主帅特尔季奇不断朝郎平这边观望，而郎平站在那里非常镇定，哪怕大比分落后，也依然故我。郎平后来对我说：“我心想，你老看我干吗？这还不是被你逼的，即便是死，也要挣扎一下嘛。何况，场上变化的阵容，我们训练中根本没有练过。”

中国队进攻得分比对手少了足足13分，拦网14比3绝对胜出可见郎平网口部署十分成功，发球8比5胜出。这是一场怎样的逃出生天。

濒临绝境之下的逆转动人心魄，若不是郎平果断地扭转乾坤，中国女排首战可能会输得血本无归。中国女排绝境中杀出一条血路，郎平带领姑娘们用一场价值3分的胜利迎来世界杯开门红。

再过两天，中国女排就将挑战夺冠热门美国女排。美国女排教练组集体来到现场，观看了中国队与塞尔维亚队的比赛。谈到美国队这样一个强劲对手，郎平使了一个眼色，说："哪里顾得上想这个，上去玩儿命拼就得了，爱谁谁。"中国女排死里逃生，而郎平却如此云淡风轻，帅极了。

一场完败

8月23日，中国女排3比0横扫阿尔及利亚队。中国队14人全部登场，包括魏秋月也分别在三局里登场热身。这是郎平在为中美硬仗做准备。

8月24日，全国球迷期待已久的中美女排大战在松本综合体育馆上演，这是中国女排迎来的世界杯第三个对手，也是最强劲的对手，这场比赛的结果关乎谁将第一个挺进里约奥运会，谁将最有望夺冠。甚至有人说，这是中美女排提前上演的决赛，而郎平、基拉里两大名帅联袂演绎"变中变"令人期待。

与塞尔维亚队比赛时的死里逃生至今让人心有余悸，与夺冠第一热门美国女排交锋，郎平会让谁出任首发二传手令人关注。是沈静思挣脱束缚，还是丁霞再度霞光万道？

再看美国队二传手位置，主帅基拉里带上了世锦赛表现出色的A-格拉斯，27岁的她传球速度快，经验丰富，为美国女排首夺世界冠军立下汗马功劳。美国女排是本届世界杯球员板凳深度最好的球队，可用人员众多，没有主力和替补的明显区分，每个人都很厉害，登场比赛仅是改变不同节奏和打法。

2014年世锦赛冠军美国队的主力接应是墨菲，这一次主帅基拉里居然舍弃了她，而是带上了年仅22岁、身高1.93米的洛维。2015年首次代表美国队出战的洛维是美国队接应位置的新生力量，她能从墨菲手中夺下主力，硬实力令人称道。而且，基拉里在替补接应方面选择了法赛特。

如果说洛维的右翼进攻效率决定着美国女排冲冠的概率，中国女排的接应位置同样关乎自身的最终命运，届时不知道郎平用谁来盘活这一关键得分点。惠若琪的缺席削弱了保障环节，让朱婷和曾春蕾两门"大炮"过于暴露。尤其是接应二传位置，曾春蕾对阵塞尔维亚队时仅得1分，不得不被换下。

郎平就是郎平，真没想到在来日本前，她居然让从来没打过接应的刘晏含和刘晓彤改练接应。这一改变，激活了中国女排，也逆转击败塞尔维亚队。对阵最强的美国女排，曾春蕾、刘晏含、刘晓彤都做好了充分准备。

此外，两队身高和实力相差不大，网口争夺会更加白热化。谁占据了网口上风，谁就等于掌握了制空权，主导了比赛。

论网口实力，中美女排在伯仲之间。中国女排最具实力的球员就是“核武器”主攻手朱婷，另一个攻击点是可打主攻和接应的张常宁，刘晓彤和刘晏含是保障型主攻。同时，中国女排副攻线拥有袁心玥、杨珺菁和颜妮，尤其是袁心玥和颜妮高度、力量和速度都很出色。当然，人们期待的“朱袁张”组合就在其中，这是中国女排的王牌。

美国女排主攻线实力很强，技术全面的拉尔森、2014年世锦赛最有价值球员得主希尔、攻守相对均衡的罗宾逊和攻击力突出的霍奇均顺利入选。美国队的副攻线同样人才济济，网上控制力强、大赛经验丰富的阿金拉德沃和哈默托主力位置稳固，迪克森和吉布梅耶尔进步突出，副攻的网上控制力是美国队争冠的关键。还有一点，就是2比3负于塞尔维亚的美国队已无任何退路，这决定中美对决必将火星四溅。

对于如何打美国队，郎平说：“我们会进行技术方面的准备，目前美国女排的身体状态、技术配合能力证明了她们是最强队之一，而且她们的网口实力比过去更强。我要求我们的队员集中精力，把自己的事情做好。比赛就是双方相互抑制的过程，这样的比赛无法想结果。我们要注重过程，把自己的水平打出来，就可以了。”

然而，中国女排以0比3完败于美国女排，这样的过程和结果让即便预测中国女排会输的人也没想到。其实，这恰恰是年轻的中国女排成长的代价。

塞尔维亚队以3比2击败美国队，的确让中国女排姑娘们看到了第一时间闯进里约奥运会的机会，甚至还看到了冲顶的机会。但是，看到了机会的女排姑娘不经意间背上了心理包袱。

中国队第一局和第三局看似仅以23比25惜败，实则是没控制住心态；第二局以17比15领先却最终输掉更是如此。年轻的中国队杂念过多，束缚了自己的手脚。杨珺菁就说：“出现机会时，我们打得不够耐心，太急了。”

惠若琪的缺席所带来的影响完全暴露在本场比赛中，顶替她出战的张常宁缺乏技术和经验，成为被美国女排猛烈冲击的漏洞。其实，张常宁全场得14分，列中国队第二，不可谓不高。她很努力，打得也很兴奋。但是，关键时刻，她多次被经验丰富的拉尔森迷惑。况且，为了一传不崩溃，第三局郎平特意更换了张常宁的轮次。

张常宁还不到20岁，2015年才刚刚入选国家队。当初，她从主攻改打接应，如今又改打主攻，这对于第一次打国际大赛的“宝宝”而言，的确勉为其难了。

这次中美两强交锋，中国女排网口明显处于下风。难怪杨珺菁说：“我们副攻线打不出来，攻防节奏不够好。美国队拦网很好，我们的进攻不流畅。”

美国队希尔和罗宾逊赛后都说了一点：“我们打出了自己的节奏，而中国队并没有这样，她们并没有打出自己应有的东西。”中美进攻得分为38比55，一方面说明中国队进攻质量不高，另一方面说明我们的拦网效果不好，基本都是破坏性拦网。第一局我们通过拦网以19比17反超，可惜美国队凭借拦网又以20比19反超，这仅是一例。也就是说，整场比赛制空权属于美国队。

2015年8月24日，中国队对阵美国队，美国队主攻手卡斯塔·洛在进攻。这场比赛中国队0比3惨败

还有一点，2014年意大利世锦赛是魏秋月打满了比赛，我们才夺得世界亚军。这一次，魏秋月因为身体处于恢复阶段，郎平不敢冒险用，导致中国队网口的压力无从化解，灵活多变性不足。替补出场的刘晏含和刘晓彤都尽力了，可回头看替补席，我们还能换谁?

在这种情况下，的确有些难为郎平了。比赛前两局一直站着指挥的郎平，居然在第三局更加胶着的时刻坐下了。因为这完全是下风球，索性不给队员任何压力，让大家自我发挥。

国际大赛氛围之下，队员们被压制，有对手的因素，更有自己的原因。郎平说："我们比赛打得起伏非常大，前两局失误过多，进攻方面弱了一些，拦网和防守都不够好。美国队速度更快了，我们拦防体系没跟上。"

至于中国队为何会如此被动，郎平说："队员们打国际大赛的心情不同，这才是我们应该提高之处。第三局我们有更多的机会，但大赛氛围还是影响了队员们。输球是必经之路，我们就要在比赛中成长和学习。"

对于小将张常宁的表现，郎平客观地说："张常宁首次参赛表现可以，但阅读比赛的能力、抓机会球的技术和经验不足。她2015年才正式进队，既打主攻，又打接应，而且现在又得负责接一传，有起伏是正常的。我必须给她机会成长。第二局我更换了她的轮次，但她关键时刻丢分和经验有关。"

谈及世界杯的目标，郎平说："比赛要一场一场地打，没打出高水平是无法和美国队抗衡的。我们要找到哪里有不足。这只是其中一场比赛，世界杯没有结束。"

谁都不愿意输球，但我们太年轻了，这是姑娘们必须要付出的代价。曾春蕾说："我们的问题是无法把握机会，这也给了我们未来提升的空间。"袁心玥说："这是我第一次打世界杯，通过比赛，我看到了自己的不足。"

其实，输球也是好事，世界杯还很漫长，谁也不能保证每场比赛都胜利。这样的挫折和泪水，都是成长的必经之路，冯坤她们也经历过。我们的目标是力争第一时间打进里约奥运会，只要大家不要再有多余的杂念，相信袁心玥的泪水不会白流。

决胜于心

8月26日展开的六场比赛强弱分明，也就是说各路强队不仅会获胜，而且会全取3分，这就意味着如果中国女排不能全取3分，就有可能在冲击奥运会大门的道路上掉队。因此，中国女排和韩国女排的对决就是一场生死战。这是朱婷与金软璟两大球星的对决，更是中韩两队板凳深度的较量。对于志在第一时间冲进里约奥运会的中国女排而言，这是一场必须要全取3分的重要比赛。当然，对于韩国队同样如此。

虽然之前的女排亚锦赛决赛，中国女排以3比0完胜韩国队，但世界杯的形势不同，比赛也不同。姑娘们刚以0比3负于美国队，情绪上受到了影响，能否及时扭转心态，对于年轻的中国女排而言是一大挑战。况且，现在韩国队与中国队均为2胜1负积6分。可见，此次中韩之战不同于以往，能否渡过难关，事关中国女排能否打好后面的全部比赛。

金软璟目前的状态不如预期好，但谁也不知道她会在何时彻底爆发。作为韩国女排的头号球星，肩负重任的金软璟首战美国队斩获10分，得分率47.62%；次战秘鲁队拿到12分，得分率仅为25%。从数据上来看，似乎金软璟尚未完全进入状态，实则是对手的重点拦防增加了她的压力，但从另一个角度来说，她也给队友分担了压力。

中韩之战最受关注的当属双方头号得分手朱婷和金软璟的直接对话。正在成长的朱婷某些细节上不如金软璟，但韩国队过于依靠金软璟，朱婷却能够得到队友强有力的支持。在这种情况下，整体更强的中国女排将占据上风。此外，中国队侧翼攻击点依靠接应曾春蕾，但世界杯开赛以来她受到了对手严密拦防，曾春蕾一旦在侧翼爆发，那么就是对朱婷最大的支持。

韩国队也有变化，主攻手金软璟和接应金熙珍是她们最主要的两大得分点，还重召了经验丰富的“左撇子”接应黄燕洙，她对付中国队经常会有出色发挥，说明韩国队同样进行了有针对性的准备。

客观说，即使惠若琪缺席，中国女排整体竞争力下降，但与韩国队相比仍处上风，关键看全队能否扭转负于美国队的情绪，重整旗鼓。

中国女排过于年轻，0比3输给美国队不可能不造成心理影响，这不是嘴上说就能调整过来的，年轻球员有时难以控制情绪。比赛前一天，新加入郎平团队的体能训练教练瑞特让姑娘们围成圈，双手合十站立和打坐，过了一会儿，有人竟然被催眠了。另外，侧重于身体恢复和按摩的教练布瑞尼还让姑娘们在力量房靠墙倒立休整。

得到 1 分后，杨珺菁与丁霞相互鼓劲

与韩国队的比赛对手不是韩国队，而是姑娘们自己。这是一场战胜自我的心理大战，是一场扭转心态的关键战役，对中国女排后面整个世界杯而言意义非凡。

中国女排主帅郎平感叹："这次什么困难都让我们赶上了，还会有更大的困难需要我们挑战吗？"

比赛开始。郎平首发变阵，让刘晏含和朱婷打主攻，杨珺菁和颜妮搭档副攻线，张常宁从主攻改打接应，二传手是丁霞，自由人是林莉。这样一个"大换血"的结果是全队无法适应新阵容，整体发挥很生涩，被韩国队以25比23拿下首局。变阵失败。

感动于郎平及时扭转，又让全队回到相对熟悉的阵容，曾春蕾出场打接应，张常宁和朱婷打主攻。

感动于年轻二传手丁霞的担当，是她加快了整体节奏。

感动于曾春蕾的彻底爆发，让中国女排以25比15和25比20连下两城。首战塞尔维亚队，“大花蕾”仅得1分，打美国队仅得4分，如今，爱笑的“大花蕾”回来了。曾春蕾说：“队长之职让我增加了心理负担，我要学习如何放松心态，如何在困难面前更从容。技术的改变来自思想的释放，这一场，我的心态正常了。”

感动于张常宁拼尽全力。她说：“比赛好艰难。我关键球处理缺乏经验，郎指导告诉我把每一场球当作积累经验的阶梯去学习。”这一战，张常宁得14分，列全队第二。

顽强的朱婷

更动人心魄的时刻是第四局开局2比2平时，朱婷因脚踩在了伸过线的韩国球员脚上而崴伤退场。她疼得流出了眼泪，全场鸦雀无声，气氛令人窒息。没有人会认为朱婷还会登场，郎平也不会轻易冒险。

然而当韩国队以14比13反超时，朴实的朱婷说：“郎指导，我想上。”郎平扭头问朱婷：“你行不行？”朱婷回答：“我没什么大事儿。”于是，朱婷再度出场。很多人被朱婷感动了。郎平感叹：“朱婷精神可嘉！”曾春蕾说：“朱婷再度出场，我们每

林莉的防守也为中国队取胜提供了重要保障

个人受到了精神鼓舞，更踏实了。"

但是，韩国球星金软璟的出色发挥，让以17比21落后的中国女排陷入绝境。要感谢杨珺菁的那次关键拦网和发球得分，也要感谢颜妮的探头扣杀。而当中国女排以25比23险胜第四局的那一刻，所有人都为朱婷感动。在朴实的朱婷身上，我们看到的是那曾感动无数国人的女排精神。正是这场关键的3分胜利，让中国女排拥有了最后决战名古屋的机会，也正是这关键的3分让中国女排拥有了冲击里约奥运会大门的机会。

这是一场异常艰难的比赛，变阵失败，朱婷受伤，第四局17比21落后……姑娘们用自己精彩的发挥居然击败了疯狂的韩国女排，朱婷带伤战斗让不少中国球迷感动落泪。

有一种精神叫女排精神，而越在危急关头，姑娘们越能打出这种令国人感动的精神。朱婷，无数国人心中的偶像！女排精神，我们为之感动！每个人的艰辛付出，让中国女排翻越了一座高山，超越了自我。世界杯还没有结束，从这一刻起，真正的战斗才刚刚打响！中国女排，前进！只要打出忘我搏杀的精神，后面没有任何一支球队会轻易战胜中国女排。

忙碌了一天的主帅郎平说："球员缺阵打乱了我们的计划，球队每天都面临攻传配合的困难。我也要求运动员耐下心来，希望每打一场球都有进步。我们这次比赛面临的问题比较多，毕竟场上老队员少，阵容又总有变化，也挺难为她们的。但是，我们现在就是这个状况，所以希望她们能尽自己最大的努力，场上相互弥补，谁行谁上，把自己的水平发挥出来就行了。"

8月27日，缺少朱婷的中国女排以3比0完胜秘鲁队，结束了世界杯第一阶段的比赛。在总结第一阶段比赛时，郎平表示每场球都是我们进步的阶梯。郎平说："年轻人国际大赛经验不足，所以，每场球不管谁上，都是锻炼的机会，这样，每场球都力求有所提高。松本的五场比赛，我们打得比较艰苦。我们出发前的变数太多，遇到突发情况后，队伍发挥不稳定。至于后面的比赛，我希望每个人都能找到配合的方式。"

对于朱婷何时复出，郎平表示每个人的康复程度不同，现在得看她的康复速度了。

一轮过后，世界杯的排名是这样的：俄罗斯队5胜0负积14分列第一，美国队4胜1负积13分列第二，日本队4胜1负积12分列第三，中国队4胜1负积12分列第四，塞尔维亚队4胜1负积11分列第五。可见，中国女排与韩国队的那场胜利有多么重要。同时，冈山站对手不强，也给了朱婷休息的时间，更给了中国女排喘息之机。

转战冈山

8月28日，中国女排从松本出发，乘坐JR快线特急电力列车奔赴名古屋，因为从松本直达冈山不太方便。女排队员一出现在松本火车站，便引起人们的高度关注。姑娘们看上去心情平静，有说有笑。朱婷的伤好多了，已经完全可以自己走路。

2小时10分钟之后，中国女排乘坐的列车抵达名古屋火车站，全队将在这里乘坐新干线再度奔赴第二阶段比赛地——冈山市。

列车路过了著名的京都、大阪、神户等名城，103分钟之后抵达冈山。令人兴奋的是，在新干线出口，聚集了由冈山华侨总会和留学生学会组织的上百名华侨，他们都在迎接中国女排的到来。“中国队，加油！”“郎平，加油！”的喊声响彻云霄。有一对年轻夫妇带着熟睡的婴儿来接站，婴儿头上系着“中国加油”的红布，十分可爱。

郎平代表全队感谢华侨们的支持，表示将全力以赴争取在冈山获得全胜，打好世界杯的比赛。在冈山，中国女排不仅有能力全胜，而且有望拿满9分，为最后名古屋决战做好充分的准备，而绝对主力朱婷恰巧可以通过冈山站得到充足的恢复时间。

冈山市位于日本本州岛的南部，在濑户内海边，天气有些闷热。队员们刚从凉爽的松本赶到冈山，也需要一段时间的适应。

8月29日下午，郎平带队在冈山市桃太郎体育馆进行了技战术训练。人们关心的朱婷没有参与全队的训练，而是独自进行身体训练。在发球训练阶段，朱婷也参与其中。从表面上看，朱婷的伤的确不重。为了得到充分的休息，朱婷应该不会在冈山出场比赛。

寻找桃太郎

冈山是日本童话人物桃太郎的故乡。《桃太郎》在日本家喻户晓。有一个叫吉备津彦的皇子，把桃子当作守护神，人们称他为“桃太郎”。吉备带领当地居民打败了魔鬼温罗，成为英雄。后来，桃太郎的传说发生了变化，衍生出了民间桃太郎。传说，他是从桃子里诞生的，带领用饭团吸引的狗、猴子和鸡一起打败了魔鬼。

我一出火车站，就看到站前广场上拿着木棍的桃太郎雕像，旁边是狗、猴子和鸡。冈山到处都是桃太郎的影子，比如繁华的桃太郎大街和桃太郎博物馆，连街道上的邮筒和井盖都是各种桃太郎的形象。

有趣的是，女排世界杯冈山站的比赛场馆就叫桃太郎体育馆。于是，我们几名中国记者踏上了寻找桃太郎体育馆的旅程。沿着冈山火车站一直向北，然后跨越火车道，再一路向北，就到了桃太郎体育馆。走进体育馆，我们看到中国女排正在训练。姑娘们表示，在桃太郎的故乡，她们也要成为英雄。

“球球球”张常宁

由于日本主持人无法准确说出张常宁名字的读音，所以不管来到哪个城市的赛场，我们听到她的名字都是“球球球”。而这个“球球球”恰恰是中国女排最大的变数，她几乎决定着中国女排潜力到底有多大。

目前还不到20岁的张常宁本来是郎平为了2020年东京奥运会进行的人才储备，却因为主攻手惠若琪心脏病缺席而被提前推到了台前。于是，张常宁的爆发就是中国女排的幸事，她的低迷和起伏就是中国女排的悲剧。

张常宁可以打接应，也可以打主攻，是一名“多面手”。

张常宁昵称宝宝，出身名门。父亲张友生是20世纪80年代初中国男排主攻手，曾经和汪嘉伟、沈富麟等中国排球传奇人物一起为中国男排效力，参加了1983年亚锦赛和1984年洛杉矶奥运会，退役后一直担任江苏队教练。同父异母的哥哥张晨是中国男排主攻手。

张常宁

一家人为中国排球征战，而且都是主攻手，还是中国排球史上首个一家三口都代表中国参加世界大赛的家庭，堪称中国排坛的“第一排球世家”。

张常宁说：“我很幸运能够跟随郎指导一起征战国际大赛，得到了很好的锻炼，现在我就是在积累经验。”

郎平说：“张常宁进步很快，但是她需要时间成长。在没有办法的情况下，张常宁只能用世界杯这样的国际大赛成长了，力争每打一场都有收获。”

不是任何一名年轻球员都能有机会用世界杯来促进成长，张常宁做到了。也许她正是为排球而生的天赋女孩，难怪名字被叫作“球球球”。

蓄势蓄力

3比0完胜古巴队，3比0轻取肯尼亚队，3比0完胜阿根廷队，中国女排顺利拿下冈山站三连胜，而且拿满9分，没有掉队。

两轮过后，美国队7胜1负积22分列第一，俄罗斯队7胜1负积21分，中国队7胜1负积21分，塞尔维亚队7胜1负积18分，日本队6胜2负积19分。中国女排为最后决战名古屋赢得了蓄势待发的机会。

2015年郎平的确遭遇了极大的困难，多人因伤无法参赛，年仅19岁的张常宁尽力了，而且每天都在进步。同时，缺乏世界杯经验的18岁副攻手袁心玥起伏不定，而刘晓彤几乎一年都没跟随中国队征战，对新战术体系比较陌生，而且自己的竞技状态也需要一个提升。通过在冈山的三场比赛，聪明的郎平磨合了不同的阵容。

国产动画影片《大圣归来》的热映，让齐天大圣孙悟空成为当时国人谈论的电影焦点人物之一，而“核武器”朱婷就是中国女排的“齐天大圣”。在冈山休整后，她将在名古屋上演朱婷版的“大圣归来”。毫无疑问，如果没有朱婷，中国女排就没有了名古屋决战的最大资本。冈山站的赛程安排恰巧让朱婷有了难得的休息时间，而且朱婷每天都在跟随队友训练，保持了不错的竞技状态，这就让“大圣归来”成为可能。

在郎平的带领和培养下，朱婷不仅仅是进攻，一传、防守、拦网、串联、发球等综合水平均得到了不小的提升，一个身高1.95米、充满激情、灵活多变且技术全面的朱婷出现了。她最令对手胆寒的是高点快速平拉开进攻，那才是真正的摧枯拉朽。

但是，还没完全成熟的朱婷潜力远未挖掘到最大化，这在前面的比赛中表现得很明显。有趣的是，朱婷打满了与阿根廷队的比赛，在保留实力的情况下，竟然成为得分王。朱婷说：“我发挥得还可以，主要是熟悉一下比赛氛围。”郎平说：“朱婷休息了六天，必须要比赛了，这样才能尽快适应比赛的节奏和氛围。”

9月2日上午，中国女排乘坐新干线奔赴最后一站——名古屋。名古屋决战将于9月4日打响，美国队、俄罗斯队、中国队、日本队和塞尔维亚队均有直通里约奥运会的机会，甚至最后夺冠的可能。已经吃过心理亏的中国女排，如今就像杨珺菁所说的那样：“世界杯单循环，不管别人如何，专心打好自己的比赛，才能把握自己的命运。”

塞尔维亚队是一个十分强劲的对手，她们在首战1比3并不服气地输给中国队之后，以3比2击败夺冠大热门美国队，又在落后两局的不利情况下逆转俄罗斯队，她们还以3比2击败东道主日本女排。在名古屋，塞尔维亚队分别迎战古巴队、肯尼亚队和阿根廷队，理应全取9分。所以，只要谁掉队，她们就将反超对手。

此外，美国队和俄罗斯队对决，日本队和美国队交锋，以及中国队与日本队的碰撞都会影响比赛的走势。

由于积分咬得太紧，谁也无法说最有望直通里约，只能看谁能抓住机会。中国女排必须力争在多米尼加女排身上全取3分，虽然德拉克鲁兹因伤没来，但多米尼加“加勒比旋风”本色未改。随后，中国女排与俄罗斯队的交锋估计最为艰难。最后一场中国女排与日本女排的交锋关乎亚洲是否有球队第一时间直通里约，甚至谁是最后的世界杯冠军。

全队经历了挫折才走到这一刻，队员们也达成了共识。队长曾春蕾说：“最后一站比赛，每场都很关键，我觉得最重要的是做到立足于发挥自我，尽自己最大的努力，把自己的水平发挥出来，而不用去考虑过多其他的东西。”

郎平希望每名球员能够增强在比赛中的阅读能力，做到攻守平衡。至于名古屋决战，郎平说：“我们早晚能够获得奥运会出线权。名古屋的三场比赛都很重要，希望全队出色地完成最后三场比赛。”

决战名古屋，不管遭遇多大的挑战，郎平和中国女排都将朝着心中的目标前进。

12 冲上巅峰

打开通道

9月4日下午，名古屋综合体育馆，凭借出色的国际大赛阅读能力，主帅郎平带领年轻的中国女排打出了针对性极强的技战术水平，没给多米尼加队任何喘息之机，完全压制住对手，以3比0拿下女排世界杯名古屋决战的第一场胜利。

年轻的中国女排一路走来，遭遇了各种挫折和困难。全队能赢得一场如此酣畅淋漓的胜利，最先值得称赞的就是精神面貌，难怪不少球迷感叹："这才是咱们的中国女排。"

比赛开始之前，我在名古屋综合体育馆外见到了不少前来看球的中国球迷。来自大洋彼岸的华人球迷余先生说："我住在美国旧金山，一家三口已经在美国定居快二十年了，这次来日本就是为了看中国女排的比赛，因为这是世界杯，因为这是中国女排！"

郎平带领的中国女排从开场便以高昂的斗志回报了中国球迷，全队精力高度集中，下手果断坚决，姑娘们的呐喊和相互鼓舞贯穿始终，每个人的眼神都充满坚毅与果敢，打出了必胜的信心。

多米尼加女排继承了古巴女排的衣钵，被称作"加勒比旋风"。2014年世锦赛上她们两度与中国女排鏖战五局，这样一支球队不是谁都能以3比0拿下的。之所以这次中国女排能直落三局取胜，归功于主帅郎平极强的针对性部署，而且队员贯彻得坚决彻底。

多米尼加女排的撒手锏就是快速平拉开进攻，尤其是二号位和四号位的平网进攻异常迅猛。“加勒比旋风”一旦疯狂，就连美国、俄罗斯和塞尔维亚等强队也未必能压制住。于是，郎平部署的针对性慢跳拦网战术起到了关键作用，别看拦网得分中国队仅以7比4领先，但更多的有效拦网为后排防守奠定基础，创造出许多反击的机会。而且，前排拦网精准的同时，后排防守到位，组成了高效的拦防体系。郎平赛后说：“我们准备充分，拦防环节做得很好。”

为了彻底掌握主动权，中国队曾春蕾和张常宁等人利用冲击力很强的发球，打乱了对手的一传体系，从而为拦网布置赢得机会。

同时，中国队二传手沈静思被评为本场比赛最有价值球员。即便沈静思再有不足，再被不少球迷批评，郎平也始终找时机让其恢复自信。本场比赛，她组织稳定出色，坚决贯彻教练意图，打出了自己的进攻体系，尤其是快攻组织摧毁了对手信心。沈静思说：“郎指导让我的头脑非常清晰，我是否最佳不重要，攻手们都能打开，是我最开心的。”

在拦防体系做到位的情况下，没有进攻武器等于白搭，根本无法取胜。多米尼加队的球星德拉克鲁兹因伤无法参赛，导致多米尼加队的进攻实力减了一半。不过，多米尼加队也进行了针对性布置，这就是副攻手袁心玥打不开局面的原因，甚至“核武器”朱婷也打得不顺。

就在这一时刻，6号杨珺菁杀了出来。她知道针对多米尼加队，中国队必须打出速度才行，于是那经典的单脚背飞快攻再度上演，有长线、小斜线，还有直线，多队对此没有任何办法。杨珺菁14分成为全队得分王，63.2%的进攻效率全队第一，拦网还有2分进账，这让人想起首战塞尔维亚队的那次关键拦网。她也成就了二传手沈静思成为本场最佳。杨珺菁说：“郎指导和我说，我是老队员，必须要有担当，尤其是在困难时刻，要带领全队往前冲。”这才是“老将”出马。

不过，说杨珺菁是老将，她肯定不高兴，26岁的年龄也绝对不老。说她是老将，是因为四年前她就参加了世界杯。目前，除了很少出场的魏秋月，杨珺菁是场上唯一一名拥有世界杯比赛经验的球员。

任何国际大赛总有意想不到，比如没有多少人会想到夺冠热门美国女排以0比3输给了俄罗斯女排，导致各队的前景更加扑朔迷离，也让中俄女排交锋带有一种非生即死的意味。

本届世界杯不同于以往仅看积分，而是先看胜场数，再对比积分，胜场数多的球队排名在前。以往世界杯获得前三名的球队第一时间获得来年奥运会入场券，但从这次开始，改为仅有前两名球队才能直接进军奥运会。这样的改变增加了各队竞争的激烈程度，也激发出更多的变数。

如今，塞尔维亚队最有望占据一个进军里约的位置，而形势给了中俄两队同等的机会，胜者不仅有望拿到奥运会资格，甚至有夺冠的机会；输者不要说夺冠，可能也无法直接进军里约。残酷的现实摆在面前，心无杂念才会超越自我。

9月4日全部比赛结束后，位列第一的俄罗斯队8胜1负积24分，列第二的中国队8胜1负积24分，列第三的塞尔维亚队8胜1负积21分，列第四的美国队7胜2负积22分，列第五的日本队7胜2负积22分。可见，这次世界杯的形势是多么复杂。

“上甘岭”

9月5日下午，中国女排与俄罗斯女排一役是决定性的，我认为，紧张程度类似于抗美援朝的上甘岭战役。

从松本到冈山，再到名古屋，一路杀来十分艰难，中国女排不希望最后空手而归。然而，俄罗斯队刚以3比0完胜美国队，大有夺冠之势，且她们本身就具备很强的实力，还拥有冈察洛娃和科舍列娃两大世界级球星。

面对这样强悍的对手，主帅郎平显示出高超的指挥才华，她用经验丰富的副攻手杨珺菁和颜妮首发登场，就是要用拦网压制对手的高点强攻。在郎平思路清晰的指挥下，全队坚决果断，第一局几乎封杀了俄罗斯队所有进攻点。只是张常宁不稳定的漏洞被对手抓住，中国女排遭遇挑战。不过朱婷还是利用拦网让全队以25比23拿下首局。第二局，中国队还是利用拦网挫伤了对手锐气，以25比15横扫。随后俄罗斯队夺回制空权，扳回一局。全场比赛，中国队拦网得分以21比16超出，说明封网的战术很准确。而且，两队拦网居然得到这么高的比分，可见网口竞争多么激烈。

在有效拦网的同时，中国队的发球和进攻，尤其是快攻很有威胁，这让中国女排占据上风。不过，俄罗斯队不愧为世界劲旅，第四局，她们以11比8领先。此刻，郎平用副攻手袁心玥替换体能下降的杨珺菁，夺回网口主动权。袁心玥的发球、高点快攻和拦网打乱了对手部署，中国女排将比分追成17平。俄罗斯队凭借拦网以19比17再度领先后，郎平果断换上二传手丁霞、改打接应的刘晏含，甚至用年轻的自由人王梦洁换下主力林莉。这是破釜沉舟的选择。“大换血”的中国女排再度打乱对手节奏，最终还是凭借拦网，以25比20艰难地拿下第四局。

郎平针对性部署和临场指挥堪称经典，在极度困难之下率年轻的中国女排以3比1

3比1击败俄罗斯队后，姑娘们兴奋地拥抱在一起

力挫劲旅俄罗斯女排。中国队拿下最后一分的瞬间，郎平兴奋得跳了起来，并和助教赖亚文拥抱。姑娘们更是跪在了场地上拥抱在一起，流下了激动的泪水。因为，只有击败俄罗斯队，中国女排才能将所有悬念保留到最后一天。

队长曾春蕾得到13分，表现十分出色。她说："我很骄傲能够和队友坚持下来，凝聚力是我们中国女排的传统和精神。当全队处于困难时刻，作为队长，我要把大家团结到一起，这种向心力一直存在。"拦网出色的颜妮说："我们贯彻了教练的意图，大家打得很出色。在集体里和可爱的队友一起作战，我感到骄傲与自豪。"在对手严密拦防下，朱婷依然得到全场最高的29分，不愧是"核武器"。她说："不管是首发还是替补，每个人都发挥得很好。我们一直在团结奋战，赢了就是最好的。"

郎平冷静地说："比赛打得很艰苦，球员表现非常好，我们关键时刻抓住了机会。不过我们不能庆祝得过早，因为还有最后一场与日本女排的比赛。"

9月5日本轮战罢，世界杯排名形势为：中国队9胜1负积27分终于跃居第一，塞尔维亚队9胜1负积24分升至第二，美国队8胜2负积25分列第三，俄罗斯队8胜2负积24分列第四，日本队7胜3负积22分列第五，可见对于冠军归属和奥运会资格而言，中俄女排一战结果使得形势有了明显变化。

就在今夜

跨越巅峰就在今夜！ 9月6日，2015年女排世界杯名古屋最后一战将在中国女排与东道主日本女排之间展开，只要击败日本女排，中国女排不仅将直通2016年里约奥运会，而且将时隔11年重登世界之巅。同时，郎平将作为主帅第一次带领中国女排夺取世界冠军，缔造不朽历史，实现人生的大满贯。

有人认为已经无缘直通奥运会和争冠的日本女排会"放水"，但这根本就不是日本女排的文化。日本女排是全日本国民骄傲的资本，她们曾夺取1964年东京奥运会冠军和1977年世界杯冠军，是世界公认的"东洋魔女"。只不过近几年，她们的实力有所下降。然而，为了迎接自己"家门口"的2020年奥运会，新一代日本女排正在崛起。日本队年龄并不大，尤其是新主攻手古贺纱理那才19岁，但技术细腻，手法多变。她们的二传手宫下遥和古藤千鹤，以及自由人座安琴希和佐藤澪都是为了东京奥运会储备的人才。副攻手岛村春世和大竹里步都很有特点，主攻手石井优希、内濑户真实、锅谷友理枝，在木村纱织实力下降时正在崛起。最抢眼的则是她们的左手接应长冈望悠，另外还有迫田沙织补充。

日本队是东道主，而且作风顽强，防守出众，快变犀利，绝对不是容易对付的对手。中国女排发球、拦网和进攻是击败日本女排的利器，只要发挥出自己最高的技战术水平，中国女排理应占据上风。曾春蕾说："与日本队的比赛是最后一场比赛，我们会兢兢业业，认真准备，冷静下来，踏实地把内容落到实处，一分一分地与对手拼到最后一刻。"

郎平的球员时代堪称完美，没有任何遗憾，从亚洲冠军到世界冠军，再到奥运会冠军，"五连冠"的辉煌无人能比。但是，郎平一直有一个遗憾，那就是从来没有带领过一支国家队登顶，如果从首次夺冠功臣到带队登顶，郎平将成为中国排坛第一人。

历史再度给了郎平机会。虽然年轻的中国女排远未成熟，但郎平的调教的确出类拔萃，临场指挥非常出众，姑娘们跟随偶像郎平一起奋斗，经历挫折才有今日之机遇。曾春蕾说："2012年伦敦奥运会之后，郎指导接手了我们，她让我们的能力有了全方位的提高。"

中国女排总共实现过七次登顶，但是自从2004年雅典奥运会之后，就再也没有登顶成功。现在，机会就在眼前，但最后的奋斗也最艰辛。战斗没有结束，世界杯没有结束。

重登巅峰

11年！重登世界之巅！

没想到，这最后一战如此荡气回肠，中日女排大战是整个世界杯的谢幕之战，也是所有悬念揭开的最后一战，而本场比赛的精彩激烈程度完全配得上万众瞩目。

能够容纳上万名观众的名古屋综合体育馆爆满，日本观众近乎沸腾的呐喊声，给了东道主日本队无穷的动力与激情。中国队发挥并非很好，但有效利用了网口高度，以25比17拿下首局。

但是，似乎有一种紧张气氛在中国女排身边蔓延。由于提前无缘冠军和奥运会资格争夺，没有任何负担的日本队发挥自如，尤其是长冈望悠和古贺纱理那的快速进攻让中国队拦网失效。锅谷友理枝的发球与其说打乱了中国队一传，不如说打乱了中国队的心态。日本队以25比22抹平了总比分差距。

第三局日本队更是以15比11领先，比赛到了生死攸关的时刻。郎平的暂停让姑娘们平静下来，凭借拦网压制了对手进攻。曾春蕾连续三次发球破攻十分关键，让全队以20比17领先。而后是朱婷的个人表演。终于，中国队以25比21拿下本局。

第四局挺身而出的是刘晓彤，她的强攻和攻击性发球坚决果断。日本队主帅真锅政义挑战鹰眼失败，中国队以22比19占据上风。最后魏秋月的登场充满了人情味，也正是她将球传给朱婷，朱婷才完成了铿锵有力的最后一击，以25比22拿下比赛。

中国女排在主帅郎平的指挥下以3比1力挫东道主日本女排，完成了一场历史性的伟大胜利，以11战10胜1负积30分的优秀战绩直通2016年里约奥运会的同时，力夺世界杯冠军，这是自2004年雅典奥运会夺冠之后，中国女排时隔11年重登世界之巅。这是中国女排第四座世界杯冠军奖杯，更是第八次登顶。郎平第一次作为主教练带领国家队夺取世界冠军，成就了中国排坛“铁榔头”的不朽传奇，被载入中国体育史册。

其实，这一次中国女排真的很难。惠若琪因伤病无缘世界杯，补充上来的张常宁有时发挥很好，但有时成为对手攻击的漏洞，于是刘晏含、刘晓彤又补充上来，但发挥也有起伏，有时只能是拆东墙补西墙。首战击败塞尔维亚队可谓死里逃生，朱婷带伤上阵击败韩国队可谓绝处逢生，力挫俄罗斯队可谓置之死地而后生，最后力挫日本队可谓重获新生。这几场球只要输一场，中国队不仅夺冠无望，也根本无法直通里约奥运会。带着这样一套残阵，郎平不仅冲进了里约奥运会，更是神奇般夺取世界冠军，简直不可思议。

颁奖仪式上出现了令人感动的一幕，球员们拿着无法前来的惠若琪和徐云丽的球衣合影，并一起高唱国歌，看着五星红旗升起。“小苹果”袁心玥说：“我们证明了自己，

时隔 11 年后，中国女排再次登上世界之巅

但未来我们会以更高的要求鞭策自己，因为更高的目标在等待着我们去实现。”朱婷说：“我们遇到了困难，大家顶得不错，全队和教练一起努力才赢得胜利。我是主攻手，必须承担更多，困难时队友也给了我莫大的鼓舞。”队长曾春蕾说：“最后一战跌宕起伏，取胜意义非同一般，这是更好的锻炼，我们收获了自信，未来会有长足的进步。”

中国代表团团长张蓉芳看到新一代女排登顶成功的那一瞬间，同样无比兴奋。她说：“感谢教练班子和全体队员，她们一起努力拿到了世界冠军，很不容易，在阵容不整且遭遇困境之下，大家再次拿冠军值得称赞。”

当初郎平和张蓉芳那一代人首夺世界冠军时，这些女排球员都还没出生。然而时

代变迁，女排精神薪火相传。张蓉芳拥抱了郎平，感叹道：“我们34年前第一次拿到世界冠军，我一辈子都不会忘记。现在看到她们，就看到了顽强拼搏的女排精神依然在延续。感谢队员。”

1981年女排世界杯就在日本，最后一个对手也是日本队，袁伟民率中国女排第一次夺取世界冠军，从而开启“五连冠”时代。2003年女排世界杯就在日本，最后一个对手也是日本队，陈忠和率中国女排重夺阔别17年之久的世界冠军，开启了中国女排第二个“黄金时代”。

真是机缘巧合，也是历史的相似，日本女排一直是中国女排崛起之路上强劲的竞争对手。年轻的中国女排顶住巨大的心理压力，以3比1击败东道主日本队而夺冠，实现了一次人生跨越，超越了自我极限，这让人们对中国女排的未来充满期待。

曾春蕾说："从郎指导她们那一代开始，女排精神就是我们的宝贵财富，在意志品质上激励着我们自觉地上升一个思想高度。这是一次困难和机遇并存的经历，很开心我们在最艰难的时候选择了坚强和乐观，从而取得胜利，赢得世界杯冠军。中国女排是个光荣集体，我幸运地在其中成长着、快乐着、积累着。我们将带着这份肯定，完善自身，直奔标杆。"

2013年，没有人愿意接手中国女排，是因为没有人对中国女排有信心，生怕干不好招来谩骂和批评。郎平挂帅中国女排，是顶着巨大压力的。如果说2014年世锦赛亚军出人意料，那么，这一次在人员不整的情况下夺取世界冠军更是让人振奋。在最需要信心的时刻，郎平承担起历史重任，也为2020年东京奥运会培养了人才。也许，郎平将开创第三个"黄金时代"。

"核武器"朱婷

中国女排在日本名古屋实现了重登世界之巅的梦想，并且第一时间直通2016年里约奥运会。冠军之师"核弹头"朱婷荣获本届世界杯最有价值球员，成为继孙晋芳、郎平、杨锡兰和冯坤之后，第五位荣获世界大赛最佳运动员的中国女排国手。正在冉冉升起的朱婷已成为中国女排未来的"核武器"，也被国际排联公认是未来的世界级球星。

与韩国队的比赛中，朱婷崴伤右脚。她坐在地上的那一瞬间，相信所有人的心都提到了嗓子眼儿。因为就连对手都很清楚，没有朱婷，中国女排就等于没有了决定命运的"核武器"。

当晚回到酒店，韩国球星金软璟专门来看望朱婷，这让朱婷非常兴奋。原来，金软璟是朱婷在国青队时的偶像。有一次，朱婷在比赛间隙想要见见金软璟，找到她的房间，可惜她在洗澡，害羞的小朱婷离开了。后来，金软璟主动招呼朱婷，朱婷马上拿了两张明信片和七八张纸让她签名。朱婷说："有一张是我想要的，剩下的都是答应国青队友和朋友的。后来，金软璟送了我一件球衣和一些零食，说是给我这个孩子的，弄得我特不好意思。”

那几天，朱婷总在笑。她说：“见到偶像很兴奋，本来就是想找她要签名，没想到她对我那么热情。她还嘱咐我，一定要注意伤病，好好加油。”这次，朱婷受伤，金软璟作为姐姐来看她，给了朱婷莫大的鼓舞。

凡是和朱婷接触过的人都知道，她特别不爱说话，和场上的激情四射完全是两码事。但是，接触时间长了，你就会发现，她是一个特别朴实的女孩，心里只有排球，这与她的家庭出身有关。

1994年11月29日，朱婷出生于河南省周口市郸城县秋渠乡朱大楼村。朱婷家里有五个姐妹，她排行老三。朱婷的父母完全没有运动竞技的经历，朱婷进入排球领域完全是因为她的身高出众，用她自己的话说：“我学习一般，老师看我个子高，能跑能跳，就推荐我去了周口市体校。”

2008年，河南省体校选拔苗子，朱婷符合“女子14岁以下、身高1.80米以上”的标准，于是来到了省体校。进入省体校之初，她只是在普通班训练，机缘巧合下朱婷进入了排球队，并对排球产生了浓厚的兴趣。

朱婷的家里有三亩地，爸爸是焊工，还会修车，主要经济来源依靠爸爸的手艺。朱婷说：“我们家孩子多，经济条件很一般。我妈说我的两个姐姐把苦都受了，到我这儿条件才好一点儿。我的两个姐姐都在无锡工作，要是我没有打排球，估计也就去投靠姐姐了。这些年我打球也没什么收入，都是在管爸妈要钱。现在终于能回报他们一点儿了，特别开心。等以后有能力了，

朱婷

我希望能帮爸妈改善一下生活。”说这些话的时候，朱婷还没进入国家队。

2013年对朱婷来说是神奇的一年，她从一个国青队的小孩一跃进入国家队，来到了偶像郎平的麾下，登上了世界舞台，成为中国女排的主力主攻手。2014年，世锦赛亚军成就了朱婷，同时也让朱婷的技术更加全面。身高1.95米的她灵活快速，心理素质过硬，作风硬朗，具备了成为世界球星的素质，堪称世界排坛几十年才出现的排球天才。

以前朱婷打球挣的钱几乎拿手指头都能数过来，直到2014年世界女排大奖赛的时候，她得了一笔奖金。虽然不是特别多，但朱婷特别高兴，全都交给了家里。她说这是她第一次给家里做贡献，感觉自己长大了。

刚进国家队的时候，朱婷的体重才70千克，太瘦了。于是，从河南省到国家队，再到郎平自己，均给朱婷制订了百般呵护的“饮食成长计划”，就像养大熊猫一样精致，因为她就是中国女排的“国宝”。

2015年去国家队集训前，朱婷的爸爸特意给朱婷炖了一头羊，她踏实地吃了两大顿。说起那头羊，朱婷满脸都是幸福感，她说这是爸爸为自己的身体做出的最大贡献了。朱婷这个孩子，就是这样简单而朴实。

为了保护这个“国宝”，郎平说对朱婷的使用要循序渐进，不能操之过急。她说：“朱婷需要跟其他人区别对待，因为她的体质不同，如果一味地加练会练伤，甚至可能造成不可挽回的后果。所以我从来不给她加班，她的成长还需要呵护。”

朱婷的训练水平和激素水平比别人都低，这种体质非常怕受伤。郎平说：“我们的球队有时进攻点单一，如果朱婷不下球，其他人就比较吃力。可如果每场比赛都靠她，那朱婷就太累了。”

朱婷说：“我特别高兴郎指导把我招进国家队。我发现郎指导和我在电视上看到的是两个样子。她那么有名，我以为她肯定是个很严肃的人，但实际上她给人的感觉特别温暖，不管在球场还是生活中都对我特别好。她经常给我从美国订购蛋白粉，我这人吃东西不长肉，蛋白粉真有用，补充营养加上训练，我现在终于长到78千克了。郎指导还给了我两条紧身裤，说我腿太长在国内不好买裤子。”

郎平说：“我不太愿意用朱婷和我来比较，因为时代不同，现在对运动员的要求更高，其实朱婷的进攻水平已经远远超过了我。她身材比较高，对于排球的理解和身体协调性都非常棒。中国队已经很多年没有出现这样的天才选手了。”

国际排联对朱婷有着这样的评价：朱婷是“超级球星”，是“不可思议的力量”，有望成为世纪主攻手和一代巨星。

从未退缩

中国女排夺冠回京之后，陆续参加了各种庆祝活动，在姑娘们抽出的难得的时间里，我也同曾春蕾、刘晓彤和朱婷进行了深聊，领略到了新一代中国女排姑娘们内心深处的感动，她们传承了女排精神，从来没有退缩过。

球迷肯定想不到，夺冠的那个夜晚，朱婷最重要的事情是找人签名。朱婷笑着说：“那天晚上，我拿着球衣找队友签名，因为大家又要暂时分开了，给自己留个纪念。”

朱婷最难忘的是与韩国队的那场比赛，她说：“我的脚崴了，虽然自己知道问题不大，不过大家来问候我、关心我，让我很感动。”

中国女排这个集体，给朱婷留下了深刻的印象。朱婷说：“中国女排很团结，很简单，大家幸福时在一起，困难时一起顶。这次我们阵容不整，而且还输给美国队。困难时大家拧成一股绳，这才渡过难关。”

朱婷成为本届世界杯的最有价值球员，可谓当之无愧。朱婷说：“其实，我没想到能得到这个荣誉，这是意外的惊喜，感谢国际排联给我的肯定。这个荣誉离不开队友的支持。大家仅看到我扣球得分，其实这是队友多少次倒地防守，并为我传球创造出来的机会。打排球让我重新认识了一个集体，拥有了更多的姐妹。郎指导也给了我温暖，给了我没想到的快乐。”

作为队长的曾春蕾第一个举起了冠军奖杯，她说在压力下走了过来，自己更成熟了。曾春蕾说：“当时我没有克制，也没想到我会那么平静。其实，战胜俄罗斯队时，我们更激动一些，因为俄罗斯队更难啃。2014年世锦赛半决赛战胜意大利队后，我们过于兴奋，没有控制好决赛的情绪，最终失去了冠军。所以，这一次，没到胜利时刻，比赛没有结束，就要继续奋斗。队长头衔是对我的一个考验，这次全队面临前所未有的困难，我也是临危受命。我不再是单纯的队员，困难时要坚毅，带动全队前进，更要具备这样的能力。刚开始，自己思想包袱太重，故步自封，而后破釜沉舟，从对韩国队那一场比赛开始爆发。”她还告诉了我一个小秘密：“一些关键比赛前，我喜欢戴上红星发卡，希望能带来好运。”

曾春蕾说没想到最后一场比赛后郎平嗓子都哑了。因为日本赛场很热烈，曾春蕾自己压力也大，太投入了，以至于在开新闻发布会时，才意识到郎平的嗓子哑了。曾春蕾说：“郎指导平时特别像妈妈，给我们细致的关心。但遇到挫折时，她又会变得更刚强、坚毅。”

提到女排精神，曾春蕾给出了自己的解读：“女排精神就是吃苦耐劳，团结协作。每个人都有个性，但遇到困难时就要一条心。逆境时我们充满乐观情绪，始终有信念，这也许就是从老女排传承下来的女排精神。”

同样来自北京的刘晓彤也立下战功，尤其是与日本队比赛的最后阶段，她顶住了压力，发球和进攻极具威胁，让中国队占据主动。刘晓彤感叹：“我很感谢郎指导带上了我。她很亲切，平时有说有笑，还能说很多贴心话，但是训练认真负责，对每个人都非常用心。这一次征战，我的收获很大。大家的努力，每天都让我印象深刻。夺冠的那一刻，我就像做梦一样。

“团结奋战，拿出所有正能量，相互支持，这就是中国女排。我这次主要是打替补，就要起到应有的作用。比赛中，我有一定的心理压力，尤其是前面起伏更大。面对后期这么困难的关键时刻，我想我要出一份力量。就这样，我发挥出了自己应有的水平，跟随全队夺取世界冠军。”

团队胜利

中国女排这样的残阵雄兵能够成功夺冠，郎平打造的14人的国际化复合型保障团队功不可没。

14名女排队员，14名教练团队成员，这样1比1配置的强大保障团队是中国女排从

夺冠也离不开教练团队的集体奋斗，离不开许多“无名英雄”的默默付出

未有过的。这样一个前所未有的国际纵队为女排的崛起立下了汗马功劳。

首先，领队兼助理教练赖亚文担任过多届中国女排的助理教练，对业务很熟悉。再加上她本身就是女性，所以对管理女排姑娘们的生活起到了不可替代的作用。助理教练安家杰曾是中国男排“黄金一代”国手、山东女排主帅，他对中国女排专项训练起到了身体力行的作用，尤其是对他最熟悉的接应二传手位置更是起到了重要作用。

其次，男陪打教练阵容也扩充到了历史上的空前程度，有包壮、袁灵犀、吴晓雷、于飞和李童五人。包壮从2001年起就担任中国女排的陪打教练，是一名经验丰富的老陪打。其他人则是针对不同的专项技术训练各有分工。吴晓雷是身材高大的副攻手，专门针对中国女排的副攻线建设进行训练。

除了陪打，袁灵犀还兼任队内技术分析。他负责收集对手的资料，此外，在本队的比赛中，他会在每局局末向主教练提供本队和对手的技术数据，让主教练更有针对性地进行布置。每次开赛前半小时，袁灵犀就拉着一个大拉杆箱走到指定的“技术区域”，熟练地架上摄像机，接好笔记本电脑，再连上打印机，为比赛数据采集做好准备。

袁灵犀说：“如今美国、巴西、意大利、俄罗斯等世界强队都在用这套最新的技术采集和分析系统，既能输出技术统计数据，又能制作技术录像。”

袁灵犀的电脑里是世界诸强的技战术文件库，每名队员的发球集锦、二传传球位置分析、重点球员在不同战术中扣球和吊球的习惯线路，这里全有。他感慨：“亚洲球队在情报这方面做得最用功的是日本队。日本技术统计员五台笔记本电脑一字排开，四个人分工明确。”袁灵犀非常忙碌，每次比赛中几乎都不喝水，因为没时间上厕所。有时，他要从早上7点工作到第二天凌晨2点。

后来，袁灵犀有了个好帮手——天津男排的队友于飞。2009年退役后，于飞进入天津女排青年队任助教。郎平上任后在全国范围内选拔陪打教练，于飞幸运入选。于飞说，能在女排这个光荣的集体尽自己的一份力，特别高兴。于飞协助袁灵犀做技术分析。这次女排世界杯，于飞单独负责搜集日本队所在组的技术数据，因此，直到名古屋站他才与队伍会合，并带回了最新的技术数据分析结果。既要录制比赛又要整理资料，于飞每天的工作时间基本在12个小时。

要说跟女排姑娘们“打”得最多的，就是来自江苏青年男排的大男孩、陪打教练李童。李童平时不爱说话，但因为长得帅，总能收到当地女球迷的合影要求，这让腼腆的他有些不好意思。李童的任务是模仿各国的主攻手，比如金软璟、科舍列娃、木村纱织等，锻炼中国女排的防守能力。他笑称，自己学会了世界顶级女排主攻手的技术。

队员身体保障方面，除多年担任中国女排队医的卫雍绩和王凯大夫之外，还有来自美国的体育科研团队，包括医师何盛云、体能教练瑞特、康复师布瑞特尼和格莱格。瑞特的体能训练还包含瑜伽，让队员在生理和心理上得到加强和恢复。康复师布瑞特尼和格莱格对按摩以及高强度比赛之后的身体恢复很有一套，他们用行动支撑了姑娘们的体能。

中西方合作为中国女排提供了强大的医疗保障，再加上有先进的技术团队，这些因素保证了中国女排东山再起。在科技高速发展的今天，成功绝对没有那么轻松，因此，郎平打造的这套团队更是中国女排走向成功的关键。

13 | 谁去里约

新人涌现

2016年最重要的体育赛事就是里约奥运会，这也是当初郎平挂帅的终极目标，谁能参加里约奥运会也是最大的焦点。有趣的是，郎平挂帅以来，国家队每年都会涌现一名有潜力的新人——2013年是朱婷，2014年是袁心玥，2015年是张常宁。2016年，还会有让人眼前一亮的新人吗？

当今世界排坛，接应和主攻位置的界线越来越模糊，两个位置上的优秀选手可以互换。2016年，攻击群最抢眼的是江苏队19岁的接应龚翔宇，她在联赛中的后排进攻相当出彩。中国女排需要接应的右翼进攻。然而，龚翔宇的加入，对曾春蕾是一个巨大挑战，如果出现问题，就会被龚翔宇替换。

龚翔宇

郎平说："龚翔宇从来没有代表国家队打过比赛，我也照样会练她。我这样说，并不是非要她征战里约奥运会，而是未来需要这样的年轻人，国家队需要长期的规划。我们的目光不仅放在2016年的奥运会，有新人就要大胆去培养。2015年，我们的队员接连遭遇伤病，这次招来这么多球员，就是因为未来什么事情都有可能发生。如果再出现突然受伤、生病或状态不好的情况，我都有人可替换。”

龚翔宇眼睛大大的，刚刚过完19岁生日的她还是个孩子。她说自己根本没想到此刻就能被郎平选进国家队，也根本没想过要和姐姐们拼争里约奥运会的资格，因为自己是队里最小的一个，经验也不足。

其实，龚翔宇谦虚了，她的到来让全队攻防速度提升了一个档次。6月12日在宁波举行的世界女排大奖赛分站赛，龚翔宇的表现非常抢眼。有人说她欠缺国际比赛的经验，但她无所畏惧的气质恰恰是中国女排所需要的。而且，不得不说，郎平果然不俗，敢于在面对美国女排这样的强队时，让龚翔宇打接应二传手，并首发出场。

可是，郎平会带龚翔宇去里约吗？她太年轻了吧？

竞争惨烈

2016年1月19日，新婚不久的郎平公布了2016年全年中国女排26人大名单，2015年世界杯夺冠的14名队员全部入选，但郎平不会放过任何一名有潜力的年轻人。不过，入选大名单并不代表万无一失，因为最终只有12人才能去里约奥运会，竞争的残酷性可想而知。

郎平这位国际化大师从不会拒绝一切科学的训练手段。在中国女排的“娘家”漳州基地，郎平就用了一套从国外引进的发球设备，它可以设定发球和扣球的力度和速度，主要是为了练习球员的一传和防守。不过，面对有时时速为100千米的球，队员还真是害怕，不一会儿，胳膊就有些发青。郎平要求每个人都敢于迎接来球，不要因为害怕就躲避，奥运会赛场没有躲避的空间。

徐云丽、杨珺菁等人伤愈归队，这也预示着队内的竞争更加残酷激烈。全队经常从上午8点30分开始训练，到中午1点才能吃饭，下午有不同的内容，有时晚上也要加练。而且，为了增强每个人的细节作战能力，教练组还会进行专项分组训练。全队训练强度之高一度让队员有些吃不消，但是，为了那出征里约奥运会的12个名额，大家都在坚持，没有一个人说苦。“三从一大”训练思想是门科学，而核心是一切从实战出发。

在宁波和日本队打的第一场对抗赛，中国女排经过艰苦的努力才以3比1取胜，而主攻手刘晓彤则是比赛中最耀眼的那一抹亮色。刘晓彤能够首发登场多少有些出人意料，因为以前的刘晓彤恐怕不要说首发，能够进入替补名单都是奢望。令人欣喜的是，刘晓彤用行动证明自己正在蜕变。

2014年意大利女排世锦赛，刘晓彤在不多的出场时间里发挥出色，起到了一名替补的作用。2015年世界杯，尤其是对日本队的最后一战，刘晓彤表现非常出色，从而登上了世界冠军宝座。

时光来到2016年，刘晓彤保持了大力跳发球和进攻特色的同时，在一传、防守和串联，以及思维意识和脚步移动方面均提升了一个层面。刘晓彤说：“要说强攻，能力比我出色的大有人在。我要从保障环节做好，就是对这个位置的贡献。郎指导也是比较看重我的一传和防守。”刘晓彤给自己定了位，努力向全面型主攻手的方向发展，这也是在激烈的竞争之下被逼出来的。

中国队与日本队不止打了一场热身赛，而比赛的目的就是观察球员。郎平谈了自己的看法：“比赛主要是锻炼自己，尤其是拦防转换。日本队的特点是打吊结合，我们拦防转换比较困难。虽然从比赛结果看，我们是赢了，但我们打得比较艰苦，这对于我们来说也是锻炼。”

中国队的保障环节还不太令郎平满意，她说：“日本队虽然身材矮小，但防守非常好，如果我们的进攻一旦开网，没有速度的话，基本上都能被对手防起。这就需要我们有一些变化。我们也想打出一些快变，但我们的一传保障如何是一个问题。”

魏秋月终于归来，而且首发登场比赛，她感叹道：“比赛前夜，当郎指导告诉我准备首发时，我非常激动和兴奋，毕竟从2014年世锦赛之后，我就一直没有在国家队首发过。我非常珍惜这样的机会，这在漫长的康复过程中给了我一定的肯定和信心。”郎平说：“魏秋月练习一段时间了，我主要是让她和队友配合一下，找找比赛的感觉。她的表现基本上还可以，但在传球配合上有一些问题。”

另一名二传手丁霞之前有个不足之处，就是替补出场往往能够完全发挥，首发反而未必能够发挥出全部水平。这次在与日本队进行的第二场比赛中，郎平索性让丁霞首发登场且打满全场。丁霞快速灵活的组织让中国女排实现了加速度，而以快速见长的日本队居然完全处于被动，这更是中国队3比0完胜对手的根本原因。每次出场后，丁霞都能带动起全队的进攻速度。这样一来，郎平心里有底了。

还有一名著名的伤兵还没回来，她就是昔日队长惠若琪。郎平说："至于惠若琪，这要看她的恢复情况到底如何。从目前来看，伤兵们恢复得还可以，但还没有达到完全康复。现在距离里约奥运会还有三个月，我们不能满足于目前的恢复，因为奥运会的比赛要求很高。所以，我希望大家能有所进步。"当我问郎平时间是否够用时，郎平直言："时间其实不够用，但我们只能尽力。"

你永远不知道郎平会出什么牌，这才是世界名帅郎平让对手感到恐惧之处。4月27日，郎平出人意料的首发，给大家呈现出了激情四射且高快结合的中国女排，尤其是首次入选国家队的接应二传手龚翔宇第一次打满全场让人眼前一亮。中国女排取得中日对抗赛三连胜，感觉就一个字：快。

6月17日，"消失"一段时间的曾春蕾在世界女排大奖赛澳门站登场了，而且表现还算不错。曾春蕾因身体原因缺席了多场比赛，如果还不能在澳门站、美国站以及总决赛中有出色表现的话，作为中国女排队长的她未必能去得了里约奥运会，"大花蕾"真到了自我拯救式绽放的最后关头。

打破魔咒

6月19日，这场世界女排大奖赛澳门站的胜利意义非凡——中国女排以3比0完胜巴西女排，从而终结了自2008年以来八年不胜巴西女排的尴尬历史。赛后，郎平主动拥抱了自己的队员。

本场比赛也许会成为中国女排扭转与巴西女排交锋一直处于下风的历史转折点。2014年女排世锦赛还以0比3惨败，经过两年的时间，中国女排就能完胜全部主力阵容出战的巴西队，郎平体现出了世界超一流主帅的水准。在里约奥运会之前，郎平就要力争赢一次巴西队，否则，一旦在巴西遭遇巴西队，中国队员的心理阴影会更浓。

从2008年开始，巴西女排在主帅吉马良斯的指挥下接连夺取2008年北京奥运会冠军和2012年伦敦奥运会冠军，塔伊萨、法比亚娜、谢拉、杰奎琳等一批世界级球星达到了事业的巅峰。巴西女排迎来了“黄金一代”。

八年来，巴西女排连续18次在正式国际比赛中击败中国队，而且多次以3比0横扫，中国队每局的得分不超过20分。中国队技战术体系上惧怕快速多变的巴西队，心理上也惧怕经验丰富的巴西队——巴西女排成为中国女排难以逾越的高山。

自带队以来，郎平面对完败巴西队已经坦然，因为现在的中国女排还没到能够和巴西队抗衡的水平。但是，2015年，郎平带队在不被看好的情况下一举夺取世界杯冠军，极大地提升了年轻的中国女排的士气和信心。中国女排正在发生蜕变。

这次，郎平又派出一套试验型阵容对阵巴西女排。面对巴西女排这座高山，中国女排位置摆得很低，心态

2016年世界女排大奖赛澳门站，中国队3比0战胜巴西队，终结与对手8年18连败的纪录。比赛结束后，惠若琪与郎平相互击掌庆祝

非常好，全力去冲击对手。开局，士气高昂的中国女排以5比0大比分领先，针对性拦网压制了对手快速平拉开进攻。25比23拿下首局让中国队拉开反攻的序幕。

第二局，朱婷被对手严密限制，中国女排陷入僵局。郎平果断用丁霞换下沈静思，加快进攻速度。朱婷连续成功的发球击溃对手防线，丁霞的发球也打乱了对手的节奏。凭借出色的发球带动拦网，中国队以25比16横扫第二局。

第三局，年龄老化的巴西女排步履沉重，中国队完全占据上风，进攻四处开花，拦网压制了对手。中国队以25比20拿下本局，总比分3比0完胜巴西队，用自己的努力和进步改写了历史。

虽然这并非奥运会、世锦赛或世界杯赛场，但在里约奥运会之前能够击败一次巴西队，绝对树立了中国女排冲击奥运会顶峰的信心。

6月26日，中国女排结束了本年度世界女排大奖赛所有分站的比赛，9战8胜1负战绩相当出色。关键是中国女排经受了非常好的锻炼，主帅郎平做到了心中有数，也明确了里约奥运会的前进方向。

谜底揭开

7月18日下午，郎平最终做出决定，里约奥运会大名单谜底揭开，惠若琪和龚翔宇搭上了末班车，而曾春蕾遗憾落选。就是这份大名单，让外界讨论了许久，而球员们更是为之奋斗了四年。

不少人都动过是否有必要带三名二传手的念头，因为二传手位置没有一个人能够让人放心。

光有优秀的攻击手，但没有优秀的二传手，等于球队失去了大脑。多年来，在魏秋月因伤缺阵之后，中国女排二传手位置始终是一大不稳定因素。不断征战国际比赛，让替补二传手丁霞逐渐走上台前，她加快了全队的进攻速度。很快，丁霞预订了一张去里约奥运会的机票。

如果论经验和技术，老将魏秋月无疑是最出色的，但魏秋月手术后的恢复不太理想，她也始终没能在国际比赛中达到很高的水准。但郎平一直没有舍弃魏秋月，因为里约奥运会二传手需要的是国际大赛经验和对比赛的掌控力。

2016年瑞士女排精英赛，在没有多少主力的情况下，魏秋月带领一群替补球员居然夺取冠军，这印证了郎平思维的正确性。在一次与泰国队练兵时，郎平派魏秋月首发登场，让她带动“朱袁张”进攻组合。魏秋月的出色发挥，让“朱袁张”的攻击力达到了最大化，这才是郎平心中的最佳阵容——一员经验丰富的“奥运三朝元老”带动年轻的攻击手向前冲，中国女排才能爆发最大威力。

再说惠若琪，这也是一个奇迹。惠若琪前前后后总共经历了三次大手术（一次左肩，两次心脏），尤其是两次心脏手术，可以说惠若琪在“鬼门关”上走了一遭。惠若琪说：“记得第一次心脏手术，我被推进去的时候，感觉天空都关闭了。而且，后来我听医生说，我的心脏有一段时间停止了跳动，是医护人员用高超的医术将我挽救了回来。”说起那次手术，惠若琪至今心有余悸。

惠若琪做第二次心脏手术时距离里约奥运会只有五个月。她找到郎平，哭着说自己可能无法去里约了。郎平当时也哭了，但她鼓励惠若琪，只要自己的梦想不灭，就有希望登场。郎平的话给了惠若琪莫大的鼓舞。不过，惠若琪的第二次心脏手术同样是生死时刻。医生要将她多余的心肌烧掉，手术中，惠若琪都闻到了烧焦的味道，她又晕了过去。后来，惠若琪说：“几乎‘死’过一次的人，逃出生天之后会更感恩生活。”

可是，惠若琪能去里约奥运会吗？心脏再出问题怎么办？她能够扛负奥运会的高强度比赛吗？然而，就是凭借着不断追求，凭借着积极训练，惠若琪一直在追赶队友的脚步。她真不想错过这次奥运会，也许对于她而言，里约奥运会就是在国家队生涯的最后一战。最后一刻，郎平选择了惠若琪，但这一定是一次非常艰难的选择。

然而，有一个人最遗憾，她就是曾春蕾。曾春蕾2015年还以中国女排队长的身份在日本捧起了世界杯冠军奖杯，如今居然无缘里约奥运会，这多少令人扼腕叹息。

曾春蕾一直是中国女子排坛出色的接应二传手，在定点后攻和强攻方面，无人能出其右。自从2012年伦敦奥运会之后，曾春蕾的竞技水平逐步迈向巅峰，她先后随队夺取2014年世锦赛亚军和2015年世界杯冠军，是主帅郎平麾下一员得力战将。

但就在2016年，小将龚翔宇体现出巨大的发展潜力。网口高度不错，打球充满激

2016 年 7 月 29 日，主帅郎平带领中国女排奔赴首都机场，中国女排正式出征里约奥运会，许多球迷来到天坛公寓为她们送行

情，对手对她还不是很了解，诸多因素让龚翔宇脱颖而出。

若国家队主帅是一名常规型主帅，即便龚翔宇表现再出色，也不太会动带她去里约的念头。但郎平恰恰是一名国际化名帅，眼光独到，思维敏捷，角度客观，在一切以业务为出发点的前提下，她带上了初出茅庐的希望之星龚翔宇。不管是因为伤病原因，还是心理原因，曾春蕾现阶段状态的确不佳。郎平纠结了很久，最后舍弃了跟随自己一路拼搏的曾春蕾。这个结果对于曾春蕾而言，过于残酷了，这无疑是她人生中的一大挫折。

保持清醒

中国女排参加奥运会名单公布之后，主帅郎平这一刻真正剑指里约了，疯狂刺激的“里约大冒险”就在眼前。然而，世界杯冠军的身份难免会让队员摆不正位置，但身处奥运会“死亡之组”，中国队的形势非常严峻。队员们还未成熟，让她们始终保持清醒难度极高。

里约奥运会女排分组为A组：巴西、俄罗斯、日本、韩国、阿根廷、喀麦隆，B组：

美国、中国、塞尔维亚、意大利、荷兰、波多黎各，每个小组前四名将晋级八强淘汰赛。中国队所在的B组除了波多黎各队之外，各队之间实力相差不大，都有可能出线。

2013年，郎平挂帅。短短三年多，郎平率领中国女排达到了非常高的历史高度。但是，若以奥运会冠军的高度审视球队，当时的中国女排的确还不成熟，技术环节仍有漏洞。因此，2016年，中国女排遇到了极大的挑战和巨大压力。当然，这也是突破另一个瓶颈期的必由之路。

中国女排身材高大，技术越发全面，但一传不稳始终是个顽疾。排球是一环套一环的，一传一旦不稳，即便有朱婷这样的“核武器”也未必能得分。各队都到了备战奥运会的冲刺阶段，自身竞技状态提升到了一个很高的层面，而且，各队都针对朱婷进行了战术布置。朱婷一旦被限制，我们就会缺少“主心骨”，战术也显得单调。

不少人都渴望中国女排能够在里约夺冠，这样的心情可以理解，不过冷静地分析，中国女排目前还不是世界第一，更不具备世界第一的绝对实力。当然，这并不意味着中国女排不会在里约夺冠，姑娘们依然具备冲击金牌的机会和可能。

2014年世锦赛和2015年世界杯，中国女排都是在不被看好的情况下一路拼杀，最终取得佳绩。这一次则不同，各队都把中国队当作世界冠军去冲击，因此，中国女排要做的是摆正位置，忘我搏杀，打出女排精神。至于结果，最好不要有多余的想法。

14 | 里约奇迹

绝处逢生

郎平日后这样说："里约奥运会对于我们来说，简直就是一个奇迹，一个不可思议的奇迹。"

中国女排的里约之旅，简直可以用"九死一生"来形容。

"死亡之组"的开局，中国队就与荷兰队展开五局鏖战，最终以2比3惜败于对手。随后，中国队分别以3比0击败意大利队和波多黎各队，得到了一丝喘息之机。

然而，8月12日，中国女排0比3脆败于劲旅塞尔维亚队。一天后，中国队又以1比3负于美国队。这样，中国队只能以B组第四名的成绩勉强晋级八强，并不得不在1/4决赛中遭遇A组全胜且不输一局的东道主巴西女排。巴西队不仅是上届冠军，其实力也在中国队之上，这次又是东道主，一切因素都对中国队不利。不在沉默中灭亡，就在沉默中爆发。强大的对手，现实的残酷，最后一场的危险，逼迫中国女排把这一次比赛当作决赛来打。

与巴西队大战之前，中国队内部非常压抑，大家总感觉之前的比赛没有打好，也没有发挥出自己的全部水平。对阵巴西队，我们的胜算在哪里？没人能说得出来，因为这几乎是一场必死的对决。

对决巴西队之前的最后一次训练结束之后，大家把一半的排球放了气，收了起来。

郎平还招呼大家一起拍了合影，赖亚文已经开始打听从里约回北京的航班时间。一切的感觉都是要回家了，但这次回家不是欢天喜地，而是带有遗憾。

那个夜晚，大家感觉非常漫长，都在从自身找问题。尤其是朱婷，过于自责，她总觉得自己做得不够好，因此没有让全队发挥出全部水平。一时间，气氛压抑到了极点。谁也没有想到，就在沉默之际，平时言语不多的魏秋月突然大声地说道："我是老队员了，这是我最后一次打奥运会，也是最后一次代表中国女排征战。你们还年轻，还有机会代表中国队比赛，但我不会再有！我不希望我的国家队生涯就这样结束！从巴西队开始，每一场比赛都是决赛，我们没有任何退路了，我要拼杀到底！不留遗憾！"

魏秋月的爆发，让张常宁张大了嘴巴，就连老队员徐云丽都惊呆了。徐云丽说："我们当了那么久队友，真没想到魏秋月居然如此爆发了，太震撼了！她的言语一气呵成，气势如虹！"其实，当时的中国女排缺少的就是这样的信念。将复杂的东西简单化，反而觉得通透了。

中国女排也只有"向死而生"，抛开一切杂念，才能迸发出超乎顽强的女排精神，才能书写出人生中最灿烂的篇章。我们这次的梦想也许真的是夺冠，但通过一系列的比赛又发现自己并不具备夺冠的所有条件，所以，我们打得十分纠结，甚至是痛苦。当我们无路可走，在绝望中放下一切，才能释放出最强大的自己。

当地时间8月16日晚，中巴女排对决在里约打响。整个体育馆爆满，巴西球迷的呐喊声几乎将体育馆的顶棚掀翻。首局，实力强悍的巴西女排以25比15横扫中国队。

这一刻，人们似乎感觉中国女排即将离开巴西了。郎平开始应变。第二局，魏秋月担纲二传，张常宁出任接应。凭借娜塔莉亚和费·加雷打吊结合连获5分，巴西队瞬间从1比3落后到6比3反超。郎平又派出拦网出色的副攻手颜妮。但朱婷被拦，中国队6比11落后，情况似乎并没有好转。

娜塔莉亚和塔伊萨可能多少有些松懈，导致接连失误，而惠若琪和张常宁接连下分。中国队追成11平。巴西队又以14比11领先，徐云丽和朱婷让中国队追成了14平。娜塔莉亚和费·加雷接连反击成功，巴西队以20比17反超。

此刻，中国队几乎到了生死时刻，如果让巴西队拿下第二局，气势如虹的巴西队主场很有可能3比0结束战斗。

在大家的共同努力下，中国女排绝处逢生，以3比2淘汰上届冠军巴西队。生死战后，所有人都欣喜若狂

全队到了必须做出改变的时候，郎平开始接连换人。丁霞和刘晓彤先后登场，正是她们让全队将比分追成21平、23平。关键时刻，朱婷挺身而出，依靠强攻和拦网，让中国队以25比23险胜第二局。

第三局，郎平彻底做出改变，副攻手颜妮和主攻手刘晓彤首发。中巴两队展开厮杀，而刘晓彤成了奇兵。刘晓彤反击，让11比13落后的中国队追成13平。对手追成17平后，刘晓彤自接自扣，朱婷拦死谢拉，中国队19比17反超。打开局面的中国队，凭借朱婷一锤定音，以25比22再胜一局。

这个时刻，比赛气场有所改变，巴西队总成为落后的一方。随着比赛的进行，东道主巨大的心理压力让巴西队开始犹豫。可惜的是中国队未能抓住机会，让巴西队以25比22取胜，双方总比分打成2平。

决胜局打响了。娜塔莉亚进攻出界，中国队8比7领先交换场地。刘晓彤发球破攻，造成对手无攻，朱婷进攻命中，中国队9比7领先。法比亚娜的快攻和费·加雷的反击得手，巴西队追成10平。朱婷一攻命中，张常宁发球破攻后朱婷反击成功，中国队12比

10领先。心理压力过大的谢拉发球下网，中国队14比12拿到赛点。法比亚娜快攻追至13比14，郎平叫暂停。现场气氛令人窒息。

就是这个暂停耐人寻味。郎平部署了进攻战术，一传稳定，然后打徐云丽二号位背飞快攻这个点，从而解决战斗，拿下比赛。因为，当时中国队最强攻击点朱婷在后排，并未在她最擅长的前排四号位，所以全队要采取最踏实的方式展开进攻。这也是大家暂停时达成的共识。

比赛继续，所有人的心都提到了嗓子眼儿，时间仿佛都静止了。对手发球过来，中国队一传稳定之际，我的脑海中出现了中国队全队都开始相互跑动掩护，魏秋月移动中背传二号位，徐云丽跑动腾空右手快攻……

然而，中国队一传稳定之际，几乎所有人都在配合魏秋月和徐云丽战术跑动。可就在这一瞬间，突然变了。魏秋月回忆道："当时，全队的确是按照郎指导的部署在移动。但是，就在对手准备发球的一瞬间，我回头看了一眼，和站在后排的朱婷眼神交汇。她坚定地向我点了点头，给了我信心。"

当徐云丽跑二号位背飞快攻时，巴西队队员也开始快速移动，准备对徐云丽的进攻展开拦网。如果拦死徐云丽的进攻，巴西队就将追成14平，从而扭转战局。

然而，魏秋月突然将球传向空中三号位远网位置，腾空而起的朱婷后三进攻（后攻），雷霆一击。巴西队不愧是奥运会冠军，这一瞬间居然有两人快速移动并位拦网，无奈魏秋月和朱婷的后攻配合速度快，拦网队员的手并未完全并紧。球弹在了拦网队员的手上，飞出场外。

15比13！赢了！中国女排3比2力挫上届冠军巴西女排，将东道主淘汰出局！中国女排姑娘们眼含热泪，兴奋地跳着，拥抱着。郎平振臂一呼，向全队竖起大拇指。中国女排淘汰巴西队，挺进了里约奥运会四强，创造了一个不可思议的奇迹！

本场比赛朱婷豪取28分，替补接应张常宁力夺15分，替补登场的副攻颜妮贡献11分，主力副攻手徐云丽和主打后三局的主攻手刘晓彤均进账9分。巴西队主攻手费·加雷得到24分，娜塔莉亚和接应谢拉分获20分和18分。中国队把位置彻底摆低，全力以赴，把本场比赛打出了决赛味道，以精神面貌带动出原本具备的技战术水平。郎平指导针对性部署很强，限制了巴西队，并不断给东道主施加心理压力。

我们的发球终于奏效，拦网终于抑制住对手，我们的进攻终于打出了立体味道。郎平指挥得当，朱婷第一个杀了出来，刘晓彤第二个杀了出来，张常宁第三个杀了出来，而后颜妮、徐云丽、林莉都很出色，尤其是二传手魏秋月打出了气势。经验丰富的二传手都很清楚，关键时刻将球传给本队最强攻击点是最佳选择，目前的这个最强攻击点就是朱婷。不管朱婷在前排还是后排，只要到位，就能爆发。魏秋月领衔全队胜得漂亮。

中国女排终于释放了自己。她们不是没有实力，而是过于压抑，没能体现出全部水平。而淘汰东道主巴西队，让自己得到了释放。这一刻，我感觉，不管接下来的对手是谁都无所谓了，因为姑娘们终于杀了出来。北京时间8月19日上午，中国女排将与荷兰队展开半决赛，争夺决赛权。其实，我个人觉得，小组赛战胜过中国队的荷兰队，已经无法阻挡我们进军决赛的脚步。

郎平的一番话也成为经典："女排精神不是赢得冠军，而是有时候知道不会赢，也要竭尽全力。女排精神不会因输赢而改变。没有最好的个人，但是可以有最好的集体。虽然我可能水平比你低，但不能让你随便欺负。只要一直努力，好运就一定会向我们招手。"

朴实的"刘铁锤"

眼睛不大却很有神，性格开朗，总爱开玩笑，曾经只会扣斜线的"一根筋"刘晓彤，如今却在飞速进步。2014年世界女排锦标赛拿下亚军的经历，让刘晓彤的水平提升了一个层次，而2015年世界杯冠军让刘晓彤实现了自己的世界冠军的梦想。这个曾经普通的中学生想都没想过，有朝一日她会成为中国女排光荣的一员，还能到世界大赛的赛场夺取奖牌。

可谁会知道，这位当红国手曾差点儿与排球擦肩而过。

1990年2月16日，刘晓彤出生在吉林省敦化市。因为小时候身材较高，父母希望她去打排球。刘晓彤说："我的父母是一对排球迷，一看我长得高，就让我去打排球。当

刘晓彤

时，爸爸妈妈比我自信，他们说通过打排球是有可能改变人生命运的，没准我还能成为又一个郎平呢，而我只是吐吐舌头。我的三姨一家在北京，我爸妈就想着我能否到北京寻求出路。”

后来，刘晓彤在三姨和姨夫的帮助下，来到什刹海体校排球班报名试训，可没考上。当时的什刹海体校排球班实际就是木樨园体校排球队（北京女排一线队）的梯队，考试失败意味着刘晓彤与竞技排球无缘了。

但天无绝人之路。北京101中学刚好成立了排球队，刘晓彤赶忙去参加测试。她说：“虽然那时我对球没什么感觉，可就是因为身材还行，最后我考上了101中学。我当时的目标就是通过打球和上学，争取在北京能找个工作。如果有机会上了大学，那我再争取到国外留学。”

谁也没想到，刘晓彤居然在读高二时被时任北京女排一线队主帅的林榆廷和领队王卫军看中。当时101中学的排球教练是任过八一队教练的韩云波，而林榆廷也在八一队待过，因此要寻找排球队员时，林榆廷找到了韩云波，并将刘晓彤挖到了北京女排。

刘晓彤到今天都想不明白，她这个被什刹海体校拒绝的人，还能有机会进入北京女排。“我在101中学上学时，还常和同学们到光彩体育馆观看北京女排的比赛。当时北京队中有冯坤、董颖、白云飞和陈洋等。她们球打得真好，在我眼里，人人都是明星。所以当听到自己进入北京女排时，仿佛在做梦，那种感觉没法用语言来表达。”刘晓彤说。

实际上，当时的北京女排正处于困难期。刘晓彤说：“当时北京女排已出现了人才断层，队员不是大，就是小。虽然北京队很困难，但能来到这里，也乐得我够呛。困难也有一个好处，就是大家能在清苦中一起奋斗，携手走出困境。而对于我来说，更没想会以这种形式完成了一次‘曲线救国’——在断了进入北京一线队念头的时候，命运却把我送进了我日思夜想的北京女排。”

刘晓彤一直有一个难以改变的缺点，就是死板的动作和粗糙的技术，只知道在四号位扣球，似乎其他事和自己无关。直到2010年蔡斌执教北京队，刘晓彤才彻底改变了。刘晓彤说：“以前我的技术动作非常简单，只会进攻，是蔡指导让我在发球、小球串联和防守等环节上都取得了进步。”蔡斌执教时期，刘晓彤进步神速，创造了属于自己的“晓彤时间”。回忆当时的情形，刘晓彤感慨地说：“随着我慢慢地成为主力，身上的压力也逐渐增大。在这个过程中，我的心态时有变化，比赛中表现波动很大。蔡斌指导来队后，从各方面抓我的技术，让我进步很大。”

经历过挫折和迷失，进入2014赛季后，刘晓彤逐渐恢复了自信，再度成为那个人见人爱的“刘铁锤”。她的发球能直接得分或破坏对方的一传体系，尤其是四号位的强攻恢复了往日的雄风，直线和斜线的灵活运用，让“刘铁锤”更具威力，也是刘晓彤进步的新标志。

刘晓彤一直是中国女排的“边缘人物”，但2014年郎平带着她一路征战，赢得了世界亚军后，刘晓彤今非昔比，她的能力、素质与信心正在悄然发生着质变。不管是对北京汽车女排，还是对中国女排来说，这都是一件幸事。

刘晓彤毫不避讳“边缘人物”的说法，她说：“我一直在国家队边缘游离着，这是事实。但2014年我在国家队的经历，对我帮助极大，连我自己都没想到我的进步会如此明显。我感觉郎指导的执教理念比较前卫，训练手段非常有针对性。郎指导对我寄予了很大希望，这对我是莫大的鼓舞。从一开始一群主攻手一起训练，后来打到大奖赛，再到世锦赛，我慢慢地成了主力替补主攻手。郎指导对我倾注了很大心血，我不会忘记在世界女排大奖赛总决赛上，郎指导大胆让我出任主力主攻手，放手锻炼我。这个机会太难得了，对于我打好后面的世锦赛有很大帮助。可以说，2014年郎指导对我的帮助实在太大了，我非常感谢她的提携。”

在女排世锦赛上，只要刘晓彤出场总能起到扭转乾坤的作用，即便与美国女排进行的决赛中，刘晓彤的登场也让人眼前一亮。郎平的现场指导让刘晓彤开了眼，如同打开了一扇窗户。刘晓彤说：“是郎指导让我的思想发生了变化，让我对排球的认识上升了一个层次。”2015年若不是队员伤病过多，刘晓彤都没有参加世界杯的资格，但就是这个刘晓彤，在最后一场与日本女排的关键比赛中立下战功，让中国女排如愿夺取世界冠军。

可是，刘晓彤依然是“边缘人物”。但刘晓彤最可贵的就是踏实、勤奋、肯努力。2016年，刘晓彤在“下三路”的保障环节进步不小，这也让郎平最后时刻依然没有忘记她。刘晓彤认为自己从小到大都是幸运的人。她说：“虽然我的每一点进步都付出了努力，但我也要感谢成长之路上遇到的很多贵人。从学校到专业队再到国家队，我一路碰到了不少好教练，他们对我的帮助都很大，我感觉很幸福。”

保障环节不如惠若琪，强攻绝对实力不如朱婷和张常宁，而且经常在边缘徘徊，但郎平在每次关键征战中都派刘晓彤上场，而且屡立战功。里约奥运会，刘晓彤依然不是“核武器”，但这个奇兵的爆发，就是中国女排的幸运。在参加里约奥运会的女排姑娘中，只有朱婷、袁心玥、魏秋月和刘晓彤四人跟随郎平参加了所有国际大赛。

虽然总被广大球迷认为是“边缘人物”，而技术相对全面的刘晓彤却不可或缺，并成为郎平的奇兵乃至吉祥物一般的福将。

挺进决赛

北京时间8月19日上午，里约奥运会女排半决赛，中国女排与崛起的新军荷兰队打出了一场精彩激烈的高水平对决，郎平率领中国女排在极度艰难的环境中顽强作战。

整个2016年，朱婷遭遇了各路豪强极大的阻击，每支球队都利用高水平的拦防压制她，她也陷入了十分困难的境地。然而，中国队还是要靠朱婷去攻城拔寨，朱婷只有突破自我才能让中国女排打开局面。

荷兰队崛起脚步加快，逐渐具备了击败世界一流强队的实力。她们从来没有打进过奥运会四强，因此对胜利同样充满了渴望。无论是心态还是斗志，中荷两队表现都很出色。

这样的淘汰赛，首局非常重要。荷兰队冲击力很猛，中国队一传体系不稳，被荷兰队以12比5领先。郎平不会坐以待毙，迅速采取两点换三点战术。中国队用发球打乱了对手一传体系，将比分追成9比12。而后的舞台属于朱婷一个人，哪怕全场一点攻，哪怕对手严密拦网，朱婷还是杀了出来，体现出“核武器”的价值。中国队以24比20领先后，被荷兰队追成24平，还是朱婷反击得手，让中国队以27比25险胜首局。

第二局，魏秋月和张常宁又回到场上，因为郎平知道必须要有人分担朱婷的压力。果然，张常宁站了出来，中国队以9比6领先。荷兰队丝毫不退让，一路将比分追成18平。为了给中国队施加更大的压力，荷兰队换上了普拉克，加强冲击力。当时郎平只是说：“大家要耐心，一定要坚持到底。”中国队虽然努力反扑，并将比分追成23比24，但荷兰队拦死惠若琪的进攻，以25比23险胜回敬一局。

第三局中国队有些犹豫，荷兰队坚决果断，以8比2大比分领先。郎平又开始换人，丁霞、颜妮和龚翔宇陆续登场。随后，中国队展开了艰难的追分历程。面对凶猛的荷兰队，被动之中的中国女排一直咬牙在顶，每个人都在前赴后继参与防守，每个人都在努力寻找反击机会。

荷兰队以17比14领先，主帅郎平把本局最后一次主动暂停的机会用在了此刻。随后，颜妮快攻，朱婷进攻，袁心玥快攻和拦网，中国队终于将比分追成了23平。荷兰队又叫了暂停。接着，中国队凭借拦网以27比26领先。随着朱婷探头得分，中国队以29比27险胜第三局，总比分2比1领先。这是姑娘们咬牙坚持的结果。

第四局，中国女排打得依然艰难，但每个人都十分投入。中国队以13比10领先，荷兰队又追成12比13。比赛令人窒息，每一刻都充满了悬念。荷兰队以16比15反超。朱婷爆发“核武器”威力，中国队以20比18领先。丁霞二次球得分，中国队以21比19领先。朱婷得分，中国队以22比20领先。龚翔宇封杀普拉克，中国队以23比21领先。荷兰队叫暂停后，将比分追成23平。郎平叫暂停。暂停结束后，龚翔宇后攻，中国队以24比23领先。惠若琪强攻下分，中国队以25比23拿下本局，3比1击败荷兰队，终于打进了决赛，这是中国女排时隔12年再度挺进奥运会决赛。

姑娘们兴奋地拥抱了在一起，泪水肆意地流淌。这是伟大的时刻，这是幸福的时刻。郎平说：“比赛太胶着了，我都没见过这么激烈的比赛，其实，我也受不了了。我们知道今天特别难，荷兰队网口有实力。赛前我和大家说，历史上遇到困难的中国女排永远是最坚强的，我们大家一起顶，咬着牙顶，拼个你死我活。今天队员们顶得特别棒。”

之前进行的半决赛中，塞尔维亚队以3比2力挫夺冠大热门美国女排，历史上第一

中国队艰难击败荷兰队，挺进决赛

次挺进了奥运会决赛。中国女排在小组赛曾以0比3脆败于塞尔维亚队，目前的塞尔维亚队士气旺盛，她们对自己历史上首枚奥运金牌充满了极度渴望。同样，中国女排也不会放弃冲击冠军的机会。

1984年，袁伟民带领老一代中国女排第一次夺取奥运会冠军。2004年雅典奥运会那场3比2力挫俄罗斯女排的大逆转，至今仍镌刻在国人心中，那是陈忠和率中国女排时隔20年重夺奥运会冠军。这一次，中国女排又踏上了冲击冠军之路，没有人再能阻挡姑娘们夺冠的脚步。

里约夺冠

有一次，我问郎平："为什么您总能做出最正确的判断？"郎平谦虚地说："有时候我也不太清楚，就是运气好。"我乐了。说实话，能够说"运气好"的人，说明已经进入了一个比较高的境界。郎平体现出的就是大师级水准。

为什么郎平总能成功？这与郎平多年来在国内外的丰富经历有关。郎平也说："有时候，那是许多挫折和失败积累出来的。积累多了就是经验，经验多了就是应变，应变多了就是智慧。”

北京时间8月21日上午，中国队与塞尔维亚队展开终极对决。这是万众瞩目的巅峰对决，每一个人都屏住呼吸，高度关注着这次决战。

郎平派出的首发是以经验丰富的老队员领衔，攻击力最猛的“朱袁张”组合成员也全部登场，目的就是期待“皓月当空”点燃“朱袁张”的进攻火力。

再说我们的对手塞尔维亚队。塞尔维亚女排的“黄金一代”已经全面崛起，每一个位置都很出色，每一个环节都很缜密，全队没有明显的漏洞。主攻手米哈伊洛维奇和马莱舍维奇，副攻手拉西奇和斯特瓦诺维奇，接应二传手博斯科维奇，二传手奥杰年诺维奇和自由人波波维奇都很出色，全队的板凳深度也很厚实。她们身材高大，融合了欧洲力量和亚洲快变，可谓又高又快。塞尔维亚队的立体进攻实力超群，而攻击性发球具有很强的穿透力，拦网实力也不差，防守和串联很有水准。此外，塞尔维亚队与中国队一样，经历了九死一生才杀进决赛，神经变得非常强大。

面对这样强悍的对手，中国女排必须从发球做起，用发球打乱对手一传体系，为拦网赢得时间。不过，中国队发球一直不是很强，这也是中国女排一路走来都磕磕绊绊的原因之一。在发球不够冲击力的情况下，起码要有高水平的拦网。如果没有拦网，中国女排难以取胜。

大家深知网口的争夺关乎生死，而全队必须用发球来带动拦网，无奈，我们的发球冲击力还是不足。对手知道朱婷是中国队最强大的攻击点，于是对她进行了针对性拦防。中国队要想办法把朱婷这个进攻点最大化，然而我们其他攻击点的牵制力不足，让朱婷进攻过于暴露。两队网口争夺十分激烈，正是有拦网的支撑，中国队总能赶上对手的脚步。然而，对手拉西奇发球的确出色，打乱了中国队一传体系，同时她们的两大“重炮”米哈伊洛维奇和博斯科维奇的发球和进攻肆无忌惮，导致中国队拦网支撑度下降。这就是塞尔维亚队能以25比19取胜首局的原因。

如果不做出改变就等于死亡。中国队主帅郎平做出了改变，加快了进攻节奏。郎平不敢把张常宁顶到主攻手位置，是因为惠若琪还负责后排保障环节。因此只有让张常宁下去，把惠若琪留在场上和朱婷搭档主攻线。朱婷发球破攻，让全队的发球冲了出来，彻底打乱了对手节奏，而拦网也压制了对方网口。中国队发球带动拦网战术奏效，以25

重夺奥运会冠军

比17赢得有理。总比分1比1平，中国女排抹平了差距，为自己赢得了逆转机会。

关键的第三局是分水岭，本局比赛对于全场比赛拥有风向标的性质，就看谁能够占得先机。米哈伊洛维奇发球凶狠，目的就是用发球反攻中国队；博斯科维奇后攻迅猛，目的就是用强悍的立体进攻穿透中国队网口。中国队打得很有耐心，防守也十分英勇。面对凶悍的对手，中国队打出了顽强的女排精神。惠若琪拦网十分出色，中国队8比6领先逼迫对手暂停。徐云丽拦网很有针对性，中国队以10比7领先。这一刻一定要咬牙顶住，这是心理的较量，就看谁先崩溃。

中国队坚决打快攻，对手难以拦防。一有拦网，二有快攻，中国队以15比10占据了上风。塞尔维亚队不得不叫暂停。而此时，郎平同样借助暂停再度布置了战术，就是用网口不断压制对手。这让每个人心都很定。如此一来，出现慌乱的是塞尔维亚队。中国队以20比12确立优势。塞尔维亚队随后连追3分。郎平果断叫暂停，稳定军心。塞尔维亚队用发球疯狂反扑，将比分追成21比22，这说明塞尔维亚队的实力的确凶悍。郎平又叫了暂停，她对大家说："不要想一下子拿下比赛，要有耐心。"同时，她布置了对塞尔维亚队中直线和斜线进攻线路的拦防战术。在需要英雄的时刻，朱婷挺身而出，她的进攻和发球让中国队以25比22险胜关键一局，总比分2比1反超。

敌强我弱，拼杀更要有智慧，郎平在用行动告诉姑娘们如何打奥运会决赛，如何去冲击冠军。两队在第四局完全打开了，每一分的争夺都十分激烈，就看谁能顶住压力。袁心玥封杀米哈伊洛维奇，中国队13比11领先的同时，还导致塞尔维亚队这个最强攻击点被换了下去。出色的防守带动了全队士气，中国队以16比13继续领先。袁心玥拦网精准，快攻出色，中国队始终压制住对手。

塞尔维亚队利用换人改变了节奏，尤其是布拉科塞维奇，这也是塞尔维亚队的最后一张牌。换人取得了效果，塞尔维亚队追平了比分。朱婷死拼，中国队22比21领先。老队员魏秋月登场稳定军心，朱婷继续发威，比分变成23比22。对手紧张了，拉西奇发球出界，中国队以24比23拿到了冠军点。此时，塞尔维亚队主帅叫了暂停。

暂停之后，郎平换上张常宁发球。张常宁问：“郎导，我发什么球？”郎平干脆地说：“你把球发过去就行，别失误就好。”在对手心理崩溃的边缘，把球正常发过去，等于把这个“雷”交给对方处理。果然，张常宁将球发了过去，没有失误。心理过于紧张的对手一传不稳，中国队发球破攻成功。对手将球垫到中国队网口，惠若琪探头得分！赢了！中国女排击败了塞尔维亚女排，冠军诞生！

在里约热内卢马拉卡纳奇诺体育馆，郎平率中国女排以3比1力挫塞尔维亚女排，时隔12年重夺奥运会冠军。这也是中国女排第三次夺取奥运会冠军，第九次登上世界之巅。主帅郎平关键时刻的指挥起到了制胜作用，她也完成人生全满贯的华彩篇章。

有一种精神叫“中国女排”，女排人的字典里始终有“永不放弃”，中国女排的奋斗历程就是中华民族自强精神的展现。郎平2013年毅然挂帅新一代中国女排，就此开启了一个崭新的时代。郎平说：“困难，经历的时候是困难，战胜后是最令人自豪的资本！拼搏的人生没有终点！”

兑现诺言

“团结起来，振兴中华”，迎接中国女排凯旋的北京大学的学生们打出了和35年前一样的横幅，证明了国人的女排情怀未死。

迎接女排凯旋的队伍中，有人手拿鲜花，有人手拿横幅，35年来形成的球迷群体充满了男女老少。一位大姐说：“我是一个‘60后’，是从小看着中国女排长大的。女排精神鼓舞了我们一代人，也希望现在的青年人能够将女排精神传承下去。”有一位老师表示，现在学生们还在放暑假，等开了学，他要给孩子们讲一讲朱婷的故事，激励孩子们像朱婷一样去努力。一位小伙子说："我非常激动。我喜欢上女排是从陈忠和带队在2004年雅典奥运会夺冠开始的。这些年来，中国女排非常不容易，姑娘们经历了低谷。是郎平指导把女排带到了这样一个高度，她说过，作为强者就要去面对各种困难。这句话一直鼓励着我在工作岗位上奋斗，不管遭遇多大的困难，都会迎难而上。"

当中国女排出现的那一刻，现场的呐喊声已呈井喷之势，那种情绪如火山爆发一般，所有的手臂都在挥舞着。朱婷的出现更是让人们的情绪不可抑制，而当郎平出现时，火爆气氛突破了极限，那是民族情感的大爆发。"郎平！郎平！""中国女排！中国女排！"郎平不断地向两边的人群挥手致意，这样的场面多少出乎女排姑娘们的预料。

更意想不到的是，现场人们自发地唱起了国歌，随后，又唱起了《歌唱祖国》。歌声伴随着中国女排从国际航班出口一直走上大巴车。球迷热情高涨，他们大声呼喊每个女排队员的名字，而朱婷是被叫得最多的一个。

中国女排不畏强敌、顽强拼搏、永不言弃，恰恰也是中国体育从无到有、从弱到强的发展缩影，是我们整个中华民族奋斗史的真实写照，更是激励我们锐意进取的精神符号。哪怕身陷重围，哪怕敌众我寡，但我们敢于战斗到最后。郎平那"拼到你死我活""女排精神不是一定要赢得冠军，而是有时知道不会赢，也要竭尽全力"的话，是如此掷地有声。

中国女排和塞尔维亚队的决赛让央视创下70%的两倍于最新一期春晚的收视率。微博8月22日发布的数据显示，8月21日中国女排夺冠当天，微博上讨论量达7462万，互动量达1.1亿，视频播放量达6.2亿次，均达到奥运会开赛以来的峰值。中国女排已经不是一支球队，而是民族的标杆和旗帜。

女排夺冠后，已故名将陈招娣的独生女郭晨激动地说："妈妈，您看到了吗？我们终于夺回了奥运会冠军！我相信，妈妈肯定看见了。"而后，便哽咽得无法言语。

郎平用冠军告慰一代名将陈招娣的在天之灵！

郎平给我们带来了什么

里约奥运会的胜利到底给我们带来了什么？中国竞技体育圈和排球圈，特别是竞技体育高层管理者至少要弄明白向郎平学习什么。郎平本人无法复制，但她成功的经验可以借鉴。郎平说过："想说精神，先要有实力。没实力莫谈精神。"

郎平给我们带来了什么，我只说一点，说得官方些就是创新了女排精神；说得实在一点儿就是用国际化、职业化的做法，按照当今竞技体育规律和发展潮流办事，取得了一次业务上的成功。就这一点，足以让所有人进行深刻的反思。

首先，郎平丰富的个人阅历，让我们有了一次审视自身不足的机会。郎平为何能够成功，除了她独特的个人魅力之外，必然有实实在在的业务原因。

郎平游历列国，在基层展开了各种实践，并吸取了当今世界的先进理念。同时，在出任国家队主帅之前，郎平率领恒大女排征战过国内联赛，对国内情况做了实地勘察。这样一来，郎平既有理论，又有经验，还有实战能力。当初郎平选择国家队队员时，招入了一个叫朱婷的孩子，连赖亚文都不知道朱婷是谁。郎平说："我在国内打联赛时，有业内人士给我推荐，而我也发现了这个孩子，感觉她很有潜力，就是身体素质和技术还太差。"如今的朱婷，恐怕不用我再多说一句了。袁心玥和张常宁也一样。大胆起用新人，有能力培养新人，这就是郎平的本事，也是给我们带来的经验之一。

其次，我要强调一点，不要以为说国际化就彻底否定我们曾经成功的经验，比如"三从一大"原则。郎平就是在那个原则之下锻造出来的"铁榔头"，她深知"从难、从严、从实战出发、大运动量"本身没有错误。郎平带队以来，队员经常是最后一拨进食堂的人，其他时间都在训练。同时，在郎平的训练中很少出现非战斗性减员，这就说明她坚持了"三从一大"的同时又进行了科学化的提炼和改变，摒弃了一些会损伤身体的训练内容。

再次，郎平开始了国际化和职业化运行。郎平结合自己在国外执教多年的经验，扩大了教练组规模，引进了外籍教练，组成了一支国际化的专业团队，能根据每名队员不同的情况进行体能训练和伤病康复训练。比如为了让朱婷迅速增强力量和减少伤病，团队从国外专门引进奶粉和营养粉，同时每顿饭吃什么、如何吃都有安排。

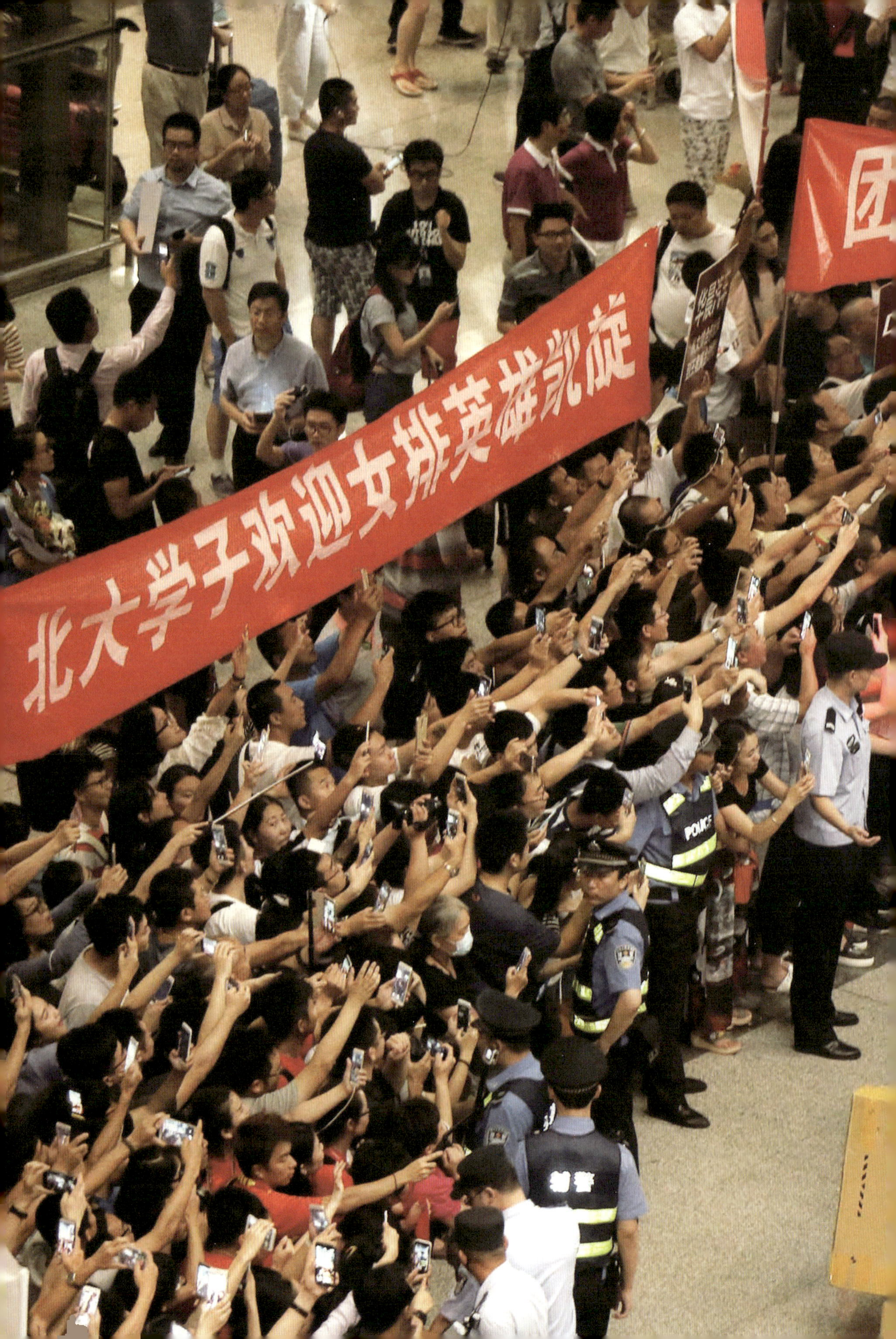
北大学子欢迎女排英雄凯旋
POLICE

还有，国家体育总局排管中心给予郎平非常大的自主权，这让郎平的想法得以实现。教练团队的工作内容都由郎平布置，而且训练期间郎平可以征调各种辅助人员，比如在出征里约之前调来国家男排助教袁志和北京汽车男排现役主力王琛等。

专业的人做专业的事，郎平的成功是中国竞技体育的大事，也是新一代中国女排国际化的一个标志。中国女排的这块奥运金牌，实际上是尊重国际化、市场化、职业化竞技体育运行规律的胜利。1984年中国女排在洛杉矶奥运会上夺冠，给中国的改革开放带来了巨大的精神动力，这一次同样意义非凡——郎平的成功完全可以促进中国体育深入改革。

当然，有人说这些人事与制度上的突破都得益于郎平独特的优势，没有几个人有郎平那样的威望。如果换一个人，虽然也知道应该这样做，但他做不到，因为要不来人，也要不来政策。的确，许多事情目前也许只有郎平一人能够做到，但若做这方面工作的人从上到下众志成城，打破条条框框，按照当今高端职业化体育规律办事，一样可以成功，关键要看大家是否愿意这样去做。

15 剑指东京

朱婷腾飞

如果我把“腾飞”这个词用在朱婷身上，恐怕不少人都会发出疑问，因为彼时的朱婷已经非常耀眼了。但其实，2016年里约奥运会夺冠之时的朱婷尚未成熟，离世界顶级球星尚有距离。为了中国女排的未来，为了朱婷自己的未来，经过郎平、排管中心和河南方面的积极运作，朱婷得以远赴世界顶级女排联赛——土耳其女排超级联赛瓦基弗银行俱乐部效力，这成为朱婷腾飞的关键因素之一。

跟随国家队打高水平国际比赛不可或缺，但是国内联赛已经无法让朱婷再获得质的飞跃，中国女排若想继续夺冠，朱婷若想再度提升水平和阅历，丰富大赛经验，就要去国外顶尖职业俱乐部锻炼。

2016年5月7日，土耳其女排超级联赛豪门瓦基弗银行俱乐部公布了朱婷即将效力的消息。这位2014年女排世锦赛最佳主攻手和2015年女排世界杯最有价值球员将在伊斯坦布尔开始新的生活，征战2016—2017赛季土耳其女排超级联赛，这也是中国女排现役顶尖国手第一次出现在世界顶级排球联赛。朱婷表示，自己很珍惜这样的锻炼机会，力争提升自身水平，为中国女排做出贡献。

目前，土耳其超级联赛、意大利职业联赛和俄罗斯超级联赛是世界上水平最高的三大女排联赛。在土耳其超级联赛中，伊萨奇巴希、瓦基弗银行、费内巴切和加拉塔萨雷等俱乐部都是顶级强队，朱婷此去的价值非常高。

自从里约奥运会夺冠后，朱婷一直很忙碌，只是临时找人简单学习了土耳其语，但这对于英语都不是很熟练的朱婷来说的确太难了。

刚在家过完中秋节，朱婷就一路奔波来到郑州，然后一个人乘坐高铁赶到北京。经过短暂休整，9月16日晚，在秋雨中，我和朋友们一起到首都机场送朱婷。这是朱婷第一次自己出国打球，她对于前途有一定的不安全感，她说："俗话说，一场秋雨一场寒……"然后，就没话了。性格内向的朱婷本来话就少，这突然的安静又平添了一些伤感。我问朱婷土耳其语学得如何，她说："全忘了，就连'谢谢'和'你好'，我现在都不会说了，太紧张了。"

由于朱婷十分低调，知道朱婷具体出发时间的人并不多，不过还是有一些朋友来送她。外面的秋雨拍打着朱婷的心，她有一种说不出的感觉。朱婷说："我很高兴，也很兴奋，因为终于可以去闯荡天下了。未来队友的水平很高，都是世界级高水平选手，我

从加盟土耳其联赛开始，朱婷才真正走上了腾飞之路

刚到那里未必就有出场机会。所以，我还是去好好学习，去感受世界高水平职业女排联赛。”

朋友们一直送她到国际出口，就在分别的那一刻，朱婷哭了。这时，有人说：“朱婷加油！”朱婷再度回头挥手致意，然后迅速擦着眼泪前行。朱婷的背影消失在人群中之后，我收到了朱婷发来的信息：“我会依然谦逊谨慎，朱婷还是那个朱婷，我一定会进步。”未来，朱婷将开启一个“MVP收割机”的开挂人生，向世界巨星行列迈进。

坚决支持朱婷出国打球的郎平说：“随着世界体育的发展，世界排联技术的改革，中国排球联赛会有很多外援来打球，我们的高水平运动员也可以走出去。朱婷能够走出去，和世界高水平的选手在一起共同训练和比赛，我相信她的排球技术会有更多的突破。”

2016年10月，朱婷代表瓦基弗银行队在菲律宾马尼拉举行的世界女排俱乐部锦标赛中亮相，随后带领瓦基弗银行队以3比1力克瑞士苏黎世队，斩获世俱杯赛铜牌。在国际职业首秀中拿到一枚铜牌，已经让朱婷感到很知足。

从3比1击败日本久光制药，拿下了全场最高的28分开始，朱婷踏上了世界国际职业舞台。虽然无缘决赛，但是朱婷在世俱杯之旅还是展现出了非常强大的个人实力，几场比赛的表现可圈可点，队内头号得分手的地位难以撼动。

朱婷在本届世俱杯上给人留下了深刻印象，包括她护臂上的国旗。朱婷说：“印上国旗是因为我是中国人，也是中国女排球员，在国外赛场代表着中国。”这一次虽然没能拿到世俱杯冠军，但是朱婷很满意，她说：“不可能什么美好的事情都会一下子落在我的头上。现在我已经踏上了世界职业赛场，相比在国家队的队友，我已经是幸运儿了。”对于即将在土耳其开始的欧洲职业联赛，朱婷说：“我可以打土耳其职业联赛，还可以打欧冠联赛，这已经是多么美好的事情，人不能不知足。”

也许这次是朱婷独自打拼，与以往跟随中国女排打国际比赛不同，朱婷感慨良多，她说：“我要回报郎平指导的知遇之恩，也要回报家人多年来对我的投入和支持。虽然我父母连排球是几个人在场上打都不知道，但他们养育了我。”

朱婷已经有了两个姐姐，之后，朱婷又多了两个妹妹，这个“五朵金花”之家生活得一直很艰苦。朱婷的父母一度认为朱婷应该去南方打工，但是朱婷却坚持要读书。后来，父亲朱安亮妥协了，让她到县城去读书，这才有了后来进体校、省队、国家队等机会。朱婷的父母是土生土长的农民，根本没有竞技体育的经历，也没想过朱婷有一天真的成了冠军会如何回报他们。

朱婷是河南人，特别爱吃面食，但是土耳其这样的餐馆太少了。既要承担训练和比赛的压力，还要适应语言、文化、饮食等的差异，朱婷的确遇到了困难。不过，这段经历对朱婷的锻炼也是全方位的。朱婷说："无论在什么地方，只要在赛场上，我就代表着中国女排，就要展现出'女排精神'。"

北京时间2017年4月24日，在意大利特雷维索，朱婷领衔的土耳其瓦基弗银行女排表现出色，3比0零封东道主意大利科内利亚诺队，夺取欧洲女排冠军联赛冠军，朱婷还荣膺欧冠最有价值球员。

从亚青赛、世青赛、亚锦赛、世界杯、奥运会，到土耳其超级联赛、土耳其杯赛，以及世俱杯、欧冠，朱婷都能在重要赛事中成为最有价值球员，成为名副其实的"MVP收割机"。

朱婷荣膺 2017—2018 赛季欧冠联赛最佳主攻手

当朱婷再回到国家队，我们发现她打球的感觉完全不一样了，更加自信，而随着后排一传、防守、串联等保障环节技术的提升，朱婷已经成为技术精湛的世界巨星。朴实的朱婷十分珍惜当下自己所经历的，对很多人表达了感恩之情。朱婷有望成为世界级的伟大运动员，并成为全世界青少年学习的榜样。

从零开始

2017年3月29日，一个“折磨”了全国球迷长达半年之久的谜底终于揭开——郎平继续出任中国女排总教练，助理教练安家杰出任执行教练，直指2020年东京奥运会（受新冠疫情影响，东京奥运会已经延期至2021年。——编者注）。随后，中国排协公布的新一届中国女排大名单也“很郎平”，那就是青春洋溢。当然，也有多位名将离开了中国女排，这也是郎平的决断力和大手笔。

4月6日下午，中国女排主帅郎平续约后开启了第一课。

“走下领奖台，一切从零开始”的新横幅挂在训练馆的墙壁上，这是里约奥运会冠军中国女排的新誓言。郎平站在了新一届中国女排姑娘们面前，她的讲话充满力量。“新生”们的眼神充满崇敬和期待之情，她们中的许多人都想不到自己有一天能够亲耳聆听世界名帅郎平的教诲。在姑娘们眼中，郎平是中国体坛的英雄，是高不可攀的偶像，是伟大的人生榜样。

郎平的声音并不大，但在这样安静的环境中依然震撼人心：“这是新一届国家队的第一期集训，也是备战2020年东京奥运会的开始。每名球员都要努力，全力以赴。标准一时达不到没关系，只要尽自己最大的努力，争取每天进一步。我们未来的目标是东京奥运会，奥运会非常残酷，我们要能和世界强队抗衡。我们要相互尊重，相互支持。

“大家都是从零开始，其他对手也会有新人涌现，大家都在同一个起跑线上。和上一个周期一样，不管我们走出多远，一个比赛结束后就要从零开始。我们的目标与里约奥运会一样，肯定是冲击东京奥运会奖牌。”“一切从零开始”是告别过去，“冲击东京奥运会奖牌”就是展望未来，这就是总教练郎平的态度。随后，大家围在一起喊：

一切从零开始，2017 年 4 月 7 日，新一届中国女排进行首次训练

“一二，加油！”新征程开始了。

郎平说：“这是很有意义的一天，因为这是2020年东京奥运会周期开始的第一天，我们的大目标就是为了东京奥运会做准备。今年的集训我们引进了很多新人，希望通过试训发现她们的潜力。我们会一如既往地努力，不仅考虑东京奥运会，还要着眼于下届奥运会，希望总会有优秀的新人补充进来。”

2017年，郎平将“退居二线”，一切具体事情都交给执行教练安家杰去做，郎平主要负责把关。铁打的营盘流水的兵，中国女排是一支拥有光荣传统的球队，更是中国体育的一面旗帜。郎平把自己最优秀的团队，完整地留给了执行教练安家杰，希望中国女排再度扬帆起航。

作为国家队总教练，郎平一切尽在掌握，她说：“这次组队之前，我们专门开过会，有很细致的计划和安排，希望安指导率领教练团队把训练执行好。2017年我还有康复计划，会在力所能及的基础上协助教练团队，多提一些建议，遇到问题多进行探讨，寻找解决的办法。”

这一刻，中国女排面向2020年东京奥运会，出发了。

新的天空

惠若琪，中国女排颜值担当，2013年郎平挂帅之时首任中国女排队长，2016年奥运会冠军，2017年联赛冠军、全运会冠军，中国女排当红球星。用当下的流行语形容，“惠若琪”这三个字就代表着巨大流量，就等于票房号召力。不管是在赛场还是在其他地方，“小惠”就是靓丽和成功的代名词。

整个2017年，惠若琪都非常忙碌，除了训练、比赛，她还在南京师范大学读博士生课程。12月，我跟惠若琪聊天时，她介绍了自己的动态：“最近我在学校上课，也和老师不断交流，结合自己所学内容，在如何利用自己的‘惠基金’、体育产业开发等方面进行了探讨。我觉得这是一个给自己充电的过程。接触社会多了，我发现在表达自己观点的时候，需要很多的理论支撑和自己的理解，不能像以前一样仅通过实践就行。”

不断学习和接触社会，也给惠若琪带来了全新感受。惠若琪说：“通过和不同领域的人的接触，我发现自己要做的事情、要学习的东西还有很多。作为体育人，除了球场，我其他方面基本上是一张白纸。把其他领域优秀的人的特长吸纳过来，是我现在做的事情。而且，不同的事物也让我感受到体育不一样的一面。作为专业运动员，我们的主旨是在赛场上争金夺银，为国争光，实现自己的梦想。体育是最高的娱乐，除了竞技之外，体育还有自身的魅力。拿到成绩的同时，还能够给别人带来什么，是我最近思考的问题。我对体育的理解和以前不同了，从专业运动员到职业运动员是一个转变，我在想如何改变运动员形象，不仅是指综合素质，还有运动员自身的定位，这都是可以进步的地方。”

对于未来，惠若琪平静地说：“我是慢慢地有了转型的想法。第一次产生这样的想法是在2015年，当时我的心脏出现了问题，连世界杯都没去成。那是我第一次意识到除了打球，我没有其他擅长的了。做心脏手术时，真的有一种窒息的感觉，我真的不知道是否还能活下去。幸运的是，我挺了过来。在养病期间，我不断思考自己以后能够做些什么。

“2016年，我又回到球场上，甚至完成了里约奥运会，还夺取了冠军。接着，我跟随江苏队在联赛和全运会都获得了冠军，但我一直在思考自己的未来。我在不断尝试，正好利用这个缓冲过程，给自己学习的时间，给自己一个长远的规划。”

在2018年新年即将到来之际，惠若琪表示，准备转型，给自己一片新的天空。现在依然有不少人在挽留惠若琪，只是她决心已下。她说：“球队和俱乐部对我都非常肯定，要给我一个交代，但是我不想举行特别大的退役仪式，就是想有一个平台来答谢球迷和俱乐部，这是我一路走来最大的动力，给他们一个交代就好。这就是我人生的一个转折点，一个再寻求突破的过程，就像一次转行，一次跳槽，当然我终归还是体育人。”

即将离开并肩作战多年的队友，惠若琪对中国女排的情感更深了。她说：“中国女排这个集体教会了我很多，包括郎指导在内的每个人都对这个集体奉献了很多，这些对于我的未来发展也很受用。除每名女排球员都具备的那种坚韧不拔、顽强拼搏、永不放弃的精神以外，作为队长，我的团队协调能力增强了。不管未来做哪一行，我认真做事的态度已经养成了。”

惠若琪

惠若琪表示，在成长过程中，其实都在单纯追求排球梦想的道路上奋进。她说：“我不是那种天才型选手，需要后天的勤奋去弥补，我不想分散任何精力，否则就追不上其他人的步伐了。其实，在这个过程中也可以做得更好，我要用这样的经历来带动年轻一代的运动员，少走一些弯路。”

惠若琪说出了自己的未来规划，那就是做与体育相关的工作。她说：“我一直挺喜欢‘体育改变人生’这句话，因为体育改变了我的人生，体育也可以改变别人的人生，也许不一定是人生，可能就是一个阶段，或者是对什么事情的态度也好。我觉得体育不仅可以锻炼人的身体，也可以锻炼人的心境。一开始，我可能是被体育改变的人，成熟之后，作为体育人，我们也可以改变体育，这是一个相互改变的过程。我希望未来做一些能够改变体育人、改变我们身边状况的事情，比如我的基金。我希望用体育手法解决一些问题，让大家一谈到体育想到的不只是拿金牌，更能真正了解其中的含义。这是我的方向，我也一直在摸索，现在有了一些眉目，但我觉得可以做得更好。”

从2007年入选陈忠和的国家集训队到2017年，惠若琪的国家队生涯已经整整10年，可以说是年轻的“老队员”，值得被记载的名将。若不是心脏的原因，惠若琪国家队职业生涯还可以更长。2018年2月3日，惠若琪在常州体育馆举行了退役仪式。2018年4月30日，惠若琪在北京完婚。婚后她大部分时间在北京生活。退役后，惠若琪创办了元气排球训练营，还做了很多公益活动，成为体育达人。

春之花蕾

曾春蕾，1989年11月3日出生的北京女孩，身高1.87米，是北京汽车女排的绝对主力接应，也是中国女排著名的“金左手”攻击型接应。标志性的灿烂笑容让曾春蕾被人们称为京城“大花蕾”。

曾春蕾的家庭并不是体育世家，小时候，她被一位基层教练巴益霞选中，从而开启了排球生涯。曾春蕾说：“是巴教练启蒙了我，在什刹海体校我就打接应，再加上是‘左撇子’，就得到了教练的重视，也没经历过挫折。再后来，我就来到北京女排一队。”

曾春蕾在国少女排和国青女排时期比较顺利，她也是中国女子排坛罕见的攻击型接应二传手。但进入国家队后，曾春蕾的经历便充满了起伏。

首先是伤病困扰。2006年的一次手术，几乎让曾春蕾告别排球。她说：“做了左膝关节手术后，我感觉我的膝盖已经不是完整的膝盖了，我不可能恢复到最佳状态了，那种挫败感让我绝望。我的好胜心很强，如果以后做不到最强，就没有继续做下去的意义。这个时候，我刚好也接到了美国大学的邀请。我想了很久，决定下队，出国尝试一下。这一次，我爸爸和我聊了很久，最终，爸爸将我‘挽留’住了，也改变了我的人生轨迹。”

2014年，“蜕变”这个词就是曾春蕾的写照。2014年世界女排大奖赛总决赛，郎平把多名主力放在北京休息，让替补轮换去打总决赛，并让曾春蕾出任代理队长。曾春蕾说：“场上角色改变，给了我很大的锻炼机会。我已经不再是小队员了，要有担当和责任。这样，我在赛场有了一种使命感，要调动队友发挥水平，一起去完成比赛。当时我跟随郎指导征战，有一种和她相依为命的感觉。

“这一切转变离不开2012年和2013年的积累，正是有了那两年的起伏——从无畏到突然被对手研究之后的患得患失——才有了相对沉稳的结果。好状态是水到渠成的事情，犯错误之后的总结更宝贵。”

2015年女排世界杯夺冠，堪称是曾春蕾职业生涯的巅峰。她5米线开外的精彩大调攻，至今仍为人们津津乐道。然而，2016年，老伤复发让曾春蕾陷入低谷，最终无缘里约奥运会。

那段岁月是曾春蕾最难熬的时光。对于很多人而言，再坚持打球已经很难，或许这就是宣告离开的节点。曾春蕾说：“那段岁月，我的竞技状态因伤病发挥不出来。我很着急，但也没有办法。我也曾想过放弃。”但当里约奥运会打响，曾春蕾还是关注着姐妹们的表现。当中国女排赢得冠军，曾春蕾说，这就是中国女排。她说：“比赛打到最后时刻，真正起到决定性作用的还是意志、品质、作风，中国女排越到艰难困苦的时候，越咬得住牙。”

里约奥运会之后，与曾春蕾同年龄的队友大多都退役了，她却选择了重归赛场。她一直说：“师姐冯坤的一番话对我触动很大。她跟我说，工作什么时候都会有，但是打球这件事情如果放下了，以后就再也回不来了。我的身体还允许我继续打球，在坚持的过程中，我的心智得到了磨炼。不管以后怎么走，面对什么样的困难，我都有战胜困难的勇气和能力。”

2017年全运会，曾春蕾带领不被看好的北京女排从资格赛一路打到半决赛，竭尽全力，最终拼得了一枚宝贵的铜牌。同年，曾春蕾还跟随国家队夺取大冠军杯冠军。

而后，曾春蕾远赴意大利卡萨尔马焦雷俱乐部打球，这也是她第一次到欧洲职业联赛效力。

曾春蕾

在意大利的日子，曾春蕾适应得很快。然而，赛场并不是那么一帆风顺。由于外援人次限制，曾春蕾登场机会并不太多。曾春蕾说，她去那里的目的主要是学习，感受一下那里的生活。

在国外职业联赛打拼，曾春蕾感触很深："不同的经历丰富了我的阅历，参加欧洲联赛让我接触了职业联赛氛围和运转机制，也感受到了职业运动员的一切，我在职业素养方面提升了不少，也激发出了新动力。自我约束、自我管理，这是我在国外的收获。"

2017年11月，家乡球队北汽女排召唤曾春蕾回国"救火"，曾春蕾火线驰援。在北京队未能晋级联赛四强之后，曾春蕾经过二次转会加盟上海光明优倍女排，让人们看到了重生的她。

28岁的曾春蕾，经历了里约奥运会落选、全运会绽放、意大利留洋、火线回归救主、二次转会上海滩找回巅峰，重新入选国家队，这个过程简直就是一部励志影片。"坚持"两个字说得很容易，但能做到又是多么不易，然而只要做到了"坚持"，往往最后能够创造神奇。坚持前行的曾春蕾迎来了自己职业生涯的"第二春"。

在加盟上海女排的岁月里，曾春蕾逐渐达到竞技水平的巅峰。曾春蕾的存在，也减轻了韩国球星金软璟的压力。联赛半决赛，曾春蕾场场首发，并且一场比一场打得好。曾春蕾成为上海队的第二强力得分点，撑起了右翼进攻，用实力证明了自己的价值。

挺进总决赛，场场精彩的发挥让喜欢曾春蕾的球迷完全疯狂了，尤其是最后的终极对决，曾春蕾每一项技术都炉火纯青，甚至超越球星金软璟，拿到了全队最高的31分。如此高光时刻让人们看到了一个世界级的曾春蕾。她说："在这种高压力、高水准、高强度的比赛刺激下，双方都展现出了很高的水平。这样的比赛，运动员生涯中都不一定能碰到几次。这是一场很过瘾的比赛，可以说是酣畅淋漓。”

韩国著名球星金软璟说：“曾春蕾很棒，她是一名非常优秀的世界级选手。”

曾春蕾也从未走出过郎平的视线。郎平说：“女排老将价值千金。曾春蕾阅读比赛的能力、控制球的能力，包括处理球的能力都是宝贵的经验。”曾春蕾所经历的一切，让她多了许多感悟：“拼硬实力，我已经拼不过年轻人了，不过只要队伍需要，我一定会全力以赴。”

我问过曾春蕾：“你怎么理解女排精神？”她说：“女排精神是互相团结，永不放弃，吃苦耐劳。这种信念不是相信自己一定能赢，而是在相信不会轻易赢得比赛之后，顽强拼搏。时代不同了，但女排精神的真谛没有改变。”

2019年，曾春蕾终于跟随北京汽车女排首夺2018—2019赛季女排超级联赛冠军。

女人三十，花蕾不败。

有道是：以梦为马，不负韶华。

其实，有关曾春蕾的故事远未结束……

新人出现

2018年5月15日，这是重组的中国女排2018年国际比赛首秀，中国女排3比0击败多米尼加队，郎平重返执教一线就体现出名帅水准，尤其是对比赛的掌控力令人钦佩。

郎平表示，自己原本计划把重返执教一线的时间再往后拖一拖，不过，因为2018年有世界女排锦标赛这样的国际大赛，郎平说：“我们没有老队员，球队现在的实力能够稳稳地拿到世界第六或第七。但这个名次绝对不是广大球迷能够接受的结果，因为我们是中国女排，因此我们必须在国际大赛中冲击奖牌。现在球队离我的要求还有差距，我会通过一系列国际比赛来观察球员，一点点努力爬坡。而且，我和里约奥运会夺冠的球员沟通过，希望她们能真正地走下领奖台，一切从零开始，重新对胜利和冠军充满渴望。”

就是在这种情况下，郎平大胆雪藏朱婷、曾春蕾、颜妮等多名主力，甚至派遣一个从未磨合过的阵容迎接2018年首场国际比赛。18岁的“天才少女”李盈莹国家队首秀可以说相当惊艳，拿到了全队最高的17分。比赛中，李盈莹和刘晓彤承担了大部分高难度的调整进攻，在对手重点盯防之下，李盈莹随机应变不断变线，展现出极高的排球天赋。郎平说：“李盈莹现在要自己接一传，以前没有这个角色，她为此做了很多准备，我希望她珍惜这个机会。之前我就和她说，接得不好，还有其他同伴帮她调整，所以我希望她能够勇敢地接受挑战，从比赛中冲出来。毕竟朱婷、张常宁她们也是这样一路走过来的。”

3比0横扫多米尼加队和比利时队之后，处于练兵状态的中国队0比3惨败于韩国队，这样的结果也是主帅郎平希望见到的，没有多少老队员压阵对年轻的中国女排而言是一大考验。全队心态失衡导致技术动作变形，心气儿被对手冲垮。李盈莹心浮气躁，与世界真正的高水平选手还有差距。

郎平说：“年轻球员的成长需要时间，其实当初朱婷也是这么走过来的。2013年亚锦赛，朱婷打得也不行，

2018年，“天才少女”李盈莹横空出世

是王一梅替她打的比赛。我要说的是，李盈莹的成长之路刚刚开始，希望大队员在场上要多承担一些，不能每个球都指望李盈莹一个人去解决。”郎平表示，无论如何，锻炼年轻人的思路不会改变。

澳门站比赛，一传体系的崩溃导致全队全线失利。虽然主帅郎平采取不破不立之策，并且险些逆转翻盘，但全队仍以2比3负于波兰女排。新阵容整体实力不济是现状。中国队一传体系糟糕，李盈莹在压力之下失误不少。李盈莹的重扣力量不小，但习惯于防守重扣的欧洲球员比较适应。全场比赛，李盈莹斩获本队最高的19分，不过她的技术很明显还不全面。郎平召回老将颜妮，目的是加强网口实力，帮助年轻队员成长。也只有郎平的威信可以这样支撑中国女排大胆练兵，换作别的主帅，恐怕不崩溃也被球迷骂死了。

中国队1比3败于塞尔维亚队属于正常结果，因为对手博斯科维奇不可阻挡。李盈莹真正感受到了什么才是世界顶级水平。

后面的一站站比赛陆续上演，郎平依然不断考察新人。当然，李盈莹是重点锻炼对象。

克星美国

6月7日，中国女排在世界女排联赛江门站0比3完败于美国女排。郎平挂帅多年以来，与美国女排交锋，中国队基本上处于下风。美国女排速度排球让中国队不适应，她们也成为中国队的克星。

美国女排攻防转换的每一个细节如行云流水，类似于西班牙足球的Tiki-Taka战术风格，但比Tiki-Taka多了一分犀利。有时，她们又类似于“德国战车”，仿佛一台高速运转的机器，十分高效。

美国女排的快，并不像日本女排和泰国女排那样快速多变，也不像巴西女排和意大利女排那样立体快速进攻。美国女排强在不仅是一次攻很快，而是整体全面快速。她们的战术未必多变，但每个环节节奏都很快——攻防转换很快、组织快速、下手快速、防守卡位快速、预判快速准确、拦防快速，比赛可谓行云流水，流畅自如，很有连贯性，这与个人技术和战术素养有关，因为没有细腻技术的支撑，想快也快不起来。

美国队在世界女排联赛高居榜首不是没有道理，她们12战11胜1负，11场胜利中有2场为3比1取胜，其余9场均以3比0取胜，唯一一场失利是2比3输给了土耳其女排。可见美国队整体实力之强。

中国女排拥有世界第一主攻手朱婷，塞尔维亚女排拥有世界第一接应博斯科维奇和强力主攻手米哈伊洛维奇，而没有世界顶尖攻手的美国女排整体技战术体系运转水平却高于其他球队。在与中国女排的交锋中，她们再度印证了这一点。

由于中国女排是里约奥运会冠军，当时国际排联排名世界第一，所以，美国队主帅基拉里高度重视本场比赛，在阵容上也进行了一些改变——二传手洛伊德，主攻手是经验丰富的拉尔森和“新炮”巴奇·哈克利，副攻线为著名的“闪电眼镜侠”阿金拉德沃

有“闪电眼镜侠”之称的阿金拉德沃进攻，颜妮单人拦网未奏效

和强力副攻迪克森，接应二传手为实力和经验都不错的墨菲，自由人是北京球迷十分熟悉的罗宾逊，这次她由主攻手改打自由人。美国女排板凳深度很深，主帅可以用多种人员组合出场，却丝毫不减全队整体实力，这一点比中国女排强。

郎平也派出中国女排最强阵容，但美国女排节奏非常快，频繁突破中国队网口，最终以25比20、25比22和25比20直落三局拿下比赛。

当然，不能因为0比3输给美国队，或者说近来输球不少，就对当时的中国女排持否定态度。

比如说朱婷。朱婷在首局被美国队严密盯防，没有多少得分良机，但在第二局发挥出了高水平。第三局，朱婷更加出色，她的霸气和个人能力让中国女排在第三局出现胜机。

当然，中国女排也有意地加强了发球冲击力，能够和美国女排形成对抗。刘晓彤连续发球破攻，冲乱了美国队一传体系，而且刘晓彤的反击和拦网也相当漂亮，提振了全队士气，第三局，中国队曾以20比15领先。

在形势一片大好的情况下，全队保障环节突然出现混乱。保障环节一旦失控，袁心玥这样的强力副攻也没机会上手。而朱婷和刘晓彤发挥出色的同时，全队接应二传位置上得分能力不足的问题也暴露出来，也就是说没有形成进攻“三叉戟”。而二传手不管是丁霞，还是随后出场的姚迪，都和已退役的魏秋月有明显差距，困境中组织不出突破进攻，关键时刻控制不住局面和节奏。

种种因素叠加，让中国队在第三局胜利在望之时崩盘，竟然被美国队连追10分，以25比20逆转取胜。

诚然，美国女排打出的快速排球令人赏心悦目，符合国际发展潮流，而这样的美国女排也给中国女排提供了一面不断审视自我和发展自我的镜子。

16 不屈战斗

出征日本

9月25日，中国女排飞往日本，征战2018年世界女排锦标赛。郎平表示，本届世锦赛强队众多，中国女排的目标是力争打进世锦赛六强。

许多球迷都对“世锦赛六强”这一目标不满意，因为中国女排里约奥运会取得了辉煌的成就，所以人们对女排的要求只有夺冠，但实际上，此刻的中国女排已经不是里约奥运会的那支冠军队伍，人员已经发生了不少变化。当然，许多人不愿意承认这一点，客观条件的改变无法阻挡广大球迷对中国女排的要求和期待。

中国女排征战世锦赛的14人为主攻手朱婷、张常宁、刘晓彤、李盈莹，副攻手袁心玥、杨涵玉、胡铭媛、颜妮，接应二传手龚翔宇、曾春蕾，二传手姚迪、丁霞，自由人林莉、王梦洁。

当时，到底带不带张常宁去世锦赛，也是教练组反复考虑的问题。因为张常宁在手术之后一直处于身体恢复阶段，2018年没有参加过国家队的任何比赛。至于张常宁到底行不行，只能到赛场去检验。

此外，郎平选择了身高1.94米的19岁副攻手杨涵玉，来增强副攻线的人才厚度。杨涵玉是2017年世界青年（U20）女排锦标赛冠军主力，并因表现优异被国际排联选为世青赛最有价值球员。此次世锦赛是杨涵玉第一次代表国家队出战国际大赛。

中国女排

2018年女排世锦赛于9月29日至10月20日在日本举行，共有24支球队参赛。

郎平说："当今世界女子排坛有六七支球队都具备夺取国际大赛奖牌的能力。强大的对手实在是太多了，我们没有任何可以骄傲的资本。挺进前六名本身就是一件不容易的事情，如果发挥不稳定，没进前六名也在情理之中。同时，一些老队员退役，的确给我们带来了影响，球队起伏也相对比较大，这都是无法回避的问题。"

除了实力强劲的上届冠军美国队，意大利队、土耳其队、巴西队、塞尔维亚队和俄罗斯队也是中国队的强大对手。

意大利女排不仅有球星埃格努，而且全队整体性战术体系出色。土耳其女排近来崛起迅猛，尤其是土耳其超级联赛职业化进程的提升，促进了土耳其国家队整体实力的增强。巴西队更是传统的世界劲旅，虽然她们进行了人员更迭，但是巴西女排全面快速的技战术风格没有改变，而且她们近两年依然多次击败中国队。塞尔维亚女排已经成为世界顶级强队，她们的整体水平也非常强悍。俄罗斯队同样是传统劲旅，冈察洛娃已经伤愈复出，她们一样具备冲进六强乃至四强的实力。

除了实力，另一个决定比赛的因素就是赛制。本届世锦赛没有八强概念，而是六强循环赛，晋级六强就是一道难题。从第一阶段到第二阶段，相互有关联的球队之间比赛成绩要带入后面的比赛。也就是说，要想打进六强，前面的比赛都很重要，可谓环环相扣。这样的赛制，也决定着多支强队完全有可能无法挺进六强。六强循环赛同样是高强度和高难度的比赛，只有打进四强才有夺取奖牌的希望。因为了解中国队目前的情况，所以，我对她们在本届女排世锦赛的前景并不看好，但是外界对她们的期望值很高。可见，郎平麾下的中国女排这一次真的好难，郎平表示，唯有努力向前才是中国女排的选择。

隐忧犹存

世锦赛开局，中国女排一路连胜在情理之中，但是隐忧犹存，而且有的过程并不轻松。同时，这也是朱婷第一次出任中国女排队长之后领衔全队打国际顶级大赛，对于性格内向的朱婷也是巨大的挑战。

9月29日当晚对古巴队的第一场比赛，中国女排进入状态很快，打了古巴女排一个措手不及，25比12横扫拿下首局来得够劲。一年没有参加国际比赛的张常宁需要时间来熟悉比赛，但是知人善任的郎平反其道而行之，干脆让张常宁首发登场。这一决定体现出郎平的决心和自信，也给了张常宁足够的鼓舞。由此，朱婷、袁心玥和张常宁组成的“朱袁张”组合开局便亮相，给予古巴女排足够的震慑。

中国女排首发阵容为二传手丁霞，主攻手朱婷和张常宁，副攻手袁心玥和颜妮，接应二传手龚翔宇和自由人王梦洁。这样熟悉的人员配置，也加快了张常宁和全队的融合速度。在对手刚适应张常宁之后，郎平干脆又把张常宁换下，打出另一张牌——“天才少女”李盈莹，与朱婷搭档主攻线。

又一个不熟悉的人登场，古巴女排完全不适应，中国队趁势以18比13大比分领先。不过，李盈莹的优势是左手进攻，而弱点是一传和防守。古巴队很快就发现了李盈莹的漏洞，发球专门找李盈莹，很快将比分追成22比23。

暂停后，郎平并未换下李盈莹，因为这样会打击年轻人的自信。暂停只是让大家厘清思路。随着袁心玥拦网成功，中国队以25比23险胜第二局。第三局，二传手换成了姚迪，自由人换成了林莉，李盈莹仍在场上。一个干脆的25比14，中国队3比0击败古巴队。

郎平还派副攻手胡铭媛登场。这是胡铭媛第一次打世锦赛，正是她的发球破攻让中国队把握住了主动权。除副攻手杨涵玉之外，其余13名球员全部登场比赛。郎平用人的魄力令人钦佩，同时她用人准确到位更是本事。本场比赛中国队最突出的一项技术是拦网，得分以17比3绝对超出，这说明郎平的针对性部署完全准确。

然而，我的最大感受就是郎平用自己出众的才华，弥补了年轻球员能力的不足。后面一旦遇到劲敌，全队就不会这样轻松。果然，9月30日，中国女排顶住了疯狂的反扑，才以3比0击败新近崛起的土耳其女排。

中国队25比18拿下首局。随后，土耳其队凶狠的发球给予中国队一传体系强有力的冲击，这也是第二局和第三局中国队均以25比23险胜的原因。只不过，情绪不稳的土耳其队失误送分高达24分，近乎送给中国队一个整局。其他方面，中国队的优势并不明显，发球得分0比6完败，进攻得分42比42战平，中国队这个3比0赢得很不轻松。

中国女排队长朱婷上演了精彩的“演出”，不愧被球迷称为“婷女王”。朱婷说：“因为我在土耳其联赛打球，土耳其队对我十分了解，首局我也不顺利。而后二传手和我一起配合主动求变。其实，这场比赛并不轻松，这是全队发挥到极致的结果，后面我们还要积小胜为大胜。”

我那不安的感觉延续到10月2日，中国女排对阵加拿大队。这本来是一场稳胜的比赛，但其过程还是让人心惊肉跳。加拿大队实力不如中国队，因此郎平尽量让更多的球员有出场机会，为后面更加凶险的比赛做准备。但为了能够确保获胜，郎平也只是让刘晓彤顶替张常宁、林莉顶替王梦洁首发登场。

中国队很少有机会与加拿大队碰面，谁也没想到，加拿大队来势如此凶猛，冲得郎平难以坐下来指挥。尤其是加拿大队肆无忌惮的发球冲乱了中国队一传体系，而她们的进攻也显得“蛮不讲理”。幸亏整体实力仍在，朱婷、颜妮和刘晓彤接连拦网成功，中

2018 年世锦赛中国队首战 3 比 0 胜古巴队，取得开门红

国队这才以25比21拿下首局。第二局在对手以14比13反超之际，郎平用李盈莹换下刘晓彤。可以说，依靠“天才少女”李盈莹突出的个人能力以及全队的整体实力，中国队才并不轻松地取得胜利。

欧美强队有时候即便没有稳定的一传，凭借队员强悍的个人能力同样可以得分。相对而言，以高快结合打法为主的中国女排对一传的依赖性强于欧美强队。中国女排一传体系一旦出现混乱，场面就会十分被动，甚至最终影响整场比赛的结果。与加拿大队激战的前两局，糟糕的一传险些要了中国女排的命。

郎平说：“与加拿大队的比赛是一场遭遇战。加拿大队打得不错，大家一攻得分差不多，如果我们的反击和防守不足，那么就会很被动。我们拦网一直没有找到拦死对手的节奏，直到第三局才有所起色。我想到了一些困难，准备会也说到过，我们打遭遇战总是应变比较慢。加拿大队发球出色，导致我们出现了混乱。”

其实，郎平所说的就是阅读比赛的能力。赛场瞬息万变，郎平阅读比赛的能力强，她可以通过换人和暂停来弥补场上球员应变能力的不足。但我们的队员自己也要提高主观能动性，增强阅读比赛的能力。本场比赛再一次说明中国女排没有世界第一的绝对实力，每个人对此都要有清醒的认识。郎平说：“不能将我们的水平看得太高，虽然有时候比赛打出了高水平，但一旦遭遇困难，我们的应变能力就明显不足。”

客观说，打了一场自己并不满意的比赛，十分有利于让全队检视自身的问题，尤其是在第一阶段迎战劲旅意大利队之前能够经受住考验，绝对是好事。

逼到极限

10月3日，中国队对阵保加利亚队。郎平本想借用这场比赛磨合不同阵容，可是，却被保加利亚队逼到了极限。

丁霞有些小伤，于是郎平让二传手姚迪首发；龚翔宇一直在主打，于是郎平让接应曾春蕾首发；上一场首发用了刘晓彤，于是本场郎平让主攻手张常宁重返首发阵容。

然而，相比于里约奥运会周期，中国队没有了魏秋月、惠若琪和徐云丽，球队在组织、保障、网口三大方面出现波动，全队稳定性有所下降，郎平可以调换的资本在缩小。此外，各队都会把中国女排当作奥运冠军来冲击。

保加利亚队没有允许中国队有充裕的磨合时间，她们简单迅猛的打球方式让中国队感到不适应，破坏了队员之间的信任度，打击了大家的信心。保加利亚队之所以如此之猛，是因为她们在和加拿大队竞争最后一个晋级十六强的资格。郎平的首发阵容在对手疯狂地冲击下完全变样，龚翔宇首局后半段换下曾春蕾，但依然未能阻挡对手。第一局，保加利亚队以25比22取胜。

第二局，郎平用丁霞换下姚迪，目的是改变进攻组织节奏。同时，用经验丰富且一传相对稳定的自由人林莉换下王梦洁。没想到，对手竟还是将比分追成18平。郎平又用李盈莹换下张常宁打乱对手部署，这样，中国队才以25比22扳回一局。

而后，李盈莹一发而不可收，中国队以25比14横扫第三局。就在人们认为中国队可以3比1拿下比赛之际，保加利亚队展开了猛烈地反扑。李盈莹一传不佳的漏洞被无限放大，郎平又用张常宁换下李盈莹。比赛进行得十分艰苦。

困境之下，人们见到了颜妮连续打出开网长线高点快攻，见到了袁心玥高点跑动错位差，见到了龚翔宇不讲理的高难度调整攻，尤其是见到了朱婷高难度超手高点进攻。正是大家的咬牙拼杀，才让中国队扭转局面，以25比17拿下第四局。四年一度的世锦赛，没有任何一支球队愿意放弃。

中国女排逆境中所表现出来的高超的技战术水准和顽强的战斗作风值得充分肯定。郎平说："首局失利是我们自己的问题，无谓失误太多，自己的节奏不好。对手拦防出色，我们不下分后显得过于急躁。"

而后郎平所说的话，我觉得似乎不是总结本场比赛，而是刻意说给球员们听的："比赛中谁领先都很正常，哪怕大比分0比2落后，我们也要一拼到底。不能总觉得只有对意大利队的比赛很重要，每场比赛都要重视，输给谁都会让我们失场和失分。无论对手是谁，我们每场球都想赢，但重要的是如何做好自己。"

从赛后采访可以看出，郎平的确不太高兴。她本想着在打意大利队之前，再磨合一下阵容，没想到被对手逼出了全部水平。中国女排今天的表现，让我对中意对决有了一丝担忧。

中意失意

中意女排双双提前晋级十六强，此次双方对决不仅事关B组第一的归属，甚至关乎第三阶段六强资格。因为十六强复赛中意两队所在半区强队众多，而第一阶段晋级十六强球队之间的成绩带入复赛，多输给强队一场比赛就将在决定晋级六强资格的命运中处于下风。之前的比赛，虽然都是四连胜，但相比于中国队的有惊无险，意大利女排的四场3比0可谓一路横扫。

郎平说："主教练是无法替代球员的，许多时候需要场上球员自己在极短时间内找到问题所在，这就是球员阅读比赛的能力。"与意大利队这样的世界强队交锋，更考验中国队球员场上的应变能力。

提到意大利女排，大家印象最深的就是球星埃格努。埃格努一直以来就打接应二传手位置，但在2018年，她开始尝试改打主攻手，还负责接一传。这次世锦赛埃格努就在主攻手位置出现过，效果不错。当然，埃格努最适合打接应，但技术越全面，埃格努就越有优势。同时，意大利队技术全面，她们具有多种打球的办法。与意大利队的比赛是中国女排本届世锦赛一次全方位的考验，将会十分艰苦。

10月4日，中意女排在札幌展开对决。中国队本场比赛最抢眼的并非得到本队最高20分的朱婷，而是得到中国队第二高分16分的副攻手颜妮和二传手丁霞，正是她们两人的密切合作让中国队始终充满着逆转希望。

意大利队主帅马赞蒂让球星埃格努以接应的身份首发，而不是打主攻，目的就是充分释放埃格努的凶悍攻击力。中国队也派目前最强阵容出战，虽然埃格努的发球冲击力很强，但中国队准备很充分，一传体系比较稳定，可以说顶住了埃格努强力发球的冲击。首局中国队一传成功率达到60%，而意大利队为40%，只要一传稳定，中国队就不会慌乱。

随后看拦网，尤其是能否压制埃格努的进攻势头。果然，颜妮封杀埃格努的强攻，让中国队打出小高潮。二传手丁霞巧妙的组织和冷静的头脑，让颜妮绽放出里约奥运会夺冠时的高水准。这位31岁的老副攻迸发出前所未有的激情。虽然朱婷让首局比分定格在25比20，但颜妮绝对是第一功臣。

丢掉 1 分后，二传手丁霞显示出了懊恼的神色

其实，中国队打得很艰苦，只有朱婷的进攻给对方造成真正的威胁，张常宁、李盈莹、刘晓彤接连登场也无法打开局面。在这种情况下，丁霞明白必须从副攻线入手。袁心玥还不够稳定，于是只有颜妮了。哪怕乱球反击，丁霞和颜妮都心领神会地强行在副攻线打快攻，一次次开网快攻居然都打出了强攻的味道。如果没有丁霞和颜妮的战术配合，那么中国队会输得更惨。

埃格努无疑是意大利女排的最强攻击点，但意大利队并非仅靠埃格努个人能力突破取胜，而是依托全队全面快速的战术体系。比赛多次出现精彩的拉锯战。中国队在第二局以 19 比 18 占据着微弱优势，但陷入了过分依赖朱婷的心理陷阱。这让意大利队拦网频繁奏效，多次直接封杀了朱婷的进攻。当朱婷被压制，中国队似乎显得办法不多，被意大利队以 26 比 24 回敬一局在所难免。

郎平说："中国队整场比赛表现不错，尤其是前两局发挥出色。后来意大利队打开了，而我们的强攻受阻。全队仅有朱婷还远远不够，在球不到位的情况下如何下分，仍是我们需要解决的问题。”

进攻得分59比50，发球得分8比4，拦网得分19比9，这三个单项意大利队完全压制了中国队。拦网和防守更加出色，拉锯战的战术分配更加合理，意大利队变成了一台快速运转的机器。很明显中国队拦防体系已经跟不上意大利队的快节奏。虽然郎平频繁换人，但均未能扭转被动局面。25比16、25比20，意大利队又连下两局，总比分3比1击败中国队。完全占据主动的意大利队，压得中国队丝毫没有喘息之机，中国队输球成为必然。

意大利队后来打得如此疯狂，依托的就是她们快速全面的战术体系，而这个战术体系在自身技术细腻的基础上，增加了诸多男排技战术的内容。意大利队女排男子化做得非常到位，尤其是吸收了自己可以适应的内容。

客观说，发球和一传依然是中国女排的软肋，而且足够致命。张常宁说：“我们的一传后来被对手冲得太厉害了，全队进攻被拦死太多了，我们的应变也比较差。”意大利队整场比赛拦网以19比9绝对超出，等于在网口彻底封杀了中国队的有效进攻。本来拦网是中国队限制意大利队的武器，但最终却反过来被意大利队限制，这不得不说与发球和一传有直接关系。郎平说：“意大利队是世界强队，我们在打硬仗时需要定力，慢慢地和对手咬才行。但是，一传质量上不来，我们的进攻打不下去。我也尝试了不同的人员，但效果一般。”

中国女排结束了在日本札幌赛区的比赛，以B组第二的成绩落位女排世锦赛十六强F组第三位。十六强F组排名情况为：意大利队5胜0负积15分列第一，美国队5胜0负积13分列第二，中国队4胜1负积12分列第三，俄罗斯队4胜1负积12分列第四，泰国队、土耳其队、阿塞拜疆队和保加利亚队依次顺序排列。如此形势之下，中国女排挺进六强之路将异常艰辛。

打破魔咒

第二阶段，中国女排最关键的比赛就是与美国女排的对决，而自从2014年世锦赛决赛1比3败给美国队之后，美国女排就一直是中国队的克星。如果这次再输给美国队，中国队就可能无缘世锦赛四强。我们能够打破国际大赛多年不胜美国队的魔咒吗？

10月7日，中国女排由于过于依赖朱婷导致自身战术体系单一，幸亏接应龚翔宇站了出来，才让中国女排有惊无险地击败亚洲劲旅泰国女排，这场3比0的胜利来之不易。

第二天，中国女排以3比0击败战术简单的阿塞拜疆队。因为当时全队冲击六强的形势非常严峻，因此赛后郎平非常平静。郎平说："现在的大形势对我们不利，每一局、每一分都要算清楚，要做最困难的准备。因为到十六强最后一轮形势难料，所以我们从现在开始，跟谁打都得玩儿命。"

休战一天之后，中国队将先后迎战世界劲旅美国队和俄罗斯队。只有玩儿命搏杀，中国队也许还存在一线生机。

如今美国女排拥有全世界最先进的技战术体系，并将"天下武功、唯快不破"的道理诠释得淋漓尽致，被球迷称为"光速梦之队"，也是国际排联评选的最有可能夺取本届世锦赛冠军的第一热门球队。

美国女排为何这么快？郎平说："基拉里接队以后，对美国女排进行了全新改革，从技战术体系方面明显加快了攻防速度，这个速度是建立在球员技术全面和默契配合基础上的，可以说这是体系之快。基拉里作为球员夺取过奥运会冠军，他也是男排球星出身，他把男排当中的先进打法引进女排。随着长时间的不断磨合，美国女排日趋成熟，这是她们最厉害之处。而且，美国女排虽然没有像朱婷这样的个人能力非常突出的世界级球星，但是她们人才济济，兵多将广，球员实力平均，整体都是高水平。"对于中国女排而言，能够将美国队拖进决胜局从而拿到1分的积分就是胜利。

不仅是中国队有时跟不上美国队的节奏，世界各路强队也未必能跟上美国队的快节奏。美国队的这个快节奏可以快到由守转攻打反击时，进攻质量与第一次攻击同属于一个层级，像一台高速运转且润滑出色的机器，有时感觉美国队和别的球队打的不是一类排球。

但是，每一次国际大赛打到生死时刻，中国女排总能爆发出无限的潜能，打出近乎舍生忘死的搏命斗志，这也是国人几十年来一直喜爱中国女排的原因所在。往往越到困难时刻，越能彰显那令国人动容的女排精神。中国女排，玩儿命的时候到了。

"生死战不怕死才不会死"，郎平说的这句话正是中美女排对决的写照。中美女排对决对于中国女排而言是一场冲击世锦赛六强的生死战。面对国际公认的夺冠热门“光速体系”美国队，疯狂的中国女排竟然以3比0获胜，提前冲进六强，打破了自己12年来世界三大赛不胜美国队的“魔咒”。这一次疯狂来得荡气回肠，这一次疯狂来得热血澎湃，那是决绝般的死磕。

赛前，我在运动员通道里等来了抵达赛场的中国女排队员，大家看上去很坦然，甚至还有人和我开起了玩笑，但目光中透露出一股杀气，那是一种豁出去的洒脱，哪怕是死也要站着死。

郎平在远处就和我打起了招呼，俨然不像要登上生死战赛场的人。郎平表示，球打到了这个份上，想什么也没用，一拼到底反而轻松了。郎平特别有那种举重若轻的气质，泰山崩于前而色不变。郎平的这种气质也感染着全队，此刻的中国女排给人的感觉就两个字：决绝。

两强相遇勇者胜，在谈技战术之前要有破釜沉舟的决心。中国女排全体将士将本场比赛当作保级生死战，气势上完全占据上风。这种气势一直延续到最后取胜的那一刻。

首局，全队打出了多点进攻，这与二传手丁霞的出色发挥密切相关。丁霞说：“美国队实力很强，郎指导赛前告诉我们要打一场争气的球，没有局面就撕开局面。我们调动得不错，但3比0这个结果完全没有想到。”美国队在15分上被定格了很久，中国队随即以25比17干脆地拿下。

第二局是艰苦的拉锯战。在多回合竞争中，中国队用有效拦网逼迫对手进攻失误，从而以26比24险胜。赛后朱婷表示：“球队已经到了被淘汰的生死边缘，此时不拼更待何时。”

第三局，美国队早已无法阻挡中国队前进的脚步，最终，中国队以25比18取胜，三局可谓一鼓作气。中国队这种疯狂的态势出乎美国队预料，也许美国队主帅基拉里想到会遭遇中国队的冲击，但绝对没有想到中国队的冲锋会如此劲爆。

在爆发出自己决绝之心的同时，要想战胜强大的敌人还必须有针对性的方案。为了准备与美国队的比赛，郎平一直工作到凌晨。郎平说：“我只是正常研究，然后给队员做出战术计划，关键是要执行。到了玩儿命的时候，就不用再犹豫。我们打美国队不仅要有一次攻，更要在不断的反击中咬住对手，要相信自己，很多球是可以防起来的。队员们

女排姑娘们以一场 3 比 0 的胜利，终结了对美国队 12 年不胜的“噩梦”

执行得比较坚决果断。因为是生死战，我们还准备了第二手和第三手方案，随时应变。”

中国队利用拦网有效地压制了美国队的攻势，有效的防守也支撑了拦防体系，发球破攻次数也不少，这让美国队进攻组织比较被动，“光速”根本无法实现。

中国队不仅有拦网，更有霸气的进攻，拦网出色的副攻手颜妮居然上演开网暴力强攻，接应龚翔宇更是带动起了侧翼攻击线。队长朱婷说：“从技战术方面看，我们主要是胜在拦防体系上。”

郎平说：“这几年和美国队比赛，我们都是输在网口。所以，这次我们要打出拦网和进攻，要和美国队争夺网口控制权。另外，我们还要用发球破坏对手一传体系，让对手难以打出快速的平网进攻。队员做得非常坚决。其实，发球和一传都很重要，我们有了稳定的一传，就能打出快攻，队员要有更加宽阔的视野和清晰的思维。”

客观说，美国队并没有打出自己应有的水平，更不要谈什么“光速”排球了。而之所以没有发挥出威力，一则是赛前对中国队的疯狂态势准备不足，二则是中国队有效拦防制约了美国队技战术水平的发挥。

本场比赛，大家都在舍命相搏，把不可能变成可能，姑娘们形成了巨大的凝聚力。朱婷斩获19分荣膺得分王，接应龚翔宇砍下14分列全队第二，颜妮还有11分进账。这些得分多数都是反击得分，就像朱婷所说，关键是打不死的防守让全队拥有了反击得分的机会。

防守最能体现出姑娘们决绝的心。只要你打不死我，我就有击败你的机会。大家不再犹豫，每个人都在努力防守，每个人都在努力补位，全队形成了巨大的合力，打出了振奋人心的高效反击。郎平说："无论领先还是落后，每个人都非常专注，一切都按照自己的节奏打。本来我们准备了五局鏖战，没想到会3比0解决战斗。生死战，我们有拿1分算1分的心态，不怕死才不会死。"

郎平的心情不错，因为她看到了众志成城的中国女排的绝地反击，看到了大家疯狂地在绝境中杀出一条血路。这是中国女排自世锦赛开赛以来打得最出色的一场比赛，只有在战火纷飞中方显屡创奇迹的女排精神。

飞翔的龚翔宇

接应位置一直是中国女排的一大软肋，年轻的龚翔宇起伏不定为人诟病。随着世锦赛的征战以及郎平的足够信任，21岁的龚翔宇终于"飞"了起来。

在本届世锦赛开赛前，龚翔宇还受到各方质疑，而她自身也的确有不足，这种氛围让龚翔宇多少感到压抑，甚至一度怀疑自己是不是适合打接应这个位置，或者说自己的风格是否能够适应当下的世界排坛。

人在潮头必将承担压力，龚翔宇能够以19岁的年龄出征里约奥运会，郎平同样承担着压力，就在奥运会1/4决赛淘汰夺冠热门巴西女排之后，龚翔宇抱着郎平泪水横流，肆意地释放着19岁女孩承受的重压。但是，就在里约奥运会之后，尤其是跟随江苏女排夺取联赛冠军之后，龚翔宇似乎遭遇了瓶颈，因为国内外对手都仔细研究她，她即便弹跳再高，单一的进攻线路也很容易被对手拦防。

在2017—2018赛季女排联赛中，龚翔宇几次出现一场比赛仅能得到一两分的尴尬现象，她的“哑火”也成为江苏女排丢掉冠军的原因之一。反过来看，这其实也是龚翔宇再度突破自我的考验，在全世界的对手都了解自己的“三板斧”之后，自己该怎么办。就此沉寂，那么就是一颗流星；突破自我，就会迈向世界级球星的行列。

中国女排在本届世锦赛第一阶段比赛打得沉闷，龚翔宇的表现也很一般，这让龚翔宇很着急。为了能够做好球员思想工作，郎平特意让徐云丽从国内飞到日本，以大姐的身份找年轻队员聊天沟通。龚翔宇说：“丽姐来到这里之后，给我们做了很多思想工作。之前我表现一直不好，自己也很烦躁。丽姐帮助我一起寻找问题，解决困惑。”

还有一个人也很关键，他就是国家队接应教练袁志。袁志是中国男排非常优秀的接应二传手，他加盟的目的就是提升中国女排接应选手的技术水平。经袁志和郎平的点拨，龚翔宇有了不小的进步。

只不过当国际大赛来临，年轻的龚翔宇急于为球队奉献能量，反而欲速则不达。世锦赛第一阶段沉闷之后，在最需要接应的时候，龚翔宇终于挺身而出。

在对阵泰国队的比赛中，泰国队心态平和，而顾虑重重的中国队一度只有朱婷能够打开局面，全队也没有有效的快攻，场面比较被动，处于一路追分的态势。另一名主攻手张常宁也因被压制而被换下场，形势一度非常危急。就在此刻，龚翔宇站了出来，打乱了泰国队的部署。打开局面的龚翔宇成为朱婷侧翼有力的支撑，开窍的龚翔宇兴奋得像欢快的小鹿一样，帮中国队挺过这一关。

对阵劲旅美国队时，龚翔宇更是打出了高水平，拦网、进攻、防守和串联都很出色，她也拿到全队第二高分。重要的是，龚翔宇在进攻方面不再是单一线路和单一站位，而是变化多端。跑动进攻一旦形成，龚翔宇的身高和弹跳就发挥出了威力，这让朱婷和张常宁组成的主攻线得心应手，进攻“三叉戟”组合在本届世锦赛第一次全面爆发。

其他强队接应基本上都不负责接一传，得分基本依靠主攻和接应，但中国队的特点是朱婷和张常宁组成的主攻线绝对实力很强，是主要得分点。这就要求龚翔宇不仅要在接应位置上有突破能力，还要在串联、防守以及一传方面有所贡献，成为主攻线有力的支撑。在与美国队的比赛中，龚翔宇负责的一传相对稳定，而她的发球还压制了美国队新崛起的主攻巴奇·哈克利。

原先只注重进攻，后来是拦网，如今还有发球、一传、防守和串联，龚翔宇正在向全面型接应蜕变。

龚翔宇出生在江苏省连云港市，母亲魏佳萍是重剑运动员，还夺取过全运会重剑团体冠军；父亲龚兴华是江苏男篮球员。龚翔宇继承了父母良好的运动基因。小学二年级时，学校排球队教练找到了龚翔宇的母亲魏佳萍，建议让龚翔宇去练排球。当时，魏佳萍只是想让孩子去玩一玩，没想到，这一“玩”让龚翔宇走上了排球道路。龚翔宇说：“以前人们见到我都说，看，这是魏佳萍的女儿。我就想改变人们的这种观念。如今人们见到我妈妈都说，看，这是龚翔宇的妈妈。”

2008年北京奥运会时，11岁的龚翔宇看到冯坤那一代中国女排在征战，就希望去北京看奥运会，但工作很忙的父母没能实现女儿的愿望。龚翔宇暗下决心，要凭借自己的本事参加奥运会，这样，自己就不用花钱买门票了，还能让别人花钱买门票看自己打

龚翔宇扣球

球。没想到，2016年里约奥运会，龚翔宇就以奥运冠军的身份登顶。

龚翔宇说："我还很年轻，技术还很不全面，队伍取得了胜利是大家的功劳，我能在这个集体里成长感到很幸福。"受到表扬之后，龚翔宇有点儿不好意思："其实，我觉得不是自己打得有多好，真的是有很多人都在帮助我。我会继续努力，因为感觉真正的世锦赛才刚刚开始。"

不去选择

接下来是与俄罗斯队的比赛。如果输给俄罗斯队，中国队就有可能将美国队挤出六强；如果战胜俄罗斯队，那么美国队就将晋级六强，再遇美国队必将是死战。不去放水，不去选择，体现出的是郎平和中国女排的铮铮铁骨。

10月11日，在日本大阪市中央体育馆举行的女排世锦赛十六强复赛F组最后一轮比赛中，已经提前晋级六强的中国女排依然派出全部主力，迎战俄罗斯队。郎平说："哪怕在六强之战中再碰美国队，我们也在所不惜。我反问大家一句，未来难道我们就不碰美国队了吗？这辈子就不碰美国队了吗？反正总要碰到，就无所谓了。"

这也是我钦佩郎平之处。中国女排的目标永远是冠军，逃避不能解决问题，反而会打击自己的信心，降低士气。一往无前，无所畏惧，这才是中国女排。哪怕"战死沙场，马革裹尸"，那也是人生豪迈。

著名球星冈察洛娃因伤缺席，多少影响了俄罗斯队的整体实力。龚翔宇的进攻和拦网让中国队率先打开局面，以25比22拿下首局。第二局，俄罗斯队以25比21扳回一局。

第三局，两队网上争夺更加激烈，俄罗斯队展现出世界劲旅的风采。沃隆科娃强力发球居然连续得分，同时，帕鲁贝茨的进攻屡屡奏效，俄罗斯队以20比18领先。刘晓彤换下有些疲惫的朱婷，与李盈莹搭档主攻线。李盈莹的反击将比分追成20平，而后中国队以25比23拿下第三局。

第四局，中国队气势如虹，很快就以25比15横扫，从而以3比1击败俄罗斯女排。

值得肯定的是，在朱婷体能下降之际，大家共同支撑起了中国女排的攻防体系。虽

袁心玥吊球

然朱婷才得9分，但李盈莹和龚翔宇分别得到14分，颜妮和袁心玥组成的副攻线更是让人惊喜，有很多的拦网得分和有效拦网，极大地在网口限制了俄罗斯队。虽然中国队进攻得分49比62落后，但拦网却是14比3绝对超出，可以说中国队网口的压制让俄罗斯队无缘六强。

2018年女排世锦赛十六强复赛结束，巴西队和俄罗斯队无缘六强。经过抽签，最终六强分组为G组意大利、塞尔维亚、日本，H组荷兰、美国、中国，两个小组前两名晋级四强。

“打不死”的中国女排

“打不死”的中国女排！压不垮的郎平！面对再度相遇的强敌美国女排，中国女排义无反顾。

10月14日下午，女排世锦赛六强决战首回合在日本名古屋综合体育馆打响，中美女排再度相遇。如今的这支中国女排最令对手畏惧的并非世界顶级球星朱婷，也并非当今世界女子排坛第一平均高度，而是深不可测的主帅郎平。郎平已经把她身上永不服输的特质渗透进了这支队伍的骨髓，中国女排体现出的就是郎平骨子里的自信。

郎平的眼光很长远，为了2020年东京奥运会上有更好的表现，这支球队现在就要经受各种锤炼，要想未来冲顶就必须战胜所有世界强队。面对搏杀凶悍的俄罗斯队就是一次考验，这个过程可遇而不可求。同时，郎平用这种公平竞赛的态度告诉美国队，把她们放进六强，就是不怕再和她们较量。如果“放水”给俄罗斯队，实则是告诉美国队中国队很怕她们，这对未来更为不利。当然，这也给中国队球员一个强烈的信号，我们根本不怕再和美国队较量多少次，而且还要赢得胜利。这就是郎平之自信。可见，这个决定看似简单，却内涵丰富。

张常宁进攻

朱婷进攻

由于上一次吃了亏，再度相遇，基拉里肯定会有所改变。首局，美国队就已经有所不同，拦防体系提升了一个水准，反击也更加犀利快速，从而以18比15领先。中国队则一直处于落后状态。但张常宁的拦网和反击不乏神来之笔，再加上朱婷的暴力强攻和颜妮的超级拦网，让中国队以25比22拿下首局。拿到本局最后一分时，郎平振臂一呼，用行动告诉全队，这就是上一场3比0击败美国队之后，美国队信心受挫的延续。朱婷和张常宁组成的主攻线，以及颜妮和袁心玥的副攻线给了对手不小的压力。这就是网口硬实力。

落后的美国队开始搏杀，全队终于打出了速度排球的威力，攻防转换速度极快，还用精准的拦网彻底让之前发挥出色的龚翔宇“哑火”，以25比19扳回一局。

第三局，郎平用曾春蕾换下龚翔宇，让美国队感到不适应。但她们还是打出了高水平的速度排球。郎平又用李盈莹换下张常宁，力求有所改变，但攻防流畅的美国队仍以25比20拿下第三局，总比分2比1反超。

第四局，郎平依然坚定地相信李盈莹和曾春蕾能够支撑起两端进攻。李盈莹是左手选手，打球坚决且聪明，打吊结合；曾春蕾则用经验和技术支撑住了接应位置，这让美国队的节奏出现混乱。郎平说："本来想释放朱婷的进攻，但遇到困难就要应变。李盈莹登场后，朱婷更好地做好一传工作，释放李盈莹的进攻。事实证明，这样的调整收到了效果。"

从曾春蕾后攻反击得手开始，中国队打出高潮。曾春蕾传远端李盈莹的高难度调整攻配合默契，中国队以17比12大比分领先。美国队洛维发球奏效，将比分追成22平。郎平不会用死棋，又让龚翔宇换下曾春蕾，正是这换人让中国队以25比23取胜。

到了决胜局，两队的心态完全不同。李盈莹打"疯"了，中国队以15比9拿下全场比赛。

中国女排3比2逆转力挫夺冠热门美国女排，主帅郎平再次展现出超人一筹的执教才华，在不具备世界第一绝对实力的情况下，居然在六强决战中打出了晋级女排世锦赛四强的曙光。这就是压不垮的郎平，"打不死"的中国女排！

获胜后，姑娘们都露出了喜悦的笑容

中美女排总得分为104平，各项得分也相差不多，然而美国队还是输了。基拉里也许不明白、也不会明白为什么郎平压不垮，中国女排“打不死”。

每到关键时刻，郎平的决绝就会让每名球员迸发出强大的凝聚力，而这种生死时刻所体现出的恰恰是对老女排精神的传承。郎平的话看似很平淡，其实是一种决心的展示，她说：“我们有一段时间跟不上对手节奏，但我没有丝毫的紧张，因为这是美国队的正常水平。上一场我就做好了打五局的准备，没想到只打了三局。这次我依然做好了打五局的准备，用上了。其实，我们有很多场次都准备了五局方案，只是没打到而已。五局对我们的队员是一个锻炼。”这个时候还能说出“锻炼”一词，可见郎平把一切都看开了。

朱婷说：“每个人都努力发挥自身特长，相互弥补，相互支撑。胜利不是我一个人的功劳。”袁心玥也说：“我们遇到了困难，拦防受到了对手牵制，而后调整了过来。郎指导依然很平静地和我们在一起战斗，我们丝毫没有认为比赛会输，并对胜利充满信心，不拼到最后一刻绝不会放弃。”二传手丁霞说：“我在前三局打得并不清楚，第四局没有退路了，头脑变得清晰了很多。当然，每个人都豁得出去，抓住了一些机会，让比赛反败为胜。”

再碰美国队，为何能有如此坚定的信念？郎平说：“强队之间比赛互有胜负很正常，每一场比赛都是从零开始，不能拿前面的比赛结果说事。我们赛前就知道美国队肯定会有调整，所以我们不能等待，要全情投入，注意场上的变化，要比美国队打得更好。”

把年轻的李盈莹推到台前，这也是郎平的大胆之处。郎平说：“虽然李盈莹强攻也被拦死，但是这个孩子敢打，而且让她出场我们就换了一个节奏。”李盈莹说：“我也遇到了困难，郎指导提醒我，往高点打，不要发死力。我做到了。郎指导在，我的心很定。而且，全队做了五局准备，就是要拼到最后一刻。”虽然朱婷得到全场最高的25分，但是李盈莹这12分比金子还珍贵。

敢赢不怕输

10月16日，中国女排在日本名古屋综合体育馆迎来六强战最后一个对手荷兰队。

这场比赛多少有一种“无关紧要”之感，因为双方均已提前晋级四强，比赛的结果也就是选择半决赛对手的问题。

塞尔维亚队3比1战胜意大利女排，从而夺取六强G组第一，意大利队居G组第二。这是意大利女排本届世锦赛遭遇的首场失利。没有一支球队能够保持全胜，这也反映出世锦赛的激烈程度。

世锦赛赛制规定，半决赛G组第一对H组第二，H组第一对G组第二，展开交叉淘汰赛，胜者挺进决赛。很多人都认为中国队有些怵意大利队，半决赛未必愿意碰意大利队。然而中国女排主帅是郎平，她的眼光比较长远，这些和自己较劲的世界强队，中国队必须都要去碰。

就像郎平所说：“之前塞尔维亚队和意大利队比赛的时候，我们还在来赛场的路上，到达赛场后就在训练馆热身，根本不打听那场比赛结果如何。我们就是专注于自己的比赛，做好自己的工作，该跟谁比就跟谁比。”这话语透着一股自信，这种必胜的信念影响着全队。

于是，中国队与荷兰队真刀真枪地展开比赛，荷兰队以25比23险胜首局，中国队以25比13扳回一局。中国队的有效拦网让荷兰队感到窒息，中国队以25比18再胜一局，总比分2比1反超。郎平换上李盈莹，对阵容进行调试，绝望写在荷兰人脸上。中国队又以25比17拿下第四局，3比1击败荷兰队。本场比赛，中国队拦网得分以14比7超出荷兰队一倍，进攻得分以59比47超出，可见中国队给予的网口压迫感让荷兰队输得非常服气。

这样，中国女排将在半决赛对阵意大利队，这是中意女排在本届世锦赛的第二次交锋。郎平用一场胜利，再度主动选择对阵曾战胜过自己的意大利女排，可谓明知山有虎，偏向虎山行。

郎平说：“进入四强的四支球队都非常优秀，一切要看临场发挥。半决赛对我们来讲是非常艰难的比赛，我希望在两天休整的时间里有充分的准备。意大利队是一支非常有特点的球队，我们会认真分析她们的情况，自己也会做一些调整，但最重要的还是发挥出自己的水平。比赛就是抑制和反抑制，我希望我们能够找到更好的办法，打出精彩的比赛。”

敢赢不怕输，这就是中国女排。

不老“北长城”颜妮

现代京剧《沙家浜》有一段著名唱词：“要学那泰山顶上一青松，挺然屹立傲苍穹。八千里风暴吹不倒，九千个雷霆也难轰。”用这段唱词来形容中国女排大器晚成的一名“老人”再合适不过，她就是31岁“不老松”——“北长城”副攻手颜妮，也是郎平麾下中国女排网口最坚固的一道屏障。

中国女排有两名世界级副攻手，一个是来自福建的身高1.96米的“南长城”徐云丽，另一个就是来自辽宁的身高1.92米的“北长城”颜妮。不爱说话却很爱笑的颜妮长得特别喜庆，再加上与《武林外传》女主角佟掌柜的扮演者名字读音相同，因此被球迷爱称为“颜掌柜”。

颜妮性格十分内向，这与话多的徐云丽截然相反，不过特别爱笑的她很招人喜欢。本来颜妮肩伤比较严重，自里约奥运会夺冠之后就萌生去意。没想到郎平不拘一格，鼓励颜妮：“只要你自己认为不老，只要你状态很好，中国女排就有你的一席之地。运动员要珍惜运动寿命，难得还有这么好的舞台，国家队副攻手位置也需要你。”就这样，颜妮继续走上了世锦赛赛场，并再度成为一道有力的“网上长城”。

说颜妮大器晚成，是因为她是打沙滩排球出身，2009年22岁才第一次入选国家队。颜妮最大的特点就是为人踏实谦虚，打球有出色的移动意识和能力，尤其一流的拦网能力，是遏制对手进攻的利器。2015年，当时已经28岁的颜妮第一次代表中国女排征战国际赛事，并随队一举夺取世界杯冠军。颜妮说：“我真没想过自己还能进国家队，还能夺取世界冠军和奥运会冠军。”要知道，颜妮27岁的时候就已经想过在辽宁队退役了。

没有出众的天赋，就用辛勤的汗水来弥补。颜妮可不像电视剧里那位佟掌柜有那么多波澜起伏的故事，她更多的时候给人一种淡然的感觉，却是郎平这一次不可或缺的网口屏障。颜妮的拦网一次次扼杀对手进攻的信心，极大地振奋了全队士气。类似于主攻手强攻般的暴力进攻，更显出颜妮的杀气。

多场关键比赛，正是颜妮一次次精彩的网口演出，极大地牵制了对手的精力，让朱婷没有了牵绊。在与俄罗斯队的比赛中，颜妮更是得到全队最高的16分，这对于一名副攻而言相当不易。世锦赛第一阶段还不显山露水，但现在颜妮的爆发让中国女排的网口霸气十足。颜妮不张扬，但技术发挥不拖泥带水，就一个字：稳。郎平说："颜妮是老队员，经验非常丰富，她的拦网是球队网口的第一道防线。"

每次训练前，康复师都会给颜妮胳膊上贴很多胶布，扯下来的时候都疼得她撕心裂肺。颜妮平实地说："我的小伤很多，每天都很疼。疼也没办法，就是咬牙去坚持。"人们总说三分靠天赋，七分靠打拼，颜妮用一分天赋加九分努力才成就了今天的自己。颜妮就是中国女排的一名工兵，让全世界看着她安安静静地打球。

颜妮的笑容是那样灿烂，让人丝毫感受不到她的伤痛。31岁对于一名排球运动员而言的确不小了，但颜妮居然还有这么好的竞技状态，十分难得。颜妮说："在我怀疑自己的时候，郎指导一直在我身边给我鼓励和支持，一如既往地信任我，因此，我只要上场就一定会拼尽全力。"

不少球迷都学会了默默地欣赏颜妮，大家都希望颜妮能够坚持到2020年东京奥运会。有球迷就说："颜妮不是焦点人物，但在她身上却能感受到女排精神更深刻的内涵。"

除了拦网，暴力进攻也是颜妮令对手胆寒的武器

横滨决战

10月19日下午，塞尔维亚队凭借强劲实力以3比1击败荷兰队，率先挺进最后决赛。随后上演的就是中意女排半决赛。

应该说，郎平不选择对手，一路杀到底的气质令人钦佩，这也是郎平骨子里永不服输的个性使然。由于12年国际大赛没有赢过美国队，不少人都说美国队是中国队的“克星”。这一次世锦赛上，中国队两胜美国队而打破魔咒。由于中国女排多年来很少能痛痛快快地击败意大利队，又有不少人说意大利队与中国队风格相克。其实，并没有什么所谓的“魔咒”，综合实力才是决定比赛胜负的因素。

不可否认，郎平团队认真地进行了针对性很强的战术部署。然而，不要忘记意大利排球战术分析技术堪称世界第一，科研力量和数据分析系统均为世界顶级，和四年前完全不同，这是一支崭新的意大利队。马赞蒂团队投入大量的科研力量，用出色的训练和高端职业化联赛，让身材并不出众的意大利队走到了世界前列。

之前3比1击败中国队的那场比赛，马赞蒂团队的数据分析系统立下大功。他们对中国队所有战术体系进行了深入的研究，摸清了中国队的战术安排。同样，他们对中国队每名队员的特点也进行了研究。当然，郎平的国际化团队也属于高水平，也对意大利队的战术特点了如指掌。那么，就看谁能够执行到位。

郎平已经对这支中国女排进行了提速，并且对一些细节进行了修补，但整体战术体系存在着漏洞，而且全队综合运转系统不如参加里约奥运会的那支队伍。

现在的这支中国女排最怕速度和防守。如果仅是日本女排和泰国女排那样的速度也无所谓，因为她们的网口身高不足。意大利队则不同，网口具备了一定高度，这是在高度上的加速。意大利队打得很快，中国队无法跟上这样的快节奏，意大利队以25比18拿下首局完全在情理之中。

而且，中国队多少有些怵防守特别好的世界强队。与意大利队的比赛，中国队有效防守是45次，意大利队则是53次，对手的有效防守挫伤了中国队赢球的信心。更可怕的是，这些有效防守成就了多次快速反击，这种速度加防守让中国女排极为被动。中国队看似总有机会，其实逆转非常艰难。

再次，中国队的发球依然缺乏足够的杀伤力，而且进攻不够凶狠，主攻对角和接应绝对杀伤力不足。塞尔维亚队击败意大利队，最重要的一点就是发球凶狠，还有就是蛮不讲理的暴力进攻，意大利队防线或者说意式战术体系被打破。中国队发球进步不小，但面对世界顶级强队，杀伤力还是不足。

中国队首局就是因难以通过有效发球打破意大利队编织的那张大网而落败。发球打不乱对手一传，让对手打出速度，增加了我们自身的拦防难度。第二局中国队能以25比21艰难地扳回一城，就是赢在了胡铭媛最后两记发球得分上。第三局中国队开局能4比1领先，也得益于袁心玥的发球破攻。

意大利队细腻全面的技术，尤其是串联防守技术成就了自己。既然中国队目前做不到意大利队这样全面，那么如果有塞尔维亚队博斯科维奇和米哈伊洛维奇这一对接应加主攻的强力组合不讲理的暴力强攻，也会让意大利队无可奈何。本场比赛，朱婷、颜妮、袁心玥这三名球员表现出足够的杀气和凶悍的实力，但接应龚翔宇仅得到8分，不是说龚翔宇不努力，而是她的综合能力还不足。但作为主攻对角的张常宁仅得到1分，让人感到不可思议，这恐怕与她手术后尚未达到最佳状态有关。可见，中国队进攻方面有明显的漏洞。

最后，中国队拦防体系和反击体系难以压制住塞拉这个点。对手之所以有信心击败中国队，是因为她们有出色的防守反击体系，而李盈莹登场的确给全队带来了节奏的变化，但是对手仔细研究了李盈莹技术不全面的特点，在其他环节，她反而成为战术体系的漏洞。同时，意大利队更是彻底封杀了张常宁的进攻点。

中国队若想战胜意大利队，不应该仅靠朱婷，而是要靠另一个主攻点张常宁或李盈莹。同样，意大利队要想战胜中国队，靠的不是埃格努，而是对角攻击点塞拉。四年前世锦赛多米尼加队和中国队的生死大战，多米尼加队球星德拉克鲁兹一人得分接近40分，就类似本场比赛得到惊人45分的埃格努。但事实证明，多米尼加队只有德拉克鲁兹一人疯狂是没有用的。然而，意大利队塞拉能够得到23分，就说明中国队拦防体系仍有不足。

第三局，意大利队25比16横扫。至于第四局，我觉得中国队没有机会了。小组赛中国队输给意大利队是实力使然，半决赛再度相遇，战至如此地步，也在意料之中。实力和气势完全占据上风的意大利队，如果不出意外的话，应该能拿下第四局。然而，郎平用张常宁和李盈莹轮流登场弥补朱婷进攻对角的不足，中国女排就是这样咬着牙，居然以31比29险胜第四局，将对手拖进决胜局。这一刻，中国女排可以说打出了顽强拼搏的女排精神。

中国队的体能也经受了巨大的考验，打到决胜局，队员的精神和体能都处于透支的边缘。客观说，面对这样一支全面犀利的意大利队，中国女排难以坚持五局，然而主帅郎平和全体将士们搏杀到了最后一刻。决胜局，中国女排15比17惜败，无缘世锦赛决赛。

在同一届国际大赛中输给同一个对手两次，这在中国女排四十年来国际大赛历史上都是十分罕见的。此次半决赛，中国队虽然是惜败，但能够坚持五局已十分不易，同时也说明这支中国女排不具备击败意大利女排的绝对实力，输得可惜但并不冤枉。

李盈莹进攻

意大利队全场进攻得分为80分，比中国队足足高出20分，不少得分来自拦防体系和反击体系的衔接，也就是郎平所说的环环相扣。埃格努也贡献了不少得分。关键是中国队不足以抑制对手，给了意大利队相对宽裕的发挥空间，当然也成就了埃格努的45分杰作。

整体全面流畅的战术体系，加上出类拔萃的球星，意大利队岂有不胜之理？反过来讲，中国队的这些不足恰恰就是郎平所说的未来发展潜力，因此面对2020年东京奥运会，我们没必要丧失信心。

再度输给意大利队，中国队队员心里肯定难受，因此我没有过多地询问球员比赛感受。当主帅郎平带着一丝坦然的微笑走过来时，我感受到了一种力量。虽然输掉了比赛，但依然要坦然面对。其实，郎平心里同样有遗憾，她说："其实，我们有机会获胜，但没有把握住。尤其第三局输得有些莫名其妙，领先的时候我们反而急于扩大优势，出现了不少失误，以后全队还要经历这方面的锻炼。胜负就在一线之间，全队在某些方面做得不到位。"

同时，郎平对中国队拼尽全力的过程比较满意。郎平说："我觉得这是一场扣人心弦且非常精彩的比赛，运动员也非常努力。我们在很多方面都很有潜力，比如拦网、反击时的强攻等。当然，我们还可以做得更好，这也是我们未来的努力方向。我们会调整一下心情，打好最后一场与荷兰队的铜牌争夺战。"

女排精神并非一定要在胜利的一刻才能展现出来，郎平给出了女排精神最好的诠释："女排精神不是赢得冠军，而是知道有时不会赢，也会竭尽全力；是一路虽走得摇摇晃晃，但站起来抖抖身上尘土，眼中依然坚定。只要你打不死我，我就和你咬到底。"

宝贵铜牌

与荷兰队争夺铜牌之前，郎平动员大家："我们没能进决赛，这一次不能奏国歌了，但是我们要努力把国旗升起来，走上领奖台！"听到郎平的话语，大家热血沸腾。队长朱婷说："郎指导话语十分简单，但已经足够了。"

10月20日，在日本横滨体育馆，中国女排凭借着整体实力和李盈莹的出色发挥，以3比0脆胜荷兰女排，从而夺取本届世锦赛铜牌。在当晚结束的世锦赛决赛中，塞尔维亚女排以3比2力挫意大利女排，第一次冲上世界之巅。

国际排联评选出的2018年女排世锦赛最佳阵容为：最佳主攻塞拉（意大利）、朱婷（中国），最佳副攻颜妮（中国）、拉西奇（塞尔维亚），最佳二传马里诺夫（意大利），最佳接应埃格努（意大利），最佳自由人德吉纳罗（意大利），最有价值球员博斯科维奇（塞尔维亚）。

中国女排本届世锦赛发挥最出色的球员是朱婷、颜妮和李盈莹。李盈莹是本届世锦赛的新星，她的话语也透着青春的气息。李盈莹说："我是年轻球员，要用年轻人的情绪感染全队。我的优势是进攻和发球，我就用这两项带动自己的其他技术环节。我们对奖牌充满了渴望，所以这场比赛打得更坚定。"

作为队长，朱婷这一次承受了前所未有的压力，同时也经受了一次难得的锻炼。朱婷说："我很开心获得世锦赛第三名，我自己还有不足，需要加强。我感觉世锦赛非常激烈，各队水平都很高，而且风格各异。我要学会取其精华，为自己所用。"

31岁老将颜妮是中国队年龄最大的球员，也是本届世锦赛发挥非常稳定、出色的球员。"作为老队员，你感觉自己这样的好状态还能够保持多久？"赛后，面对我的提问，颜妮沉思了一会儿，然后说："我的年龄在运动员里也不算小了，自己身上有些伤病，身体恢复起来比李盈莹这样的年轻队员要慢一些。看到年轻人的成长，我可以交棒了。但是，我不会规定自己必须打到什么时候。在身体允许的情况下，看自己到底能够打多久吧！"说罢，颜妮有些不好意思地笑了。这样的回答和她的为人一样，朴实无华。

整个世锦赛，中国女排虽然整体实力不足，但从头到尾一路拼搏，不去选择，义无反顾，搏杀到底，最终获得了一枚宝贵的铜牌。女排精神令人动容。郎平说："比赛胜败都很正常，我们还没有强大到能够击败任何对手。我们的发球和一传有进步，但在进攻方面还需要有不同的进攻点，不能光靠朱婷。胜负乃兵家常事，输球不一定就是坏事。这次比赛我们收获很大，和这些强手比赛，我们积累了丰富的比赛经验，看到了国际排坛的发展趋势，也看到了自己的希望。"

17 卷土重来

明确目标

2019年3月17日，主帅郎平率领中国女排奔赴福建漳州，开始第一期封闭式集训，2019年度的征战大幕也随之拉开。中国女排2019年最重要的目标就是第一时间冲进2020年东京奥运会，其次是力争取得世界杯佳绩。

早在2018—2019赛季女排超级联赛尚未结束之际，郎平就在北京开启了对部分年轻队员的集训，目的就是考察队员。因为土耳其超级联赛远未结束，所以朱婷暂时无法归队。此外，4月27日至5月5日，天津女排要代表中国参加2019年亚洲女排俱乐部锦标赛，所以，天津队的国手也无法归队。

2019年瑞士女排精英赛将于5月13日至5月18日进行，因为时间关系，中国女排不会派一队参赛。所以，中国女排第一项真正的国际赛事是2019年世界女排联赛。

我认为，郎平2019年整体战略分三步走，第一步是瑞士女排精英赛和世界女排联赛，以练兵为主。第二步是东京奥运会资格赛。东京奥运会资格赛中国队所属赛区的对手分别是德国队、捷克队和土耳其队，只有第一名才能够第一时间进军2020年东京奥运会，这也是中国女排今年最重要的国际赛事。第三步是2019年女排世界杯。

这三个步骤是相互关联、相互促进的。第一步是为后两步做积累，第二步要将球队的竞技状态调整到一个高点，必须第一时间进军奥运会，同时将良好的竞技状态延续下去，力争第三步夺取世界杯冠军。这就是2019年中国女排要做的事情，郎平整体战略思路十分清晰。

而且，老将颜妮已经归队。控制伤病对于颜妮而言非常重要，同时也说明主帅郎平给颜妮做了大量的动员工作。可见，老队员依然是郎平信赖的宝贝，这也是中国女排整体现状的缩影。

全新重启

4月下旬，中国女排结束在福建漳州的集训，转至浙江宁波北仑训练基地，进入第二阶段集训。

为了能够第一时间冲进2020年东京奥运会，郎平在寻找一种全队熟悉的里约奥运会节奏。比如在漳州集训时，场地旁边多了一个人，她不停地叮嘱球员注意动作细节。这个人就是刚刚退役的国家队二传手魏秋月。魏秋月是里约奥运会周期中国女排主力二传手，而且是跟随主帅郎平完成世锦赛、世界杯和奥运会的仅有的四名球员之一。为了打好东京奥运会，郎平将魏秋月请了回来，帮助球队二传组训练，并让大家感觉到一种踏实和稳定。

同时，郎平也请回老将徐云丽，希望她能够帮助球队副攻手训练。徐云丽号称中国女排“南长城”，出色的攻防能力和超乎顽强的斗志，让其成为中国女排不可或缺的灯塔式明星。徐云丽退役之后，副攻线只有“北长城”颜妮一人是中流砥柱，这个位置需要有人能够挺身而出。

徐云丽还有一个优点，就是特别善于做球员的心理工作。国家队需要有这么一位知心大姐，帮助球员们减轻心理负担。希望这两员老将的存在能够让全队找到当年征战里约奥运会的感觉。

东京奥运会资格赛和世界杯是中国女排2019年最重要的两大赛事，至于其他比赛，郎平势必会选择性参加，而这个选择也让郎平扛负了巨大压力。但是，郎平是世界级名帅，如此选择性参赛能为多种阵容的尝试赢得足够的时间。

我要退票

在一场中国队的比赛中，众多球迷都在喊：“我要退票！我要退票！”大家的不满直指郎平，甚至郎平的个人微博都被“攻陷”。这是怎么回事？

“我要退票”的情绪不是从一开始就有，而是一种累积。

5月18日，中国女排二队1比3于负土耳其队而列瑞士女排精英赛第六。中国队的阵容为主教练安家杰，首发是主攻手段放和李盈莹，副攻手胡铭媛和杨涵玉，接应二传手郑益昕，二传手刁琳宇和自由人林莉。

最近几年，瑞士精英赛不仅仅是中国队的练兵场，也成为其他队伍的练兵舞台。瑞士精英赛过去被称为“小世界杯”，但随着各国职业化联赛的发展，以及国际高水平比赛的增多，瑞士精英赛越来越不受重视。因此，大家对于中国队拿到第六也没有什么不满。

世界排球联赛是国际排联主推的新型赛事，但一则是因为欧洲职业联赛结束得比较晚，各国主力未必能够按时归队；二则如果该年有世界杯、世锦赛或奥运会这样的国际顶级大赛，不少国家队都会把世界排球联赛当作练兵场，不断调试阵容。

中国队也是如此。从世界女排联赛巴西站开始，郎平几乎每站比赛派出的阵容都有不同。而直到澳门站比赛开始，郎平才出现在一线指挥席，朱婷也正式归队。

最值得一提的是，中国香港站对阵意大利的比赛，郎平志在必得，派出全部主力。可见，选择性参赛并不是“放弃”，而是重在选择。

6月6日晚，尽遣主力的中意女排上演了高水平对决。中国女排主帅郎平亮出了最强进攻底牌，不仅有“朱袁张”强力组合，还有朱婷、李盈莹和张常宁最强边攻的“三叉戟”攻击组合。当然，埃格努领军的意大利队也是球星云集。

中国女排首发为二传手丁霞，主攻手朱婷和张常宁，副攻手颜妮和袁心玥，接应二传手龚翔宇和自由人林莉。意大利女排首发阵容是二传手马里诺夫，主攻手塞拉和波塞蒂，副攻手齐里切拉和达内西，接应二传手埃格努和自由人德吉纳罗。2018年世锦赛半决赛，中国女排2比3惜败于意大利队，未能挺进决赛。这是中意女排时隔8个月的再度交锋。

来自意大利甲级联赛的两支劲旅诺瓦拉和科内利亚诺会师于2018—2019赛季欧冠决赛，说明以这两支俱乐部球员为主的意大利国家女排已经全面崛起，成为2020年东京奥运会女排冠军的强有力争夺者。不同于其他欧洲球队，意大利队高快结合，尤其是融进了亚洲球队快速多变的技战术风格，攻拦俱佳，防守出色，战术体系先进，技术十分全面。果然，第一局，意大利凭借拦防和反击以10比2大比分领先。中国队太想赢了，反而束缚了自己的手脚。

郎平不会坐以待毙，她用曾春蕾换下龚翔宇，加强一传体系。曾春蕾稳定了军心，并利用发球破攻，朱婷和颜妮封杀埃格努进攻奏效，中国队打出精彩的防守反击，逐渐缩小了分差，逼迫意大利队主帅马赞蒂叫暂停。不过，意大利队攻拦出色，以25比18拿下首局。

第二局，中国队发球缺乏攻击性，自己的一传又乱，让意大利队又以8比2大比分领先。郎平不断变阵，让李盈莹和朱婷搭档主攻线，主攻刘晓彤改打接应，将比分追至22比24。但因自身失误，被意大利队以25比22再胜一局。

第三局开局，中国队依然打不开局面，郎平用姚迪和张常宁换下丁霞和刘晓彤，张常宁改打接应。这样，主攻线是朱婷和李盈莹，张常宁是接应，就亮出了中国女排攻击力最强大的“三叉戟”组合。战况相当激烈，李盈莹让中国队以24比23拿到局点。胡铭媛登场发球破攻，袁心玥拦死埃格努的暴力强攻，中国队以25比23艰难地扳回一局。

第四局，意大利队主帅马赞蒂用一名新主攻彼得里尼换下塞拉，改变节奏。意大利队体现出高水准的攻防，李盈莹失误增多，中国队以7比12落后。颜妮和曾春蕾双人拦网成功，中国队追成13比15。埃格努发球撕开中国队防线，意大利队以17比13领先。中国队防守反击得当，追成18平。李盈莹调整攻和袁心玥拦网成功，中国队追成22平。而后，比赛成为朱婷和埃格努的对轰。终于，中国队以26比24险胜，将对手拖进决胜局。

埃格努情绪有了起伏，接连失误。曾春蕾暴力强攻，中国队7比4领先。整场比赛，郎平暂停和挑战鹰眼准确，换人非常及时，而且尝试了各种组合。意大利队毕竟是世界顶级强队，两队一路拼杀到10平，紧张的气氛令人窒息。朱婷发球得分，中国队将比分追成13平，两强难分伯仲。李盈莹封杀埃格努，中国队以14比13拼到赛点。埃格努后

中国队逆转意大利队取胜，朱婷、林莉和张常宁一起庆祝

攻出界，15比13！中国女排3比2力挫意大利队！

0比2落后的中国女排充分地诠释了顽强的女排精神，奇迹般地以3比2逆转技术全面且拥有埃格努的意大利女排，勇夺香港站冠军，并终结了对意大利队六连败的历史。郎平展现出世界顶级名帅的指挥艺术。

不过，随后的广东江门站比赛，全部主力的中国队与同样主力担当的美国队相遇，被美国队3比0脆胜，可见中国队仍处于磨合状态，而且并非没有漏洞。中国女排若想夺取世界杯冠军，就必须再提升一个层级，至少要不断提速。

由于世界女排联赛总决赛时间与东京奥运会资格赛时间过近，郎平决定以一套几乎全部替补阵容出战在南京举行的总决赛，引起各方不小的争议。很多球迷都提前购买了比赛的门票，还有不少从外地赶到南京的球迷，大家都想一睹中国女排的风采。然而中国队派出如此阵容，让球迷有些失望，对南京举办方的市场推广也不太有利。

其实，中国女排世界女排联赛分站赛成绩相当出色。经过分站赛，全队树立了信心，磨合了阵容，发现了问题。挺进总决赛的其他强队阵容齐整，而郎平雪藏了多名主力，将练兵进行到底。中国女排出战总决赛的14人为：主攻刘晓彤、刘晏含、段放、金烨，副攻胡铭媛、杨涵玉、王媛媛、郑益昕，二传姚迪、刁琳宇，接应龚翔宇、杜清清，自由人林莉、倪非凡。

郎平绝对不认为总决赛可有可无，因为她正在组建征战东京奥运会资格赛和世界杯赛的阵容，仅拥有主力远远不够，足够的板凳深度才能让中国女排完成2019年的全年目标。而且，全部主力出战的美国、意大利等队恰恰成为我们最好的试金石。

然而，因为总决赛看不到那么多球星和郎平了，球迷们的不满情绪非常明显。在各个网络平台，很多球迷直言要退票。在总决赛开始后，这种不满情绪达到了顶峰，甚至有不少人说以这样的阵容打总决赛根本没有一点儿价值，等于是自我放弃。但郎平可不这么想，特别是得知美国队、意大利队、土耳其队全部为主力出战，她更坚信自己决策的正确性，就是让对手的最强阵容锻炼自己的替补球员，逼迫球员爆发，看看这些所谓的替补球员最大的潜能到底有多少，从而为备战东京奥运会资格赛和世界杯组成一套最合理的阵容。

本来被归为替补阵容，不少球员就有一股“怨气”，或者说被激发出了一种特殊的斗志，这也是郎平的激将法。而现场不少球迷的质疑，无疑为郎平的激将法火上浇油。没有人愿意掉队，更没有人愿意被别人瞧不起。人就是这样，往往在绝望之中会爆发出无限的潜力。7月5日晚，中意女排对决改变了全部风向。

即便朱婷等全部主力出场，也未必能够拿下如日中天的意大利队，更别说替补队员了。大家都认为这是一场中国队必输的比赛。

对于意大利女排而言，即便她们赢得比赛也不会有多少人喝彩，因为战胜中国女排替补阵容完全理所应当。这让中国女排的替补队员们早已没有了心理压力，每个人都把本场比赛当作自己的奥运会决赛来打，当作自己人生中最后一场比赛来打。

中国女排还有一个特质，就是在逆境之中，往往能够迸发出令人震惊的精神力量。中国女排九次登上世界之巅，过程没有一次不跌宕起伏。这一次依然如此，姑娘们把比赛看成了非生即死的淘汰赛。中国女排首发阵容为二传手姚迪，主攻手刘晓彤和刘晏含，副攻手郑益昕和王媛媛，接应二传手龚翔宇和自由人倪非凡。刘晏含进攻相当抢眼，郑益昕和王媛媛快速灵活，18岁的自由人倪非凡果然不凡。从比赛开始的那一刻，奇迹就开始上演。面对强大的意大利队，替补阵容出战的中国女排异常兴奋，从发球便展开进攻，尤其从对手彼得里尼的一传下刀，中国队以25比17和25比22连下两局，让球星埃格努陷入不断失误的迷茫之中。

哪怕意大利队以25比22扳回一局，姑娘们都让对手扳得异常艰难。中国队在咬牙搏杀每一分，林莉成功阻击对手进攻，刘晓彤精彩的高难度小斜线调攻更是技惊四座，而意大利队拼得就剩埃格努一个进攻点了。安家杰最后再度换上刘晏含成为点睛之笔，25比22！中国队拿下第四局，从而3比1力挫意大利女排而晋级四强！虽然埃格努独揽全场最高的38分，但意大利队却输掉了比赛，中国女排用整体击败了强大的意大利队。

中国女排赢了！全体队员跑到场地中央，紧紧地拥抱在一起，庆祝这场来之不易的胜利。她们用实际行动让球迷和郎平看到，她们来到南京不是陪太子读书的，而是为了争一口气！姑娘们防守如有神助，拼出了永不服输的女排精神，体现出把不可能变成可能的神奇。这是中国女排替补阵容在重压之下的一次情绪大爆发，这一点超出了所有人的预料。

没有人再喊“我要退票”，球迷观赛的巨大热情被激发，他们为女排姑娘们营造了非常热烈的主场氛围。不过，在半决赛中，面对全部主力的美国女排，精力消耗过大的中国女排替补阵容有些疲惫，且整体实力不济，从而以1比3负于美国女排，无缘最后决赛。然而，从“我要退票”到全力支持，说明中国女排出色地完成了总决赛。

18 进军东京

心中有数

东京奥运会资格赛是2019年郎平整体战略部署的第二步，也是中国女排2019年最重要的国际赛事，第一时间挺进东京奥运会是中国女排的唯一目标。经过今年一系列国际赛事的检验和锻炼，以及集训时对于细节的改变，中国女排已经准备好了。

2019年，中国女排进行了不少尝试，全队也进行了不少调整，实际上已经进入备战2020年东京奥运会的节奏。可见，郎平对于全队第一时间晋级东京奥运会充满信心，可谓志在必得。信心来自高水平的备战。在所谓的替补球员征战世界女排联赛总决赛之际，绝对主力球员正在宁波进行精细化训练，这样的精致训练无疑增强了全队战斗力。

2019年一系列国际比赛显示，中国女排依然是世界一流强队，而且也击败了多支世界顶级强队，尤其是世界女排联赛分站赛力挫意大利女排，极大地提升了全队信心。然而，这其中的一些环节并不能令郎平满意，中国女排依然存在各种问题，这些问题在与世界顶级强队交锋时就会暴露。

中国女排在东京奥运会资格赛分组对手分别为土耳其队、德国队和捷克队，教练团队早已对这三支球队进行了详细地情报收集和资料研究，对每个对手都高度重视。做好自己，了解对手，郎平和中国女排全队做到了知己知彼。

中国女排

7月31日，中国女排主帅郎平公布了征战东京奥运会资格赛的14人名单，其中包含了8位里约奥运会冠军成员：主攻手朱婷、张常宁、刘晓彤、李盈莹，副攻手袁心玥、颜妮、王媛媛、郑益昕，接应二传手龚翔宇、曾春蕾，二传手丁霞、姚迪，自由人王梦洁、林莉。其实，未入选的刘晏含最近的表现相当出色，尤其是攻击力惊人。不过，郎平最终还是选择了技术更加全面的刘晓彤。选择优缺点鲜明，还是选择技术全面？显然，郎平选择了后者。

全员作战

2019年8月2日下午，宁波北仑，中国女排首战捷克队，这是必须要取胜的比赛。

“陌生”是大家对捷克队的最强感受，就连主帅郎平都表示，虽然全队研究了捷克队，但和在场上碰面是两码事。捷克队首发阵容球员的名字被现场主持人一个个念出：主攻手科桑伊奥娃和姆莱因科娃，副攻手特恩科娃和普尔查托娃，接应二传手奥尔沃索娃，二传手施米多娃和自由人多斯塔洛娃，这样一群“娃”又增加了中国女排的陌生感。人们总感觉中国女排在明处，而捷克队在暗处，这让本身没有任何心理压力的捷克队完全可以放手一搏。陌生感、比赛性质的重要性和东道主的压力，让中国女排在本场比赛险象环生。

捷克队开局就给了中国队一个下马威，但整体实力的强劲和对国际大赛的适应能力，让中国女排迅速恢复了强队本色。朱婷的强攻、张常宁的拦网，尤其是袁心玥的高点背飞频繁撕开对手防线，“朱袁张”组合威力显露无遗。在接应位置上还有龚翔宇，朱婷、张常宁和龚翔宇“三叉戟”边攻组合也很强势。捷克队很想破坏中国队一传，但中国队的后排比较稳固，在对手不断追分之际，郎平通过及时暂停调整打击了对手的信心，中国女排以25比18拿下首局成为现实。然而，我心里总有一种不太好的感觉。

捷克队属于欧洲力量型打法，网口并不吃亏，而且很硬朗。她们打法比较简单，但防守很有韧性，进攻力量大，作风顽强。第二局，中国队以16比12领先，这让队员们多少感觉可以控制局面了。郎平经验丰富，看出了一些不好的端倪，于是派出曾春蕾和姚迪稳定全队。可惜的是，中国队乱球处理效果一般，失误不断，被捷克队将比分追成21比22。此刻，郎平用郑益昕换下颜妮，加快副攻线节奏。在捷克队追成23比24时，郎平再叫暂停调整。凭借袁心玥的快攻反击，中国队才以2分险胜本局。不得不说，接连换人还是起到了作用，让对手感到不适应。

没有任何退路的捷克队在第三局展开疯狂地反扑，8比4领先给了中国队不小的压力。郎平没有坐以待毙，她用李盈莹换下张常宁，接应位置改用龚翔宇。处于追赶状态的中国队打得很有耐心，尤其是郑益昕的速度突破对方网口，将比分追成9比10。郎平说："本场比赛我希望能有更多的球员登场适应比赛，调整自己的状态，郑益昕获得了出场机会，发挥出了她快攻的特点。"而后，中国队打得并不流畅，但是坚决高快结合让中国队扭转局势。袁心玥高点快攻，让中国队将比分追成15平。就是这个节点的扭转，让捷克队心态发生变化，中国队才以25比19拿下第三局。

中国队以3比0并不轻松地赢得与捷克队的比赛

郎平说："能够参加东京奥运会资格赛的24支球队都是强队，我们对捷克队非常陌生，尤其在第二局和第三局前半段，我们临场应变速度还是比较慢。我们也很想拼出攻击性，但是在发球方面失误较多，主动送分比对手还多，这样的比赛肯定会打得吃力。我们也会尽快调整，因为后面的比赛会更加艰苦。"

就在2019年世界女排联赛总决赛，郎平派出所谓的全部替补球员征战，就是郎平全员作战思维的体现。最终，在赢得一片赞誉的同时，所谓的替补球员们得到了很好的锻炼，也得到了郎平的青睐。

郎平表示，奥运会资格赛就等于是奥运会，比赛争夺会非常激烈，捷克队、德国队和土耳其队都是强队，肯定会和中国队死磕到底。因此，中国女排需要一套全员作战的阵容，不管谁登场都能起到作用，这样才能保证全队的战斗力不降。"我们进行了一个月的训练，其中有一个星期的调整，我们按照自己的计划不断提高队员控制球的能力。但是，比赛中我们的失误还是多了一些，打得很困难。我希望通过本场比赛，尽快让球队进入最佳状态。"

一旦朱婷被压制或者发挥不出最佳水平怎么办？这是中国女排特有的课题。本场比赛朱婷得到本队最高的12分，但这个分数并不高，可见对手对她的限制还是起到了作用。

捷克女排主帅阿塔纳索普洛斯·伊安尼斯给予中国队很高的评价，他说："中国队发挥非常出色，我们的表现也很好。与世界级强队中国队交锋，我们感到非常荣幸。"

不断改变

因为德国队首轮输给了土耳其队，而土耳其队又击败捷克队获得两连胜，所以，德国队必须击败中国队才会有一线生机。与中国队的比赛就是德国队的生死战，因此她们势必要死磕中国女排。对于对手的凶猛态势，郎平表示全队做好了充分的准备。

德国队由利普曼和波尔领衔，全队技术全面，有相当不错的防守能力，而生死战的性质让德国队又多了一分顽强。

两队开局便短兵相接，冲击力猛烈的德国队以10比8领先。朱婷依然无人可敌，德国队哪怕用三人拦网都感到有些吃力。全场比赛，朱婷荣膺得分王，充分说明中国队主要得分点在朱婷身上。

德国队多点拦防到位，也逼迫中国队把进攻点集中到朱婷一个人身上。朱婷在爆发，中国队也在追分，但快速硬朗的德国队依然以19比16领先。而朱婷还要参与一传和防守，乃至串联细节，这让她感到了疲惫。中国队只有朱婷一点攻，这绝对是一个危险的信号。

必须要做出改变了。郎平是擅长不断求变的人，不断改变才能让对手难以捉摸。本场比赛中国队的首发阵容就有变化，郎平并未使用首场比赛主打的主攻手张常宁，而是用李盈莹和朱婷搭档主攻线。

然而，中国队首局就比较被动，虽然朱婷在努力，但全队始终处于落后之中，整个气场似乎都不在中国队这一边。于是郎平用姚迪换下丁霞，从组织方面加以改变。同时又用曾春蕾换下龚翔宇，目的是让曾春蕾的技术和经验改变节奏。换人奏效，中国队将比分追成19比20，逼迫德国队主帅科斯洛夫斯基叫暂停。

德国队发挥足够出色，又以21比19领先。郎平又用刘晓彤换下李盈莹，目的是稳定一传，然后要求全队从网上压制对手。颜妮拦网成功，曾春蕾进攻得分，两员老将不负众望，中国队以22比21反超。随着曾春蕾发球直接得分，中国队以25比22艰难地拿下首局。

第二局，李盈莹再度登场和朱婷搭档主攻线，接应换上龚翔宇。郎平深知曾春蕾有时是来解决问题的，而她的体能不足以与对手拼满全场。朱婷、李盈莹和龚翔宇“三叉戟”进攻打开局面，中国队以17比13保持领先。对手通过发球打乱中国队节奏，将比分追成22比23。郎平迅速叫暂停调整。气氛相当紧张。在龚翔宇后攻让中国队以24比22拿到局点之际，郎平突然换上曾春蕾。曾春蕾发球一球定乾坤，中国队25比22再胜一局。

第三局，德国队不断给予中国队冲击，尤其是用发球破坏了中国队一传体系，从而以11比6领先。为了稳定一传，郎平用刘晓彤换下李盈莹。全队顽强地将比分追成14比16。然而，德国队发球带动拦网，中国队糟糕的一传导致全队被动，德国队以25比21

扳回一局。这也说明德国队熟悉了中国队的阵容和打法。交换场地时，郎平和赖亚文交换了一下意见，于是中国女排又一次做出了改变，这次主要是轮次的改变。

轮次一变，德国队一时对不上位置，中国队迅速以25比15拿下本局，结束战斗。德国队队长汉克说："我们用发球和反击压制中国队，也起到了一定的效果，但是中国队太强大了。"德国队主帅科斯洛夫斯基直言："我们发挥得非常出色，也给了中国队足够的高压，但是郎平的指挥的确是神奇的存在。"

郎平说："这是一场艰苦的比赛，德国队发球和有效防守给了我们很大的阻力。我们比赛打得还是比较有耐心，当一传不佳导致无法组织快攻的时候，全队三点强攻就尤为突出。球员表现非常顽强，我们在拦网和防守方面做得更好。"中德两队进攻得分均为56分，但在拦网方面，中国队以12比6绝对超出。

虽然全场仅得到3分，却分分关键，曾春蕾起到了解决问题的作用，表现非常出

3 比 1 击败德国队后，曾春蕾和颜妮在庆祝胜利

色。曾春蕾说：“这就是奥运会资格赛，每一个对手都很难打。赛前我们进行了困难准备，准备了一些办法，所以比赛中发挥还是比较从容。我们的一传受到冲击后，全队不能仅依靠朱婷一个点，大家都需要想办法，在多回合比赛中寻求更多的机会。教练让我出场，我就把每一个细节做好，争取给予场上主力提供最大的帮助。接下来的对手土耳其队更难打，我们需要更加严谨。”

中国队以3比1力克德国女排，将与同为两连胜的土耳其队争夺本赛区唯一一个东京奥运会资格。姑娘们距离东京奥运会仅一步之遥。

3比0！燃爆

“东京！我们来了！”这是中国女排拿到国际排联颁发的东京奥运会邀请函的集体呐喊。东京奥运会，中国女排乘风而来！

之前，中土两队各自取得两连胜，因此，本场比赛就是挺进东京奥运会的决战。朱婷过去效力于土耳其联赛，土耳其队许多球员和主帅古德蒂都对她十分了解，同样，郎平对土耳其队的情况也了如指掌。

面对一场决定东京奥运会资格的关键比赛，两队均派出最强首发阵容。中国队首发阵容为二传手丁霞，主攻手朱婷和张常宁，副攻手颜妮和袁心玥，接应二传手龚翔宇和自由人王梦洁，土耳其队派出了二传手奥兹巴依，主攻手巴拉丁和厄尔坎，副攻手艾达和居内什，接应二传手卡拉库尔特和自由人阿克兹。有人问郎平：“为何上一场没有出场的张常宁本场比赛出场了？”郎平诙谐地说：“之前没让她出场，就是为了打本场比赛。”言语之中，郎平透着一股志在必得的气势。

中国队赛前准备得太细了，对每一名土耳其球员的研究都做到了极致，这种针对性部署压制了土耳其队。同时，中国女排作为世界顶尖强队，经历了太多生死时刻，早就练就了一颗“大心脏”，这是仍在崛起阶段的土耳其队所缺乏的。赛后，土耳其队艾达就直言：“我们在比赛中感觉压力巨大。中国队是一支非常强硬的队伍，她们也一直给我们施加压力，导致我们并未打出全部实力。”

经过努力拼搏，中国女排第一时间挺进东京

CHN
太平洋保险
CPIC
16
11
15

就是这种全场压制让土耳其队喘不过气，伴随着朱婷高难度后仰调攻得手，中国队已经完全掌握了比赛，而主帅郎平很罕见地站在场边挥舞着拳头激励大家，全队丝毫没有东道主背负的主场压力。

两强相遇勇者胜，中国队一往无前的气势形成了压倒性优势，25比18横扫首局水到渠成。全队进攻摧枯拉朽，拦网似泰山压顶，火力全开的中国女排以25比12更大的分差横扫第二局。古德蒂不断调整，但中国女排完全打疯了，二传手丁霞都能接连扣杀得分，说明中国女排燃爆了。又一个25比18，中国女排拿下第三局，比赛就这样结束了。

丁霞说："场上出现了机会，我也没有犹豫，干脆地下手扣杀了。本场比赛我放得非常开。"丁霞的话，不就是全队彻底燃爆的写照吗？自始至终，郎平没有更换一名球员，因为她和全队都已沸腾到了不可阻挡的程度，似乎开着一列中国高铁一路向东，直奔东京。

中国队拦网得分10比4超出，进攻得分43比33超出，而土耳其队失误送分高达19分，中国队失误仅送了8分，可见对手早已崩盘。土耳其队主帅古德蒂直言："说实话，我们现有实力战胜中国队的概率比较小，中国队对比赛的把控能力超强。我不满意的是，本次比赛队员发挥的水平在我们平均线以下，这说明我们还不会在高压之下发挥出高水平。和实力强大的中国队竞争，让我们感到了巨大的心理压力。"古德蒂真实的语言，从一个侧面说明了中国女排能够以横扫之势取胜的原因。

郎平说："我们对比赛准备了很长时间，球员的表现也是一场比一场好。有前两场比赛的热身，全队逐渐进入状态。"

一场在所难免的鏖战，居然让中国女排演绎成3比0完胜。伴随着土耳其队女排的崩溃，燃爆的中国女排昂首挺进2020年东京奥运会。其实，以三连胜挺进东京奥运会在郎平预料之中。

郎平说："我想恭喜我们的团队，在第一时间拿到了奥运会的入场券，这也是我们的目标。这一个月以来，我们的训练比较严格，特别是在整体配合方面，每一天都在进行认真的准备。队员表现得非常好，特别是在防守方面。我还是很高兴的，我们的防守和串联有进步。不过，这只是进入东京的第一步，日后，我们还会遇到非常多的强队，需要我们在整体实力和个人技术方面不断地加强。"

郎平的“0.5”

“你总也猜不到郎平下一步棋怎么走，似乎永远不知道她如何出牌！”这是和郎平交锋过的众多对手的感慨，郎平总比别人多想了“0.5”步。

就在2019年世界女排联赛总决赛，郎平用所谓的全部替补出战，为她搭建一套东京奥运会资格赛合理的阵容打下基础。

这次征战东京奥运会资格赛，又有不少人频繁质疑为何不用在总决赛中攻击力出色的刘晏含，为何刷下锐气十足的胡铭媛，甚至为何把副攻手王媛媛和郑益昕选进阵容。这些都是优秀球员，各有自己的特点，这一次，郎平选择了技术全面的战术体系型球员，从而保持整体战术的流畅和连贯性。事实证明，郎平的决策又成功了。

之前还有不少人质疑郎平为何要用老将曾春蕾，然而对战捷克队时的稳定军心，以及对战德国队时两球定乾坤，充分说明郎平用兵恰到好处。还有不少人质疑二传手姚迪，说她传球组织和脚步移动太慢，然而郎平在与德国队比赛处于逆境时起用姚迪，确实起到了扭转乾坤的作用。

不管选择谁进国家队，谁出场，郎平自有主张，如果没有自己的个性，那就不是郎平了。我们还是要尊重主帅的选择，因为只有主帅最了解自己队员的情况，至于怎么评价最合适，很简单，那就是胜利。

我有时对一些细节也不理解，甚至看不懂，但郎平曾戏言：“你们都能看懂，那么还要我干吗？”郎平的幽默之中也透着智慧。借用影片《哪吒之魔童降世》里的一句话：“我命由我，不由天！是魔是仙，我自己说了才算！”

19 又战东瀛

精益求精

2019年世界杯是郎平在本年度的第三步战略，中国女排要把自己的最佳竞技状态呈现在世界杯赛场。为了能够取得佳绩，郎平率领中国女排在北京进行了科学的备战，精益求精，一切从实战出发，没有人敢“放过”自己。

2019年8月25日下午，在韩国首尔结束的2019年女排亚锦赛季军争夺战中，助理教练包壮率领的中国女排二队顽强作战，最终以0比3负于金软璟领衔的韩国女排，位居本届亚锦赛第四。

中国女排亚锦赛第四的这个成绩符合出战的阵容实力。在整个亚锦赛过程中，包壮率领的中国女排打得非常顽强，3比2力挫日本女排堪称经典，与阵容鼎盛的泰国女排也是一路拼到最后惜败，未能挺进亚锦赛决赛。在季军争夺战中，中国二队0比3负于韩国女排也在情理之中。姑娘们所表现出来的斗志和精神得到了全国球迷的一致认可。

然而，郎平并未“放过”亚锦赛。全队回京的第二天早晨8点，队员和教练员均准时来到训练馆，而郎平早就在里面等待大家了。看大家都到齐了，郎导招呼大家集合：“来，孩子们，集合了！没几天咱们就该出发了！”郎平所说的“出发”，就是指征战世界杯。

我原以为郎平要鼓励一下大家，对亚锦赛做个轻松的小结，谁想到郎平的训话非常直接，说的全是问题。郎平说：“亚锦赛结束了，比赛中出现的一些问题，希望引起大家注意。我们自身的失误偏多了，尤其是连续发球。我们能不能控制自失？我们能不能一口气发出六七个好球？发球要有一定的攻击性，发‘菜’球没意义。对方一暂停，我们回来就发球失误，相当于送了对手一分，人家的战术就成功了。”

郎平的声音并不大，但队员和教练那么多人，没有一个人敢说话。与泰国女排那场半决赛，中国女排整体实力处于下风，但郎平却说：“我们的胜机始终存在，输就输给了自己，而不是输给了对手。”

中国女排的训练安排非常紧凑，防守训练花样众多，一传和发球训练丝毫不轻松，每个人似乎都是“小马达”。如果达不到要求，训练不会停止，因为郎平告诉大家，高水平比赛的呈现来自平时训练的高质量。有时候训练过于疲惫，队友们就相互鼓励，球场上的呐喊声此起彼伏，大家的情绪始终在线。

又一天开始了。龚翔宇和队友叨唠着：“今天过完就是明天，明天完了就是后天，离世界杯越来越近了。”姚迪感慨道：“是呀！离出发越来越近了。”丁霞等人急匆匆地跑来集合，嘴里直抱怨：“早班车太抢手了，两辆车我都愣没挤上去……”

曾春蕾打趣道：“阳光真好，上一次我们和郎指导一起晒太阳就很好。”话音未落，郎平干脆地说：“开始，大家在田径场跑圈。”丁霞的第一反应就是：“坏了，我早上没抹防晒霜就出来了。”

所有队员进行分组，要在规定时间内完成变速跑。客观说，这种高强度的跑步训练对于大个子球员而言并不轻松。

田径训练结束后，大家排队回到训练馆，进行室内技战术训练，有时候有的球员还要到健身房进行力量训练。看着已经大汗淋漓的女排姑娘，郎平说：“每个人都很棒，接下来要回到室内继续绽放。”

实战对抗更精彩。因为训练时没有鹰眼系统，双方球员经常会为了一个球是否出界争得面红耳赤。郎平十分在意连贯性和串联水平，只要球不落地，就不允许球员不去争取，哪怕实在无法将球救回，人也必须跑到位，做出相应的技术动作来。所以，技战术对抗来回球很多，作为“旁观者”的我看得十分过瘾。

备战世界杯的训练可以说是2019年中国女排强度最大的训练，姑娘们每天都在奋斗中度过。每天上午最后一项训练，就是每个人都要发10个好球。等训练结束，有时已经接近下午1点。而为了适应日本的比赛时间，全队下午1点30分又开始训练。中国女排每天的净训练时间能达到八个小时，令人恐怖。

单兵训练深抠每个细节，尤其是单兵防守训练，每个人都必须要完成指标。单兵防守练的不仅是技术，更是锻造顽强意志品质的手段。赛场上打到关键时刻，决定命运的也许就是再多坚持一下的韧性，体现出来的恰恰就是永不放弃的女排精神。

然而，郎平并不十分满意，她不断指出训练中的不足，尤其强调防守的重要性。在回顾2016年里约奥运会时，郎平多次提到，是全队神奇般的防守奠定了反击的基础。郎平说："每一个环节都对自己要求再高一点儿，才能积小胜为大胜。反之，这里放自己一点儿，那里放自己一点儿，比赛的关键分可能就咬不下来。"

停顿了一下，郎平说："我们要有过硬的本领，就不怕对方干扰。一切从实战出发，实战中能够得分就是合理的。大家不要总想着有朱婷，胜利需要每个人的努力，尤其在乱球中，每个人都要做到想尽一切办法利用技术得分。这是我们在训练中严格要求大家的原因，训练就当作实战，别到赛场上再去想，在这儿就得想好。世界杯一共要连续打11场比赛，这是奥运周期备战中最重要的国际比赛，我希望每个人都做好准备。对欧美球队怎么打，对亚洲球队怎么打，怎么能一上来就进入状态，如何能把细节做得更好，希望每个人都去想一想。"

"加油！再来！"这段日子，姑娘们都在这样的相互鼓励中度过。郎平打趣地说："我一个快60岁的老太太了，都在这儿拼呢。"不少球员都感慨道："郎指导在训练场和赛场都如此全力以赴，谁好意思松懈啊！"

命运几何

这一次，中国女排是以上届冠军的身份出战2019年世界杯，但郎平丝毫没有提什么卫冕，而是要求全队打出最好的自己，冲击世界杯最佳战绩。

世界杯第一阶段，中国队将对阵俄罗斯队、喀麦隆队、韩国队、多米尼加队和东道主日本队。中国队3比0轻取喀麦隆队没有任何问题，关键是与韩国队、俄罗斯队、多米尼加队和日本队的比赛。

首战是中国女排必须要全取3分的比赛。中国队首战的对手是韩国队。韩国队刚夺取亚锦赛铜牌，而季军争夺战战胜的恰恰就是中国队。当然，那场比赛中国队并未派出主力阵容，但韩国队是一支有自身实力和特色的亚洲强队，不仅有世界级球星金软璟，李在英、梁孝珍、金熙珍等人也颇有实力。

俄罗斯女排已经完成了新老交替，因此，与俄罗斯队的比赛是一场硬仗。中国女排若要在本届世界杯赛场有所作为，就必须击败俄罗斯队，而且最好全取3分。只有击败韩国队、喀麦隆队和俄罗斯队取得三连胜，才能打开局面。

与亚洲劲旅日本女排的对决也非常关键。别看中国女排整体实力在日本队之上，可一旦日本队打出快速多变的战术体系，中国女排同样会非常困难。石川真佑压阵的日本青年女排击败全主力出战的泰国女排而获得2019年亚锦赛冠军，已经证明了自身实力。与日本女排的对决，可以说是中国女排在横滨站的决赛，必将成为焦点之战。

世界杯第二阶段，中国女排将在札幌先后迎战巴西队、美国队和肯尼亚队，除了来自非洲的肯尼亚队无法和中国女排对抗之外，巴西队和美国队都是中国女排在世界杯争冠路上的强劲对手。中国女排若想赢得“札幌战役”，必须将自己的竞技状态提升到最高水准。尤其是与整体攻防水平强于自己的美国女排一役，将决定中国女排能否在本届世界杯夺取奖牌甚至金牌。

多年以来，在与美国女排的交锋中，中国女排一直处于下风。直到2018年女排世锦赛，中国队才打破多年不胜美国女排的尴尬历史。美国女排的速度是中国女排所惧怕的，经过艰苦的训练，不知道全队能否跟上美国队的快节奏。这一次，美国女排主帅基拉里派出了最强阵容出战，目标自然是冠军。可以说，中美女排决战将是本届世界杯争冠级别的战役。

世界杯第三阶段，中国队只有三场比赛，对手分别是荷兰队、塞尔维亚队和阿根廷队，与荷兰队和塞尔维亚队的比赛，无疑都是硬仗。斯洛特耶斯主打的荷兰队并非仅依靠个人，而是整体实力不俗，是一支比较强悍的欧洲劲旅。塞尔维亚女排整体实力更强悍，曾获2018年世锦赛冠军，这一次虽然未派主力参赛，但必须引起中国队足够重视。

在日本横滨举行的国际排联官方发布会上，中国女排主帅郎平表示，不管对手阵容如何，不管本届世界杯与奥运会是否挂钩，中国女排都要打出最好的自己。郎平说：“世界杯毕竟是世界三大赛之一，虽然不存在奥运会的资格问题，但是我们很看重它。在2020年东京奥运会之前，这是最后一次世界顶级大赛，全队将密集地打11场比赛，这对队员是很好的锻炼，因此我们会全力以赴。”

郎平表示，不要认为世界杯不如奥运会，真要是现在松懈，奥运会的时候未必就能将状态调整出来。全队要把世界杯当作奥运会对待，学会在压力之下作战，才能够赢得胜利。

这一次，中国女排有16名球员参赛，郎平表示，换上年轻人不意味着放弃，而是更要加强改变去赢得胜利，否则对全队的信心没有好处。她说：“我会根据现实情况，在保证胜利的基础上，给予年轻人更多的锻炼机会。”

“势”压韩国

又一次奔赴日本，为了中国女排，为了女排情结，我从北京飞往东京羽田机场，然后乘坐JR列车奔赴横滨。一路之上，跟随中国女排的过往历历在目。郎平出任中国女排主帅的日子不可能永远下去，她终归会有离开国家队的那一天。想到2020年东京奥运会是这个奥运周期郎平执教中国女排的最后一战，我内心还是非常感慨。

9月14日下午，中国女排在横滨体育馆迎来第一个对手韩国队，可以说，中国女排的“势”压过了韩国队，这也说明郎平和中国女排备战到位，才能有如此表现。

中国女排这个“势”首先来自朱婷。说朱婷在中国女排的地位等同于阿根廷足球队里的马拉多纳，一点儿都不为过。拥有马拉多纳的阿根廷队就拥有一切，同样，拥有朱婷的中国女排也可以拥有一切可能。在韩国队极其顽强的冲击下，中国女排之所以能够顶住压力拿下比赛，关键就在于朱婷的一柱擎天。

中韩两队都有世界级球星，中国队拥有世界顶级主攻手朱婷，韩国队拥有著名球星金软璟。金软璟是朱婷在青年队时期的偶像，如今金软璟年华逐渐老去，朱婷的个人能力已经超越了金软璟。就在2018—2019赛季土耳其超级联赛中，金软璟加盟的伊萨奇巴

张常宁进攻

希队虽然从表面实力上超越了朱婷的瓦基弗银行女排，但是最终朱婷领衔的瓦基弗银行队夺取联赛冠军。这也从客观上证明，朱婷的综合作用非常突出。

不仅仅是中韩两国的球迷，众多日本球迷也来到横滨体育馆，就为了一睹朱婷和金软璟的对决。其实，如今两人的交锋早已超越了对轰这个层面，而更注重一传、防守和串联等保障环节的比拼。朱婷和金软璟技术都很全面，个人能力又很突出，而且还是各自球队的队长。关键时刻，两队都依靠朱婷和金软璟，就看谁更具统治力。

首局李在英的疯狂进攻一度让中国队告急，正是朱婷错位进攻和拦网的必杀技引领全队渡过难关，以25比21获胜。第二局和第三局，朱婷的存在更是让韩国队感到了绝望，这也是中国队以25比15和25比14横扫之势取胜的重要原因。相比之下，技术和心理不断成熟的朱婷更加霸气。

面对意大利人拉瓦里尼指挥的韩国队，主帅郎平不敢掉以轻心，派出了最强首发阵容。然而首局中国队的拦网多少还是没有跟上对手节奏，幸亏袁心玥、颜妮高点快攻拥有杀伤力，再加上朱婷的个人进攻和拦网奏效，中国队这才扭转局面。

之前的一系列国际比赛，中国女排发球失误偏多，发球攻击性不足，稳定性也有所

“核武器”朱婷的进攻威力十足

缺失，这给了对手宽松的发挥空间。对阵韩国队的比赛，中国女排提高了发球质量，打乱了韩国队一传体系，给本队拦网球员提供支持。在发球带动下，拦网出色的老将颜妮体现出世锦赛最佳副攻手的风格，同时朱婷、袁心玥、龚翔宇等人的拦网先后奏效。袁心玥说：“网上争斗比较激烈，队友给了我们不小的支持，让我们获得了机会，全队也发挥出了水平。”可见，中国队的这个“势”还来自拦网。

中国女排最要命的是一传问题。但面对韩国队的冲击，中国队的一传足够稳定，这样，攻击力和拦网能力本来就强于对手的中国队就形成了压倒性优势。

第三局，郎平用李盈莹换下张常宁，加强两翼进攻节奏的改变，同样收到不错的效果。丁霞说：“比赛虽然赢了，但是我们第一局拦防做得不够好，进攻节奏也不好，有一段时间被对手连续追分，其实那个时候应该扩大优势。当然，全队反应过来了，我们发现对方重点盯防我们两翼高球，就进行了变化，从而改变了比赛走势。”

比赛过程并不轻松，但是全队还是依靠强大的整体实力拿下首胜。中国女排主帅郎平反复强调：节奏！节奏！她说：“总的来说，队员的发挥比我想的好一些，尤其在发球和接发球方面，我们适应得比较快。开局遭遇了一些困难，但那毕竟是首局比赛，场馆的空间和比赛节奏都需要时间去适应。”

但对于节奏的把握，郎平还不是很满意。她说：“我们在场上有一些环节还没有完全踩上节奏，特别是拦网，第一局我们拦网还是跳得比较早。我不断和队员强调，要压住节奏，因为场馆不一样，第一场球大家又比较兴奋，所以关键节奏要把握住。我们希望队员能够更加全面，尤其在一传和防守方面要向日本队和韩国队学习。我们的配合还可以更好，尤其是副攻手快攻和二传手融合得不是很好，希望把节奏配上。”

韩国球星金软璟说：“这是一场非常重要的比赛，同样也是一场非常艰苦的比赛。中国队是一支世界强队，我们的防守已经很努力了，全队也很想赢得胜利，但是中国队给了我们很大的压力，尤其是进攻、拦网等方面，让我们感到难以逾越。”韩国队主帅拉瓦里尼说：“面对中国队这么优秀的球队，我们做出了巨大的努力，但中国队展现出高超的控制比赛的能力，让我们从中学到了很多。”

全场比赛，中国队进攻得分47比35绝对超出，拦网得分12比4绝对超出，发球得分6比2超出。一位日本记者问朱婷：“中国女排为何如此强大？”朱婷说：“中国女排是一支传统强队，一直都是如此。”朱婷的话，流露出的是自信，就是拥有必胜的信念。

郎平说：“我们身披国家队战袍奋斗感到无比骄傲，每次中国女排参加国际大赛的目标，都是升国旗、奏国歌。”这句话铿锵有力，也说明全队信心十足。

我这一次现场感受到的中国女排与2018年世锦赛之时完全不同，时隔一年，郎平让中国女排发生了明显变化，这一次世界杯备战可以说十分到位。第一场比赛的胜利虽不能说明一切，但是全队的精神面貌、技战术水平浓缩成了自信，这一点让我感到很踏实。

完美完胜

9月15日，中国女排在横滨迎来第二个对手非洲喀麦隆队。朱婷和颜妮都没有上场。郎平的用意很明显，就是尽量让主力球员拥有更多的休息时间。

只不过，喀麦隆队似乎是非洲大草原上的烈马，给予中国队不小的冲击，关键是中国队对喀麦隆队一点儿都不了解。第三局，喀麦隆队竟以9比2大比分领先。郎平暂停时表示："每个人都要做好充分的准备，因为我也不知道对手的球会打到哪里。"言外之意，这是一支"没谱"的球队。不过中国队整体实力很强，以总比分3比0击败对手。有趣的是，喀麦隆队主教练阿科诺赛后主动找郎平合影，变成了一个"追星族"。他感叹道："中国女排整体水平太高了，她们的主教练郎平实在是太出色了，一点儿机会都不给我们。"

中国女排虽然有优势，但是不能掉以轻心。塞尔维亚女排米伦科维奇等新人已经崛起，俄罗斯女排刚以3比2力挫日本女排，这两支强队都在等待着中国女排，后面的比赛更是强手如林。就像郎平所说："我们没有任何掉以轻心的资本，只能打好自己的比赛，真正的战斗才刚刚开始。"

9月16日的中俄女排对决，才算是一场硬仗。从主帅到队员每个人都高度重视，因为如果想要夺取奖牌，中国队就必须跨越俄罗斯队。

作为央视体育频道直播嘉宾的前中国女排队长惠若琪直言："当今世界女子排球变化太快，尤其是整体战术体系的提速。中国女排在郎平指导的带领下一直在不断提速。"郎平也直言："当欧美强队都融合了亚洲快速多变的技战术风格，那么她们本来很出众的身材就更显威力。当今世界强队都是建立在更高层级上的快速全面。"

俄罗斯女排向来是高举高打的欧洲力量型打法，如今也融进了技术和速度。原来打接应如今改打主攻的沃隆科娃瘦了10多千克，发型也改成了短发，看上去非常轻盈。沃隆科娃的变化仅是俄罗斯女排的一个缩影，主攻手帕鲁贝茨的平拉开速度和后攻速度更是出色。俄罗斯女排的改变在开局非常明显，这也给中国队拦网增加了难度。

中国队率先从副攻线打开缺口，颜妮和袁心玥的中间加压十分奏效，在对手顾此失彼的同时，中国女排两翼齐飞，以18比13大比分领先。哈雷斯卡娅替换球星冈察洛娃而登场打接应，俄罗斯队将比分追至21比23。不过，中国队还是以25比22拿下首局。俄罗斯队打得很努力，但朱婷、张常宁和龚翔宇组成的"三叉戟"两翼进攻组合打开局面，三大强攻点支撑起全队的进攻体系。而且，之前一直有些沉闷的张常宁终于打出了水平，进攻和拦网频繁奏效，她的爆发给了朱婷和龚翔宇有力的支持。25比16和25比18，中国女排又连下两局，干脆地拿下本场硬仗。这是双方失误都很少的高质量对决，中国女排赢得漂亮，赢得霸气。这是一场完美的胜利。

2018年世锦赛，张常宁未能给予朱婷有效的支撑，导致侧翼成为中国女排的漏洞。本届世界杯张常宁也起伏不定，但中俄之战，她找回了自己，并得到全场第二高分17分，仅比朱婷少了4分。张常宁说：“我的技术还有不少欠缺，在集训中也进行了强化。我在本场比赛中发挥出了自己的训练水平，后面我还要继续努力。”郎平也给予张常宁溢美之词：“张常宁的强攻很出色，尤其是难度比较大的球，打得很果断，另外她的一传也很好。”

俄罗斯队发球不断冲击中国队一传，但是全队的一传丝毫未受影响。而中国队的防守同样出色。拥有稳定的一传和防守，中国队这才有副攻线中间加压的机会，进而让两翼齐飞拥有了可能。袁心玥说：“大家的防守很好，心气儿也很足。我能够发挥出威力，还是靠后排队友不错的一传支撑。全场比赛，我们打得很明确。我们对不同特点的球队，都要有一套自己的方法。”

袁心玥和颜妮组成的副攻线频繁上演快攻好戏，这一切都离不开后排球员的一传和防守。郎平说：“我们每次和俄罗斯队比赛，都有非常激烈的争夺。俄罗斯队员的身高很高，也很强大。我们的一传做得很出色，而且打得很专注，所以有机会加强中间的快攻，减轻了两翼强攻的压力。”

中国队自由人王梦洁表现也极为出色。郎平赞扬道：“王梦洁的一传相对比较稳定，防守非常出色，脚下移动很快。”

想要把握比赛主动权，仅有一传和防守还远远不够，发球才是第一次进攻。谁也没有想到，中俄两队发球得分居然是7比0，而中国队还多次上演发球破攻好戏，让俄罗斯队进攻过于暴露，有利于自己的拦防，难怪对方头号球星冈察洛娃全场仅得到9分。龚翔宇、丁霞、袁心玥发球均非常出色，第二局正是袁心玥连续发球破攻和得分，让中国队以6比1领先开局，奠定了本局走势。郎平说：“我们进行了认真准备，特别是发球和一传。本场比赛，我们的发球表现得尤其突出。”

中俄女排都是世界传统强队，双方都拥有深厚的底蕴，强强对话中更能彰显巨星本色。在全队表现出色的基础上，朱婷的存在更让俄罗斯女排感到绝望。

不管俄罗斯队的两名二传手如何组织进攻，都会被朱婷抓到进攻点，朱婷相当于网前一道难以逾越的屏障。发球、一传和防守，要论技术的全面性，俄罗斯队无一人可与朱婷相提并论。同样，对于自己本队队友袁心玥、张常宁而言，“朱袁张”组合中最牛的还是“核武器”朱婷。

对阵俄罗斯队，中国队副攻线发挥出色，张常宁和龚翔宇两翼进攻不断开花，但朱婷可以在任何一个位置、用任何一种方式进攻得分，而且打吊结合令人防不胜防。全队进攻得分以51比39绝对超出，而朱婷一个人就得到全场最高的21分。朱婷还成为牵制对手网口最有效的武器，从而让队友可以从不同进攻点突破。

朱婷的球速在不断加快，中国女排完全掌握了主动。在俄罗斯队展开反扑之际，朱婷的强势让中国女排保持了优势，第二局能以25比16横扫就是例证。在队友频繁突破对手防线之际，朱婷更不会放过任何胜利的机会，这也是俄罗斯队第二局和第三局均以大比分落败的原因之一。面对一场完美的胜利，队长朱婷说：“我们发挥得很好，充分体现出了自己的优势。很开心获得本场比赛的胜利。”

中国队全队发挥稳定，以3比0完胜劲旅俄罗斯队

俄罗斯女排新任主帅布萨托直言："我们做出了巨大的努力，全队也打出了高水平，但是中国女排打出了更高的水平，我们难以打乱中国队阵脚。"

能够如此击败俄罗斯队，主帅郎平非常高兴。不过，她依然冷静地说："后面还有很多场比赛，这仅仅是一个开始。"

霸气纵横

继以3比0连续击败韩国队、喀麦隆队和俄罗斯队之后，中国女排又以3比0完胜多米尼加女排。如此四连胜彰显中国女排霸气纵横，出众的竞技状态令人赞叹，也让广大中国球迷对后面的比赛更加期待。

9月19日晚，中国女排迎战东道主日本女排，这是中国女排在横滨赛区的最后一场比赛，同样也是一场非常重要的比赛。当时，志在世界杯夺取奖牌的日本女排已经到了不能再输的境地，而中国女排只有击败日本队才能奠定向前冲的基石。

郎平派出的最强阵容表明了中国队的态度，那就是必胜。日本女排主帅中田久美年轻时就是和郎平同时代的日本女排主力二传手，如今两人在主教练岗位上延续了对决。同样，中田久美也派出她的最强阵容。

整齐划一的呐喊声让场馆形成共振，横滨体育馆的屋顶几乎被掀翻——日本女排得到了现场上万名球迷山呼海啸般的支持。在如此狂热的气氛中，哪怕是实力强于对手的中国队也难免会被干扰，于是气势旺盛的日本队以6比3领先。

在逐渐适应了赛场火爆的氛围之后，中国女排展现出强大的网口实力，颜妮和袁心玥的有效拦网压制住了日本队网口，朱婷、张常宁和龚翔宇形成的"三叉戟"进攻组合让两翼打开局面，同时，朱婷的发球打乱日本队一传，全队以18比12大比分领先。哪怕中田久美通过暂停调整，也无法突破颜妮的拦网。随着朱婷拦网拿下最后1分，中国队以25比17干脆利落地取胜首局。此刻，中国队拦网得分竟然以8比1绝对超出，网口成为日本队无法逾越的中国长城。

除了高拦网之外，袁心玥和颜妮不断施展高点快攻，有效地牵制了日本队的拦防

丁霞和袁心玥双人拦网

体系，这也让朱婷、张常宁和龚翔宇的两翼进攻游刃有余，拥有绝对制空权的中国队在第二局开局9比2领先。日本女排主帅中田久美换上二传手宫下遥和主攻手长内美和子，试图寻求突破，但是中国女排强大的高空作业让日本队几乎完全被压制。中田久美又换上了石川真佑，力求在边攻方面寻找突破。然而，张常宁“七连发”的发球击溃了日本队一传体系，更击溃了日本女排球员的心理防线，中国队以22比7大比分碾压。又是朱婷的最后一击，中国队25比10轻取第二局。此刻中国队拦网得分扩大为14比1的惊人差距。

中国女排主帅郎平没有更换一人，就是要一鼓作气拿下比赛。大比分落后之下，日本队打得非常顽强。不过，中国女排的绝对强势完全掌控了比赛。一个25比17，中国女排拿下第三局，赢得本场中日女排对决。中国队张常宁得到全场最高的19分，新锅理沙是日本队得分最高的球员，才有可怜的8分，可见本场比赛对于日本队而言简直就是噩梦。就这样，中国女排在世界杯取得五连胜，而且是唯一一支全部3比0取胜的球队。

进攻得分中国队48比32超出，拦网14比2！发球8比1！中国女排用绝对的制空权强势压制了日本队。

队长朱婷的作用依然突出。朱婷说：“全队依靠团结赢得了胜利。我们在横滨站的比赛中发挥得很好，从各个方面来说都打出了训练水平。希望在后面的比赛中能弥补自己的不足，争取打得更好。现在，真正的硬仗已经到来。”

世界杯横滨赛区五连胜，中国女排最突出的一个词：稳定。

横滨五场比赛的对手风格不一，比赛过程中也遭遇了不同的困难，但是中国女排依然可以坦然面对，并将危险一一化解。中国女排目前的整体实力强悍，竞技状态处于最佳。在横滨的打磨为中国女排的札幌决战奠定了基础。

在札幌，中国女排将遭遇两大劲敌，一个是巴西队，一个是美国队，尤其是基拉里率领的美国女排兵强马壮，拥有当今世界女子排坛最快速度排球的实力。目前，美国女排同样是五连胜积15分。在意大利女排无缘本届世界杯，塞尔维亚女排阵容不齐和巴西女排更换人员的情况下，中美女排的札幌对决无疑将是本届世界杯的争冠决赛。

前进，中国女排，为了梦想！

救火队员

9月22日，中国女排迎战巴西女排。幸亏有袁心玥这样的“救火队员”，否则中国女排就遭遇“滑铁卢”了。

如今的巴西队已经告别了曾经的“黄金一代”，2018年女排世锦赛仅获第七，整体实力不如往昔。这一次中巴相遇，人们看好的是中国队，但是中国女排险些“翻车”。

中国女排主帅郎平派出最强阵容，可见全队对巴西队足够重视和尊重。首局，中国女排利用高拦网和流畅自如的发挥以19比14领先，志在3比0横扫巴西队。然而，巴西队不愧是老牌劲旅，发球不断冲击中国队一传，打出了自身的快节奏。依靠袁心玥的高点快攻反击，中国队才以25比23拿下首局。

加比、洛伦内和马拉，这三人身高并非很高，但将巴西队快速细腻的风格展现无遗。第二局本来中国队以14比12领先，结果却是快变出色且防守坚韧的巴西队以25比

23回敬一局。

因为龚翔宇的侧翼进攻无法打开局面，郎平开始变阵，由李盈莹和朱婷搭档主攻线，张常宁从主攻改打接应，形成强力进攻“三叉戟”组合。中国队希望利用高点强攻速战速决，颜妮和袁心玥组成的副攻线也极为出彩，中国队以17比13领先。没想到，防守反击出色的巴西队磨掉了中国队的耐心，中国队突然“短路”，竟让巴西队25比22拿下第三局，总比分2比1领先。

没有退路的郎平再变阵，让龚翔宇打接应，与朱婷和李盈莹重组“三叉戟”组合。袁心玥和朱婷的爆发让中国队25比19脆胜第四局。袁心玥将强势延续，中国队以15比9拿下决胜局，总比分3比2力挫巴西队。

若不是“救火队员”袁心玥爆发，狂扫全场最高的26分，中国女排就完全有可能输给巴西女排，在挑战夺冠热门美国队之前失去先机。

本场比赛中国队拦网得分17比7绝对超出，发球得分却以2比7绝对落后。袁心玥

袁心玥进攻

说："赛前我们被要求一定要坚持到最后，因为巴西队是一支强队。比赛打得很尽兴，双方发挥得都很不错。我们经常会在压力下调整自己的心态，但是到了赛场上得看临场发挥。大家都尽了自己的一份力，这是团结作战的结果。当然，这次比赛，我们的发球是一个败笔。"

作为一名二传手，丁霞在压力下能够顶下来，同样不易。丁霞说："对方准备得非常充分。在领先那么多分的情况下被对手翻盘，这也给了我们一个警示。我们一传、进攻等方面都有问题，大家分配球的思路，以及比赛连贯性不如巴西队强。我们能扳回来，还是大家比较坚定，而且注意了打吊结合。"

赛后，中国女排主帅郎平登上新闻发布厅的高台时，突然被绊了一下，一个趔趄险些摔倒，也"玩了一回心跳"，这说明郎平的压力同样很大，只是嘴上不说而已。郎平说："我们的应变能力差了一点儿，尤其是第三局，自身失误偏多，本来有利的局面变成了不利。整场比赛非常精彩，也比较艰苦，赛前我们也做了很多准备。每一次和巴西队打比赛，我们都会非常艰难，巴西队的配合、技术和场上意识都值得我们学习。巴西队拦防非常出色，我们的进攻很难一次打死，朱婷都遇到了困难。反过来说，我们的拦防对巴西队的几名年轻人不是很熟悉。"

为何打巴西队这么费劲，这恐怕是广大球迷的最大疑问。其实，队员的心理变化还是左右了比赛。大家都在等待中美决战，而恰恰在与美国队比赛之前，中国女排还要遭遇实力不俗的巴西队。全队内心深处未必给予高度重视，再加上比赛中出现松懈，被没有任何心理压力的巴西队豁出去死磕，中国队压力陡增。

幸亏美国队在同一天3比2险胜日本队，没把中国队甩掉，否则，后果不堪设想。不过，值得称赞的是，中国队能够临场应变，最后拿下巴西队。

意外震撼

9月23日，中美女排决战来临。

这是一场火星撞地球般的全方位搏杀，也是一场高水平的抑制与反抑制的空前较量，胜者极有可能最终成为本届世界杯冠军，其激烈程度将达到极致。与郎平一样，基拉里是美国排球历史上最伟大的运动员之一，作为教练的他率领美国女排首夺世界冠军，并打造了美国女排“光速排球”战术体系。中美女排对决，一看基拉里和郎平大师级的较量，二看两队高度与速度的极致较量。美国女排没有朱婷这样的世界顶级巨星，在冲击世界冠军的关键时刻，中美女排巅峰对决就是再度检验朱婷巨星成色的机会。

郎平在出征世界杯之前曾说：“当今世界女排强队众多，但如果能够打出最好的自己，就不可阻挡！”中美女排巅峰对决印证了这句话。

郎平与基拉里两大名帅很熟悉，中美女排队员彼此也很熟悉。美国女排首发阵容为二传手波尔特，主攻手拉尔森和罗宾逊，副攻手奥格博古和华盛顿，接应二传手德鲁斯和自由人考特尼。基拉里没有让之前状态正佳的巴奇首发，就是因为巴奇一传没有拉尔森和罗宾逊好。可见，基拉里很清楚一传这条生命线的意义。

中国女排首发阵容为二传手丁霞，主攻手朱婷和张常宁，副攻手颜妮和袁心玥，接

面对对方三人拦网，朱婷的进攻依然毫不手软

应二传手龚翔宇和自由人王梦洁。这样一套阵容完全在基拉里备战内容之中，就看谁能临场发挥出自己的水平。

面对以速度著称的美国女排，中国队力争用发球打乱对手一传，让其速度战术体系组织受挫，才会有胜机。再用高拦网针对性部署压制对手网口，这样中国队就能把握主动权。正是因为发球和拦网奏效，中国队12比7领先时，美国女排主帅基拉里已经过早用完了首局两次主动暂停权，这也说明基拉里感到大事不妙了。

中国女排主帅郎平直言："只要能够跟上对手的速度，我们就能与美国队抗衡。"这一年来，中国女排做的最重要的一件事就是不断提速。只要速度不落下风，中国女排的制空权就更加不可阻挡。17比9！这样的优势说明中国队打中了美国队的"七寸"。德鲁斯被洛维替换是美国队攻击线失效的缩影，因为一传不佳就根本无法打出速度，而中国队快速移动的高拦网封杀了美国队的攻击点。中国队以泰山压顶之势横扫首局，美国队"速度排球"战术体系完全失效。

郎平破掉了美国队的"速度排球"战术体系，让她们快不起来，把比赛带到了中国队的节奏上

而后，中国队如法炮制，用发球和拦防抑制对手速度，并将自己的进攻速度提到最快。25比17，中国队再胜一局！中国女排似乎是一列飞奔的中国高铁。“朱袁张”组合强势出击，中国队25比22拿下第三局。发球得分5比1超出，拦网得分11比6胜出，这就是中国女排的杰作。

七连胜！3比0！一个不可思议的总比分！这是一个意外的震撼，气势如虹的中国女排打通了冲击世界杯冠军之路！其实，最关键的就是郎平所说的，中国女排打出了最好的自己。

应该承认，美国女排“速度排球”即便被破，若她们拥有一位朱婷这样的世界巨星，也完全可以左右比赛的胜负。朱婷得到了全场最高的23分，而美国队得分最高的洛维仅为10分，朱婷一个人几乎摧毁了美国队全队。

同时，二传手的经验也很关键。相比之下，中国队的二传手丁霞是2016年里约奥运会冠军成员，经历了太多的历练，甚至还能在接应位置扣杀得分。丁霞说：“我们做好了五局的准备，也做好了0比2落后的准备，最终我们把优势变成了胜势。至于那个二号位单人强攻下分，我当时就是想牵扯一下对方的拦网，不想给朱婷增添麻烦，没想到袁心玥真把球给我了，让我有了这么一次表演。”张常宁表示：“我们赛前做了非常多的准备，对于美国队的速度进行了针对性拦网部署，大家憋足了一口气，执行战术思路非常坚决，抑制住了对手。”

美国女排主帅基拉里高度赞扬了郎平和她麾下的中国女排，并表示美国队本场比赛是一场完败。基拉里说：“祝贺中国女排赢得胜利，也祝贺我的老朋友郎平赢得胜利。中国队的发球给了我们一传很大的压力，导致全队战术体系发挥不出高水平。”美国女排一旦打出“速度排球”，就无人可以阻挡。因为，美国队的一传不是其他球队的一传，说破就能破掉的。基拉里说：“我们的战术体系依靠一传，之前的世界杯比赛中，我们的一传比较稳定，没有哪支球队能够破掉我们的一传。但是和中国队比赛是两码事，她们做到了，她们的表现很强势。其实，本场比赛我们什么都没打出来，是一场完败。”

郎平说：“与美国队比赛，我们每次都会有不少问题。我希望球员们能精力集中，努力跟上美国队的速度。我们是按照赛前计划打的，全队准备得十分充分，场上球员执行得也很出色。我们每球必争，不管最终的结果怎么样，我们都用最好的表现去拼搏。”

郎平表示，她给队员的发球提出了要求，那就是一定要有使命感，意识到自己的发球直接会为队友的拦防创造机会，不能因为怕失误，发球就保守。每个人都要先用发球冲击对手。与此同时，全队的拦网也很奏效。郎平说："我们也进行了快速移动拦网训练，美国队球不到位，她们的速度就快不起来。其实，我们的防守表现也很出色。"同样，郎平也称赞了全队的进攻："队员们全面提速，自己的各种进攻方式都很快，所以赢得比赛不仅仅在于发球和拦防，全队进攻打得也非常漂亮。

"之前世界女排联赛0比3脆败于美国队之后，我们进行了研究，看到了自身的不足，明白应该从哪个环节去突破。我们让她们的速度减慢，从而回到我们的节奏上。"

这是一场不可思议的胜利，一场决定本届世界杯冠军归属的分水岭。中国女排打出了最好的自己，打出了顽强的女排精神。这样的中国女排，值得钦佩！郎平和中国女排的目标就是：升国旗！奏国歌！

9月24日，中国女排兵不血刃地以3比0轻取非洲球队肯尼亚队，赢得2019年女排世界杯八连胜，以8胜0负积23分领跑世界杯，给冲击世界杯冠军打下坚实的基础。美国女排7胜1负积20分紧随其后，因此冠军归属悬念依然在延续。

9月25日，中国女排从札幌飞往大阪，展开最后一站比赛的争夺。中国女排主帅郎平表示，全队会一如既往地努力拼搏。

奠定基石

9月27日下午，女排世界杯第三阶段大阪赛区开赛，志在冲冠的中国女排在大阪市中央体育馆遭遇挑战。虽然过程有惊无险，但中国女排整体实力绝对超越了荷兰队，3比1击败荷兰队完全在情理之中，冠军奖杯已经清晰可见。

中国女排强悍的网口实力封杀荷兰队，袁心玥和颜妮组成的副攻线，以及朱婷和张常宁的网口高度，都对荷兰队呈现出压制态势。在稍微有些小波折之后，经过郎平的暂停调整，中国队以19比12大比分领先。荷兰队主帅莫里森叫了暂停，但根本无法阻挡中国队25比19拿下首局。

面对挡不住的最强攻击手朱婷，难以逾越的最强拦网手颜妮，荷兰队只有招架之功。中国队打得行云流水，以25比16轻取第二局。

第三局，中国队多少有些松懈，荷兰队在斯洛特耶斯的领衔之下展开反击。后来登场的蒂梅尔曼发球破攻，张常宁的进攻过于急躁，郎平用李盈莹将其换下，但是打疯了的荷兰队还是以25比21扳回一局。

第四局，在激烈的相持阶段，荷兰队接连失误，让中国队14比12反超。而后比赛进入中国队节奏。夺回主动权的中国队以25比19取胜本局，拿到九连胜。

中国女排主帅郎平表示，全队多少打得有些急躁，在大比分领先后太想迅速赢得比赛了。郎平说："荷兰队是一支强队，本场比赛的输赢很正常，打五局也很正常。我们的一传受到了冲击，要耐下心把它调整过来，而且还要和对手拼防守。张常宁确实在进步，但是本场比赛打得有点儿着急。她太想打死对手了，技术有些变形。我和她说要耐心一点儿。

战胜荷兰队，奠定了夺冠的基石

“这场比赛我们做好了困难的准备。前两局全队赢得比较轻松，拦网和进攻都不错。从第三局开始，对手就基本上适应了节奏，进攻也猛。我们自身失误偏多，才造成了全队不利的形势。好在第四局我们调整得比较快。”说到最满意的方面，郎平表示是拦网，进攻则有起伏。

中国女排队员们都直言这场比赛对全队也是一个提醒，后面必须做到最好才行。本届世界杯进步神速的自由人王梦洁说：“这场球前两局我们还算正常，从第三局后半段开始，对手的情绪、气势和进攻都找到了自己的节奏，我们的应变慢了。我们一传被对手冲击了一段时间，到了第四局16分之前比分还很胶着。这也说明，我们不能犯低级错误，还要不断尽快调整自己，最后大家一起努力渡过难关。”

袁心玥进步也非常快，性格直爽的她说：“第三局我们已经给自己挖坑了，第四局得尽快把坑填上。至于我个人，我觉得主要还是做好自己，自己是什么样子就是什么样子，未来我还有进步的空间。”

张常宁说：“当时我比较急躁，也在想办法调整自己，教练和队友也都在帮我。我做得还是没有想象中好，但会继续努力。”丁霞在比赛中再度上演扣杀得分的好戏，她说：“这次我们做得不是很好，后面需要不断改变。其实我建功，也是在分担队友的压力。”

中国女排3比1击败荷兰队，以九连胜奠定夺冠基石，只要中国女排能够以3比0或者3比1击败塞尔维亚队，即便美国女排3比0横扫喀麦隆队，拿到3分积分的中国女排就将以10胜0负积29分的成绩提前一轮夺取2019年女排世界杯冠军。

中国女排距第十次登上世界之巅仅咫尺之遥，姑娘们势必会一拼到底。

十全十美

9月28日下午，日本大阪市中央体育馆见证了中国女排的辉煌，郎平指挥的中国女排3比0完胜塞尔维亚女排，以十连胜积29分提前一轮蝉联2019年第13届女排世界杯冠军。这是中国女排历史上第二次蝉联世界杯冠军，也成为第一支五夺世界杯冠军的球队。

中国女排

第十次登上世界之巅，比肩昔日辉煌的“古巴王朝”，中国女排用极为高光的拼搏历程为新中国成立70周年献上一份厚礼！可谓十全十美！

众多华人来到大阪市中央体育馆，现场见证中国女排夺取世界杯冠军的时刻。五星红旗在体育馆里四处飘扬，红色成了本场比赛的主色调。音乐奏响，姑娘们列队跑进体育馆，每一个人都极为振奋，那样的表情告诉全体中国人，夺冠就在此时。从横滨到札幌，再到大阪，半个多月以来，姑娘们一路连胜，不可阻挡，姑娘们的目标不仅仅是夺冠，还是11场全胜凯旋。因此，缺少多名主力的塞尔维亚女排根本无法阻挡中国姑娘前进的脚步。距世界冠军咫尺之遥的中国女排，已经无法抑制对冠军的无限渴望。现场劲爆的音乐，仿佛是中国女排冲击冠军的心跳声。不管对手是谁，中国女排依然派出最强阵容——二传手丁霞，主攻手朱婷和张常宁，副攻手袁心玥和颜妮，接应二传手龚翔宇和自由人王梦洁。郎平的首发阵容表明了一个态度：必胜！

比赛开始。中国队依靠网口实力夺取主动权，而且防守非常稳固，朱婷的进攻更是摧枯拉朽，12比8，逼迫塞尔维亚队叫暂停。中国女排整体实力超过了主力缺阵的塞尔维亚队，19比11扩大领先优势在情理之中。随着朱婷最后一击，中国队25比14横扫首局。

第二局，中国队5比1大比分领先开局，塞尔维亚队趁着中国队有些松懈之际，将比分追至10平。布萨发球破坏中国队一传，塞尔维亚队又将比分追成15平。丁霞发球破攻，龚翔宇和颜妮双人拦网奏效，中国队22比19领先。朱婷的发球再度攻陷对手一传体系，中国队以25比21再胜一局。

此后，中国女排完全控制了比赛，塞尔维亚队已无力抵抗，中国队直落三局赢得比赛。

冠军提前诞生，她们是中国女排！胜利来临，中国球迷兴奋地呐喊雀跃。十连胜证明中国女排强劲的实力和平稳的状态，取胜完全在意料之中。因此，姑娘们不像过去经历九死一生才夺冠时那样泪水横流，反而很淡定和平静，这正是她们霸气与自信的写照。

由此，中国女排继1981年世界杯冠军、1982年世锦赛冠军、1984年奥运会冠军、1985年世界杯冠军、1986年世锦赛冠军、2003年世界杯冠军、2004年奥运会冠军、

经过常人难以想象的艰苦努力，中国女排被锻造成了一支王者之师

2015年世界杯冠军、2016年奥运会冠军之后，第十次登上世界巅峰。升国旗、奏国歌的目标，姑娘们再一次完成了。

如今的这批女排姑娘是中国女排历史上身体条件最出色的，整体技战术水平也是最强悍的一代，朱婷、袁心玥已经步入世界巨星的行列。为了达到理想高度，全队每天的训练时间达到八个小时，队员们每天的付出，锻造了这样一支王者之师。从多年前的生涩走向如今的成熟，中国女排形成了巨大的合力，本届世界杯赛场，对手们都感叹被中国队全面压制。郎平说，不用去管别人怎样，命运掌握在自己的手里。当我们拼杀到忘我，打出最好的自己，就没有人能够战胜我们。

从1981年首夺世界冠军，到1986年夺得世锦赛冠军，中国女排成为世界女排史上第一支集奥运会、世界杯、世锦赛世界三大赛冠军为一体的“大满贯”球队，也成为世界排球史上第一支获得“五连冠”的球队。38年过去了，中国女排又成为“十冠王”，女排精神仍然熠熠生辉，永不褪色。

在新中国走过的70年历程中，中国女排已成为中国体育的一面旗帜，女排精神也成为中华民族的精神财富。郎平的话至今言犹在耳：“女排精神就是对胜利充满无限的渴望，对战胜对手拥有必胜的信念，在逆境中拥有舍生忘死的大无畏精神。”

十一全胜

9月29日下午，第13届女排世界杯最后一轮比赛中，郎平指挥的中国女排以3比0完胜最后一个对手阿根廷队，从而以11战全胜积32分的骄人战绩勇夺世界杯冠军，继2003年陈忠和率队以11战全胜夺取世界杯冠军之后，时隔16年再度夺冠，这也是中国女排历史上第五次以全胜战绩夺取世界三大赛桂冠。

11场全胜夺冠之后，中国女排主帅郎平难以抑制自己的心情，几次哽咽落泪。她感慨道：“1981年，我们在日本大阪第一次拿到了世界冠军，当时我才20岁左右。如今

中国女排取得第十冠后，各界人士为她们举办了小型庆功会

38年过去了，我没有想到自己还会站在这里……应该说，大阪是我的一个福地。现在正值新中国成立70周年，感谢国家对我们的培养。能有机会站在领奖台上，看国旗升起，听国歌奏响，也是我们的骄傲！”

比赛结束后，中国女排主教练郎平与作者合影

在我印象中，郎平很少会落泪。从1981年作为球员首次夺冠，到2019年作为主帅率领中国女排夺取世界杯冠军，让中国女排历史上第十次登上世界之巅，38年了，郎平依然在一线带队作战，让女排精神得到了很好的传承和发扬。

9月29日晚，本届世界杯颁奖典礼在大阪市中央体育馆举行。入选本届世界杯最佳阵容的球员有——最佳主攻手：中国队朱婷和美国队罗宾逊，最佳副攻手：俄罗斯队科洛勒娃和中国队颜妮，最佳自由人：中国队王梦洁，最佳二传手：中国队丁霞，最佳接应二传手：美国队德鲁斯。此外，国际排联将本届世界杯最有价值球员奖颁给了中国队的朱婷，这也是世界杯价值最重的个人单项大奖。

在8个单项奖中，中国队占据了5项，堪称世界杯最大赢家，世界冠军当之无愧。

20 | 玉汝于成

“天才少女”李盈莹

郎平挂帅中国女排以来，几乎每年都涌现出一颗新星，2013年的朱婷、2014年的袁心玥、2015年的张常宁和2016年的龚翔宇，而整个东京奥运周期里只有一个人堪称真正的新星——刚代表天津女排参加成年职业联赛，就以全赛季个人得分804分震撼排坛，也随队一举夺取中国女子排球超级联赛总冠军；第一次代表中国女排参加世界杯赛，表现也可圈可点。她就是年轻国手李盈莹。现在，技术尚不全面的李盈莹前进一步，中国女排全队就会前进一步。

李盈莹是天津女排的“台柱子”，左手进攻独步天下，而且扣杀的速度快，加上她1.92米的身高，绝对是天生的主攻手。郎平直言，李盈莹具有很高的排球天赋。虽然目前离世界顶级主攻手还有不小的差距，但这恰恰能激发出李盈莹未来发展的巨大潜力。

李盈莹并非天津人，而是生于黑龙江省齐齐哈尔市。李盈莹曾就读于齐齐哈尔东路小学，梁春生是她的排球启蒙教练。10岁时，李盈莹被时任天津女排主教练的王宝泉看中，因黑龙江省没有排球队，于是梁春生教练带着李盈莹离开家乡，前往天津接受专业训练。

虽然吃了不少苦，但李盈莹还是没有忘记曾经帮助过她的人。就在夺取联赛冠军，即将入选国家队之前，李盈莹还特意回到齐齐哈尔看望曾经教过她的老师。

2013年，朱婷已经代表中国女排出战国际比赛，而13岁的李盈莹还是坐在球场边13届全运会青年女排冠军，并由此步入大众视野。两个月后，首届女子排球超级联赛打响，没有人能想到一个18岁的孩子竟成为本届大赛的主角。李盈莹单场得分45分超越了朱婷曾在国内联赛中创造的单场得分纪录，而全赛季总得分也达到惊人的804分，并引领天津女排一举夺取联赛冠军。

而后，李盈莹进入郎平麾下的中国女排，并一举夺取2018年雅加达亚运会女排冠军。李盈莹说："那是我第一个国际比赛的冠军，感觉非常激动，这个冠军坚定了我努力的方向。"如今，国家队将著名国手张蓉芳和惠若琪都穿过的12号球衣给了李盈莹，李盈莹说："我的偶像就是曾经身披12号球衣的惠若琪，能穿上这件球衣，我真的非常开心，我希望自己能够发展成像惠若琪那样全面型的主攻手。"

2018年女排世锦赛，初出茅庐的李盈莹让人眼前一亮，不过尚无法挑起大梁。2018—2019赛季国内女排联赛，李盈莹领衔的天津女排最终输给了北京汽车女排，屈居亚军。李盈莹说："一传确实是我的短板，若想更进一步，就必须要接好一传。每个人的每项技术都是通过后天努力提高的。郎指导曾告诉我：'不可能一上场就把你藏起来，

李盈莹

别人的进攻任务也很重。’所以我要努力。”

本届世界杯在对喀麦隆队的比赛中，中国队发挥得并不理想，还遇到了一定的困难，是李盈莹独自支撑了进攻大旗。在与多米尼加队的比赛中，首发的李盈莹打满全场，虽然一传和串联还不够好，但已经进步不小。为了打好本届世界杯，李盈莹减重7千克，这让她在空中更自如，脚下移动更快。

在世界杯单项排名中，李盈莹并没有名列前茅，但她的进步的确给中国女排增添了夺冠的砝码。李盈莹说：“我在本届世界杯的表现还算可以，但仍有很多不足，尤其是和老队员相比，自己的技术和经验欠缺明显，这也是我未来前进的方向。”李盈莹，绝对是未来数年中国女排很有实力的主攻手。

“开森（心）小孩”王梦洁

2019年女排世界杯开赛以来，中国女排的进攻势不可当，不是“朱袁张”组合，就是“朱李龚”“朱李张”三叉戟组合，袁心玥和颜妮的副攻线也是进攻犀利。但是，人们在赞叹中国女排进攻出色的同时，可能忽略了一个“小人物”的存在。中国女排队长朱婷就说：“排球队是一个整体，不要总看我们进攻多么精彩，其实，取胜的关键往往在于有效的反击，而这些反击机会是后排球员努力创造出来的，其中我们的‘小可爱’王梦洁就很突出。”

队长朱婷的话很客观，如果仅有一次攻，即便进攻再无敌，全队一样会输掉比赛。拉开与对手分差的关键在于反击，就是你打不死我，但我能打死你，而攻击手能在反击中得分的前提是有后排坚固的防守。

2015年，王梦洁虽然参加了世界杯，但那个时候自由人的主力是林莉。2016年，王梦洁也没能参加里约奥运会。如今的王梦洁逐渐成熟，是中国女排一传和防守层面的尖兵。2019年世界杯，王梦洁成为世界第一自由人，列世界杯防守球员榜第六位。有道是，一名优秀的自由人顶半支球队，王梦洁正在向世界优秀自由人迈进。其实，2018—2019赛季中国女排超级联赛中，正是王梦洁的加盟让北汽女排拥有国内一流的保障体系，从

王梦洁

而首夺职业联赛总冠军。同样，王梦洁也表示，在北京队的岁月让自己的技术水平和心理状态上升了一个层次。

“开森（心）小孩长不大”是王梦洁的昵称，而永远开心就是王梦洁这个“小朋友”的人生梦想。一提起这个昵称，王梦洁就说：“我就想当一个开心的小孩，而且不要长大。”场上的王梦洁就是一个可爱的大宝宝，不管遇到什么困难都是那样活力四射。和王梦洁说话，就会被她的情绪所感染，让阳光洒满心间。王梦洁说：“这个昵称是2013年起的，当时我才18岁。‘开森’是‘开心’的谐音，我觉得这个词更生动，更萌。现在，我长大了，不是小孩了，但还是不愿意改昵称，不管是微博，还是微信。”

王梦洁来自山东济南的一个普通家庭，是家中独女。可谁也没想到，这个女孩太调皮，活脱脱一个“假小子”。王梦洁说：“我小时候学习成绩还可以，但是在学校并不拔尖。主要是太淘了，坐不住，让爸爸妈妈很头疼。有一次，我们去一个亲戚家串门，亲戚说我太闹了，刚好他们认识一名教练，干脆就去打球吧。这位教练是排球教练，要是赶上别的体育项目的教练，恐怕我也不会打排球了。”

王梦洁的父母觉得王梦洁考重点中学比较难，就干脆让她进了济南体校打排球。王梦洁个头不高，但是她还打过主攻手呢，说到这里，王梦洁自己都笑了。王梦洁2010年去了体工队，2013年进入山东女排一线队，终于打起了自由人。王梦洁说：“我一开始防守并不好，害怕来球，判断不清楚球路，反应也慢。我要感谢各级教练对我的培养，他们的教诲累积起来才创造了现在的我。”

想成就一番事业，必须要经历风雨。王梦洁说：“其实，我也烦躁过，消极过，不愿意训练，感觉很枯燥。我很感谢教练和队友对我的鼓励，我也给自己鼓劲，积极面对每一天。2019年世界杯冠军也让我提升了一个档次，希望我继续提高到能够参加奥运会的水平。要说我的愿望，就是希望每天都很开心，一直是开心的小孩。”

我命由我不由天

袁心玥，《哪吒之魔童降世》的现实版。

2019年，袁心玥身高达到了2米，是当今世界女排第一高度。“空中巨无霸”袁心玥横空出世，是中国女排在2019年世界杯赛场上的一大亮点，也是除朱婷之外，中国女排第二位世界级巨星。在此次世界杯中，袁心玥拦网得到18分列世界杯拦网榜第三，总得分80分列全队第二，仅次于朱婷的126分，而且屡次上演“救火”好戏，尤其是3比2逆转击败巴西队的第一功臣。袁心玥的呐喊和杀气不仅关键时刻鼓舞了全队的士气，更成

袁心玥

为中国女排的标志性符号之一。袁心玥很喜欢看《哪吒之魔童降世》，其中最励志的一句“我命由我不由天！”更是性格开朗的“小苹果”袁心玥的写照。

现在效力于八一女排的袁心玥于1996年12月21日出生于重庆。袁心玥的父母并非专业运动员，只不过母亲喜欢打排球，父亲喜欢打篮球，这都给了袁心玥运动基因。因从小身高突出，再加上体育基础不错，袁心玥于2009年被选入八一队，开始了排球运动员的生涯。

2013年，中国女排主教练郎平选中袁心玥，她连跳三级从国少队升至国家队，被当时的国际排联评为世界十大新星。2014年女排世锦赛，顶替徐云丽登场的袁心玥震撼全场，在半决赛3比1淘汰东道主意大利女排的比赛中打出了初生牛犊不怕虎的气势，成为中国女排2014年最耀眼的新星，也是中国女排夺取世锦赛亚军的功臣之一。2016年里约奥运会，袁心玥完全爆发，跟随中国女排勇夺奥运会冠军，登上了最高领奖台。

然而，当世界强队开始重点研究她的时候，袁心玥拦网技术不佳的缺点暴露无遗。副攻手的第一任务就是拦网，但2018年世锦赛中，袁心玥的拦网几乎就是不设防的城池，饱受广大球迷和圈内人的诟病。美国女排主帅基拉里甚至在比赛暂停时，对美国队球员说：“你们可以暂时忽略袁心玥，重点拦防朱婷。”一则脚下无法跟上对手节奏，二则拦网技术不足，袁心玥遭到了来自各方的蔑视和不满。

幸运的是，从2018年世锦赛到2019年世界杯，在郎平的培养和锻炼下，袁心玥正在蜕变。2019年世界杯开赛以来，袁心玥的发球、进攻，尤其是拦网都有了质的飞跃，更关键的是，在全队陷入困境时，袁心玥可以引领全队继续前进。袁心玥说：“比赛遇到困难时，需要有人挺身而出。国家队的艰苦训练让我不断成长。现在，我在这个位置上站稳了脚跟，身上的担子更重了，也更加成熟了。”

长着一张圆圆苹果脸的袁心玥被人们称为“小苹果”，而她也是队内的“开心果”，乐天派的她始终充满阳光。曾经中国女排拥有一位世界第一副攻手赵蕊蕊，如今，袁心玥的力量、身高、技术均超越了赵蕊蕊。这样一个技术全面的“空中巨无霸”，就是世界各路强队的梦魇。

东京难测

2019年，中国女排书写了十冠王的历史。展望2020年东京奥运会，中国女排主帅郎平表示，竞争会更加激烈。

2019年世界杯期间，中国女排比赛的时候，场边都有不少强队的教练团队成员，他们在收集中国女排最新的资料。对此，郎平说："每支球队的目标不一样，我们有自己的计划，不在乎对手学习，也没有什么掖着藏着的。只要我们自己不断提高，大家完全可以在赛场上一决高下。"

中国女排的这个第十冠拿得相当顺利，不像过去总要经历九死一生。郎平说："我们这一次打得比较顺利，因为人员比较整齐，没有大的伤病，我们的准备也比较充分。全队细节方面有进步，训练也很有针对性，比如，通过细致地研究，我们明白了自己吃亏在什么地方。我们把训练的成果运用到比赛中，否则球员就不知道训练的内容是否有用。我要求队员要相信自己，训练的内容一定要在场上大胆发挥，这样我们才能知道哪些方面还需要调整。这一点大家贯彻得不错。每届大赛都不一样，这次世界杯没有奥运会出线权这一项，有的队伍就放弃了。但是，如果意大利队和塞尔维亚一队过来，我们还是有得打。"

从2018年世锦赛到2019年世界杯，为何仅用一年的时间，中国女排就提高得这么快？郎平说：" 这就是每天训练的积累。我们和运动员达成共识，看清楚哪些方面做

2019 年，郎平率队圆满完成了既定目标。2020 年东京奥运会，仍任重而道远

得还不够，然后卧薪尝胆，突破自我。当然，我们仍然有很多地方不足，还需要不断努力。

“本次世界杯，我们的替补阵容打得少，而且比赛都是中午打，她们没有时间训练，体能下降很快，后面我就不敢用了。但奥运会不存在这个问题，隔一天一场比赛，上场少的队员也有时间训练。大家必须保持一定训练量，准备活动太少，手感肯定不行。

“2019年，我们完成了既定目标。2020年，我们会更加刻苦训练，在比赛中找到自身不足。这次世界杯，有的强队还没有来，因此，东京奥运会的考验会更多。现在强手非常多，每场比赛都有变数，既要看自己临场发挥，还要看对手施加的压力。真正的强强对话，很难用绝对实力来限定。”

对话惠若琪——女排精神不会因时代变迁而改变

前中国女排队长惠若琪退役不久，此次世界杯是作为央视体育频道直播嘉宾来到日本，场上大多数现役球员都是她曾经的队友。她又是一名“90后”，比过去的女排球员更时尚、现代。所以，在中国女排最后冲击世界冠军之前，我对惠若琪做了一个非正式的访谈，听一听她对女排精神的理解。

惠若琪说：“中国女排的竞技状态非常好，一路连胜就已经证明了这一点。我们的副攻手拦网进步了，我们的一传也进步了。主攻方面，朱婷不仅延续了精湛的进攻水平，心态更加稳定，照顾队友方面也有进步。另外，我们的板凳深度更深了。因此，这样的中国女排让我们眼前一亮。

“这次世界杯我们的主要竞争对手是美国队，因为有的强队没有派主力队员。在这个过程中，我们能够看到中国女排打一场进一步的状态是稳定的。虽然在与巴西队和荷兰队的比赛中，我们都输了一两局，但这是一件好事，因为在国际大赛中，这种对抗性的比赛有利于球队进步，有利于备战奥运会。”

我：“对俄罗斯队、日本队和美国队这三场3比0的比赛非常精彩，这是什么原因？”

惠若琪：“我们一直喜欢打俄罗斯队，因为对手战术比较简单，就是依靠身高优势，但中国女排现在也很高，而在细节上我们更强。3比0胜美国队在大家意料之外，但也在情理之中。和美国队交锋之前，我们先是3比2击败了巴西队。能够和巴西队打这么一场球，更好地调动了中国队员的积极性，增强了遇到困难的韧劲，等于把自己的心气儿提高了一个档次。反观美国队，以3比2击败日本队是因为自己打得不好，气势是往下走的。两强相遇勇者胜，所以中美对抗就看出了差别。”

我：“人家都说郎平指导很神奇，你觉得她为何这么神奇？”

惠若琪：“这个神奇，首先从她个人的职业经历上来解读。无论是当队员，还是当教练，她都有丰富的经验。另外，郎指导是一个擅长准备的人，中国女排不打无准备之仗。世界杯之前，郎指导对主要对手一个一个地研究，到了大赛当中，我们也会不断更新对手的信息，这样，我们开始比赛时，心理是稳定的。再加上郎指导在比赛中能够第一时间做出反应，这一点特别重要。中美对决中，美国女排主帅基拉里总是慢半拍，郎指导却能在第一时间指出问题，而且往往是超前的，告诉队员下一步对手会怎么样，走在了对手前面，这是中国队制胜的法宝。”

我：“你是怎样理解女排精神的？”

惠若琪：“每一代女排球员都诠释着属于她们年代的女排精神。不过，虽然时代在变迁，但顽强拼搏、追求卓越、兢兢业业、时刻有归零的心态没有改变。然后，就是坚持到底、永不放弃的信念。”

从袁伟民执教时代开始，到后来的陈忠和、郎平，以及为中国女排贡献力量的教练员和队员们，女排精神一脉相承。我数次现场见证中国女排一次次顽强拼争，哪怕是比赛失利，也会荡气回肠。在生死存亡之际，中国女排总能起死回生。记得姑娘们说过这么一句话：“就算输，也要扒对手一层皮！”

郎平说：“要让每个人知道什么才是中国女排，那就是打不垮、拖不烂、坚持到底的战斗精神。女排精神一脉相承。”“五连冠”时代在改革开放初期让国人重塑民族自信，第二个“黄金时代”鼓舞国人飞速建设国家，第三个“黄金时代”鼓舞了新时代的国人，而女排精神又成为中国人在21世纪实现民族伟大复兴的动力。

后记

中国女排在2019年女排世界杯夺冠后，9月30日凌晨乘坐专机凯旋。经过短暂的休整，当天下午4点多，中国女排全队受到了中共中央总书记、国家主席、中央军委主席习近平的亲切接见，并参加了当晚在人民大会堂举行的庆祝中华人民共和国成立70周年招待会。姑娘们虽然比较疲惫，但是都十分兴奋。

在全体国人的热盼之下，2019年10月1日，庆祝新中国成立70周年阅兵式之后的群众花车巡游活动中，中国女排出现在最后一辆“祖国万岁”花车上。

在这之前，教练和队员都不知道自己能够乘坐专机回国，更不知道还能受到国家最高领导人的接见并参加国庆招待会，也不知道自己居然可以参加国庆花车巡游。有的球员晚上兴奋得都没睡着觉。

10月1日，天刚蒙蒙亮，姑娘们就化好妆，将自己的队服整理干净。5点多，全队赶赴天安门做准备。有的队员表示，这一切似乎都是在梦中——夺冠仿佛在做梦，受到总书记接见仿佛在做梦，参加国庆活动也在做梦……实在是太兴奋了，每个人都踏实地享受着这样一个从未有过的光荣时刻。

在等待花车进入天安门广场的时候，参加阅兵的军人们向中国女排喊道：“中国女排！世界第一！”姑娘们非常高兴地喊道：“你们最帅！”那种自豪感，无与伦比。

就在人们不断盼望着的时候，郎平、赖亚文、朱婷、袁心玥、张常宁、丁霞、颜妮……中国女排全体成员都出现在了花车上。大家手举鲜花向群众致意，引起万人欢呼，这是国家和中国女排给予全体国人的一个惊喜。

祖国

万岁

刘晓彤说："我无比激动，民族荣誉感油然而生。作为一名中国人，我感到无比自豪！祖国万岁！"

丁霞说："我太自豪了！作为一名中国人，以这样的方式为新中国成立70周年送上祝福，我感到无上光荣。"

队长朱婷说："这一天是个特别的日子，在这里，我祝祖国70岁生日快乐。能够为国而战是我一生的荣耀！中国女排就是在不断战胜困难、战胜伤痛的进程中艰难前行，我们还有更高远的目标没有完成，我们还有很长的路要走。"

中国女排主帅郎平表示，感谢祖国给予中国女排的至高荣誉，我们会再接再厉，于2020年东京奥运会再创佳绩。其实，不仅仅是东京奥运会，中国女排的传奇故事还将继续……